笑谈 便是编修院

◎ 散曲创作论要

杜肇昆 著

山西出版传媒集团　北岳文艺出版社

·太原·

图书在版编目(CIP)数据

笑谈便是编修院:散曲创作论要 / 杜肇昆著.

太原:北岳文艺出版社,2025.4. -- ISBN 978-7-5378-

7093-1

Ⅰ. I207.24

中国国家版本馆CIP数据核字第2025GB7791号

笑谈便是编修院——散曲创作论要

XIAOTAN BIAN SHI BIANXIUYUAN——SANQU CHUANGZUO LUNYAO

杜肇昆 著

//

出品人
董利斌

责任编辑
韩玉峰

书籍设计
张永文

印装监制
郭 勇

出版发行:山西出版传媒集团·北岳文艺出版社

地址:山西省太原市并州南路57号

邮编:030012

电话:0351-5628696(发行部) 0351-5628688(总编室)

传真:0351-5628680

经销商:新华书店

印刷装订:山西万佳印业有限公司

成品尺寸:160 mm × 230 mm

字数:320千 印张:23

版次:2025年4月第1版

印次:2025年4月山西第1次印刷

书号:ISBN 978-7-5378-7093-1

定价:78.00元

序 言

门 岿

　　杜肇昆先生平生致力于学术研究，成果累累，近期又完成一项新的成果——《笑谈便是编修院——散曲创作论要》。该书即将出版，真是令人欣喜不已，可喜可贺！本人有幸在该书稿未正式出版前得以拜读，并且承蒙杜先生诚意邀请写个序言，这里就说说我的读后感，聊以为序，请各位方家阅读该书时一起品评吧。

　　散曲是中国传统的诗体之一，历来说起中国诗歌史，总是诗、词、曲并称。散曲在诞生之后，自元代以来，这种体式和诗、词一样延续不断，代代都有人用这种体式进行创作，也不断有人对这种体式和作品进行研究和评说。正如杜先生在书的前言中所讲："随着传统文化的复兴与传承，元散曲的研究与创作发展迅猛，尤其当代散曲创作，方兴未艾，散曲组织如雨后春笋，散曲作品日以千计。"他有感于对散曲创作的研究和指导当今散曲如何写作的专著不多，所以此书从如何加强当代散曲创作的角度，回答散曲创作应了解、认识及必备的知识体系，回答当代散曲创作应如何传承历史、借鉴历史，如何与现实结合，再创散曲这一诗体辉煌的新篇章。可以说杜先生的这项研究很有现实意义，对当代散曲创作者和研究者都有一定的指导和启示。

　　此书指出，当代散曲作者应该首先了解散曲的形成史和这种诗体的特色，这是进行散曲创作的基本知识。唐诗是中华民族珍贵的文化遗产，是中华文化宝库中的一颗明珠。其后宋词逐渐上升为主导地位，终成社会主流文学形态，并创造出辉煌的成就，与唐诗比肩而立。因此，唐代被称为诗的时代，而宋代则被称为词的时代，都代表一代文学之盛。再后散曲（元曲）兴盛，成为又一代文学样式。中国诗体的发展从《诗经》—《楚辞》—汉魏南北朝乐府—唐诗—宋词—元曲—现代新诗，一路走来，各种诗体在发展链条中各自创造了光辉灿烂的文化硕果，深刻体现了汉民族语言的精深魅力。当今散曲作者理应熟悉这一历史，继承发展，推陈出新。

杜先生进而告知进行散曲创作必须认识和掌握的工具，如曲谱、曲牌、曲韵来源和它们演变的历史过程，以便于创作时选用。他讲曲谱是散曲与戏曲的音乐与文学相结合凝固的标本，是古典音乐的纸质化石，是极可贵的非物质文化遗产，是中华民族宝贵的精神财富之一。曲谱记载了吟唱体系的诸元素，这些元素的累加决定了这一曲牌与那一曲牌的区别，界定着每一曲牌的个性特点。曲谱中每一曲牌的独立使用，便形成小令；组合使用便形成带过曲与套曲；套曲的系列组合便形成戏剧里跌宕波澜的情节唱腔与悲欢离合的人物性格。曲谱就是散曲与戏曲创作的基本规章、纲目。谱就是格律，格律就是规矩。用现代语言说，格律就是"游戏规则"。有规矩始成方圆。因此遵循统一的规则，对于继承和发扬散曲优良传统是一个重要前提。这些曲牌的音乐特征，其视听信息已经失传，文字记载的特点只能理解而不能再现，曲牌留下的只有明确的文学结构和格律特征。而当代散曲创作的继承与发展，只能是在理解音乐特点的前提下，遵守明确的文学格律填词制曲，从而传承发展这一优秀的文化形式。

进行散曲创作离不开曲牌的选定，曲牌是散曲中最小和最基本的单位。曲牌是音乐属性与文学属性的共体。曲牌的第一属性是音乐性，由此约束文学属性的文字应有的平仄关系和韵脚种类，这里的文字语音没有多少自由发挥的余地。小令、幺篇、重头、带过曲、套曲都是小令（单支曲牌）的不同规模的组合，这就极大地扩展了散曲的表达容量，可抒情、可叙事，尤其在散曲里，对场景的描述、对人物感情的抒发提供了伸展空间。这种功能是"曲"特有的，诗词是不具备的。曲牌在用字的平仄上比诗词要严得多，又特别注重每首末句的平仄。这是由散曲的音乐性决定的，曲牌里面的文字平仄必须服从音乐的要求。从这一点看，散曲的音乐性是在"绑架"文学性。格律诗声律部分只有平仄两档，词的平仄要求也是平仄两档，而散曲的平仄要求则是"平仄上去"四档。这是由曲的音乐性所约束的。当今写作散曲虽然已不可能顾及其音乐性，但是对各种曲牌的用字平仄规定还是要遵守的。

要知道写作散曲还离不开对仗形式。曲的对仗要求比较自由、宽松，但也有规矩，大多是对偶句。对仗形式有"两字对""首尾对""衬字对""多维对"等十三种。在语言的运用和词序组合上有许多特点，主要表现在：有工对也有宽对，但宽对的现象更普遍；有句中自为对、错综成对或倒字为对、俗语入对等。杜先生告诫说增减字、增减句体现了散曲创作的灵活性。但增减字、增减句不能随意乱增减，一定要按有关"谱"的要求，即增减多少的规定。

散曲的一个特点是可以在句中增加衬字。散曲中的衬字比起唐诗、宋词来是一道独特的风景线。衬字小令较少，套曲较多，戏曲里的套曲更多。由于散曲有可加衬字的规则，散曲本来体例上已有的叠加、组合的特色，又增加了一层自由度，这就使散曲的表现力增加了新的空间，更能使散曲实现曲艺化、戏剧化效果。这种体例逐渐宽松的组织，正是唐诗、宋词、元曲"诗体"演化的过程，是客观而合乎逻辑的自然现象。衬字使曲的内容更加完整充实，使语言更加周密、丰富、生动，使字句与音乐旋律更加贴合。衬字用得恰当可使句法灵活多样，增强了曲文的口语化和形象化特点。

杜先生的这些论述有理有据，考据详尽，令人佩服，可以说这是当今散曲作者认识和了解中国散曲历史和发展进程的一部很好的著作。

杜先生在论述了中国散曲的发展史和特点后，书中又具体讲述了当今散曲作者应该如何进行散曲创作，并从语意、意境、风格、境界等几个方面进行述说。散曲作为继承诗词的文学样式，在语言艺术上既继承了诗词的传统手法，又体现出诸多创新，具有自己鲜明的特色。散曲既以传统的"意象结构"表现"情感"，又以其独特的"直陈"方式直接表现情感。作为散曲的一种特殊语言，它既是描景绘人状物的装饰手段，也是造境抒怀的情感载体。散曲的语言修辞既有以开放的语言形态造就"滑稽诙谐"的审美情趣，也有蕴藉涵敛的语言形态造物抒怀舒展一方天地。语言是散曲创作的基本要素，语言的组合构成语义，语义构造图景和表达思想，所以掌握好语意塑造是创作散曲的最基本要素。要想作一首好曲，需要在语意塑造、意境塑造、风格塑造、境界塑造上下功夫。这是四个连带的、综合塑造的关系，要把它们统一起来应用。除在技术层面上下功夫外，还要提高自我修养水平。一个人的经历和修养最终决定了他的价值取向和人生境界，有什么样的人生境界就有什么样的作品境界。一首好的散曲面世也必须注意这几个方面。

书中阐述了关于散曲创作的技巧与修养，以及如何借鉴过往散曲大师们的创作经验，写出当今时代的好作品。他强调全面认识和界定元散曲的风格流派特征，是对元散曲的艺术价值和艺术内涵的正确理解和概括，这是当代散曲创作传承的基础。片面地强调哪一方面，都会偏离完整的散曲价值观。元散曲文学体式组织的灵活性和音乐体式组织的灵活性，为散曲的表现内容开拓了空间，与唐诗、宋词相比，散曲无疑是一种进步。因而散曲更利于抒情、叙事，更利于刻画人物，表现人物内心情感。杜仁杰〔般涉调·耍孩儿〕《庄家不识勾栏》、睢景臣〔般涉调·哨遍〕《高祖还乡》、刘时中〔正宫·端正好〕《上高监司》便是佐证。这一体式组织的灵活性与元代戏曲发展相互促进，为戏曲唱腔、唱词的丰富提供了重要条件，这也是元曲生命力持久的重要基础。

书中指出用什么语音体系、什么音韵系统进行当代散曲创作，是一个不能回避的课题。语音的变化是人类长期发展的正常现象。适应这种变化，不断调整、规范音韵与现实语言的衔接是很自然的事情。没有哪一个朝代死抱着前一个朝代的韵书不放，每个朝代都在根据本朝语言、语音的变化而编纂自己的韵书。因此，当代诗词曲创作，以当代语言、语音系统为基础，以当代音韵系统为标准，是必须坚持的方向。当代进行散曲创作必须要学习和掌握当代的音韵，也就是普通话的音韵。当代散曲创作应以《中华通韵》为标准的新诗韵，这样才能写出新时代的散曲作品。

杜先生讲周德清的《作词十法》核心内容有四条：一是强调作曲必须先了解曲牌的音乐属性、特点，音乐第一，文学第二。二是文学文字要明了、俊美、宜唱，注意阴阳。三是注意结尾平仄。四是特别注意务头处的文字选择。但是当代散曲的创作则有了很大的变化。一是六百年前曲牌的音乐属性、特点，现已无从知晓。即使有工尺谱的《九宫大成》，一般人也难以翻唱，更弄不清"务头"在哪里。所以当代散曲的创作只能按谱的文字平仄填制，只考虑其文学属性就行了。要求现代人写格律诗必须遵守《平水韵》，填词者必须遵守《词林正韵》，制曲必须遵守《中原音韵》，显然是没有道理的，也是对音韵学历史缺乏常识的论调。《中华通韵》则是新中国语言体系中的新韵书。该规范以《中华人民共和国国家通用语言文字法》《汉语拼音方案》《通用规范汉字表》等语言文字法律法规和规范标准为依据，以音韵学理论和诗词创作实践为基础，有利于广大群众热爱、学习和创作诗歌，也有利于专家学者对诗词曲作品的研究评判。《中华通韵》是适应语言发展变化和时代进步的重要成果，是新时代中华传统诗词持续发展的新标志。当代散曲创作应积极提倡以《中华通韵》为标准的新诗韵，必将涌现新时代的优秀作品。

杜先生在书中还提到散曲创作中的自度曲与自由曲问题，所谓"自度曲"，是指在旧有曲调外，自行谱写新曲。通晓音律的词人，自作歌词，又能自己谱写新的曲调，叫作"自度曲"。而自由曲的特点：一是借鉴元曲的结构特征及语言风格进行的文学诗体创作；二是只具有文学属性而无音乐属性，不受音乐格局的限制；三是只能吟诵而不能吟唱；四是不具有可复制性。自度曲是历史上形成的概念，自由曲是当代新兴的概念。

这里本人要补充说，自度曲也好，自由曲也罢，它们都不是按照古来旧有的曲牌格式和要求写作，对当代散曲作者来说，都是在继承古来散曲传统后的进一步发展和创造，它们是在古来散曲基础上制作离开音乐旧谱必须能歌唱的一种新诗体。古人在自己所处时代创造出了唐诗、宋词、元曲的繁荣，当代人则正在创造自己的新诗体"诵"，诗—词—曲—诵，正是从古到今中国诗歌发展的历史进程。而这种诵体诗——《中华诵》，也就是自度曲、自由曲和新诗相结合的时代新生物种。当代散曲作者可以依据杜先生的大作指导进行古代格式的散曲创作，写出当代优秀的新散曲，也就是旧瓶装"新酒"。但是本人更希望广大作者努力创制"新瓶"，为创造当代的新诗体而努力，因为当代毕竟早就不是唐宋元明时代了。创造当今时代的新文学体式，乃是时代赋予我们这一代人义不容辞的责任。

《笑谈便是编修院——散曲创作论要》一书的特点：一是力求在阐述过程中运用历史的观点、发展变化的观点、文学与社会联系的观点去阐述每一过程的内涵；二是力求运用大数据思维及其方法解析、揭示元曲文献蕴藏的规律，以及当代散曲创作的状况，为认识元曲及当代散曲创作奠定坚实的认识基础。运用大量的大数据研究结果，这是该书的一个特色，也为当代散曲创作和研究开了一条新的思路。目前运用大数据研究散曲，杜先生可谓走在时代的前沿。

应该说杜先生的这部专著是当代散曲创作者身边必备的一部很有实用价值的参考书。当今每一位散曲创作者都可以把此书当作如何写作散曲的切实可用的教材。

写于 2022 年 10 月

于津门知不足斋

（门岿，天津社科院研究员，中国传统文化促进会散曲创作室顾问，中国散曲研究会创始人、中国散曲研究会名誉会长。著有《元曲百家纵论》《元曲管窥》《门岿文集》等，主编《中国当代散曲大典》《中国当代散曲三百首》《明曲三百首》《中国历代文献精粹大典》等）

前　言

2018年，山西人民出版社出版了笔者的《大数据观察下的宋词与元曲》一书，该书是一部运用大数据思维观察、解析、还原历史文化的论著，从宏观角度界定、揭示、描述了元曲发展的生动局面。

随着传统文化的复兴与传承，元散曲的研究与创作发展迅猛，尤其当代散曲创作，方兴未艾，散曲组织如雨后春笋，散曲作品日以千计。但研究散曲创作方面的专著，凤毛麟角。鉴于此，在出版《大数据观察下的宋词与元曲》一书后，我便着手研究、准备《笑谈便是编修院——散曲创作论要》的写作工作。该书拟从当代散曲创作的角度，回答散曲创作应了解、认识并必备的知识体系。如果说《大数据观察下的宋词与元曲》回答的是如何认识元曲、解析元曲及元曲演变的逻辑过程及社会关联。而《笑谈便是编修院——散曲创作论要》，则是回答当代散曲创作，如何传承历史、借鉴历史，如何在与现实结合中，再创散曲这一诗体辉煌的新篇章。

《笑谈便是编修院——散曲创作论要》共列十章，分五个板块：

第一，第一章从宏观角度认识元曲在中华诗体发展历程中的历史位置。在音乐文学第一时期产生了《孔雀东南飞》及《木兰辞》"双璧"优秀作品，影响后世文坛。音乐文学第二时期产生了宋词这一独立文学体，与唐诗平分天下。音乐文学第三时期，产生了散曲独立的新格律体，推动了北杂剧、南戏的成熟，创造了戏曲的第一个黄金期。元曲形成了自己的特色，历史功绩辉不可灭。

第二，第二章是从中观角度认识元曲自身形成、发展的逻辑过程。阐述了元曲怎样从萌芽到形成元朝主流文化形态的历史演进；董解元的《西厢记诸宫调》对元曲形成的历史转折价值；元散曲前、后两个时期的发展态势；元散曲与元杂剧双峰并峙的元朝主流文化形态的生动局面。

第三，第三、四、五章，则是从微观角度认识散曲，认识散曲的体律特征，包括音律特征、组织结构特征、语言语意特征、旋律特征等。认识元散曲在演变过程中形成的鲜明的风格流派，如旷达风格、清丽风格、俏俗风格。认识元散曲创造的各种鲜活巧妙的风格技巧——巧体、俏体的表现形式。

以上三个板块，主要是从不同层次认识元曲的逻辑历史及其发展规律与艺术个性，是为散曲创作做必要的理论储备。

第四，第六、七、八、九章，则是阐述进行散曲创作必须认识和掌握的工具，如关于曲谱、曲牌、曲韵的了解，了解它们演变的历史过程，辩证地看待其发展，便于创作时的理性取舍；关于散曲创作的技巧与修养，如何借鉴大师们的体会与告诫。同时还列举了散曲创作的一般程序。第九章则重点阐述了如何塑造自己的作品，如何在语意塑造、意境塑造、风格塑造、境界塑造方面下功夫，以便提高创作水平，创作精品。

第五，第十章则从更广阔的视角，对古代散曲与当代散曲进行了比较，在现实与历史的互动中，深化对当代散曲创作的认识与定位。观察元散曲与明、清散曲的态势变化，比较元散曲与唐诗、宋词的社会创作活跃度。拉远历史镜头，再看当代散曲创作的繁荣与危机，了解其态势与特征，以及当代散曲创作的危机。在当代散曲与元代散曲的比较中，在历史回顾与当前危机中，增强创作队伍的责任感。

为了深层次地认识元散曲的逻辑历史、逻辑思维与形象思维对文学创作的重要性以及大数据与文献计量学对古典文学研究的价值，附录列举了以下三篇文章：《元散曲逻辑历史的可视化研究》《逻辑思维与形象思维及诗的本态》《大数据与文献计量学》，可供参考。

如果说《大数据观察下的宋词与元曲》对元曲的认识篇、理论篇，《笑谈便是编修院——散曲创作论要》则是元曲的实践篇、创作篇。

《笑谈便是编修院——散曲创作论要》有两个特点：一是力求在阐述过程中，运用历史观点、发展变化的观点、文学与社会联系的观点去阐述每一过程的内涵；二是力求运用大数据思维及其方法，解析、揭示元曲文献蕴藏的规律性与价值，为认识元曲及散曲创作奠定坚实的认识基础。

但由于笔者知识浅陋、水平有限，难免词不达意、挂一漏万，敬请方家雅正。

杜肇昆

2021年12月4日于阳泉

目 录

第一章
元曲是民族诗体演进中的璀璨里程碑

中华民族有五千年的悠久历史，民族在延续，文化一直绵远流长。政治上，虽然朝代不断更迭，但后朝修前朝史，从不间断。二十五史记载了几千年的中华政治史。文化上，诗词歌赋、文论、散文等，洋洋大观，在人类知识宝库中熠熠生辉。尤其中华诗歌，几经变体，一连串的珠玉瑰宝，在中华民族文化史上光辉闪耀，作品浩瀚如海，影响民族情怀、精神情感数千年。

一、《诗经》与《楚辞》——民族诗体的优秀开端

《诗经》是中国古代最早的一部诗歌总集。《诗经》收集了西周初年至春秋中叶的诗歌，共305篇。《诗经》是周王朝由盛而衰五百年间中国社会生活面貌的形象反映，其中有先祖创业的颂歌、祭祀神鬼的乐章；也有表现贵族间的宴饮交往、劳逸不均的怨愤的篇章；更有反映打猎以及恋爱、婚姻、社会习俗方面的动人篇章。

《诗经》分《风》《雅》《颂》三部分。

《风》出自各地的民歌，是《诗经》中的精华部分，有对爱情、劳动等美好事物的吟唱，也有怀故土、思征人的吟咏，更有反压迫、反欺凌的呐喊。如"关关雎鸠，在河之洲。窈窕淑女，君子好逑"，

即千古名咏。《风》常用复沓的手法来反复咏叹，诗中各章往往只有几个字不同，体现了民歌重章叠唱的特色。

《雅》分《大雅》《小雅》，多为贵族祭祀之诗歌，祈丰年，颂祖德。《大雅》的作者多是贵族文人，除了宴会乐歌、祭祀乐歌和史诗外，也写出了一些反映人民愿望的讽刺诗。《大雅》中也有部分是民歌。《小雅》部分诗歌与《国风》类似，最突出的是关于战争和劳役的作品，如《采薇》《杕杜》《何草不黄》等，都是这方面的名作。这些诗歌大都从普通士兵的角度来表现他们的遭遇和想法，着重表达对战争的厌倦和对家乡的思念。可以说《诗经·小雅》是中国最早的富有现实精神的诗歌，奠定了中国诗歌面向现实的传统。

《颂》是王室宗庙祭祀或举行重大典礼时的乐歌，分《周颂》《鲁颂》《商颂》，其中《周颂》31篇、《鲁颂》4篇、《商颂》5篇，共40篇，合称"三颂"。颂主要是周王和诸侯用于祭祀或其他重大典礼的乐歌，其内容多宣扬天命、赞颂祖先的功德。如《周颂》中的大武舞曲就是颂扬周文王、周武王、周公、召公功业的歌舞曲。《昊天有成命》便是强调天命、歌颂成王的诗。《鲁颂》中的《泮水》《闷宫》也是颂美祖先的诗歌。《商颂》5篇都是宗庙祭歌，充满了祝颂之辞。《颂》中也有一些反映当时农、牧、渔业生产情况的作品。如《周颂》中的《臣工》《噫嘻》《丰年》《载芟》《良耜》等一些春夏祈谷、秋冬报赛的祭歌，对西周农业生产的情况和规模都有具体的描述；《鲁颂》中的《駉》旨在颂美鲁僖公的牧马之盛，同时也说明鲁国畜牧业的发达；《周颂》中的《潜》写周王以各种嘉鱼献祭宗庙，反映了当时的渔业生产情况。《周颂》中的《有瞽》写了各种古代乐器，《商颂》中的《长发》《玄鸟》保存了关于殷商的神话、史实，是研究中国历史和神话传说的重要资料。

《风》的数量最多，共160篇。《雅》包括《小雅》74篇和《大雅》31篇，共105篇，合称"二雅"。《颂》有40篇。古人取其整数，常说"诗三百"。

《诗经》的作者绝大部分已经无法考证，相传为尹吉甫采集、孔子编订。《诗经》在我国诗歌历史上占有举足轻重的地位，为后世诗歌的创作起到了引领作用。也就是说，中国《诗经》以后的诗人大多都受《诗经》的影响。

《楚辞》是中国文学史上第一部浪漫主义诗歌总集，相传是屈原创作的一种新诗体。"楚辞"名称，西汉初期已有，至刘向乃编辑成集。东汉王逸作章句，原收战国屈原、宋玉及汉代淮南小山、东方朔、王褒、刘向等人辞赋共16篇。后王逸增入《九思》，成17篇。全书以屈原作品为主，其余各篇也是承袭屈赋的形式，以其运用楚地的文学形式、方言声韵等，具有浓厚的地方色彩，故名《楚辞》。

《楚辞》经历了屈原的作品始创、屈后仿作、汉初搜集、刘向辑录等历程，成书时间应在公元前26年至公元前6年间。刘向《楚辞》原书早佚，后人只能间接通过现在最完整的东汉王逸《楚辞章句》（原书亦佚）、宋洪兴祖《楚辞补注》（《楚辞章句》的补充）追溯、揣测原貌。

《楚辞》对整个中国文化系统具有不同寻常的意义，特别是文学方面，它开创了中国浪漫主义文学的先河，对后世诗歌产生了深远影响，因此后世称此种文体为"楚辞体"、骚体。《楚辞》运用楚地的方言声韵，叙写楚地的山川人物、历史风情，具有浓厚的地域文化色彩，与《诗经》古朴的四言诗相比，楚辞的句式较活泼，在节奏和韵律上独具特色，更适合表现丰富复杂的思想感情，很大程度上影响了后世的诗歌创作，成为浪漫主义文学的源头。

《楚辞》是公认的与《诗经》并峙的一座诗的丰碑，它创造了新的诗体，对诗歌的发展有极其重要的作用。《楚辞》在诗坛开创了一种文学传统，被今人视为"浪漫主义"诗风的一派，都无一例外受其启发，从中汲取精神与艺术的滋养。

二、汉代乐府诗及魏晋南北朝民歌——音乐文学第一季

"乐府"是古代音乐机关，秦代以来朝廷设立的管理音乐的官署。汉惠帝时设乐府令，到汉武帝时扩大了乐府的建制和职能：收集编纂各地民间音乐、整理改编与创作音乐、进行演唱及演奏等。汉代乐府诗，除了将文人歌功颂德的诗制成曲谱并制作、演奏外，又收集各地民间的歌辞入乐。《汉书·艺文志》记："自孝武帝立乐府而采歌谣，于是有赵、代之讴，秦、楚之风，皆感于哀乐，缘事而发，亦可以观风俗，知薄厚云。"汉武帝采诗，除为考察民意外，亦为丰富乐府的乐章，以供娱乐。后来人们便把能歌唱的诗或诗体统称为乐府，乐府一词也就演变成诗体的名称了。

汉乐府诗主要保存在宋郭茂倩《乐府诗集》十二类中的七类里，雅乐在"郊庙歌辞"类，《铙歌》十八曲在"鼓吹曲辞"类，民歌主要在"相和歌辞""舞曲歌辞"和"杂曲歌辞"类。汉乐府民歌内容丰富，反映了当时广阔的社会生活，艺术上刚健清新，其五言、七言和杂言的诗歌形式，是文人五言、七言诗歌的先声。《孔雀东南飞》是汉乐府的代表作，原题为《古诗为焦仲卿妻作》，因诗的首句为"孔雀东南飞，五里一徘徊"，故又有此名。全诗350余句，1700余字。该诗主要讲述了焦仲卿、刘兰芝夫妇被迫分离并双双自杀的故事，控诉了封建礼教的残酷无情，歌颂了焦、刘夫妇的真挚感情和反抗精神。《孔雀东南飞》是中国文学史上第一部长篇叙事诗，也是乐府诗发展史上的高峰之作，后人盛称它与北朝的《木兰诗》为"乐府双璧"。

魏晋六朝时，乐府乃由机关的名称变为一种带有音乐性的诗体的名称。东汉采诗成为政治生活中的一件大事，到南北朝皆相沿袭。刘勰《文心雕龙》于《明诗》之外，另有《乐府》专章。萧统《昭明文

选》、徐陵《玉台新咏》也都开辟了《乐府》专栏，其中既有文人诗歌，又有民间歌诗，亦即凡是合过乐能够歌唱的歌诗统统称为"乐府"。

北朝于战乱间隙所奉行的采诗制度，与两汉一脉相承。保存在郭茂倩《乐府诗集·梁鼓角横吹曲》中的北朝乐府民歌，有的是用汉语创作，有的则为译文，虽然只有六七十首，却内容深刻，题材广泛，反映了广阔的社会生活，富有与南方大相异趣的粗犷豪放的气概，呈现出另外一种风情民俗的画卷。由于北方各族统治者长期混战，反映战争的题材就多些，有描写战争和徭役带给人民苦难的，有歌颂剽悍的尚武精神的。特别是《木兰诗》，满怀激情地赞美花木兰女扮男装、代父从军。

汉乐府和魏晋南北朝诗歌是把诗和音乐相结合，是《诗经》和《楚辞》之后的一种新体裁，源于民间而走向庙堂。汉代是历史大发展时期，也是乐府最辉煌的时期，其四言、五言、六言对盛唐时期的律绝起到了铺垫作用。汉魏六朝乐府是中国文学史上的一朵奇葩，直接影响了我国诗坛的面貌，是民族诗体音乐文学的第一次浪潮，对后世产生了极大影响。

三、大唐盛世下的唐诗——诗歌流变中的王朝

唐朝是中国历史上空前强大的统一帝国，在当时的世界上也是最先进、最文明的国家。在唐鼎盛时期，不仅物质极大丰富，而且文化也极其繁荣，诗歌则更是发展到了顶峰，这一时期是中华诗歌发展的黄金时代。《全唐诗》收录的诗人就有2200多位，诗作有5万首。

唐诗的形式和风格丰富多彩，它不仅继承了汉魏民歌、乐府传统，而且大大发展了歌行体的样式；不仅继承了前代的五言、七言古诗，还发展为叙事言情的鸿篇巨制；不仅扩展了五言、七言形式的运用，还创造了风格特别优美且整齐的近体诗。近体诗是当时的新体

诗，它的形成和成熟是唐代诗歌发展史上的光辉一页。它把我国古典诗歌的节奏和谐、文字精练的艺术特色推到了前所未有的高度，为古代诗体找到一个最典型的形式。

唐诗发展盛况空前。

初唐时期，代表作家是"初唐四杰"：王勃、杨炯、卢照邻、骆宾王。陈子昂也是初唐有名的诗人，他是第一个举起诗歌革命大旗的诗人。在文风上，初唐时期的诗人作品气象万千、雄浑博大，他们已经从南北朝纤构狭小的宫体诗中逐渐走了出来，开辟了新的境界。

盛唐时期，经济繁荣、国力强盛，唐诗发展到顶峰，题材广阔、流派众多，出现了"边塞诗派""田园诗派"等。浪漫主义诗人李白和现实主义诗人杜甫，是这一时期最杰出的代表，史称"李杜"。他们的诗，雄视千古，为一代之冠。在他们的笔下，无论五律、七律，还是五绝、七绝、古风歌行，皆达到很高的艺术成就。

中唐时期，前期代表诗人有刘长卿、韦应物、卢纶、李益等。后期则出现新乐府诗派、韩孟诗派。白居易、元稹倡导了新乐府运动。白居易提出"文章合为时而著，歌诗合为事而作"的进步主张。白居易的诗明白晓畅、通俗易懂，深受大众喜爱，代表作有《长恨歌》《琵琶行》等。此外，刘禹锡、李贺的诗也颇有成就。

晚唐时期，较著名的诗人有温庭筠、李商隐、杜牧、韦庄等。其中，李商隐和杜牧被人们称为"小李杜"。

唐诗的派别也十分耀目。

山水田园诗派，代表人物：王维、孟浩然。其风格是恬静雅淡，富阴柔之美；形式多为五言古诗、五绝。

边塞诗派，代表人物：高适、岑参、王昌龄、李益、王之涣、李颀。特点为描写战争与战场，表现保家卫国的英勇精神；或描写雄浑壮美的边塞风光、奇异的风土人情，表达民族和睦的向往与情怀。

浪漫诗派，代表人物李白。以抒发个人情怀为主，咏唱对自由人生、个人价值的渴望与追求。诗词自由、奔放，想象丰富，气势宏大。语言主张自然，反对雕琢。

现实诗派，代表人物杜甫。诗歌艺术风格沉郁顿挫，多表现忧时伤世、悲天悯人的情怀。自中唐至宋代以来，多有诗人继承杜甫的写实风格。

唐诗是中华民族珍贵的文化遗产，是中华文化宝库中的一颗明珠，对后人研究唐代的政治、民情、风俗、文化等都有重要的参考意义，对中华民族人文情怀的影响力千年不衰，对世界上许多国家的文化发展也产生了很大影响。

四、文学皇冠上另一明珠"宋词"——音乐文学第二季

宋词是相对于古体诗的新体诗歌，标志宋代文学的最高成就。

宋词是一种音乐文学，它的产生、发展以及创作、流传都与音乐有直接关系。词所配合的音乐是燕乐，又叫宴乐，隋唐时主要用于娱乐和宴会的演奏，隋代已开始流行。而配合燕乐词的起源，也就可以上溯到隋代。宋代王灼《碧鸡漫志》卷一说："盖隋以来，今之所谓曲子者渐兴，至唐稍盛。"词最初主要流行于民间，《敦煌曲子词集》收录了160多首作品，大多是从盛唐到唐末五代的民间歌曲。大约到中唐时期，诗人张志和、韦应物、白居易、刘禹锡等人开始写词，把这一文体引入了文坛。到晚唐五代时期，文人词有了很大的发展，晚唐词人温庭筠及以他为代表的"花间派"词人和以李煜、冯延巳为代表的南唐词人的创作，都为词体的成熟和基本抒情风格的建立做出了重要贡献。词终于在诗之外别树一帜，成为中国古代最为突出的文学体裁之一。进入宋代，词的创作逐步蔚为大观，产生了大批成就突出的词人，名篇佳作层出不穷，并出现了各种风格、流派，发展成全社会的主流文化形态。根据唐圭璋统计，《全宋词》共计辑两宋词人1330多人，词作约2万首，由此可见当时创作的盛况。

宋词的风格流派明显，有婉约派和豪放派之分。

婉约派的特点，内容侧重儿女风情，结构深细缜密，重视音律谐婉，语言圆润，清新绮丽，具有一种柔婉之美，但主题内容比较窄狭。代表人物有柳永、晏殊、晏几道、欧阳修、周邦彦、李清照、秦观、姜夔、吴文英、史达祖等。如柳永，北宋著名词人，第一位对宋词进行全面革新的词人，也是两宋词坛上创用词调最多的词人。柳永大力创作慢词，将敷陈其事的赋法移植于词，同时充分运用俚词俗语，以适俗的意象、淋漓尽致的铺叙、平淡无华的白描等艺术手法，对宋词的发展产生了深远影响。代表作：《雨霖铃》（寒蝉凄切）、《蝶恋花》（伫倚危楼风细细）等。

豪放派的特点，大体是创作视野广阔，气象恢宏雄放，喜用诗文手法、句法、字法，语词宏博，用事较多，不拘守音律。南渡以后，由于时代巨变，悲壮慷慨的高亢之调应运而生、蔚然成风。苏东坡、辛弃疾成为创作豪放词的一代巨擘。豪放词派不但屹然别立一宗，震烁宋代词坛，而且广泛地沾溉词林后学，从宋、金直到清代，历来都有标举豪放旗帜，大力学习苏、辛的词人。宋词豪放派代表人物有苏轼、辛弃疾、陈亮、陆游、张孝祥、张元干、刘辰翁等。

苏轼，北宋大文学家，对词进行了大刀阔斧的变革，做出了不可磨灭的贡献。无论是内容的拓展、形式的创新还是风格的突破，苏轼都以其极大的热情、卓越的才能进行了不懈的追求和努力，从而极大地提高了词的艺术品位，提高了词的文学地位。苏词强化了词的文学性，弱化了词的音乐性，使词从音乐的附属品转变为一种与诗具有同等地位的独立的抒情文体，把词引入文学殿堂，从根本上改变了词史的发展方向，树立了词史上的里程碑，为宋词进入鼎盛时期奠定了基础。这就是苏轼对词所做出的最杰出的贡献。代表作《念奴娇·赤壁怀古》《水调歌头·明月几时有》《江城子·密州出猎》等，多首作品成为千古名篇。

辛弃疾，字幼安，号稼轩。他是宋代词作巅峰代表和所存词作最多的词人，现存词600多首。其词抒写力图恢复国家统一的爱国热情，倾诉壮志难酬的悲愤，对当时执政者的屈辱求和颇多谴责，也有不少吟咏祖国河山的佳作。题材广阔，又善于化用前人典故入词，风格沉雄豪迈，又不乏细腻柔媚之处。代表作有《破阵子·为陈同甫赋壮词以寄之》《永遇乐·京口北固亭怀古》《摸鱼儿·更能消几番风雨》《清平乐·村居》等。

词进入宋代初期，先是继"花间派"晏欧词风盛行的小令繁荣期，而后遂有五变：

北宋柳永词体之变：开长调、叙事先河。

北宋苏东坡词格之变：开豁达、豪放之风。

北宋周邦彦词艺之变：回归婉约、历现清雅。

南宋辛弃疾词事之变：军国入词、指点江山、豪风延续。

南宋姜夔词技之变：词境独创、清空骚雅、婉约之风。

宋词在第二次音乐文学复苏过程中，经过长时间演变，虽存有音乐性，但其强度在逐渐衰减，其独立的文学性逐渐占据主导地位，终成社会主流文化形态，并创造出辉煌的文化成果，与唐诗比肩，成为中国文学史上两颗明珠。唐代被称为诗的时代，宋代则被称为词的时代，都代表一代文学之盛。

五、一代之文学"元曲"——音乐文学第三季

曲始于宋代，鼎盛于元。元曲一般指元杂剧与元散曲。杂剧是戏曲，散曲是诗歌，属于不同的文学体裁。散曲在元代文学中占有重要地位，但杂剧的成就和影响远超散曲，因此也有人以"元曲"单指杂剧，元曲也即"元代戏曲"。

元曲原本是民间流传的"街市小令"或"村坊小调"，后被文人引入文坛。随着元灭金、灭宋，入主中原及统一全国，它先后在以大都（今北京）和临安（今杭州）为中心的南北广袤地区流传开来。

元曲作品以其揭露现实的深刻及题材的广泛、语言的通俗、形式

的活泼、风格的清新、描绘的生动、手法的多变，在中国古代文学艺苑中别具一格，放射着璀璨夺目的异彩。下一节将对元曲做更详细的阐述。

在音乐文学发展到第三个时期，音乐文学产生了"质"的飞跃。如果说第一季（汉魏乐府）、第二季（宋词）的音乐文学都是以"清唱"歌词为基本特点，在直接表达作者的观察与情感，那么第三季的音乐文学（元曲）则出现了两轨势态——散曲与戏曲。作为"清唱"歌词的散曲，依然欣欣不息，蔚然成风。作为戏曲，则增加了科白、动作、唱腔及故事情节。作者在特定时空领域间接地表达自己的观察与情感。戏曲将散曲立体化了，而散曲又为戏曲提供了更多的资源与营养。

六、不受拘束的自由诗体——现代新诗

新诗指五四运动前后产生的、有别于古典诗歌并以白话作为基本语言手段的诗歌体裁。

在中国文学发展过程中，诗歌（包括诗、词、曲等）曾取得辉煌的成就。但到了近代，古典诗歌的创作逐渐走向僵化，古典诗歌所使用的词语与现代口语严重脱节，它在形式（包括章法句式、对仗用典以及平仄韵律）上的种种严格限制，在表现不断变化而日益复杂的社会生活及表达人们真实的思想感情方面，存在较大的局限。因此，新诗革命成了"五四"新文学运动最先开始的，也是最重要的组成部分。

新诗初创阶段，致力于废除旧体诗形式上的束缚，主张白话俗语入诗，以表现诗人的真情实感为主要内容。因此，当时也称新诗为"白话诗""白话韵文""国语的韵文"（钱玄同《〈尝试集〉序》、胡适《谈新诗》、康白情《新诗底我见》）。1917年2月，《新青年》2卷6号刊出胡适的白话诗8首，这是中国新诗运动中出现的第一批白话新诗。第一本用白话写的诗集是胡适的《尝试集》，而最早从思想艺

术上显示一种崭新面貌并为新诗地位的确定做出重大贡献的是郭沫若的《女神》。

新诗在建立和发展过程中，受到外国诗歌较大的影响。这对新诗艺术方法的形成起了积极的作用。许多诗人在吸取中国古典诗歌、民歌和外国诗歌有益营养的基础上，对新诗的表现方法和艺术形式进行了多方面的探索，产生了现实主义、浪漫主义、象征主义等多种艺术潮流，出现了自由体、新格律体、十四行诗、阶梯式诗、散文诗等多种形式。众多诗人的探索和一些杰出诗人的创造，使新诗逐渐走向成熟和多样化。现代新诗在发展过程中也产生了很多流派，如20世纪20年代的象征派、50年代的现实派、70年代的朦胧派、90年代的网络派和现在的新文化媒体写作派等。从五四运动以来，新诗便成为现代诗歌的主体。

中国诗体的发展从《诗经》到《楚辞》，到汉魏南北朝乐府，到唐诗，到宋词，到元曲，到现代新诗，一路走来，各种诗体在发展链条中各自创造了光辉灿烂的文化硕果，深刻体现了中华民族语言的精深魅力。

第二章
元曲变迁的逻辑走向及呈现形态

一、元曲从萌生到主流文化形态

曲源于何处？一种文化形态的形成总是要经过漫长的演变并按照自身的逻辑发展和成熟。

（一）

2020年9月，河北大学教授刘崇德先生编的《全宋金曲》（全2册）由中华书局出版。该书汇录了宋金时期各类曲体文学作品，包括法曲、大曲、鼓子词、转踏、唱赚、宋散曲、金散曲、诸宫调、宋戏文、乐语，共十大部分。其书前言曰："词曲同源而异流，二者皆源于唐曲子。唐曲子本为宫廷乐舞技艺，其乐即天宝十三年（754）以来二十八宫调与曲牌体之燕乐。词兴于唐而盛于宋，曲则兴于宋而盛于元。"

（二）

曲亦是一种音乐文学，同词一样经过了漫长的衍变。

宋词在兴旺发展过程中，渐渐地脱离音乐的束缚，成为一种纯文学形式，变为文人案头文学了。但民间的文化娱乐并未停止，随着宋朝城市经济的发展，歌舞杂技、说唱文艺渐兴，一种"曲"开始萌生。刘崇德先生编的《全宋金曲》汇录了宋金时期的各类曲体文学作品，包括法曲、大曲、鼓子词、转踏、唱赚等类。法曲是歌舞大曲中的一部分，因其用于佛教法会而得名。大曲是一种传统音乐，是兼有器乐演奏的大型歌舞曲。鼓子词是宋代说唱艺术，由韵文和散白相杂构成，用同一曲调反复演唱，篇幅相对短小，因歌唱时有鼓伴奏而得名。转踏又名传踏、缠达，也是说唱艺术的一种，与鼓子词相近，不同之处是散白部分为"诗句"所取代，以"诗句"和"词调"相间成文，以同一宫调若干首曲串联而成，表演时随歌随舞。唱赚也是宋代民间流行的歌唱伎艺，用同一宫调的若干支曲子组成套数，歌舞相兼。

鼓子词、转踏、唱赚都是说唱文学，其共同点，一是都有唱的"曲"，二是说唱兼交。《全宋金曲》中记载了最早有北宋欧阳修的鼓子词《采桑子·轻舟短棹西湖好》12首，《渔家傲·正月斗杓初转势》12首，又《渔家傲·正月新阳生翠琯》12首。转踏记载北宋黄庭坚《调笑歌·无语》1首，北宋秦观《调笑令·王昭君》10首、《忆秦娥·灞桥雪》4首。欧阳修、黄庭坚、秦观是北宋前期、中期的著名作家，说明北宋中期以前，已有大词家介入写"曲"了。

在鼓子词、转踏、唱赚等传统文化形式基础上，北宋后期另一文化形式诸宫调出现了。

据宋王灼《碧鸡漫志》卷二载："熙丰、元祐间……泽州（今山西晋城）孔三传者，首创诸宫调古传，士大夫皆能诵之。"北宋孟元老《东京梦华录》卷五，有崇宁、大观以来"京瓦伎艺"有"孔三传、耍秀才诸宫调"的记载。南宋吴自牧《梦粱录》卷二十："说唱诸宫调，昨汴京有孔三传，编成传奇灵怪，入曲说唱。"《水浒传》第五十一回写诸宫调演员白秀英的开场白："今日秀英招牌上明写着这场话本，是一段风流蕴藉的格范，唤作《豫章城双渐赶苏卿》。"苏小卿与双渐的爱情故事，产生于北宋，并且在民间极为流行。《水浒传》这一佐证说明北宋后期诸宫调已十分盛行。

诸宫调是说唱体文艺形式，由某一宫调的若干曲牌联成短套，首尾一韵；再用若干宫调的许多短套联成长套，故称诸宫调。演唱时采取曲牌歌唱和说白相间的方式。诸宫调相对于鼓子词、转踏等可以有更长、更丰富的结构，便于演唱更复杂、更跌宕的长篇故事，是说唱文学的一大进步，把说唱文艺推向一个新的高度。

宋代的说唱文学对戏曲的形成和发展有着重要的影响。说唱文学是"代言体"，演出者在"说别人"；而戏剧是"自言体"，台上演员就是角色自己。戏曲有更丰富的内容和内涵，戏曲用穿越时空的模式，再现某一历史时空的人间场景，演绎一段动人的故事，受到更广泛的欢迎，是说唱文艺的又一进步。

宋杂剧兴起是北宋时期另一重要文化现象。

宋杂剧继承了唐参军戏、歌舞戏的传统，又广泛吸收了民间说唱、杂耍、武艺和唐宋大曲而形成的一种新的歌舞与故事表演相结合的艺术，在北宋后期已十分流行。

施耐庵《水浒传》对宋杂剧表演形式特点进行过具体而生动的描述。《水浒传》第八十二回"梁山泊分金大买市，宋公明全伙受招安"具体地描述了宋徽宗在文德殿亲御宝座陪宴宋江等人，其间，搬演了宋杂剧。参加演出的艺人有杂剧色、笛色、鼓色、筝色、瑟色"散做乐工"等120名，其盛况可知。宋杂剧是用"大曲""法曲"或"词牌"来表演具有故事情节的歌舞戏。北宋时盛行于东京（今河南开封），南宋时临安（今浙江杭州）也很流行。宋杂剧的出现是中国戏曲渐趋成熟的标志。北方的杂剧后来逐渐发展为金院本、元杂剧，南方的杂剧则逐渐发展为宋元南戏。

鼓子词、诸宫调、宋杂剧虽然文艺形式不同，但共同点都是由"曲牌"的"唱"贯穿演出始终。曲与戏剧有着密切的关联。曲在先，戏在后。曲因清唱而传播，因组合诸宫调扩展而增加表现力。曲加科白加故事情节而生戏曲。戏曲里面的剧曲因动听而在茶余酒后被清唱、被传播。散曲与戏曲互相借鉴、相互促进、相互发展。北宋时期的这种"曲"的文化形式、形态，为后来的散曲、戏曲文化打下了基础。

（三）

历史的突变有时是难以预料的。1127年，金兵南下攻取北宋首都东京，掳走徽、钦二帝，北宋灭亡，史称"靖康之难"。金灭北宋后，赵构即位，定都临安，为南宋。南宋与金"绍兴和议"后，以淮河、秦岭大散关为界，宋金两朝南北对峙了九十多年。

北宋时期创造的文化成果，成为金、南宋两朝无偿接受的文化遗产。北宋文化在新的历史环境下，按南北两条轨道演变、发展。

（四）

南宋同北宋"本是同根生"，赵家天下，只是阶段不同。"靖康之难"前，均为大宋。所以以都城东京为中心的北方杂剧、诸宫调等文化，在南方也有一定影响和表现。然地域不同，文化的表现形式也各有特点。

南宋南戏的兴起便是一例。明代祝允明在《猥谈》中说："南戏出于宣和之后，南渡之际，谓之'温州杂剧'。"明代徐渭《南词叙录》说："南戏始于宋光宗朝，永嘉人所作《赵贞女》《王魁》二种实首之。……或云：宣和间已滥觞，其盛行则自南渡。"祝允明、徐渭之见，说明南戏在北宋末"宣和"之后，由温州艺人创立，到南宋光宗朝已流传到都城临安，南渡后始盛行于江浙一带。

南宋王朝偏安杭州以来，有一段相对稳定的环境，工商业渐进繁荣，市民阶层迅速崛起，北方各阶层人员大批南下流入，城市人口迅速增加，北方文化与吴越文化相互交流、融合。在这种社会背景下，临安的文化活动十分活跃，城内外瓦舍勾栏遍布，各种演出星罗棋布，一片歌舞升平。南宋林升所作的《题临安邸》："山外青山楼外楼，西湖歌舞几时休。暖风熏得游人醉，直把杭州作汴州！"便是一证。

其中南戏更受市民欢迎。南戏用南方方音演唱，分平上去入四声，保留入声，在用韵上也较为宽松。南曲轻柔婉转的音乐风格，适合演唱情意缠绵的故事，与北曲高亢劲切、宜于表现威武豪放的气概大不相同。器乐伴奏，北曲以弦乐为主，南戏则以管乐为主，以鼓、板为节。

随着南戏戏文的市场繁荣，一些下层文人和粗通文墨的艺人，成立了各种书会，如武林书会、古杭书会等，专门为戏班编写剧本，专工南戏的演员也逐渐增多并活跃在舞台上。《张协状元》由温州九山书会的才人创作，故事移植自诸宫调。南戏的著名作品《荆钗记》《白兔记》《拜月亭记》《杀狗记》被后人称为"四大南戏"，也叫"四大传奇"，明清时期传演甚广，影响深远。南戏的发展成熟，到明代中叶形成了"四大声腔"系统，对后来地方戏的兴起和衍变发展有很大影响。后来的昆曲便是南戏系统下形成的一个曲种。南戏对中国古代戏曲艺术的发展做出了重要贡献。

南戏声腔系统十分丰富，王国维统计南戏有260余首曲牌，出于唐宋词者190首，出于大曲者24首，出于诸宫调者13首，出于南宋唱赚者10首，与元杂剧相同者13首，其他17首。南戏不仅使用南曲，而且也吸收了北曲曲牌，创造了"南北合套"的形式。南北合套的运用，丰富了南戏的音乐表现力。

南戏在南宋是重要的戏曲形式，有广泛的社会基础。南戏的曲牌种类丰富，有的借自散曲，有的移植自其他剧种，有的由乐师新创。这些曲牌对后来的散曲和戏曲发展有着积极影响，并提供了借鉴。

（五）

金灭北宋后，占据北方大部分地区。金人是起源于东北一带的女真族，以渔猎和农耕为生，其经济背景使金人比蒙古族更容易接受以农耕文化为主的中原儒家文化。

原活跃在宋都城东京一带的说唱文学、诸宫调、宋杂剧等文化形式及演出、创作队伍，自然都成了金朝全盘接收的文化遗产。

在戏曲方面，金人将北宋的"宫本杂剧"发展成为"院本杂剧"，俗称"金院本"。金院本与宋杂剧本是同一种艺术形式，元末明初陶宗仪的《南村辍耕录》卷二十五曾言："金有院本、杂剧、诸宫调。院本、杂剧，其实一也。"杂剧多为宋人旧称，而院本则是金人称呼。所谓"院本者，行院之本也"。所谓"行院"，是当时对教坊、伶优等人聚居之所的总称。宋代吴自牧《梦粱录》说"杂剧全用故事，务在滑稽"，元夏庭芝《青楼集》也说"院本大率不过谑浪调笑"。这说明金院本在立意、风格等方面有着宋杂剧的基本特征。

金迁都燕京（北京）后，进入金中都时期。金中都时期是金代院本戏剧的发展期、定型期。

金戏剧的一大特点是演出场所变为戏台。戏台一律为亭阁式，四角攒尖。采用露台和亭榭式的戏台演出，比北宋时期的瓦肆勾栏是个进步。正是这种戏台的设置创造了不一样的观戏体验，舞台与观众形成的三维立体空间式的观演关系，拉长了戏剧艺术与现实生活之间的时空距离。这种距离感，既为演员深入角色创造了真实环境，也为观众橱窗式地观赏故事、人物增加了特殊艺术感受。

金中都时期院本题材相比宋代更加广泛，内容更加丰富，风格也更加多样。"院本名目"按照内容形式，可分为十一个类别，即"题目院本""上皇院本""和曲院本""霸王院本""诸杂大小院本""打略拴搐""拴搐艳段""冲撞引首""院幺""诸杂院爨""诸杂砌"。每个类别又包含表现不同内容的剧目。陶宗仪《南村辍耕录》记载的院本名目共690种，有以人名命名的，如《相如文君》《王安石》；有以故事命名的，如《蝴蝶梦》《淹兰桥》；有以曲调命名的，如《王子高六幺》《裴少俊伊州》；有以脚色命名的，如《迓鼓孤》《老姑遣姐》等。院本在体制、形态、脚色、剧目等方面还保留了宋杂剧特点，但由于受到北方民族风俗和音乐的影响，多注入豪爽旷达之风，又比宋杂剧多些宏阔感。

在金中都时期已经出现了官方专业与民间专业的艺人队伍。北宋许亢宗的《宣和乙巳奉使金国行程录》中，曾记述金太宗完颜晟有"乐部二百人"，举行隆重的宴会时有"酒三行，乐作，明钲击鼓，百戏出场"的记载，演出场面已十分壮观。

金院本作为古代戏曲文化的阶段性成果，为元杂剧的形成奠定了基础。

金中都时期另一文化成就是诸宫调的发展。

北宋以后，诸宫调流传于中原和南宋临安等地，可惜大部分诸宫调在传承过程中流失了，现今所能见到的只有断章残篇的《刘知远诸宫调》和保存完整的金人董解元的《西厢记诸宫调》（以下简称《董西厢》）。

《刘知远诸宫调》，作者及产生年代无考。20世纪初在古西域黑水城（今甘肃境内）发现，现残存42页，是现存诸宫调刻本中最早的一部。《刘知远诸宫调》叙述五代时期后汉高祖刘知远从一个流浪汉成为后汉开国皇帝以及同发妻悲欢离合的故事，南戏《白兔记》即取材于此。

诸宫调作品保存最为完整的是《董西厢》。董解元生平事迹无可考，但据《录鬼簿》和《南村辍耕录》记载，他大约生活于金代中叶金章宗时期。

《董西厢》题材来源于唐元稹的小说《会真记》。原作中张生与莺莺一度相爱，但男子做官就负心，始乱终弃，给女子带来侮辱、伤害，有一个悲剧性结局。《董西厢》则彻底改变了故事结局，把一出悲剧改成了大团圆喜剧。这诸多改动，使得崔、张的故事在传奇性之外，又多了反封建这一主题。《董西厢》无论是在思想还是艺术方面都突破了传统思想的束缚，被明代著名学者胡应麟称为"古今传奇鼻祖"。元朝王实甫的《西厢记》则是在董解元作品基础上再创作为戏剧。《董西厢》的结构宏伟，把原作不足3000字的传奇，改为5万多字的说唱文学作品，扩充为包含14种宫调的193套组曲的有说有唱的长篇，是中国古典戏曲中一部带典范性的划时代杰作。

《董西厢》诸宫调的出现，不仅开创了说唱结合的演绎长篇爱情故事的文艺形式，同时提供了众多"曲"的组合结构模式，为后世戏曲音乐提供了范例，也为散曲的独立发展提供了众多的曲牌范式与选项。金院本和诸宫调是金朝最具亮点的文艺形态。

（六）

当蒙古大军南下，1234年灭掉金国和1279年灭掉南宋一统中国时，在金朝和南宋对峙期间，北形成的金院本、诸宫调，南形成的南戏，两种不同风格、不同形态的文化成果，都成了元朝接收下来的文化遗产。元朝在此基础上建成了自己的文化大厦元曲——元散曲与元杂剧，形成又一个"一代之文学"。

（七）

散曲之名最早见于文献，是明初朱有敦的《诚斋乐府》，不过该书所说的散曲专指小令，尚不包括套数。明代中叶以后，散曲的范围逐渐扩大，把套数也包括了进来。至20世纪初，吴梅、任讷等曲学家的一系列论著问世以后，散曲作为包含小令、带过曲和套数的完整的文体概念，最终被普遍接受而确定了下来。散曲最早的源头便是北宋时期娱乐文化的"单曲"。

刘崇德编的《全宋金曲》里面记录的"曲"，实际上就是现今概念的散曲。当其独立清唱时是散曲，放在戏剧里表现人物时，便成"剧曲"。散曲和剧曲表现的符号便是曲牌。曲牌内涵有两种要素，即音乐元素（旋律）和文学元素（唱词）。为了使音乐元素唱出时"字正腔圆"，要求文学元素的"字"要限定在特定的平仄组合中。曲牌中的音乐元素"绑架"文学元素。记录这种关系的符号体系，就叫"曲谱"。

散曲的发展和丰富，为戏剧提供了多样化的音乐表现形式，而戏剧里面的"剧曲"往往又被清唱传播。宋王灼的《碧鸡漫志》所说的"士大夫皆能诵之"即指此。实际上，散曲与戏曲一直在相辅相成、相互借鉴中发展。

刘崇德的《全宋金曲》里除记录文艺形式的"曲"如"鼓子词""转踏""唱赚"等的文学体裁外，还记录了独立形态的散曲。卷六记载的是《宋散曲》，卷七记载的是《金散曲》。

《宋散曲》卷，记录了北宋李公麟及南宋黄勋、杨万里、沈瀛、刘过等人的散曲94首；《金散曲》卷，记录了元好问、商衢、杨果、杜仁杰等人的散曲80首。

元好问是金末至元初的文学家、历史学家，山西忻州人。李公麟是杰出画家，长于诗文，与王安石、苏轼、米芾、黄庭坚为至交。《宋散曲》记录其散曲"四时乐春夏秋冬"4首。如果从李公麟的卒年算起，李公麟的散曲要比元好问的散曲早几十年。南宋大臣曹勋有散曲《饮马歌》《八音谐》2首，此时元好问尚未出生。南宋文学家杨万里，与陆游、尤袤、范成大并称南宋"中兴四大诗人"，有散曲《归去来兮》1首。杨万里去世时，元好问才16岁，元好问的《小圣乐·骤雨打新荷》写于入元后晚年，所以杨万里的曲要比元好问的曲早得多。因而元好问绝不是"散曲第一人"，更称不上"散曲鼻祖"。隋树森先生的《全元散曲》辑录的是元代散曲，包括从金入元和从元入明两个过渡时期的部分作家的作品。元好问在金朝灭亡时44岁，在元朝又生活了23年，杨果、杜仁杰等人都在其后。入选元好问散曲作品是编书惯例决定的，而绝不是像有些文献说的是"散曲第一人"和"散曲鼻祖"。

（八）

2020年，中华书局出版的刘崇德《全宋金曲》记录了宋金时期散曲和戏曲的萌生、发展、衍变过程；1964年，中华书局出版的隋树森《全元散曲》记录了元朝时期散曲的发展、成熟、兴盛的过程。水有源，树有根，隋书记载的是"果"，刘书记载的是"源"。相隔56年的这两部书，构成了"曲"这一文化形态客观的衍演、发展链条。当这两部书联系在一起，展示出一种文化形态的发展规律时，也客观地提升了人们对"曲"的认知。

（九）

辩证唯物主义认为，任何事物都有自身的发展逻辑，都有发生、发展、衰亡的过程。文化的发展亦是如此。

一种文化现象当其在民间萌芽时，可能幼嫩；当其沉淀、积蓄力量之后，就会蓬勃发展；一旦被群众广泛接受，它便会在社会上形成一定气候。一些文人看到其价值后便会介入，要么提升，要么扼杀。被提升的文化，又会进一步巩固其社会基础，长久传播，变成一种文化形态。自媒体出现后，从自拍到自录，发展成"抖音"，便是现代一例。

词萌于唐，而盛于宋。从民间娱乐到有记载的李白《菩萨蛮》，再到中唐，再到晚唐五代，再到宋朝，经过近200年的发展、衍变，形成宋朝的主流文化形态，成"一代之文学"。

曲萌于宋，而盛于元。《全宋金曲》记载"曲"最早见于中北宋政治家、文学家欧阳修的《采桑子》《渔家傲》鼓子词中。如果从欧阳修算起，经金、南宋而到元，曲经过了160多年的发展、衍变。到了元朝，一批金代学者带着他们的文化成果进入元朝。元朝的一大批文人、官员及民间艺人纷纷参与散曲的创作，形成广泛的社会氛围，再加上戏曲的发展、兴旺，戏曲文学同散曲文学相互促进，终于形成了元朝的主流文化形态，成为"一代之文学"。元曲是在对金文化、南宋文化全面继承的基础上建立元朝的文化大厦。

（十）

文化是人类精神活动的产物，属于意识形态范畴。文化是社会群体普遍接受的、有社会基础的民族个性或地域个性的社会精神活动。它不会突然产生，也不会突然消失。当一种文化现象已经成为一种文化形态时，它不会因为政权的更迭而突然变化。北宋灭亡后，宋杂剧、诸宫调成为金朝的文化遗产。元灭金和南宋后，金院本、诸宫调、南戏成为元朝的文化遗产。一种文化形态总是按照自身的逻辑，依据社会环境轨迹萌生、发展、前进。政权更迭的政策，只可能是推动其发展的因素。北宋灭亡了，宋杂剧在金代的环境里蓬勃提高。元朝灭亡了，元曲在明代还得到进一步发展。文化是群体精神运动的结果，文化是非物质文化遗产，它同物质文化遗产一样，共同构成人类古代文明和现代文明。这一切都是有规律的、可认识的。

认识逻辑和历史逻辑往往是统一的。当《全宋金曲》和《全元散曲》描述、记载和揭示"曲"的发展规律时，历史的逻辑和认识的逻辑便统一起来了。

二、《董西厢》对元曲形成的转折价值——曲史的三次飞跃

如果将《董西厢》与《中原音韵》进行跨时代联系，可以发现《董西厢》在曲史中的价值转折点意义。

宋王灼《碧鸡漫志》卷二载："熙丰、元祐间……泽州（今山西

晋城）孔三传者，首创诸宫调古传，士大夫皆能诵之。""熙丰、元祐"间，为宋神宗熙宁、元丰和宋哲宗元祐年间。即1068—1094年。说明诸宫调的"首创"时间是在1068—1094年的26年间，属北宋末期。

诸宫调作品现保存最为完整的是《董西厢》。董解元生平事迹无考，但陶宗仪《南村辍耕录》载："金章宗时董解元所编西厢记，世代未远，尚罕有人能解之者。"说明《董西厢》"所编"年代是金章宗时期（1190—1208）的19年内，属金中后期。

按此推算，《董西厢》要比孔三传首创诸宫调晚114—122年。

《董西厢》是中国文学中最长的韵文作品之一，堪称一部爱情的史诗，代表了宋金时代说唱文学的最高水平。元王实甫的《西厢记》则是在董解元作品基础上再创作而成的戏剧。明胡应麟在《少室山房笔丛》中说："《西厢记》虽出唐人《莺莺传》，实本金董解元。董曲今尚行世，精工巧丽，备极才情；而字字本色，言言古意，当是古今传奇鼻祖。"

（一）《董西厢》诸宫调统计揭示了西厢说唱故事的音乐基调与倾向

《董西厢》诸宫调里，共用14种宫调、193套组曲。在193套曲中，14种宫调出现的频数及频率，见下表：

《董西厢》宫调出现频数、频率表　　　　表一

序号	宫调	出现频数	出现频率（%）
1	仙 吕	52	26.94
2	大石调	26	13.47
3	中 吕	25	12.95
4	双 调	19	9.84

序号	宫调	出现频数	出现频率（%）
5	黄　钟	16	8.29
6	般涉调	15	7.77
7	高平调	9	4.66
8	正　宫	8	4.15
9	越　调	8	4.15
10	南　吕	5	2.59
11	商　调	4	2.07
12	小石调	3	1.55
13	道　宫	2	1.04
14	羽　调	1	0.52
计		193	

从上表看出，出现频率超过 10% 的有 3 个宫调，即仙吕（26.94%）、大石调（13.47%）、中吕（12.95%）。3 个宫调出现频率总和为 53.36%，占一半还多。说明仙吕、大石调、中吕 3 个宫调构成了《董西厢》诸宫调说唱的最基本的音乐情调。

燕南芝庵的《唱论》指出，"大凡声音，各应于律吕，分于六宫十一调，共计十七宫调"，并指出各宫调的音乐色彩特点是：

仙吕调唱清新绵邈。

……

中吕宫唱高下闪赚。

……

大石唱风流蕴藉。

......

周德清的《中原音韵》对宫调亦有相似的描述：

仙吕调清新绵邈。
......
中吕宫高下闪赚。
......
大石风流蕴藉。
......

这样得出第一个结论是，《董西厢》有着"清新绵邈、高下闪赚、风流蕴藉"的音乐风格，而"清新绵邈"的音乐色调占全局的四分之一还多，成为中心情感元素。《西厢记》剧情跌宕起伏，又是大团圆喜剧，这样的剧情配上清新绵邈、风流蕴藉的音乐，珠联璧合，一种立体的优雅鉴赏时空，便定格在人们的脑海中，回荡在历史空间中。

（二）《董西厢》诸宫调曲牌统计再一次验证西厢说唱故事的音乐基调与倾向

《董西厢》诸宫调14个宫调所用曲牌共有150支，按宫调应用曲牌的数量，以降序排列，得出下表：

《董西厢》曲牌频数及频率统计表 表二

序号	曲牌	曲牌频数	出现频率（%）
1	仙吕	29	19.33
2	黄钟	23	15.33
3	中吕	19	12.67

序号	曲牌	曲牌频数	出现频率（%）
4	越调	15	10.00
5	般涉调	12	8.00
6	双调	10	6.67
7	大石调	9	6.00
8	正宫	8	5.33
9	高平调	6	4.00
10	南吕	6	4.00
11	道宫	5	3.33
12	小石调	3	2.00
13	商调	3	2.00
14	羽调	2	1.33
计		150	

　　观察表二与表一，二者是相当同步的。表一，宫调出现的频率前三位是仙吕、大石调、中吕；表二，曲牌出现的频率超过10%的是：仙吕29支（19.33%）、黄钟23支（15.33%）、中吕19支（12.67%）。大石调出现的曲牌少了，但重复的次数多。表二，仙吕、黄钟、中吕出现曲牌总数为71支，占150支曲牌的47.33%，近一半。而黄钟的音乐情感根据《唱论》《中原音韵》的描述，为"富贵缠绵"。

　　因此得出的第二个结论是，从宫调出现频率的统计和宫调曲牌出现的频数、频率统计是相吻合的。综合两项统计，《董西厢》诸宫调的音乐特质与感情色彩，是以仙吕、大石调、中吕、黄钟及其相关曲牌为要素组成的音乐体系所主导的。也就是《董西厢》的总体音乐构建及音乐形象，是以"清新绵邈、风流蕴藉、富贵缠绵、高下闪赚"为主体基调的音乐体系。这与现今《西厢记》戏曲的欣赏现状是相当吻合的。

《董西厢》诸宫调结构宏伟，情节跌宕，全剧用了150支曲牌，要比现代一场京剧的唱腔多得多，难怪陶宗仪《南村辍耕录》说《董西厢》虽"世代未远，尚罕有人能解之者"：虽然离现代不是很远，但很少有人能全唱下来——可见当初音乐体系之宏阔。

（三）《董西厢》宫调统计与《中原音韵》宫调包容率揭示出宫调的历史联系性

《董西厢》诸宫调共用了14种宫调，《中原音韵》中记载了常用宫调12个。它们之间的对应关系，请看下表：

《董西厢》所用宫调与《中原音韵》所载宫调　　　　表三

序号	《董西厢》所用宫调	《中原音韵》所载宫调
1	仙吕	仙吕
2	大石调	大石调
3	中吕	中吕
4	双调	双调
5	黄钟	黄钟
6	般涉调	般涉调
7	高平调	/
8	正宫	正宫
9	越调	越调
10	南吕	南吕
11	商调	商调
12	小石调	小石调
13	道宫	/

续表表三

序号	《董西厢》所用宫调	《中原音韵》所载宫调
14	羽　调	/
15	/	商角调
计	11/14/　78.57%	11/12　91.76%

从表三中看出，《董西厢》诸宫调用的14个宫调，与《中原音韵》中记载的12个宫调，其中相同的有11个。

这样得出第三个结论是：

《董西厢》诸宫调中，有11个宫调传承到了元朝，占所用宫调的78.57%；《中原音韵》记载常用宫调12个，源于《董西厢》诸宫调有11个，接受率占91.76%。说明《董西厢》诸宫调的宫调构建模式，经过100年发展，仍然是元曲音乐模式的基本构态。

（四）《董西厢》曲牌统计与《中原音韵》曲牌包容性揭示出曲牌的历史联系性

对比《董西厢》宫调所用的曲牌与《中原音韵》所载曲牌，有不少是相同的，现交相同的列于表四，并把《董西厢》某曲牌在同一宫调里出现的次数同时标出：

《董西厢》所用曲牌与《中原音韵》所载曲牌的包容性统计 表四

序号	宫调	相同曲牌及该曲牌出现频数	曲牌数/曲牌出现总频数（支/次）
1	仙吕	赏花时(11)、点绛唇(2)、胜葫芦(2)、天下乐(1)、六么令(1)	5/17
2	黄钟	出对子(6)、四门子(3)、持香金童(2)、塞儿令(1)、神杖儿(1)、降黄龙衮(1)、刮地风(1)	7/15

续表

序号	宫调	相同曲牌及该曲牌出现频数	曲牌数/曲牌出现总频数（支/次）
3	大石调	玉翼蝉(8)、蓦山溪(3)、还京乐(2)	3/13
4	般涉调	墙头花(5)、急曲子(4)、哨遍(1)、耍孩儿(1)	4/11
5	越调	斗鹌鹑(4)、青山口(3)、雪裹梅(1)、雪中梅(1)、看花回(1)	5/10
6	双调	搅筝琶(2)、豆叶黄(2)、庆宣和(2)、月上海棠(1)	4/7
7	正宫	脱布衫(4)、甘草子(3)	2/7
8	中吕	乔捉蛇(1)、迎仙客(1)、石榴花(1)、粉蝶儿(1)	4/4
9	商调	玉袍肚(2)	1/2
10	南吕	一枝花(1)	1/1
计	10		36/87

从表四中可看出，《董西厢》所用曲牌，有10个宫调的36支曲牌包含在《中原音韵》所列曲牌中。《董西厢》共用150个曲牌，相同曲牌占《董西厢》所用曲牌的24%，即近1/4；《中原音韵》记录曲牌共335支，查《全元散曲》全部作品应用的曲牌只有217支。因而相同曲牌《中原音韵》涵盖率为10.75%，《全元散曲》为16.59%。

这样得出的第四个结论是：

《董西厢》150个曲牌中有36支占24%的曲牌，在《中原音韵》中被记载，含盖率为10.75%。有一些曲牌在《董西厢》中反复出现，如〔仙吕宫〕的《赏花时》出现11次，〔大石调〕《玉翼蝉》出现8次，〔黄钟〕《出对子》出现6次，等等。总共36支曲牌重复出现87次，《董西厢》150支曲牌总反复出现440次，36支曲牌占比19.77%，接近1/5。说明《董西厢》曲牌接近1/5的使用率都在元朝元曲中继承着、使用着。

（五）总结：统计揭示了《董西厢》的历史价值

（1）孔三传"首创"诸宫调时间是在1068—1094年的26年间，属北宋末期；《董西厢》"所编"年代是在1190—1208的18年内，属金中后期；《中原音韵》成书于元泰定元年，即1324年，属元中后期。按此推算，《董西厢》要比孔三传首创诸宫调晚114—122年。《中原音韵》成书比《董西厢》又晚116—134年。孔三传——《董西厢》——《中原音韵》，大概念是相隔两个100年。

（2）北宋时期的鼓子词、转踏、唱赚等，以单一宫调为特征的若干曲牌组合的说唱文艺，篇幅相对较小，表现容量有限，特别是单一宫调音乐色彩单薄，难以抒发复杂情感。孔三传的诸宫调，把多宫调组合在一起，使多种音乐元素融为一体，大大增加了音乐色彩的厚度，更适于表现人物情感变化，更能增加故事情节的跌宕性。孔三传诸宫调把说唱文艺推向新的高度，在曲史上是第一次重要的飞跃。

（3）《董西厢》的出现则更加丰富了"曲"的面貌：其一，《董西厢》共组合了14个宫调、150支曲牌、193组套曲，曲牌反复使用达440次，构造了一个更加宏大的音乐体系。其二，《董西厢》演唱了一个完整的、动人的爱情故事，其思想性、文艺性影响后世几百年；其三，《董西厢》优美的文学性更加助力故事的传播和欣赏，为后世杂剧创作提供了典范。《董西厢》诸宫调的音乐情感表现为"清新绵邈、风流蕴藉、富贵缠绵、高下闪赚"的基调，为美丽的故事插上了绕梁不绝的回响。《董西厢》把"曲"的音乐性与文学性相结合并推向极致，不仅开创了说唱结合演绎长篇爱情故事的文艺形式，同时提供了众多"曲"的组合结构模式，为后世戏曲音乐提供了范例，同时也为散曲的独立发展提供了众多的曲牌范式与选项。《董西厢》在"曲"史上是第二次重要的飞跃。

（4）《中原音韵》是一部划时代的著作，是"曲"的历史与现状的大汇总、大总结。《中原音韵》不仅记录、总结了元代散曲与戏曲的发展状况，同时记录了曲史的演变。《正语作词起例》详述曲韵韵谱的编制、审音原则及宫调曲牌和作曲方法等。《作词十法》讲述填词原则与方法。《韵谱》则按中原的实际读音进行分类，编成一部曲韵韵谱。这些对于北曲的创作和演唱发挥了很强的规范作用，在元曲史上具有很高的权威性。《中原音韵》不只是后人研究戏曲的重要参考，而且也是后人研究13—14世纪近代语音的重要史料，是曲历史的标志性事件，在曲史上是第三次重要的飞跃。

（5）孔三传诸宫调的出现和《董西厢》诸宫调的出现，是"曲"的构建模式的两次飞跃，相隔大约120年。《中原音韵》的出现是曲大成的飞跃，也相隔120年。

曲史发展的三次飞跃

表五

北宋	（1127年 金灭北宋）　金	（1234年 元灭金）　元	（1368年　明 明灭元）
1100	1150　1200	1250　1300	1350
（孔三传《诸宫调》 1068—1094（26年间））	（董解元《西厢诸宫调》 1190—1208（18年间））	（周德卿《中原音韵》 1324年）	
	晚114—122年 （相隔120年左右）	晚116—134年 （相隔120年左右）	

（6）通过《董西厢》的统计分析并对比《中原音韵》的记载，发现相隔一百年间的有机联系。一是宫调：《董西厢》14个宫调中，有11个宫调传承至元朝，占所用宫调的78.57%；《中原音韵》记载常用宫调12个，源于《董西厢》诸宫调有11个，接受率占91.76%。这种宫调的音乐特质，元初燕南芝庵《唱论》与元中后期《中原音韵》的记载、表述与定义是一致的，说明在元朝"曲"所构建的音乐模式，金代中期已基本定型。二是曲牌：《董西厢》出现的150支曲牌中，有36支占24%（近1/4）的曲牌，在《中原音韵》中被记载，说明金代中后期的若干曲牌旋律，在元朝依然兴旺、延续、被采用。《董西

厢》的统计与《中原音韵》的记载，已可看出金中后期的"曲"与元中后期的"曲"，有息息相关的血肉联系和一脉相承的传承关系。

（7）隋树森先生《全元散曲》记载了元代散曲全部作品，王实甫的《西厢记》是元代一部名剧，两书记载的套曲，对比《董西厢》里面的套曲，结构几乎没有什么变化。如《董西厢》：

〔仙吕·醉落魄缠令〕—〔整金冠〕—〔风吹荷叶〕—〔尾〕（卷一）

〔黄钟·喜迁莺缠令〕—〔四门子〕—〔柳叶儿〕—〔尾〕（卷二）

〔越调·上西平〕—〔斗鹌鹑〕—〔看花回〕—〔青山口〕—〔渤海令〕—〔尾〕（卷八）

说明"曲"的总体构造，在《董西厢》出现时，已经基本完善、成熟，以后只是曲牌（具体的旋律形式）的增减而已。

（8）《董西厢》的出现，起到承上启下的历史作用，上承孔三传诸宫调而丰满完善之，下启元曲而提供基本范式。因而，《董西厢》的出现是"曲"成熟的重要标志，是"曲史"发展、演变的一个重要转折点，或叫拐点，具有曲史转折意义。

（9）《董西厢》的出现，使"曲"向两个方向发展：一方面曲牌逐渐独立填词，形成散曲文化形态；一方面套曲向戏剧借鉴，逐渐丰富戏曲，形成戏曲文化形态。

（10）元朝在继承金文化和南宋文化的基础上，发展了元文化。元朝的立国背景，使其很少受儒家文化的束缚，上层的娱乐偏好促进了戏曲的发展。"四等人"政策和多年停止科举，使一大批文人参与商业化戏曲创作，提高了戏曲的文化含量和质量。一批文人以散曲形式抒发个人感情，成为重要的社会文化现象。进而优伶、书会才人参与创作，大文人参与创作，达官胥吏也参与创作。例如卢挚，官拜翰林国史院学士承旨，写给著名艺人珠帘秀的〔双调·寿阳曲〕《别珠帘秀》，有"空留下半江明月"。而珠帘秀也答卢挚〔双调·寿阳曲〕《答卢疏斋》，有"恨不得随大江东去"，官艺呼答，社会广泛参与度可见一斑。散曲、戏曲相互促进，兴旺发展，成为元朝的文化形态，进而发展为元朝的主流文化形态，轰轰烈烈地创建了元曲（散曲、杂剧）大厦。

但须知，就"曲"的音乐构建形态、结构构建形态基础而言，其音乐性、文学性，在120年前的《董西厢》中就已成熟。

三、元散曲发展的历史分期及其各自特征

蒙古大军于1234年灭金，37年后，即1271年改国号为"元"，8年后，即1279年灭南宋，实现了全国大一统。89年后，即1368年被大明朝所灭，统治全国共134年。全国一统之后，国内无战事，经济相对稳定发展，外贸兴旺，为国内文化繁荣提供了良好条件。稳定的社会环境，使散曲和杂剧得到了进一步发展和繁荣。

元散曲发展的历史分期，大体可分为前、后两个时期。

学界一般认为大略以元成宗大德年间（1297—1307）为界。笔者曾用大数据解析元代主要作家群的时空分布，从主要作家群的密集区看散曲分界的布局。从时空图上看，明显有两个前、后分布密集区。结论是：前期从1230年始到1290年止，即从蒙古窝阔台汗太宗二年到元世祖至元二十七年，共60年。这一时期以蒙古王朝统治北方为主，北方获得了相对稳定的环境，为元散曲的文化发展奠定了社会基础。后期从1290年始到1350年止，即从元世祖至元二十七年到元惠宗至正十年，其间也是60年。这一时期是元朝统一全国后相对稳定和繁荣时期，因而元曲文化也得以更加繁荣和成熟的发展。前、后两个时期的分界线约为1290—1296年，即元世祖至元二十七年到元成宗元贞二年。分界线前后各有两个小过渡区。这一结论与学界认

为的十分接近。所以元散曲发展的历史阶段性分期，应以 13 世纪末与 14 世纪初相交为界，应是肯定的。

（一）元散曲前期发展的主要特征

蒙古大军于 1234 年灭金，同时继承了金朝的全部文化遗产。在金朝的院本戏剧和散曲基础上，发展了蒙元的散曲与戏曲。

元散曲前期作家群主要为北方籍人，南方籍人很少，但产生了很多优秀作家，分布在各个阶层。例如：

1. 书会才人作家层。这一类作家无论在人生道路的选择、自我价值的认定，还是道德修养等方面，都受到当时社会环境的深刻影响。元代中止了科举，断绝了他们仕进的道路，他们沉入社会的底层，谋生于勾栏，与倡优相伴。然而他们并没有因此沉沦，而是在与下层人民的紧密结合中寻得一片天地，重获新生。这一类作家大多具有放诞不羁的精神风貌，而在表象之下蕴含的却是强烈的反传统的叛逆精神和追求个性自由的生命意识。关汉卿、王和卿等即这类作家的突出代表。

关汉卿，元代杂剧作家，是中国古代戏曲创作的代表人物，"元曲四大家"之首。他与马致远、郑光祖、白朴并称为"元曲四大家"。以杂剧的成就最大，一生写了 67 种杂剧，今存 18 种，最著名的有《窦娥冤》。关汉卿也写了不少历史剧，如《单刀会》《单鞭夺槊》《西蜀梦》等。散曲今存小令 40 多首、套数 10 多首。关汉卿自称"普天下郎君领袖，盖世界浪子班头"。他的著名套数〔南吕·一枝花〕《不伏老》可视为"浪子"的一篇宣言，写道："我是个蒸不烂、煮不熟、捶不匾、炒不爆、响当当一粒铜豌豆"，"不伏老"的形象广为人所称颂，被誉为"曲家圣人"。

王和卿，大名（今属河北省）人，金末元初人，生卒年不详。他与关汉卿是同时代人，相友善。现存散曲小令 21 首，套曲 1 首。王和卿善于学习人民群众的生动口语，作品有比较醇厚的俗谣俚曲色彩，他"滑稽佻达"的性格在作品中亦有充分表现。最著名的是小令《醉中天·咏大蝴蝶》"把卖花人扇过桥东"。这一小令以大胆的想象、夸张的手法咏蝴蝶，语言生动，写得诙谐有趣。另有小令《拨不断·大鱼》，也有同样的艺术特色。王和卿的作品具有民间歌谣活泼而有生气的精神。但是他的有些作品却近于戏谑调笑，如《咏秃》《胖妓》等，表现出他的生活态度带有玩世不恭的因素，有的作品格调不高。

2. 平民作家层。这类作家在人生遭际、社会地位等方面与书会才人并无大的不同，但他们不像书会才人那样比较彻底地抛弃了名教礼法和传统士流风尚。在他们内心深处，倒是不甘仕途失意，并向往实现传统文人价值。然而，在现实生活中，他们屡屡碰壁，理想归于幻灭，因而叹世归隐就成了这类作家创作的主旋律。他们一方面悲愤地感叹世道的不公和个人悲剧的命运，进而对传统价值观产生怀疑；另一方面又希冀以精神上的遁隐作为消解痛苦、疗治创伤的药方。元代全真教的流行则进一步强化了他们的行为和精神取向。显然，这类作家对人生抱的是一种消极的态度，但其中却也蕴含着对封建政治和现实人生的深刻反省。这类作家以白朴等人为代表。

白朴，祖籍隩州（今山西河曲一带），后迁居真定（今河北正定县），晚年居金陵（今南京）。白家与元好问家为世交，过从甚密。两家子弟常以诗文相往来，交往甚密。白朴为元代著名戏曲作家，与关汉卿、郑光祖、马致远并称为"元曲四大家。代表作主要有《唐明皇秋夜梧桐雨》《裴少俊墙头马上》《董秀英花月东墙记》等。散曲创作，今存小令37首，套数4篇。在这些作品中，叹世归隐之作占了较大的比例，如〔双调·沉醉东风〕《渔父》。除了叹世归隐之作外，白朴较多涉笔的题材还有男女恋情与写景咏物。前者多质朴本色、直白通俗之趣，后者富于文采，有清丽淡雅之美。

3. 胥吏作家层。胥吏作家为最基层的小官吏，是政权雇员，薪俸微薄，社会地位不高。这类读书人一方面不满现实地位，一方面又升迁无望，知识分子的儒家价值观让他们处于深深的矛盾之中。他们往往用笔墨来抒发感情上的苦闷。马致远就是这方面的代表人物。

马致远，号东篱，大都（今北京）人，元代戏曲家，与关汉卿、郑光祖、白朴并称"元曲四大家"。马致远青年时期追求功名，但仕途多舛，其政治抱负一直没能实现。所作杂剧今知有15种，《汉宫秋》是其代表作。马致远是元代创作最丰的散曲作家之一，有辑本《东篱乐府》。元代传统文人积极进取与超脱放旷交织的悲剧性人格，在马致远的散曲中表现得最为鲜明突出。马致远被誉为"曲状元"，他的散曲在艺术上取得了很高的成就。与关汉卿散曲浓厚的市井情趣相比，马致远的散曲则带有更多的传统文人气息。他的套数擅长把透辟的哲理、深沉的意境、奔放的情感、旷达的胸怀熔于一炉，语言放逸宏丽而不离本色，对仗则工稳妥帖，被视为元散曲豪放派的代表作家。他的小令亦写得俊逸疏宕、别具情致，如脍炙人口的《天净沙·秋思》，被称为散曲之祖。另一套曲《夜行船·秋思》被周德清称为"万里挑一"（《中原音韵》）。

4. 达官显宦作家层。一般来说，这类作家仕途比较通达，尤其在元初知识分子普遍栖身下层，汉人一般不受重用的情况下，他们可以说是特别受到命运眷顾的宠儿。所以他们的作品更多表现的是传统的士大夫思想情趣。当然，在元代政治极度腐败、民族歧视严重的社会环境下，他们也同样有牢骚和不平，但远没有前几类作家那样激愤难抑。在艺术风格上，他们或精工雅丽，或质朴本色，而总体上则偏于典雅一路，俚俗的成分较少。这一类作家以卢挚、姚燧为代表。

卢挚，元代涿郡（今河北省涿州市）人。至元五年（1268）进士，任过廉访使、翰林学士。诗文与刘因、姚燧齐名，世称"刘卢""姚卢"。与白朴、马致远、女艺人珠帘秀均有交往。著有《疏斋集》（已佚）、《文心选诀》、《文章宗旨》，传世散曲120首。其作有的写山林逸趣，有的写诗酒生活，而较多的是"怀古"，抒发对故国的怀念。如《洛阳怀古》《夷门怀古》《吴门怀古》等。作者登临凭吊，抒发对于时势兴衰的感慨，调子比较低沉。他虽然身为显宦，却有不少向往闲适的隐居生活及描写质朴自然的田园风光的作品，如〔双调·蟾宫曲〕《田家》，描写了盛夏农村"看荞麦开花，绿豆生芽"的景象，语言本色，意致自然。他的散曲风格明丽自然，如《沉醉东风·秋景》《湘妃怨·西湖》等都体现了这种特色。他的写恋情的作品蕴藉委婉而又不失明晓自然，如《落梅风》《别珠帘秀》，吸收了民歌的白描手法，感情深挚。

姚燧，河南洛阳人。一生仕途平坦，官至翰林学士承旨。曾主持修撰《世祖实录》。所作散曲存世不多，计有小令29首，套数1支。姚燧散曲在取材、内容等方面与卢挚大体相似。周德清《中原音韵》曾把他的《普天乐·别友》作为"定格"之例，他在这方面的成就和影响由此可见一斑。姚燧散曲内容主要写男女风情，风格以风流蕴藉为主，反映出他风流洒脱的个性。以其一组〔越调·凭阑人〕小令为代表，语言浅白，笔致流畅，富有情趣。最为人熟悉的小令莫过于〔越调·寄征衣〕："欲寄君衣君不还，不寄君衣君又寒。寄与不寄间，妾身千万难。"

5. 伶伎作家层。这是一些青楼勾栏女子，有的颇有才华，与当时名流才士均有唱和。如珠帘秀便是。

珠帘秀，出生地及生平均不详，中国元代早期杂剧女演员、歌妓。《青楼集》说："歌儿珠帘秀，姓朱氏，姿容姝丽，杂剧为当今独步，驾头、花旦、软末泥等，悉造其妙，名公文士颇推重之。"可见她在元杂剧演员中的地位，元代后辈艺人尊称她为"朱娘娘"。珠帘秀与元曲作家有很好的交情，诸如关汉卿、胡祗遹、卢挚、冯子振、王涧秋等，相互常有词曲赠答。珠帘秀现存小令1首、套数1支。其曲作语言流转而自然，传情执着而纯真。早期在北方演艺，后南渡，曾一度在扬州献艺，后来嫁与钱塘道士洪丹谷，晚年流落并终老于杭州。其代表作《寿阳曲·答卢疏斋》："山无数，烟万缕，憔悴煞玉堂人物。倚篷窗一身儿活受苦，恨不得随大江东去。"颇有男子气概。

元代前期比较著名的散曲作家还有杜仁杰、杨果、冯子振、陈英等人，也各具风采。

前期作品群风格特点主要表现为豪爽、率直、俚俗、俏谐，亦有清丽。元朝初期，蒙古游牧民族鞭马立国，对南宋战争统一全国图谋尚存，儒学意识形态的控制薄弱，社会思想束缚相对较少，加之蒙古游牧民族性格的豪爽、直率，给整个社会注入了新风，反映在文学创作上便出现了散曲前期风格特点。此时期元杂剧更为兴旺发达，戏剧与散曲共荣，元朝的文化形态特色已具雏形，并逐渐成为普及全社会的文化形态。

前期作家活动地域主要在北方地区，集中在大都（北京）及河北、山东、河南、山西等地区。这与金朝时期北方戏剧及元朝时期北方元杂剧兴旺发展的历史背景有关，也与蒙元政权前期尚未统一全国、统治区域主要在北方有关。

（二）元散曲后期发展的主要特征

元散曲发展的后期，南宋政权已被灭，全国大一统已有一二十年，由于南方的富庶和环境的美好，北籍人士纷纷南下谋生或发展，因而散曲作家群籍特点发生了新的变化。此时，南籍作家亦逐步成长起来，形成一股新的创作力量，故而形成南北籍作家共存的局面。但北籍作家多于南籍作家，反映了北方的雄厚实力。

后期散曲作家的主体基本上由南方人或移居南方的北方人构成。如公认的后期散曲创作成就最高的两位作家张可久与乔吉，前者为浙江庆元（今浙江鄞县）人，后者为长期流寓杭州的太原人。这一现象表明，元代后期，散曲创作在南方得到更为蓬勃的发展。

元散曲后期主要作家有张可久、乔吉、张养浩、睢景臣、刘时中、贯云石、徐再思等。

张可久，元代著名散曲作家，浙江庆元人。他多次做路吏这样的下级小官吏，一生怀才不遇，时官时隐，曾漫游江南之名胜古迹，晚年隐居杭州一带。今存小令855首、套数9支，有《苏堤渔唱》《小山乐府》等散曲集，为元人中专工散曲且存作品最多者。

张可久散曲取材广泛，举凡写景抒怀、男女恋情、叹世归隐、酬唱赠答等文人生活的各方面，几乎都有涉及，其中不乏愤世嫉俗的悲叹遗恨之作，如《醉太平·叹世》。然而像这类表现其入世情怀的笔锋尖利之作，在张可久散曲中并不多见。最能代表其清丽、华而不艳的创作风格的是大量的写景之作，如《人月圆·春晚次韵》："萋萋芳草春云乱，愁在夕阳中。短亭别酒，平湖画舫，垂柳骄骢。一声啼鸟，一番夜雨，一阵东风。桃花吹尽，佳人何在，门掩残红。"全曲以写景见长，景语又是情语，而所写的眼前景物，多与故实相曲，显得典雅工丽，更能体现缠绵委婉的情味。张可久的这一类散曲，清楚地显示了散曲雅化的趋势。元后期曲风的转变，张可久是一个关键人物。他擅长写景状物，刻意于炼字断句。他讲求对仗协律，这使他的作品形成了一种清丽典雅的风格。可以说，元曲到张可久，已经完成了文人化的历程。因而张可久成为元代散曲清丽派的代表作家，被誉为"词林之宗匠"，是一代曲风转换的关键人物。元散曲前期创作崇尚自然真率，后期则追求清丽雅正。张可久的创作实践在曲风转变中起了重要作用，其散曲在后期被视为典范。

乔吉，太原人，流寓杭州。元代杂剧、散曲家，他一生怀才不遇，倾其精力创作散曲、杂剧。他撰有杂剧《两世姻缘》等11种，今存3种。散曲今存小令209首、套数11支。他在散曲创作上与张可久齐名，有"曲中李杜"之誉。

乔吉一生穷愁潦倒，寄情诗酒，故散曲多啸傲山水和青楼调笑之作。"不占龙头选，不入名贤传。时时酒圣，处处诗禅，烟霞状元，江湖醉仙。笑谈便是编修院。留连，批风抹月四十年。"（〔正宫·绿么遍〕《自述》）这就是其人生经历和处事态度的自我写照。乔吉散曲的风格同样以清丽婉约见长，讲究形式整饬，节奏明快，勤于锻字炼句。但与张可久的一味骚雅不同，乔吉不避俗趣，雅俗并用，雅丽蕴藉中含天然质朴的韵味，具有雅俗兼备的特色。

张养浩，山东济南人。累官礼部尚书，以直言敢谏著称。有散曲集《云庄休居自适小乐府》，存小令161首、套数2支。张养浩的散曲多写寄情林泉之乐，但也不乏关怀民瘼之作，如《山坡羊·潼关怀古》："峰峦如聚，波涛如怒，山河表里潼关路。望西都，意踌躇，伤心秦汉经行处，宫阙万间都做了土。兴，百姓苦；亡，百姓苦。"此曲为张养浩晚年在陕西赈饥时所作，它最为人称道的是能一针见血地揭示出兴亡后面的历史真谛："兴，百姓苦；亡，百姓苦。"这八个字，鞭辟入里，精警异常，恰如黄钟大吕，振聋发聩，使全曲闪烁着耀眼的思想光辉，在全元散曲中是绝响。

贯云石，元朝畏兀儿（今维吾尔族）人，祖籍西域北庭（今新疆吉木萨尔），元代散曲作家、诗人，精通汉文。出身高昌回鹘畏吾人贵胄，祖父阿里海涯为元朝开国大将。原名小云石海涯，因父名贯只哥，即以贯为姓。自号酸斋。初因父荫袭为两淮万户府达鲁花赤，让爵于弟，北上拜师姚燧。仁宗时拜翰林侍读学士、中奉大夫，知制诰同修国史。不久称疾辞官，隐于杭州一带，改名"易服"，在钱塘卖药为生，自号"芦花道人"。有专集《酸斋乐府》。

贯云石的散曲以写山林逸乐生活与男女恋情为主。作品风格基本上属豪放派，以俊达见长。但同时也有江南文学清秀媚丽的色彩。其风格形成与他出身西域武官家庭有关。他的啸傲山林的作品尤为飘逸俊放，"弃微名去来。心快哉，一笑白云外"（《清江引》）等；他的情词则清新怡切，善于学习俗谣俚曲的长处。"四更过，情未足，情未足，夜如梭。天哪！更闰一更儿妨甚么？"（《红绣鞋》）以白描手法描写一对情人，颇有情致。此外，他也有一些清丽端谨的作品，如《春》《夏》《秋》《冬》《清江引》等。贯云石的散曲在当时最为俊逸当行，歌唱起来，响彻云霄。他还是最早的散曲评论家，曾为《阳春白雪》《小山乐府》作序，在当时散曲界十分活跃，而且很有影响。

徐再思，号甜斋，浙江嘉兴人，元代著名散曲作家，生平事迹不详。曾任嘉兴路吏。因喜食甘饴，故号甜斋，与贯云石为同时代人，作品与当时自号酸斋的贯云石齐名。后人任讷又将二人散曲合为一编，世称《酸甜乐府》，收有他的小令103首。徐再思一生的活动足迹似乎没有离开过江浙一带。

徐再思的散曲以悠闲生活与闺情春思、恋情、江南自然景物、归隐等为题材，也有一些赠答、咏物为题的作品。他虽与贯云石齐名，风格却不尽相同，贯云石以豪爽俊逸为主，徐再思却以清丽工巧见长。他善于学习俗谣俚曲，擅长白描手法，抒情深细，对仗工整，风格清新秀丽。《太和正音谱》评他的作品如"桂林秋月"。

他的写情之作深沉娟秀，如〔双调·蟾宫曲〕《赠名姬玉莲》（"荆山一片玲珑"）及《春情》（"平生不会相思"）二首，被认为是"镂心刻骨之作，直开玉茗、粲花一派"。《水仙子·夜雨》："一声梧叶一声秋，一点芭蕉一点愁，三更归梦三更后。落灯花棋未收，叹新丰孤馆人留。枕上十年事，江南二老忧，都到心头。"描绘凄婉的羁旅之情，细腻动人，数据的应用颇为奇巧，状声状形，以景抒情，把思乡之情抒发得十分感人，颇为人称道。

睢景臣的套数《高祖还乡》，刘时中的套数《上高监司》，亦是后期散曲极具亮点的佳作，在我国散曲史上亦有一席之地。

与前期散曲创作相比，后期散曲创作风貌有比较明显的变化。首先，散曲的题材内容被不断开拓，举凡写景、言情、赠别、怀古、谈禅、咏物、赠答、抒怀等，几乎无所不涉，无所不能，其表现领域得到极大扩展，从而使诗坛呈现并确立了诗、词、曲鼎足而立的诗体格局。其次，在思想情调方面，前期散曲创作中那种对现实强烈不满和激情喷发的作品大为减少，哀婉蕴藉的感伤情调渐渐成为散曲创作的主流。再次，出现了比较明显的追求形式美的倾向，无论是韵律平仄的严谨、语言的典丽，还是对仗的工稳、典故的运用等形式美诸因素，都较前期有所强化。就总体而言，元代后期散曲创作的风格，从前期以恣放、俏俗为主转变为以清丽为主。

后期元散曲作品的数量和风格也发生了明显的变化。后期作家作品数量大大地增加，全元散曲作品大部分产生在后期，并且南籍作家作品数远高于北籍作家，说明后期南籍作家占据曲坛主导地位，是后期文坛的主力军。后期作家作品群风格发生了新的质的转变，转为以清丽、典雅、蕴秀为主，类词的婉约，倾于文采。虽然豪放、俚俗、俏谐作品亦时常有之，但主导风格转为清丽。这一方面是由于婀娜秀丽的江南风光环境影响作家思维灵感，但更重要的是儒学汉化的强大影响力和汉文化的历史惯性影响文化人及社会人的文化心态，使社会文化习俗总是自觉不自觉地回归定位在儒雅中心处。唐诗如此，宋词也经历了婉约—豪放—婉约的发展历程。元大一统之后，入驻中原，蒙古贵族的后代也在系统地接受汉文化教育，儒学思想深刻影响着他们。全社会的儒学文化氛围必然影响并渗透到散曲的后期创作，这就是后期散曲风格转向清丽的社会思想根源。

后期作家群活动地域主要集中在以临安（杭州）为中心的南方地区。这说明元散曲的发展重心已经从北方转移到南方。活动在南方的作家群，主要集中在长江三角洲的江浙一带及福建部分地区，其次是长江中游的湖南、湖北、江西一带。这些地区正是中国传统文化持续发展的地区。而元散曲作家群及其活动又在新的历史时期为中国文化增添了浓重的一笔。

（三）元散曲前期、后期发展格局比较

一是前期散曲作家群活动在以大都（北京）为中心的北方地区，后期散曲作家群活动在以临安（杭州）为中心的南方地区。

二是前期散曲作家群以北方籍人为主，后期散曲作家群以北方籍人、南方籍人并存为主。

三是前期散曲作品总量只占全元散曲的三分之一左右，而后期散曲作品总量却占全元散曲的三分之二，后期是前期的两倍。说明后期是全元散曲的主要生产期，又是全元散曲人均作品的高产期。后期是在建元之后的大一统时期，社会稳定繁荣，因而社会文化得到长足进步，文化人有了施展才华的空间。后期南戏兴起，散曲创作同兴盛，

这是元曲最兴盛、最辉煌的时期。

四是前期散曲作品风格以豪放、率直、俗俚为主，后期散曲作品风格转而以清丽典雅为宗。前期是散曲与杂剧共荣，后期是散曲与南戏共荣。

五是元散曲前期作家写散曲兼写杂剧，后期则出现了专写散曲的专业作家和从事理论研究及专业著述的作家。出现了对散曲及戏曲进行大总结、大汇集的新动态。例如杨朝英选录的元人小令、套数，辑为《乐府新编阳春白雪》和《朝野新声太平乐府》二集，人称"杨氏二选"。元人散曲多赖此二书保存和流传。因而"二选"是研究元代散曲的重要资料，其贡献功莫大焉。周德清的音韵与格律总结的《中原音韵》，对散曲及戏曲创作进行了大总结，其音韵部分远超戏曲价值，成为研究近古音音系的重要史料。钟嗣成为散曲与戏曲人员汇集作传的《录鬼簿》，记录了散曲界、戏曲界的重要事件及人物和戏曲目录，保留了元朝的重要文化史料，成成研究元朝文化的重要窗口。这些书籍系统地总结了蒙元统治中国134年的元曲发展成果，为元朝文化史以及中国文化史留下了极其宝贵的历史资料。

四、元散曲主体作家群及其作品数量

（一）主体作家群的作品数量

衡量是否主要作家的标准有两条：一是作品的质量，二是作品的数量。高质量作品公认度高、影响面广、流传久远，其所作数量虽不多，但极有历史地位；有的作家高产，作品多，也有一定的历史地位；还有的作家两者兼而有之。现以《全元散曲》为依据，用统计的方法，展现作家群与作品群。

《全元散曲》载有名有姓的作家共213人。小令作品（原书含带过曲）3853首、套曲457套（篇），即总4310首/套，故作家平均为20

首（套）/人。今将小令作品（含带过曲）、套曲作品总和在平均值以上的作家列表如下：

《全元散曲》所载作家的社会属性及作品数量统计表　　表六

序号	作家姓名	小令(首)/ 比率(%)	套曲(篇)/ 比率(%)	作家分类/作品 规模分档
1	张可久	855	9	胥吏
2	乔吉	209	11	才会
3	汤式	170	68+1	才会
4	张养浩	161	2	官宦
5	卢挚	120+1	0	官宦
6	马致远	115	16+7	胥吏
7	徐再思	103	0	胥吏
8	汪元亨	100	1	胥吏
9	曾瑞	95	17	才会
10	贯云石	79	8	少数
11	刘时中	74	4	官宦
12	薛昂夫	65+1	3	少数
13	任昱	59	1	才会
14	钟嗣成	59	1	才会
15	关汉卿	57	13+2	才会
16	吴西逸	47	0	才会
17	冯子振	44	0	官宦
18	周文质	43	5	胥吏
19	王恽	41	0	官宦
20	刘庭信	39	7	才会

续表表六

序号	作家姓名	小令(首)/比率(%)	套曲(篇)/比率(%)	作家分类/作品规模分档
21	白 朴	37	4	才会
22	吴宏道	34	4	胥吏
23	吕止庵	33	4	才会
24	周德清	31+6	3	才会
25	姚 燧	29	1	官宦
26	赵善庆	29	0	才会
27	鲜于必仁	29	0	才会
28	杨朝英	27	0	才会
29	李致远	26	4	才会
30	陈草庵	26	0	官宦
31	孙周卿	23	0	才会
32	王举之	23	0	才会
33	查德卿	22	0	才会
34	王仲元	21	4	才会
35	赵显宏	21	2	才会
36	王和卿	21	1+2	才会
37	朱庭玉	4	26	才会
总计	37人/17.37	2979/77.32	231/50.55	20首/套以上者

注：①选取有小令、套曲总数20首以上者入围统计排队。

②+1，即表示还有小令残句一首或套曲残文一篇。类推。

从表上数据分析：

元散曲的主体作家群，其作达平均值为20首/套的作家共37位，占作家总数的17.37%。其小令作品总数为2979首，占《全元散曲》

小令作品总数的77.32%；套曲总数为231篇，占《全元散曲》套曲作品总数的50.55%。令、套两者合计为3210首/套，占《全元散曲》作品总数的74.48%。

总体而言，这些不到五分之一的作家，其小令作品竟占到七成以上；套曲占到半数以上，作品"双过半"，符合统计界定条件。

因此，这37位作家就被定义为"元散曲的主体作家群"。主体作家群作品的数量和质量基本上代表了元散曲的总体面貌。

（1）元散曲的高产作家

值得特别注意的是，小令作品在100首以上的有8位作家，他们是张可久、乔吉、汤式、张养浩、卢挚、马致远、徐再思、汪元亨。8位作家小令总数为1834首、套曲115首。8位作家占作家总数的3.76%；其小令占小令作品的47.60%、套曲占套曲作品的25.16%。大致来说，8位作家，小令作品占接近一半，套曲作品占1/4多。因此这些人构成了元散曲的高产作家群。

（2）元散曲的多产作家

小令作品在50—100首之间的，有七位作家，他们是曾瑞、贯云石、刘时中、薛昂夫、仁昱、钟嗣成、关汉卿。这七位作家占作家总数的3.29%；他们的小令总数为489首，所占比重为12.69%；套曲总数为49篇，所占比重为10.72%。七位作家的作品总数超过了元散曲作品总数的10%，因此这些人构成了元散曲的多产作家群。

（二）主体作家群的社会属性分类

根据《全元散曲》对每个作家的介绍，以及近年学者对元曲作家的考证成果，结合作家们的职业性质、社会地位、民族出身、生活来源等要素，这213位作家大体可以划分为六大群体：

1. 官宦作家（高官显宦）；

2. 胥吏作家（低层衙吏、幕僚）；

3. 才会作家（才人、书会等读书人）；

4. 少数民族作家（汉人以外的少数民族）；

5. 伶妓作家（戏曲演员、歌妓）；

6. 无名氏作家。

由于主体作家群已经很能够代表元散曲作家群的基本面貌，根据表六列出37位主体作家的身份归属及作品总数，得下表：

37位主体作家的身份归属与作品总数　　　表七

作家身份归属	人数	作品数（首/套）/比率%
官宦作家	7	503/11.67
胥吏作家	6	1291/29.95
才会作家	22	1260/29.23
少数民族作家	2	156/3.62
总计	37	3210/74.48

为了更清晰和形象地观察主体作家群的人员构成与作品分布，将表七制成一直方图，其构成便一目了然：

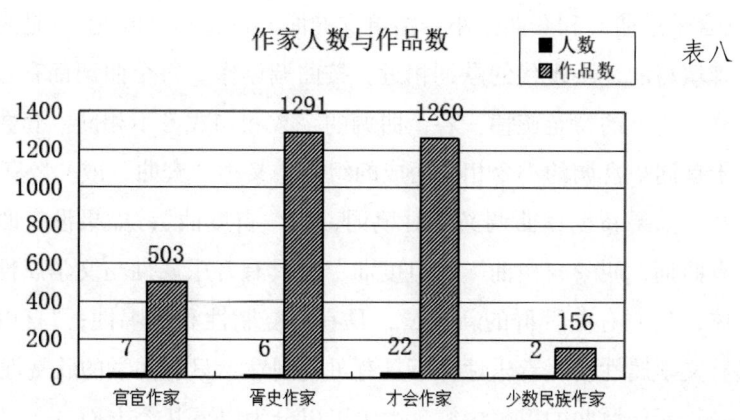

作家人数与作品数　　■人数　　▨作品数　　表八

根据表七和表八可以得出结论：

在37人主体作家群中，才会作家人数最多（22人），胥吏作家人数相对较少（6人）；胥吏作家的作品最多（1291首/套），才会作家作品略少（1260首/套），但两者作品占比大体相当（29.95%与29.23%），胥吏作家作品数略占上风。

胥吏作家作品与才会作家作品数量十分突出，且占绝大多数，因而可以说，全元散曲的文学大厦，主要是由胥吏作家与才会作家两根巨柱支撑着。胥吏作家产生了马致远、张可久两大流派的首领人物；才会作家产生了关汉卿、白朴、王实甫、乔吉等影响深远的作家。在"元曲四大家"中，胥吏作家有两位：马致远、郑光祖；才会作家也有两位：关汉卿、白朴。

五、元散曲与杂剧——落霞与孤鹜齐飞

元代是元曲的鼎盛时期。元曲包含散曲与杂剧。散曲属诗歌，杂剧属戏曲。

元散曲是在宋词基础上发展起来的新诗体，依篇幅长短分为小令（含带过曲）和套曲。小令指单支的曲子，又称"叶儿"，是照不同曲牌填写的，跟现代的歌词相近，按曲调创作，每个曲调都有自己的名称、自己的特定旋律。各个曲调的字数和句式各不相同。套数指用若干首同一宫调的小令相联而成的组曲，又称"套曲"或"散套"。

如果新创作曲调又同时填词，叫"自度曲"；如果没有曲调，只有曲词，叫"自由曲"。"自度曲"是具有音乐属性与文学属性的结合体，是原有曲牌群的新成员，具有可复制性和传唱性；"自由曲"只有文学属性而无音乐性，不具有可复制性，只有文学的欣赏性。

元代散曲的思想内容，大致可以分为以下几个方面。

一是反映元代社会的黑暗现实，寄托了对人民苦难的同情。如张养浩的《潼关怀古》、张可久的《醉太平》小令、张鸣善的《讥时》小令等，都从不同角度反映了元代社会中奸佞当道、百姓受难的现实。尤其是睢景臣的《高祖还乡》，直接冲击了"至高无上"的君权思想；刘时中的《上高监司》前、后套，也深刻地揭露了元代政治经济制度的腐败。

二是慨叹世情险恶，向往脱离现实生活，归隐田园。这一类作品数量众多，它们反映了元代士人的身世之感以及他们中普遍存在的消极避世情绪。但其中也有强烈表达对险恶世情的激愤后表示不如归隐的作品，如马致远的《秋思》套曲。

三是歌唱爱情及描写闺怨。这类散曲数量上不少于归隐之作，它们一般都写得想象丰富、语言直白、意境率真，比较明显地表现出受民间歌谣的影响。

四是写景。这是元散曲中又一重要题材，而且风格多样、色彩绚丽。在描写山河秀色时，不少作品以疏放豪放的铺叙，表现出了曲的特有意境。

元代散曲创作的艺术风格是多样的，主要分豪放、清丽、俏俗三派。豪放派以马致远为首，清丽派则以张可久为魁。前期是以俏俗、豪放本色为主流，但是尖新清丽之作也有重要地位；到了后期，则以清丽为主，豪放为辅。后期即使以疏放豪宕著称的作家如贯云石等人，他们的作品也与前期豪放派不同，带有江南文学传统的妩媚的色彩。到了元末，南戏音乐融入散曲，不少作家采用南北合套的方式，使元代散曲的发展出现了新面貌，向明代散曲以南曲为主的局面迈出了第一步。

元代散曲具有独特的表现手法。散曲作为继诗、词之后出现的新诗体，在它身上显然流动着诗、词等韵文文体的血脉，继承了它们的优秀传统。然而，它更有着不同于传统诗、词的鲜明独特的艺术个性和表现手法：

第一，灵活多变、伸缩自如的句式。散曲与词一样，采用长短句句式，但句式更加灵活多变。例如，词牌句数的规定是十分严格的，不能随意增损；而散曲则可以根据内容的需要，突破规定曲牌的句数进行增句。散曲采用了特有的"衬字"方式。增加衬字，突破了词的字数限制，使得曲调的字数可以随着旋律的往复而自由伸缩。在艺术上，衬字还明显具有让语言口语化、通俗化，并使曲意诙谐活泼、穷形尽相的作用。

第二，以俗为尚和口语化、散文化的语言风格。传统的抒情文学诗、词的语言以典雅为尚，讲究庄雅工整、精鹜细腻，一般来讲，是排斥通俗的。散曲的语言虽不乏典雅的一面，但从总体倾向来看，却是以俗为美。披阅散曲，俗语、蛮语（南方少数民族之语）、谑语（戏谑调侃之语）、嗑语（唠叨琐屑之语）、市语（行话、隐语、谜语）、方言常语等纷至沓来，比比皆是，使人一下子就沉浸到浓郁的生活气息的氛围之中。清代黄周星《制曲枝语》云："曲之体无他，不过八字尽之，曰：少引圣籍，多发天然而已。"

第三，明快显豁、自然酣畅的审美取向。散曲在审美取向上当然也不排斥含蓄蕴藉一格，这在小令一体中表现得还比较突出；但从总体上说，它崇尚的是明快显豁、自然酣畅之美，与诗、词大异其趣。散曲往往非但不"含蓄"其意、"蕴藉"其情，反而唯恐其意不显、其情不畅，直待极情尽致、酣畅淋漓而后止。散曲多借用"赋"的铺陈白描的表达方式，也对这一审美取向起了推波助澜之效。

比之传统的抒情文学样式诗、词，身上刻有较多的俗文学的印记。它是金元之际民族大融合带来的乐曲变化：传统思想、观念的相对松弛，知识分子由于地位下降更加接近民间，以及市民阶层壮大，他们的欣赏趣味反馈于文学创作等一系列社会因素，深刻影响着散曲文学的走向。散曲以其散发着土气息、泥滋味的清新形象，迅速风靡了元代文坛，使得中国文学的百花园里又增添了一朵艳丽的奇葩，争得了与唐诗、宋词并列的历史地位。

元散曲的成果都记录在隋树森先生编的《全元散曲》里。

《全元散曲》是中国元代散曲总集，由今人隋树森编。书分上、下两册，收入自金代元好问至元末明初谷子敬等213位散曲作家及这一时代无名氏的散曲作品，共辑录小令3853首、套数457套，同时还收集了元散曲的一些残句、断语等。以作家为经辑录作品，编排上大体以作家年代先后为序，每一作家附有小传。对所收散曲作品，于曲尾注明出处。参用各种珍本校勘，有关作者、异说、题目差异、字句不同等均附有较详细的校勘记，比较全面地反映了元代散曲的创作概况，有重要的资料、史料价值。

元杂剧是在金院本和诸宫调的基础上，融合各种表演艺术而形成的一种完整成熟的戏剧形式，它把歌曲、宾白、舞蹈、表演等因素有机地结合起来，形成一个完整的艺术整体。杂剧是融文学和多种艺术成分于一体的综合性艺术形式。

元杂剧是元代用北曲演唱的传统戏曲形式，形成于宋代，繁盛于元大德年间。主要代表作家有关汉卿、郑光祖、马致远、白朴等。主要代表作有《窦娥冤》《倩女离魂》《汉宫秋》《梧桐雨》等。其内容主要以揭露社会黑暗、反映人民疾苦为主，现实主义与浪漫主义相结合，主线明确、人物鲜明。其结构上最显著的特色是四折一楔子和"一人主唱"。

元杂剧的兴起和繁荣有多种条件和因素：前代各种戏曲艺术的发展为杂剧提供了形式上的各种借鉴，众多文人参与戏剧活动促进了剧本创作的繁荣，很多著名演员的出现有助于杂剧的兴盛。当时戏剧演出广泛，上自宫廷，下至平民社会，观赏戏剧演出成为一种娱乐习惯。演出的商业化带来的竞争，也是杂剧兴盛的原因之一。

从文学剧本方面说，主要的一个因素是涌现了一些和人民保持密切联系的新型作家。他们有的是"书会才人"，有的是"职业演员"，更多的是怀才不遇或充任下级小官吏的文人。这种身份和社会地位，决定了他们的作品能够真实地反映人民群众的思想感情和生活愿望，也决定了作品艺术成就的普遍提高。

中国戏曲到了元代，由于漫长的积累和准备，在北杂剧和南戏的深入发展和彼此融合下，终于迎来了一个辉煌的时代。戏曲史上把元代看作是中国戏曲的第一个黄金期，其艺术成为明清时期各种戏曲艺术不可逾越的典范。从此以后，戏曲艺术就成为中国人文化生活中一种不可或缺的精神养料，塑造了中国人的民族性格和精神面貌。

元杂剧（文学剧本）也为中国文学史奉献出一笔极其丰厚的精神遗产。元杂剧作家以直面人生的现实精神和纯熟精湛的艺术技巧，创作出一大批旷世杰作，不仅使中国古代叙事文学发展到了一个新的里程碑，也为中国古代文学思想提供了不可多得的形象资料。

只要看看有名的"四大悲剧""四大爱情剧"即可知元杂剧的盛况了。

元杂剧的"四大悲剧"，指的是关汉卿的《窦娥冤》、马致远的《汉宫秋》、白朴的《梧桐雨》及纪君祥的《赵氏孤儿》。

元杂剧的"四大爱情剧"，指的是王实甫的《西厢记》、关汉卿的《拜月亭》、白朴的《墙头马上》、郑光祖的《倩女离魂》。

可见其蔚为大观。

有关杂剧作家、作品的著录，自元末已开始。钟嗣成的《录鬼簿》著录杂剧作家152人、作品450余种。贾仲明的《录鬼簿续编》补充著录元明之际的作家71人、作品156种。朱元璋的儿子朱权著《太和正音谱》，著录了元代以及元明之际杂剧作家191人、作品560余种。明臧懋循的《元曲选》，为元人杂剧的总集，共10集，共选录100个剧本，万历四十三年（1615）先刊前集，共50种，次年刊后集50种。

近代刊本比较重要的有：1941年上海商务印书馆刊行的王季烈编校《孤本元明杂剧》，收录杂剧144种；1959年中华书局出版隋树森编《元曲选外编》，收录了编者认为《元曲选》以外的元代杂剧62种。

散曲是诗歌艺术，杂剧是戏曲艺术。散曲与杂剧在作用功能上存在区别。二者虽然对读者都有思想启迪的作用，但在认识功能上，散曲偏重对自身的认识，杂剧偏重对社会生活的认识。在审美愉悦功能上：散曲多自娱性，杂剧多娱他性；在表现形式上，散曲是作者直接抒发个人感情、表达个人对事物的认识。杂剧是作者通过构想的时空场景和人物间接地表达对事物的认识。

散曲与杂剧在构造上又有密不可分的关系。戏曲里面的组曲（小令或套曲），我们称之为"剧曲"。"散曲"与"剧曲"在本质上没有什么区别，都是由"宫调"和"曲牌"组成，都是音乐属性和文学属性的综合体。不同的是，"散曲"是"一次性成型"的独立的文学作品，可以供人清唱，亦可在任何场合吟咏。而"剧曲"则是专供舞台表演的、用以表现故事情节或人物情感的唱段，是杂剧脚本的重要组成部分。"散曲"的丰富多彩为戏曲提供了丰富营养和借鉴；剧曲的美妙又常被人们清唱抒怀，也被散曲创作借鉴。

散曲和杂剧是元代两朵并蒂莲似的奇葩，恰是"落霞与孤鹜齐飞，秋水共长天一色"，双双耀眼、比翼齐飞，相互促进、相互借鉴。散曲这一音乐体系被戏曲家采用，成为元杂剧的音乐载体，而其文体形式也很容易演变成剧曲，成为戏曲文学的重要构成部分；而戏剧脚本的文学创作又经常被散曲创作吸收与借鉴。王实甫的《西厢记》经常在后世诗文中被提及，就是一例。元散曲与元戏曲构成了元"一代之文学"。

第三章
元散曲的构造与体律特征

一、音乐音律特征

（一）宫调

宫调是音乐调式的符号，相应于一定的律高标准，构成一定的调音体系，相当于现代音乐中的调号及其升降半音的调式体系。

宫调是指中国古代音乐的调式。南北曲常用的有五宫四调，通称九宫或南北九宫，包括正宫、中吕宫、南吕宫、仙吕宫、黄钟宫（五宫）；大石调、双调、商调、越调（四调）。《中原音韵》中记载了12种宫调。曲的每一个宫调都有各自的风格，或伤悲或雄壮，或缠绵或沉重。

元燕南芝庵《唱论》里对宫调的感情彩色有如下的描述：

> 大凡声音，各应于律吕，分于六宫十一调，共计十七宫调。
> 仙吕调唱清新绵邈，南吕宫唱感叹伤悲，中吕宫唱高下闪赚，黄钟宫唱富贵缠绵，正宫唱惆怅雄壮，道宫唱飘逸清幽，大石唱风流蕴藉，小石唱旖旎妩媚，高平唱条物滉漾，般涉唱拾掇坑堑，歇指唱急并虚歇，商角唱悲伤宛转，双调唱健捷激袅，商

调唱凄怆怨慕，角调唱呜咽悠扬，宫调唱典雅沉重，越调唱陶写冷笑。

宫调对于音乐感情的描述，在历史上没有音像资料和历史文献少有记载的情况下，只能处于理解状态。在当代散曲创作中多半已成一个标注符号了。

（二）曲牌

曲牌是代表某个特定旋律的曲调称谓。《中原音韵》载有元代北曲曲牌335个，如《人月圆》《沉醉东风》等。每一个曲牌都有一定的曲调、唱法，同时也规定了该曲的字数、句法、平仄等。据此可以填写新曲词。曲牌大都来自民间，一部分由词发展而来，一部分由音乐专长者新创作。故曲牌名也有和词牌名相同的，但是内容并不完全一致。此外，还有专供演奏的曲牌，但大多只有曲调而无曲词。

曲牌是散曲中最小和最基本的单位。曲牌是音乐属性与文学属性的结合体。曲牌的第一属性是音乐性，以此约束文学属性的文字应有的平仄关系和韵脚种类，这里的文字语音没有多少自由发挥的余地。

二、组织结构特征

（一）小令

小令以一支曲子为独立单位，为散曲的最小单位。如：

〔黄钟〕节节高

卢挚

雨晴云散，满江明月。风微浪息，扁舟一叶。半夜心，三生梦，万里别。闷倚篷窗睡些。

《中原音韵》记载元代北曲曲牌有335个，每支曲牌便是一支小令。

（二）幺篇

北曲中连续使用同一曲牌时，后面各曲不再标出曲牌名，而写作"幺篇"或"幺"。下篇称幺篇，幺篇即后篇。幺是繁体"後"字的简化符号。如后篇开头句有变化则叫"换头"，如：

〔正宫〕鹦鹉曲

白贲

侬家鹦鹉洲边住，是个不识字渔父。浪花中一叶扁舟，睡煞江南烟雨。〔幺篇〕觉来时满眼青山，抖擞绿蓑归去。算从前错怨天公，甚也有安排我处。

幺篇结构使散曲容量增加，有利于扩展作者表达思想的空间。但哪些曲牌有幺篇，要按其具体规定，不能随意"幺"或乱"幺"。

（三）重头

散曲中以同一曲调重复填写几遍、几十遍，甚至百遍的亦称重头。任讷《散曲概论》："词中前后阕完全相同者谓之重头……曲中于前后数首重同一调者，亦称重头。盖借用耳。"重头各曲可同韵，亦可用不同韵部。如：

〔双调〕大德歌

关汉卿

春

子规啼，不如归，道是春归人未归。几日添憔悴，虚飘飘柳絮飞。一春鱼雁无消息，则见双燕斗衔泥。

夏

俏冤家，在天涯，偏那里绿杨堪系马。困坐南窗下，数对清风想念他。蛾眉淡了教谁画？瘦岩岩羞带石榴花。

秋

风飘飘，雨潇潇，便做陈抟睡不着。懊恼伤怀抱，扑簌簌泪点抛。秋蝉儿噪罢寒蛩儿叫，淅零零细雨打芭蕉。

冬

雪粉华，舞梨花。再不见烟村四五家，密洒堪图画。看疏林噪晚鸦，黄芦掩映清江下，斜揽着钓鱼艖。

此重头由四首组成，描写春夏秋冬四季，每首属不同韵型。

重头加大了散曲表现容量和表现灵活性。

（四）带过曲

元曲中，用两三个同一宫调的小令连缀在一起，以表达一个共同的内容，这种格式称为"带过曲"。带过曲是同一宫调的曲牌连接另一个或几个曲牌。带过曲的作用主要是补充词意表达上的不足。带过曲要押同一个韵部的字。如：

〔双调〕雁儿落过得胜令·忆别

乔吉

殷勤红叶诗，冷淡黄花市。清江天水笺，白雁云烟字。（过）游子去何之，无处寄新词。酒醒灯昏夜，窗寒梦觉时。寻思，谈笑十年事。嗟咨，风流两鬓丝。

带过曲是不同曲牌的叠加和组合，扩大了表达容量。由于音乐衔接的原因，不可随意"带"，需参考有关资料。如《全元散曲》中的带过曲有以下几种：

〔双调〕11种

雁儿落过得胜令

雁儿落带清江引

雁儿落过清江引碧玉箫

楚天遥过清江引

对玉环带过清江引

水仙子过折桂令

沽美酒过太平令

沽美酒过快活年

一锭银过大德乐

殿前喜过播海令大喜人心

十棒鼓带清江引

〔中吕〕10种

山坡羊过青哥儿

快活三过朝天子

快活三过朝天子四换头

喜春来过普天乐

十二月过尧民歌

齐天乐过红衫儿

快活三过朝天子四边静

醉高歌过喜春来

醉高歌过摊破喜春来

醉高歌过红绣鞋

〔正宫〕2种

脱布衫过小梁州

叨叨令过折桂令

〔南吕〕2种
骂玉郎过感皇恩采茶歌

玉娇枝过四块玉

〔仙吕〕1种
那吒令过鹊踏枝寄生草

〔越调〕1种
黄蔷薇过庆元贞

（五）套曲

由同一宫调的若干曲牌相连成套，即在同一宫调内，连接许多曲牌成一组曲，歌咏一个内容，可写景抒情，也可叙述故事，有起有讫。套曲又称套数、散套。套曲组构一般都有特定的"尾"。套曲需要一韵到底，不可换韵。如：

〔南吕〕一枝花·杭州景

关汉卿

普天下锦绣乡，环海内风流地。大元朝新附国，亡宋家旧华夷。水秀山奇，一到处堪游戏，这答儿忒富贵。满城中绣幕风帘，一哄地人烟凑集。

〔梁州第七〕百十里街衢整齐，万余家楼阁参差，并无半答儿闲田地。松轩竹径，药圃花蹊，茶园稻陌，竹坞梅溪。一陀儿一句诗题，一步儿一扇屏帏。西盐场便似一带琼瑶，吴山色千叠翡翠。兀良，望钱塘江万顷玻璃。更有清溪、绿水，画船儿来往闲游戏。浙江亭紧相对，相对着险岭高峰长怪石，堪羡堪题。

〔尾〕家家掩映渠流水，楼阁峥嵘出翠微，遥望西湖暮山势。看了这壁，觑了那壁，纵有丹青下不得笔。

由于音乐旋律衔接，套曲不能随便组合、乱套，只能参考《全元散曲》及元杂剧中的组合模式。以下每宫调只举两三例参考，如选套需参考相关资料：

〔黄钟宫〕

女冠子、幺篇、出队子、幺篇、黄钟尾。

醉花阴、喜迁莺、出队子、刮地风、四门子、古水仙子、尾声。

醉花阴、喜迁莺、出队子、刮地风、四门子、古水仙子、塞儿令、神仗儿、尾声。

〔正宫〕

端正好、滚绣球、倘秀才、脱布衫、醉太平、随煞。

端正好、滚绣球、倘秀才、滚绣球、倘秀才、滚绣球、呆骨朵、太平年（即醉太平）、随煞。

〔仙吕宫〕

翠裙腰、金盏儿、绿窗愁、赚尾。

翠裙腰缠令、翠裙腰、金盏儿、元和令、赚尾。

翠裙腰、六么遍、寄生草、上京马、后庭花煞。

〔南吕宫〕

一枝花、梁州、三煞、二煞、尾声（即黄钟尾）。

一枝花、梁州、骂玉郎、感皇恩、采茶歌、尾声（隔尾）。

〔中吕宫〕

粉蝶儿、醉春风、迎仙客、红绣鞋、石榴花、斗鹌鹑、普天乐、尾。

粉蝶儿、醉春风、迎仙客、普天乐、十二月、尧民歌、啄木儿煞。

〔大石调〕

青杏子、归塞北、好观音、幺篇、结音（即随煞）。

青杏子、归塞北、幺、尾（即随煞）。

〔小石调〕

恼煞人、幺篇、伊州遍、幺篇、尾声。

〔般涉调〕

哨遍、耍孩儿、五煞、四、三、二、一、尾。

哨遍、幺、耍孩儿、幺、五煞、四、三、二、一、尾。

哨遍、耍孩儿、七煞、六、五、四、三、二、一、尾。

〔商角调〕

黄莺儿、踏莎行、盖天旗、应天长、尾。

黄莺儿、幺篇、垂丝钓、应天长、随煞。

黄莺儿、踏莎行、垂丝钓、盖天旗、随煞。

〔商调〕

集贤宾、逍遥乐、醋葫芦、浪来里煞。

集贤宾、幺、金菊香、浪来里、尾（即随调煞）。

〔越调〕

斗鹌鹑、紫花儿、天净沙、尾。

斗鹌鹑、紫花儿、幺、小桃红、尾。

斗鹌鹑、紫花儿序、小桃红、天净沙、尾。

〔双调〕

新水令、驻马听、乔牌儿、落梅风、离亭宴带歇指煞。

新水令、驻马听、乔牌儿、雁儿落、得胜令、甜水令、折桂令、随煞。

小令、幺篇、重头、带过曲、套曲都是小令（单支曲牌）的不同规模的组合，这就极大地扩展了散曲的表达容量，可抒情，可叙事，尤其在戏曲里，为场景的描述、人物感情的抒发提供了伸展空间。这种功能是"曲"特有的，诗词是不具备的。

三、语言语意特征

(一) 平仄

曲在用字的平仄上比诗词要严得多，又特别注重每首曲末句的平仄。这是由散曲的音乐性决定的，曲牌里面的文字平仄必须服从音乐的要求。从这一点看，散曲的音乐性是在"绑架"文学性。格律诗声律部分只有平仄两档，词的平仄要求也是平仄两档，而散曲的平仄要求则是"平仄上去"四档。如：

〔黄钟〕节节高

仄平平仄，仄平平仄（韵）。平平去上，平平上去（韵）。仄仄平，平平仄，去上平（韵）。去上平平仄平（韵）。

诗词的平仄要求，是建立在汉语语音的和谐上；而散曲的平仄要求，是建立在音乐的和谐上。所以，填曲必须按曲牌填制，"平仄上去"均要控制，这就难得多。

（二）押韵

格律诗的押韵只有一档，平韵；词的押韵只有二档，平仄；而曲的押韵却有"平仄上去"四档，而且曲韵密集，有的句句押韵。如：

〔正宫〕醉太平

平平仄上（韵，可平叶）。仄仄平平（韵）。×平×仄仄平平（韵）。×平仄上（韵，可平叶）。×平×仄平平去（韵）。仄平×仄平平去（韵）。×平仄仄仄平平（韵）。×平去上（韵，可平叶）。"×"表字可平可仄。

该曲押韵有"三平三上二去"，八句八韵，可见其难。曲韵尾韵极其重要，唱曲一般尾部都有"拖腔"（也叫"甩调"），否则会与音律不和。

（三）对偶与对仗

对偶，是一种修辞方法。成对使用的两个文句"字数相等，结构、词性大体相同，意思相关"。这种对称的语言方式，形成表达形式上的整齐和谐和内容上的相互映衬，具有独特的艺术效果。一般认为仅词语结构相对，而不讲究平仄，为对偶句。同时讲究平仄，则为对仗句。

对仗，是指在诗词创作及对联写作时，运用的一种特殊表现形式和手段。它要求诗词联句在对偶基础上，上下句同一结构位置的词语必须"词性一致，平仄相对"，并力避上下句同一结构位置上重复使用同一词语。格律诗词的对仗使语言音韵和谐，增强了节奏感和音乐美，达到表现形式上的高度完美。因而格律诗词的对仗要求甚为严苛，符合上述原则的诗词联句便是对仗的，否则就是不对仗或对仗不工稳，这是诗词创作所不允许的。

曲的对仗要求比较自由、宽松，这是由曲的音乐性所约束的。曲的对仗严格来说大多是对偶句。

曲的对仗形式有"两字对""首尾对""衬字对""多维对"等十三种。在语言的运用和词序组合上有许多特点，主要表现在：有工对也有宽对，但宽对的现象更普遍；有句中自为对、错综成对或倒字为对、俗语入对；等等。这部分将在后面"散曲的巧体、俏体"一章中详细谈到。

（四）增损字、增损句

散曲的曲牌句中的增损字，即有些小令之句字，可以按规定增减，其增字者较多。例如〔仙吕·后庭花〕古谱中大多有增损，不统一，特别是在戏曲中。小令中则少见。又如〔仙吕·混江龙〕，《北词广正谱》云："句字不拘，可以增损。"

散曲的曲牌增损句——指小令在一般格律句数外，可以增加、减少句数的灵活规定。例如〔双调·蟾宫曲〕，曲谱多数为11句，但可增加到17句。多数末句可增减一个四字句，但增加一到两个四字句的情况较多；〔双调·新水令〕亦"字数不拘，可以增损"（《九宫大成谱》）。

增减字、增减句，体现了散曲创作的灵活性。但增减字、增减句是不能随意增减的，一定要按有关"谱"的要求。

（五）衬字

曲牌所规定的格律之外另加的字，称为"衬字"。

曲可加衬字，是它与诗、词的主要区别之一。它使曲文在遵守格律的前提下，有更大的灵活性，行文用字更为自由，不受格律的束缚。小令所用的衬字较少，套曲则比较多。衬字一般不占用乐曲的节拍、音调，往往是唱时快速而有节奏地一口带过。此外，杂剧使用衬字比较普遍，而南戏则比较少用。

衬字一般用于句首或句中，句末则不应有衬字，尤其在韵脚处。

句中的衬字可以用实词，也可用虚词。如尚仲贤《王魁负桂英》"殿阶前空立着正直牌"，"前"和"着"都是衬字。有时衬字是一个句子，如白朴《梧桐雨》"寡人亲捧杯玉露甘寒"，"玉"字前的句子全是衬字。

衬字有时可多至十、二十个字。如关汉卿的〔南吕·一枝花〕〔尾〕"我是个蒸不烂、煮不熟、捶不匾、炒不爆、响当当一粒铜豌豆"，"响"字前的部分全是衬字。衬字是在不更动原谱的基础上增加的字，曲的句法相当自由和富于变化。

衬字的作用是补充正字语意的缺漏或不足，使内容更加完整充实、语言更加周密丰富或生动，或者使字句与音乐旋律更加贴合。衬字用得恰当，可使句法灵活多样，增强曲文的口语化和形象化特点。

四、旋律组构特征

（一）集曲与借宫犯调

集曲，指南曲中较为普遍运用的一种曲调形式，亦是南曲曲调的变化方法。它是采用若干支旧有的曲牌，各摘取其中的若干乐句，重新组织成一支新的曲牌。因此，集曲乃是多首曲调的综合，是音乐旋律的组合体。在宫调上，所集各曲必须是宫调相同，或宫调不同但旋律可以相通的曲牌。

集曲的曲牌名称，也常为所集各种曲牌名称的综合，例如《五马江儿水》一曲，便是由《五供养》《驻马听》《江儿水》三曲集成；《醉罗歌》是摘取《醉扶归》《皂罗袍》《排歌》三调各数句而成，等等。

北曲没有集曲，却有"借宫"一法。所谓借宫，是将另一宫调之曲移入本宫调来使用。集曲与借宫，又统称为"犯调"。集曲也有叫"犯调"的。"犯"，可以理解为入侵、串入，也就是一词调或曲调有其他的曲调串进来。集曲集同一宫调的曲调，叫"犯本宫"。集不同宫调的曲调，叫"犯别宫"。所以有的集曲的曲调名就加上"犯"和"摊破"字样。

近代的曲学大师吴梅说："集曲无定格，但取音调之和，盖知音者往往任意割凑，于是增格增牌，遂日新不已矣。"如：

元传奇《拜月亭》摘调

〔醉扶归〕那日那日离都下，流落流落在天涯。画影图形遍挨查，到处都张挂。〔皂罗袍〕草为茵褥，桥为住家。山花当饭，溪水当茶。陀满兴福这般若楚呵。那些个一刻千金价。〔排歌〕兵戈扰，道路赊，几番回首望京华。

元传奇《十孝记》摘调

〔沉醉东风〕看将雏人称凤毛，始信道先占鹊噪。得云雨便腾蛟，长安西笑，那其间效忠移孝。〔月上海棠〕云程渺，楚树秦川，梦绕魂劳。

集曲是将不同曲牌旋律的局部音乐元素选取并加以组接、组合，融合出一组新的音乐旋律，形成新的曲牌。集曲是音乐创作手法。

集曲的运用，为戏曲音乐提供了一种创作和发展曲调的新方法。由于有了集曲，南曲曲牌的数量迅速增加，并且随着作曲技术的进步，后来集曲的运用变得越来越广泛、复杂、新颖，为戏曲音乐开辟了广阔空间，其文学容量也随之增加。

（二）南北合套

南北合套是按音乐逻辑结构将北曲和南曲组成在一个套曲里，形成具有南北风格融合的新唱段。杂剧与南戏形成初期，杂剧只用北曲，南戏只用南曲，二者不得混用。随着元朝统一中国，南北一统，南北合套逐渐被广泛使用。

构成合套中的南曲与北曲必须属于同一宫调。

这里仅列曲牌组合形式：

荆干臣〔黄钟·醉花阴〕闺情：

〔醉花阴（北）〕—〔画眉序（南）〕—〔喜迁莺（北）〕—〔画眉序（南）〕—〔出队子（北）〕—〔神杖儿（南）〕—〔刮地风（北）〕—〔耍鲍老（南）〕—〔四门子（北）〕—〔闹樊楼（南）〕—〔古水仙子（北）〕—〔尾声（南）〕

王实甫〔南吕·四块玉〕：

〔四块玉（北）〕—〔金索挂梧桐（南）〕—〔骂玉郎（北）〕—〔东瓯令（南）〕—〔感皇恩（北）〕—〔针线箱（南）〕—〔采茶歌（北）〕—〔解三酲（南）〕—〔乌夜啼（北）〕—〔尾声（南）〕

南北合套是将北曲曲牌与南曲曲牌不同的音乐旋律整体移植过来，有规律地相互交叉，形成总体音乐的新融合，也是文学容量的新扩展。

南北合套形式扩大并丰富了元曲的音乐表现能力，进一步彰显了元曲的传播个性。南北曲调交互使用的新形式，使人耳目一新，促进了南北地区民族音乐的交流与融合，扩大了曲调的来源和容量，丰富了曲的表现功能，对于曲的自身发展是一个重要贡献。从戏曲角度看，色彩缤纷的南北合套不仅促进了戏曲中曲牌联套体音乐的发展，也为艺术家突出人物性格、强化戏剧冲突、增加戏曲感染力提供了更为有效的手段，是戏曲音乐和散曲音乐性的重要突破。

（三）务头

宋、元行院"调侃语""行话"。原为当时伎艺界代替"唱采"一词的行话，后世则把戏中要彩的地方叫"务头"。元、明、清戏曲理论家，对"务头"诠释甚多，众说纷纭，但大多指曲文或唱腔某一方面能博得观众喝彩的地方。王骥德《曲律·论务头》说："务头……系是调中最紧要句字，凡曲遇揭起其音，而宛转其调，如俗之所谓'做腔'处，每调或一句、或二三句，每句或一字、或二三字，即是'务头'。"

以上都表明务头乃是曲文着重描写、曲调充分发挥与歌唱精雕细刻之处，它是戏剧情节的关键要地，也是博得观众喝彩的"戏眼"所在，所以，李渔在《闲情偶寄》中指出：一曲之中有务头，则全曲皆活。关于"务头"的含义，各家的表述和理解是相同的，但为什么叫"务头"，几百年来，曲界众说纷纭，无一定论。

务头首先是个音乐概念，当代散曲创作已经失去音乐功能，只剩下文学表述，很难说哪里是务头，但应了解这个概念。

元散曲的显著特点是音乐特质与文学特质的紧密结合。唐诗是可以唱的，但它没有特定的旋律与其对应。宋词是可以唱的，并有特定的旋律相匹配，但后期逐渐弱化。散曲的音乐性与文学性是密不可分的，以上这些特性是散曲的音乐性与文学性在结构上的综合表现形式。

元散曲文学体式组织的灵活性和音乐体式组织的灵活性，为散曲的表现内容开拓了广阔空间，与唐诗、宋词比较，无疑是一种进步。因而散曲更利于表现抒情、叙事，更利于刻画人物，表现人物内心情感。杜仁杰〔般涉调·耍孩儿〕《庄家不识构阑》、睢景臣〔般涉调·哨遍〕《高祖还乡》、刘时中〔正宫·端正好〕《上高监司》等便是佐证。这一体式组织的灵活性与元戏曲发展相互促进，为戏曲唱腔、唱词的丰富提供了重要的要素条件，这也是元曲生命力的重要基础因素。

第四章
元散曲的风格流派

　　蒙元社会的主流文化形态是元曲。元曲以杂剧（杂剧文学）和散曲两条脉络相互独立又相互交融而发展。戏剧则在故事的完整化、人物性格化、表演程序化方面日益提高和成熟。散曲经过前后两个时期的发展和演变，形成了不同风格的作家群及流派。

　　任何一种艺术形式，由于艺术家的个人特质、偏好和一贯的坚持，就会形成一种相对稳定的与众不同的艺术风貌，这就是通常所说的"风格"。当这种"风格"被同时代众多的人同时体现以及被不同时代的人刻意效仿传承，这个群体就形成了"流派"。"风格"是个体特质的再现与固化，"流派"则是群体特质的再现与固化。也就是说，流派就是风格相同或相近的现实存在与延续的群体。例如，在唐诗里，有以李白为代表的浪漫主义诗派，有以杜甫为代表的现实主义诗派，有以王维为代表的田园诗派，有以岑参为代表的边塞诗派，等等。在宋词里，有以苏东坡、辛弃疾为代表的豪放词派，有以晏殊、柳永、李清照、周邦彦为代表的婉约词派，等等。

　　"流派"的形成，需要具备三个客观条件：一是具有形成独特艺术风貌的被尊崇的客体权威人；二是有被同时体现及被刻意效仿传承的客观群体；三是有被环境承认与接受的社会氛围。流派的差别主要反映了作家审美理想和创作实践的差异。艺术流派的涌现和并存，是艺术繁荣的重要标志，也是艺术成熟的重要标志。流派的存在，是社会创造的宝贵文化遗产。

一、元代散曲风格流派的认识经过了一个漫长的过程

1313年，即元仁宗皇庆二年，杨朝英编选了首部散曲作品的汇集本《乐府新编阳春白雪》。此时，杂剧日渐成熟，散曲作品争奇斗艳，作家云集，作品和作家风格特色已见端倪。贯云石在为杨朝英《阳春白雪》的序中，最早论及北曲作家的风格和特点，序云：

> 北来徐子芳滑雅，杨西庵平熟，已有知者；近代疏斋媚妩，如仙女寻春，自然笑傲；冯海粟豪辣灏烂，不断古今，心事又与疏翁不可同舌共谈；关汉卿、庾吉甫造语妖娇，摘如少美临杯，使人不忍对。

此处贯云石共评点了徐子芳、杨西庵、卢疏斋、冯海粟、关汉卿、庾吉甫六人的写作风格，概括出了"滑雅、媚妩、豪辣、妖娇"的各自特点。

1319年（元仁宗延祐六年），贯云石曾为张可久《今乐府》写过序文，序中说：

> 择矢弩于断枪朽戟之中，拣奇璧于破物乱石之场；抽青配白，奴苏隶黄。文丽而醇，音和而平，治世之音也。

刘时中为张可久的《今乐府》作过跋，其跋曰：

> 小山《今乐府》行于世久矣，《吴盐》稿最后出，漉沙构白，

熬波出素，演化神奇，雪飞花舞，真擅场之工也。

贯云石、刘时中二人对张可久作品的评鉴，指出了张可久文风"文丽而醇，音和而平""熬波出素，演化神奇"，具有善于化俗为雅的熔炼之功和雅丽的艺术风格。

在1324年问世的周德清的《中原音韵》之《作词十法·定格四十首》中，对40首曲进行了评价。当评论到马致远的〔越调·天净沙〕《秋思》时，称"秋思之祖也"；评其套数〔双调·夜行船〕《秋思》时，称"谚曰：'百中无一'。余曰：'万中无一'"。周德清对马氏作品的评价，虽然没有指出风格特点，但对两首《秋思》却高度概括了其水平和地位，为进一步剖析其艺术特色奠定了价值基础。

1347年，元末著名诗人、文学家、书画家和戏曲家，与陆居仁、钱惟善合称为"元末三高士"，泰定四年中进士的杨维桢，在其《周月湖今乐府序》（《东维子集》卷十一）中，谈及北曲作家们的风格时云：

> 士大夫以今乐府鸣者，奇巧莫如关汉卿、庾吉甫、杨澹斋、卢疏斋；豪爽则有如冯海粟、滕玉霄；蕴藉则有如贯酸斋、马昂父。

杨维桢的这些评价是在元灭亡20年前提出的，可以说是总览元朝作品后的观察结论。他把北曲的风格特点概括为"奇巧""豪爽""蕴藉"三种，并指出了具有代表性的作家群。杨维桢的这些结论，为后人总结元散曲风格特色起到引领、参照和启发的作用。

1368年，元朝灭亡，代之以明。明初朱权在洪武三十一年

（1398），即元亡后30年成书的《太和正音谱》中，除对元散曲格律进行总结外，还对元及明初曲家风格进行了系统总结和评价。

在"古今群英乐府格势"一节，共列"元一百八十七人"，其中有总体评价并有详解的，计12人，即马东篱、张小山、白朴、李寿卿、乔梦符、费唐臣、宫大用、王实甫、张鸣善、关汉卿、郑德辉、白无咎，如：

> 马东篱之词，如朝阳鸣凤。其词典雅清丽，可与《灵光》《景福》而相颉颃。有振鬣长鸣、万马皆喑之意。又若神凤飞鸣于九霄，岂可与凡鸟共语哉？宜列群英之上。
>
> 张小山之词，如瑶天笙鹤。
>
> 其词清而且丽，华而不艳，有不吃烟火食气，真可谓不羁之材；若被太华之仙风，招蓬莱之海月，诚词林之宗匠也。当以九方皋之眼相之。

其余的人则只有总体评价而无细解，如：

> 贯酸斋之词，如天马脱羁。
>
> 邓玉宾之词，如幽谷芳兰。

像这样大规模、力求系统评价元曲风格特点的，朱权还是第一人。从这些评价中可以看出：

（1）朱权已经触及到元散曲的一些本质特性，如马东篱之词，"其词典雅清丽"；张小山之词，"其词清而且丽，华而不艳"；费唐臣之词，"神风耸秀，气势纵横"；宫大用之词，"其词锋颖犀利，神彩烨然"，等等。朱氏已经看到了散曲有"清"和"丽"者，有"气势纵横"者，这已经是两种不同风格了。

（2）对没有细解的作家的评价，"如天马脱羁""如幽谷芳兰"

"如天风环佩""如雪窗翠竹"等等，对个体作家进行了形象概括。虽然这种概括过于笼统，不同人理解的空间差别很大，有的甚至过于牵强，但朱权毕竟看到了作家的个体差异和个性特点。

朱权的这些评价只是对个体作家的概括，还没有上升到纵览群体作家的综合概括、分野，但已经为后人的研究、认识作了基础性的工作，对后世曲论家认识元曲的风格流派具有重要的启迪意义。

何良俊，明中叶戏曲理论家，江苏华亭（今上海市松江区）人，著有戏曲理论著作《四友斋丛说》。《四友斋丛说》三十八卷，隆庆三年（1569）初刻三十卷，后又续撰八卷。其中《四友斋曲说》，篇幅虽短，但内容精练。在谈到"元曲四大家"时，《曲说》曰：

> 元人乐府称马东篱、郑德辉、关汉卿、白仁甫四大家。马之辞老健而乏滋媚，关之辞激厉而少蕴藉，白颇简淡，所欠者俊语，当以郑为第一。

何良俊这里谈到元曲代表人物关、郑、白、马的各自风格，指出马"老健"但少"滋媚"，关"激厉"但少"蕴藉"，白"简淡"但少"俊语"，"当以郑为第一"，反衬郑具有"滋媚、蕴藉、俊语"的风格。虽是一家之言，但也说明元曲中具有"滋媚、蕴藉"的一派风格。

《四友斋曲说》最有价值的理论思想是"本色论"。何良俊评：

> 《西厢》全带脂粉，《琵琶》专弄学问，其本色语少。盖填词须用本色语，方是作家。
> 评《倩女离魂》曰："清丽流便，语入本色。"
> 评《丝竹芙蓉亭》曰："通篇皆本色语，殊简淡可喜。"
> 评《虎头牌》曰："情真语切，正当行家。"
> 评《琵琶记》时曰：高则诚才藻富丽，如《琵琶记》"长空

万里"，是一篇好赋，岂词曲能尽之，然既谓之曲，须要有蒜酪，而此曲全无，正如王公大人之席，驼峰、熊掌、肥腯盈前，而无蔬、笋、蚬、蛤，所欠者风味耳。

在何氏的曲学美学观念中，"简淡""情真语切"，即"本色"论中两个首要特征。除此之外，"本色"还须有"意趣"风、"蒜酪"味。因而词"简淡"，情"真切"，再加上有意趣之"风味"，便是《曲说》之所谓"本色"的基本内涵。这个观点道出了早期以关汉卿为代表的曲之风格流派的本质特点，对后世影响颇大。

明代晚期戏曲作家、曲论家王骥德，会稽（今浙江绍兴）人，曾为沈璟《南九宫十三调谱》作序。其曲论著有《曲律》，今存明天启四年（1624）原刻本。《曲律》是一部戏曲论著，共四十章，其中对元、明不少戏曲作家、作品加以品评，颇多精辟见解，在中国古典曲论著作中占有重要地位。他在《曲律·杂论》《新校注古本西厢记》中谈到曲风时说：

> 曲以婉丽俏俊为上。
> 世称曲手，必曰关、郑、白、马，顾不及王，要非定论。
> 元人称关、郑、白、马，要非定论；四人汉卿稍杀一等，第之，当曰王、马、郑、白，有幸有不幸耳。

王骥德推崇曲以"婉丽俏俊"为上品。王骥德推崇王实甫与何良俊推崇郑光祖一样，都是从王和郑的作品风格"丽雅、蕴藉、滋媚"的角度加以肯定。这反映了明人推崇雅化倾向的审美观，从另一角度也恰恰说明元曲有清丽风格作品的群体。

清代早中期的徐大椿则有另一说法。

徐大椿，江苏吴江松陵镇人。徐大椿是著名词曲家徐铣之子，秉承家学，又善度曲。其著作颇多，所著《乐府传声》一书，颇受戏曲界重视。《乐府传声》是一部戏曲声乐论著，有清乾隆十三年（1748）丰草亭原刻本。全书凡三十五款，其中《渊流》《元曲家门》论及曲学问题。《元曲家门》中分析了"曲"与"诗词"的不同，其曰：

> 元曲为曲之一变……若其体则全与诗词各别，取直而不取曲，取俚而不取文，取显而不取隐，盖此乃述古人之言语，使愚夫愚妇共见共闻，非文人学士自吟自咏之作也。若必铺叙故事，点染词华，何不竟作诗文，而立此体耶？……但直必有至味，俚必有实情，显必有深意，随听者之智愚高下，而各与其所能知，斯为至境。……正所谓本色之至也。此元人作曲之家门也。知此，则元曲用笔之法晓然矣。

徐大椿认为元曲有三个显著特点，即"直""俚""显"，这是元曲的"本色之至"，而且是元人作曲的撑家立户的根本，故曰"元曲家门"。但"直"必有"至味"，"俚"必有"实情"，"显"必有"深意"，这才是最高境界。这些观点为元曲作为"俗文学"奠定了理论基础，对后世认识元曲亦有很深的影响。

到了清代晚期，刘熙载对元曲的评价与认识则有了一个新的飞跃。

刘熙载，清代文学家。道光进士，官至左春坊左中允、广东学政。他是我国十九世纪的一位文艺理论家和语言学家，被称为"东方黑格尔"。刘熙载的著作有《艺概》《昨非集》《四音定切》等，其中以《艺概》最为著名，是近代一部重要的文学批评论著。

《艺概》同治十二年（1873）写成，共6卷，分为《文概》《诗概》《赋概》《词曲概》《书概》《经义概》，分别论述文、诗、赋、词曲、书法及八股文的体制流变、性质特征、表现技巧和评论重要作家作品等，运用艺术辩证法，总结了艺术规律。刘熙载在《艺概·词曲概》中对曲的风格做出了全新的判断，其曰：

> 《太和正音谱》诸评，约之只清深、豪旷、婉丽三品。清深如吴仁卿之"山间明月"也，豪旷如贯酸斋之"天马脱羁"也，婉丽如汤舜民之"锦屏春风"也。

刘熙载认为，《太和正音谱》对诸家的评点，其风格总体上可以分为"清深""豪旷""婉丽"三种类型。"清深"者，像吴仁卿有"山间明月"之感——清朗透彻；"豪旷"者，像贯酸斋有"天马脱羁"之感——无拘无束；"婉丽"者，像汤舜民有"锦屏春风"之感——熙丽清雅。刘熙载首次从纵览群体定性的角度，对散曲的风格做出了界定。刘熙载的定义，极大地影响了后世对元曲风格特征的认识。

再稍后一些，即清末民初的大学者王国维对元曲风格的定性，也有其独到的看法。

王国维，浙江海宁人。王国维是中国近代一位享有国际声誉的学者，一生著作颇丰，为中华民族文化宝库留下了广博精深的学术遗产。其中颇具影响的一部是成书于1912年的《宋元戏曲考》，这是中国最早的一部关于戏曲历史的书籍，是一部具有划时代意义的古典文学研究论著。在谈到元曲风格时，书曰：

> 元代曲家，自明以来，称关、马、郑、白，然以其年代及造诣论之，宁称关、白、马、郑为妥也。关汉卿一空倚傍，自铸伟词，而其言曲尽人情，字字本色，故当为元人第一。白仁甫、马东篱高华雄浑，情深文明；郑德辉清丽芊绵，自成馨逸，均不失

为第一流。其余曲家，均在四家范围之内。

"关、马、郑、白"为元曲名家，最早出自元代周德清《中原音韵》序，四者代表了元代不同时期不同流派杂剧创作的成就，因此后人称为"元曲四大家"。

王国维认为：关汉卿"一空倚傍，自铸伟词""字字本色"，白仁甫、马东篱"高华雄浑，情深文明"，郑德辉则"清丽芊绵，自成馨逸"。简言之，四人三种风格特色，概为"本色、雄浑、清丽"。特别提到"其余曲家，均在四家范围之内"。这就明确地将元曲总体风格归结为"本色、雄浑、清丽"三种状态，而三种风格的代表人物就是"关、马、郑、白"。

清末民初的任中敏对元曲风格流派则另有一说。

任中敏，中国著名词曲学家、戏曲理论家、敦煌学家。原名讷，曾用笔名二北、半塘。江苏省扬州市人。任中敏先生毕生从事戏曲史、戏曲理论和唐代音乐文艺的研究，系统地创建了相关理论，著作颇丰。

任中敏早年曾师从著名戏曲学家吴梅先生，致力于北宋词学、金元散曲及其音乐理论的研究。其中一部有名的著述是《散曲丛刊》，1931年上海中华书局排印本。这是一部散曲总集，包括两部分：一是历史名集汇集，收历代散曲著作12种；二是任中敏自己的论著，收3种，即《作词十法疏证》《散曲概论》《曲谐》。

任中敏在《散曲概论·派别第九》中，对散曲流派如是说：

> 涵虚子所定乐府十五体，除前节已引之八体外，尚有关于文章派别者七体……此七体中，细按之仍有重复不切实处，仅丹丘体之豪放不羁、江东体之端谨严密、东吴体之清丽华巧，可以鼎峙而立，成为三派。

仅列豪放、端谨、清丽三派，事实上已可以广包一切。

三派鼎立，分别在词意之收放与文质之间。仅言豪放、端谨、清丽，于意已足以表现其各派之特色。

元人散曲之中，豪放最多，清丽次之，端谨较少。

《散曲概论·派别第九》还指出了各派的特点与区别：

豪放一派则"用意遣辞，两俱豪放不羁"，"重赖意境之超逸以造成豪放，乃豪放之第一义也。"

端谨一派"不作恣肆放诞，且遣辞又多用循循规矩之文言"，"盖曲之工全恃机趣，端谨者其趣已鲜"，"终非第一流好曲子"。

清丽一派"为渲染，为焕然成采，而不偏质白描，且用意仍清疏潇洒者"，"为清丽华巧之一派"。

任中敏的散曲风格美学观，将散曲定为"豪放""端谨""清丽"三体，"三派鼎立"，"已可以广包一切"，"已足以表现其各派之特色"。在数量上"豪放最多，清丽次之，端谨较少"。而后又"剔去端谨，专取豪放、清丽两派论元人"。任中敏从总体的曲学风格概括了散曲形成"三派"的特点及数量分布，提出了清晰的散曲风格美学认识。

任中敏在散曲研究领域取得了突出成就，做出了较大贡献，产生了很大影响，其"豪放、清丽"两派"主体说"深深打动并影响了后人，几乎定格了后世散曲学术界的认识观念与观点。

为了系统理清学者对散曲的认识过程，我们将上述观点总结示表如下：

散曲风格流派认识总结表

时代	人物	观点出处及年代	评价观点	评价性质
元后期	贯云石	《阳春白雪》序（1313）	评点徐子芳等六人风格，有滑稽、平熟、妩媚、豪辣、妖娇五类	个体评价
	贯云石	《今乐府》序（1319）	指张曲，文丽而醇，音和而平	个体评价
	刘时中	《小山乐府》跋（1319）	指张曲，熬波出素，演化神奇	个体评价
	周德清	《中原音韵》（1324）	评马致远曲，秋思之祖，万中无一	个体评价
元末	杨维桢	《周月湖今乐府序》（1347）	对关汉卿等八人评点，有奇巧、豪爽、蕴藉三种风格	个体评价
明初	朱权	《太和正音谱》（1398）	列元187人均有评价，指出有清、丽者，有气势从横者的风格差异	众体评价
明中叶	何良俊	《四友斋丛说》（1569）	比较关、马、郑、白风格，指出郑具有姿媚、蕴藉，应为第一；提出本色论思想（简淡、情真，意趣蒜烙）	个体评价
明晚期	王骥德	《曲律·杂论》（1624）	宗曲婉丽、俊俏，推崇王实甫	个体评价
清早中期	徐大椿	《乐府传声》（1748）	提出曲有直、俚、显三特色，为曲本色、元曲家门	总体评价
清晚期	刘熙载	《艺概·词曲概》（1873）	提出元曲可分为清深、豪旷、婉丽三品	总体评价
清末民初	王国维	《宋元戏曲考》（1912）	将元曲概括为本色、雄浑、清丽三状态，关、马、郑、白为代表	总体评价
民国时期	仁中敏	《散曲丛刊·散曲概论》（1931）	散曲风格概括为豪放、清丽、端谨三派，但以豪放、清丽为主	总体评价

分析表上所示，我们可以看出。

第一，关于散曲的风格认识，从元朝后晚期即开始有人试图概括和总结。目前得知的文献最早是贯云石的《阳春白雪》序。以后历朝历代文人学者均有从不同角度加以研究，直到任中敏先生的《散曲概论》问世，学界才逐步取得了共识。这期间经过了元、明、清到民国，共经过了617年即六个世纪多才有了较稳定的共识。

第二，对散曲风格的认识是先从个体评价开始的，例如对徐子芳等六人的评价，刘时中对张可久的评价等等。后人在此基础上进一步地挖掘认识演进到对众体的评价，例如明初朱权对187人的评语、评价。而对元曲的总体评价要等到清朝徐大椿的《乐府传声》，提出"直俚显"的"元曲家门"说。而后有清晚期刘熙载的"三品"说、清末民初王国维的"三风格"说、民国仁中敏的"三派"说。对元曲的总体评价均出现在清代中期以后。这种"个体—众体—总体"的认识过程，是符合一般认识论的，只是过程漫长了点。

第三，对散曲的全面概括，始于《乐府传声》提出"直俚显"的"元曲家门"说，这种"一分说"的认识虽然反映了元散曲的一个重要特性，但是远不能准确全面地概括散曲的全部特性。全面概括散曲的全部特性的，当首推刘熙载。他在《艺概·词曲概》中提出的"三品说"，将散曲风格分为"清深""豪旷""婉丽"三种类型。这已是1873年的事，距元朝灭亡已过了505年。而后有王国维的《宋元戏曲考》，将元曲总体风格归结为"本色、雄浑、清丽"三种状态。任中敏的《散曲概论》将散曲理定为"豪放""端谨""清丽"三派。"三分说"角度各不相同，时间集中在清末到民初的五十余年间。这半个世纪是对散曲风格认识的一个飞跃期。

第四，其实对元曲风格全面认识的最早萌芽，应始于元末文学家杨维桢《周月湖今乐府序》对关汉卿等八人的评点，指出"奇巧""豪爽""蕴藉"三种风格。虽然这只是对部分人的评价，但已有了总体特性的种子了。当我们把不同时代对散曲风格的认识对比在一起时，就看出了对散曲评价的共性问题了：

杨维桢："奇巧"—"豪爽"—"蕴藉"；

刘熙载："清深"—"豪旷"—"婉丽"；

王国维："本色"—"雄浑"—"清丽"；

任中敏："端谨"—"豪放"—"清丽"。

在这些认识和评价中，我们很明显地看出，元散曲风格具有"豪放""清丽"两大派别，是普遍的共识，尽管词句表述有所差别，但本质特征是一致的。

有所不同的是，第三种风格的表述差别很大。杨维桢与王国维的"奇巧"与"本色"是一种表达，有相近之处；刘熙载与任中敏的"清深"与"端谨"是另一种表达，也有相似之处，但两类表达不是一回事。"奇巧"与"本色"，说明的是一种特色，而"清深"与"端谨"，说的是一种表达方式，尤其是"清深"一词含混不清，连任中敏都批评他"清深为义不稳洽，远不如端谨矣"（《散曲概论》）。其实，"端谨"一词的清晰度也不怎么样。

第三种风格的差别表述，不是词句的差别，而是对另一种风格认识的差别，这成为后人学术争论的焦点。

关于散曲风格的认识，经过六个多世纪的探讨，其风格流派可分为"豪放""清丽"两大派别，终于有了基本的共识，对散曲风格的本质特征有了基本的概括。这种共识对元曲的总体文学价值有了重要提升，使元曲同唐诗、宋词能站在同一个维度上进行比较研究，形成"三峰并峙"局面。

二、元散曲"豪放"与宋词"豪放"的本质差别

用"豪放"一词概括元散曲风格特点是否准确？它同宋词的豪放派有传承关系吗？

在中国文学史上，宋词同唐诗一样成为一代文学的光辉典范，彪

炳史册千百年。宋朝的词风，公认的分为两大派：豪放词风与婉约词风。前者以苏轼、辛弃疾为代表，还有李纲、陈与义、叶梦得、朱敦儒、张元干、张孝祥、陆游、陈亮、刘过等一大批杰出词人；后者以柳永、晏殊、欧阳修、秦观、周邦彦、李清照等，直到南宋姜夔、吴文英、张炎等大批词家为代表。

"豪放""婉约"之说最早见于明中叶张綖的《诗馀图谱》：

> 词体大略有二：一体婉约，一体豪放。婉约者欲其辞情蕴藉，豪放者欲其气象恢弘。盖亦存乎其人，如秦少游（秦观）之作多是婉约，苏子瞻（苏轼）之作多是豪放。大抵词体以婉约为正。

张綖，明中叶诗文家、词曲家。字世文，自号南湖居士，江苏高邮人。明武宗正德八年（1513）举人，官至光州知州，后归隐武安湖上。著有《诗馀图谱》《南湖诗集》等。

《诗馀图谱》最大的功绩有两条：一是自宋以来，最早总结出具有词谱意义的谱书；二是自宋以来，首次总体概括出宋词风格有"豪放""婉约"的两分特征。豪放与婉约风格的界定，说明宋词风骨具有偏于"阴柔"之美与偏于"阳刚"之美的两种基本倾向，这对于理解、认识宋词的艺术风格特色，无疑是一次理性上的飞跃。这种认识使后世学者对文学美学的理解产生了极深远的影响。后来元散曲风格的总体判定，显然是受了张綖美学观念的影响。

对于宋词豪放风格的认识，我们试举几例以观察：

念奴娇·赤壁怀古

苏轼

大江东去，浪淘尽，千古风流人物。故垒西边，人道是，三国周郎赤壁。乱石穿空，惊涛拍岸，卷起千堆雪。江山如画，一时多少豪杰。

遥想公瑾当年，小乔初嫁了，雄姿英发。羽扇纶巾，谈笑间，樯橹灰飞烟灭。故国神游，多情应笑我，早生华发。人生如梦，一尊还酹江月。

破阵子·为陈同甫赋壮词以寄之

辛弃疾

醉里挑灯看剑，梦回吹角连营。八百里分麾下炙，五十弦翻塞外声。沙场秋点兵。

马作的卢飞快，弓如霹雳弦惊。了却君王天下事，赢得生前身后名。可怜白发生！

满江红·怒发冲冠

岳飞

怒发冲冠，凭阑处、潇潇雨歇。抬望眼、仰天长啸，壮怀激烈。三十功名尘与土，八千里路云和月。莫等闲、白了少年头，空悲切。

靖康耻，犹未雪。臣子恨，何时灭。驾长车、踏破贺兰山缺。壮志饥餐胡虏肉，笑谈渴饮匈奴血。待从头、收拾旧山河，朝天阙。

从这些词例中，可以看到豪放词的共性特点：（1）创作视野开阔，多为天下大事，取军情国事重大题材，以抒发爱国复家的壮语宏声，词容雄阔。（2）词风慷慨激越，气象恢弘，气度超拔、雄放。苏词则"横放杰出""词气迈往""书挟海上风涛之气"；辛词则"慷慨纵横""不可一世"。（3）语词宏博，语言风采多姿、汪洋恣意，喜用诗文手法入词，崇尚率直而不以含蓄婉曲为能事。（4）豪放之词不拘死音律，多以境界开放、心胸恣展为上。

元代散曲则是另一番景象。

元人散曲的风格流派，一般皆接受任中敏分为豪放与清丽为主的两大派别观点。元人豪放一派以马致远为代表，还有冯子振、滕玉霄、贯云石、张养浩、刘时中、薛昂夫、汪元亨等人。清丽一派则以张可久为代表，有白朴、乔吉、徐再思等人。试举例以看其风格特征：

〔双调〕夜行船·秋思

马致远

〔夜行船〕百岁光阴如梦蝶，重回首往事堪嗟！昨日春来，明朝花谢，急罚盏夜阑灯灭。

〔乔木查〕想秦宫汉阙，都做了衰草牛羊野。不恁么渔樵无话说。纵荒坟横断碑，不辨龙蛇。

〔庆宣和〕投至狐踪与兔穴，多少豪杰！鼎足虽坚半腰折，魏耶？晋耶？

〔落梅风〕天教你富，莫太奢，没多时好天良夜。富家儿更做道你心似铁，争辜负了锦堂风月。

〔风入松〕眼前红日又西斜，疾似下坡车。不争镜里添白雪，上床与鞋履相别。休笑巢鸠计拙，葫芦提一向装呆。

〔拨不断〕利名竭，是非绝，红尘不向门前惹。绿树偏宜屋角遮，青山正补墙头缺，更那堪竹篱茅舍。

〔离亭宴煞〕蛩吟罢一觉才宁贴，鸡鸣时万事无休歇，何年是彻？看密匝匝蚁排兵，乱纷纷蜂酿蜜，急攘攘蝇争血。裴公绿野堂，陶令白莲社。爱秋来时那些：和露摘黄花，带霜烹紫蟹，煮酒烧红叶。想人生有限杯，浑几个重阳节？人问我顽童记者："便北海探吾来，道东篱醉了也！"

〔正宫〕鹦鹉曲·赤壁怀古

冯子振

茅庐诸葛亲曾住，早赚出抱膝梁父。笑谈间汉鼎三分，不记得南阳耕雨。〔幺〕叹西风卷尽豪华，往事大江东去。彻如今话说渔樵，算也是英雄了处。

〔双调〕殿前欢

贯云石

畅幽哉！春风无处不楼台。一时怀抱俱无奈，总对天开。就渊明归去来，怕鹤怨山禽怪。问甚功名在？酸斋是我，我是酸斋。

通过对比，可以看出，宋词的豪放风格与元曲的豪放风格有着极大的差别：

（1）在内容上，宋豪放词多体现词人个体命运与国家民族命运的紧密相连。特别是靖康之变之后，词人多发悲壮之音，唱慷慨之声，多是壮怀激烈的词作。宋词的豪放艺术风格，饱含着浓烈奔放的豪情、豁达的乐观态度，以及要求为国家建功立业的理想。而元代豪放曲的题材，多为叹世归隐、隐匿山水、官场险恶、人生易逝。即便是张养浩《潼关怀古》在同情百姓时，亦是哀叹无奈。叹世归隐、消极哀怨、避世成为元散曲总体题材的中心。

（2）在情感上，宋词的豪放多激昂阔朗、铿锵作响，以抒国情为尚；元曲的豪放则多怨怨慨郁，纠结胸臆，无奈难展，以泄私情为长。

（3）在意境上，苏词流溢着自由奔放、乐观开朗、自由挥洒的浪漫主义特征，辛词则饱含豪壮而苍凉、雄奇而沉郁的意境，构成了辛词的浪漫主义特征。而元代的豪放曲多长吁短叹地抒发怀才不遇的感慨，呐喊人生与社会的不平。那些叹世归隐之作、怀古比今之题，也多展现一种心灵苦怨的空冥。宋词豪放展现的是一种积极向上的精神境界，而元曲豪放体现的是一种消极无奈与反抗无果的精神境遇。

同样是读儒家诗书的知识分子，在宋朝与元朝的不同时代，在宋词与元曲的不同文学形式中，表现出完全不同的境况，这是由不同的时代背景造成的。

宋朝是比较重视文治的朝代，是比较重视知识分子的王朝。开国皇帝赵匡胤深知唐后期武官藩镇祸乱天下的史实，因而崇尚文治国策，留在太庙中的"誓碑"可为一证。北宋比较宽松的政治文化环境，使那么多杰出的胸怀开阔的政治家、文学家、思想家涌现。像王安石、范仲淹、苏东坡等文风豪阔的大家就是典型。

到了南宋，由于失去了半壁江山，不少受儒家思想熏陶出来的知识分子官员，因国家仇民族恨的长期压抑，政治理想和社会现实的矛盾，渴望精忠报国的理想难以实现，其作品中表现出了慷慨激昂、热情澎湃、豪迈奔放而又忧思悲壮、沉郁苍凉的文风。辛弃疾、陆游、岳飞等就是典型。

元朝就大不一样。蒙元由于鞭马立国，没有儒家治政传统，政治专权，社会黑暗。国内民族政策实行蒙古、色目、汉人、南人"四等人"制度，对汉人、南人实行压制、限制，其社会地位极低。蒙元政权从灭金入主中原后80年间废止科举取士制度。恢复科举后，"四等人"考试待遇、名额及官职分配差异悬殊，汉人知识分子备受政权冷落，沦至"八娼九儒十丐"的境地。元代深受儒家传统思想影响的知识分子，崇尚报国为怀的儒士，现实却将其报国之志拒之门外，他们的人生处境失落窘迫，心境惨淡灰冷，社会地位边缘卑下。在这种历史背景下，其解脱之路唯有避世逃境、归隐山林，或为生计流落勾栏，但又不心甘情愿，于是以作品中的呐喊、鞭挞社会时弊，愤懑、发泄心中不平，体现一种消极的反抗情怀。

宋朝的历史造就了宋豪放词的词风，元朝的历史造就了元豪放曲的曲风。虽都曰"豪放"，但本质却大不一样。对于宋词与元曲具有不同文学内涵特征的文风，却用同一个词"豪放"来界定，明显不那么恰当。不少元曲著述也意识到了这一点。这些文献在阐述元曲豪放风格时，加了许多说明，指出元曲的"豪放"与宋词的"豪放"是不同的，是不同的"豪"与不同的"放"。

从逻辑学角度看，概念是反映对象本质属性的思维形式，是对特征的独特组合而形成的知识单元，是通过抽象化的方式从一群事物中提取出来的反映其共同特性的思维单位。概念都有其内涵与外延，即含义和适用范围。明确概念就是要明确概念的内涵和外延。"定义"是明确概念内涵的逻辑方法，"划分"是明确概念外延的逻辑方法。一个概念只能界定具有共同特性的一群特定事物，而不可能同时界定具有不同特征的另一群事物。一个概念在界定某一事物时，如果要附加很多注解的话，这个概念一定是不准确的。因此，用"豪放"来表述宋词豪放特征，已取得公认的情况下，再用"豪放"来表述不同特征的元曲，就显然背离了概念的基本定义。难怪一些文献在阐述元曲"豪放"风格时，要加一大堆注解与说明，这种累赘的表述只能说明是借用了不恰当的概念。

这一点，历史上一些学者也注意到了。在概括元曲"豪放"风格特点时，杨维桢用"豪爽"、刘熙载用"豪旷"、王国维用"雄浑"，唯任中敏用"豪放"一词。因此在界定元曲中"豪放"一类风格特点的作品时，鉴于咏叹元代知识分子心灵苦闷、愤懑、无奈时，善直抒胸臆，用词豁达率直，用意清朗通白，毫无掩饰之意，因而用"旷达"一词似更为合适，以区别于宋词豪放的重叠表达。

三、元散曲风格特征的三种不同形态

用"豪放""清丽"二分法界定，不能全面概括元散曲的风格特征，元散曲实际存在三种不同的特色风格。

在众多著作中，在阐述元曲风格特征时，人们大都认为可分为"豪放""清丽"两大主要派别。但也有不少文献，非常强调元曲的俚俗、直白、泼辣、戏谑、嬉笑怒骂的风格，加上"意趣蒜烙"味，认为这才是元曲的本色特征。这一类作品风格仅用"豪放""清丽"是涵盖不了的，也不可能归并到这两大流派中。

其实，对元曲风格流派比较准确概括的当推王国维为第一人，而不是任中敏。王国维在《宋元戏曲考》中提出元曲具有"本色""雄浑""清丽"三种状态，以关、马、郑、白为代表，是比较接近元曲风格客观实际的，因郑德辉与张可久均为清丽、蕴藉作品之人。但王国维的论述并没有引起学界的关注与重视，致使元曲研究界长期沿用任中敏的"豪放""清丽"两派说；而另一些文献又反复强调、推崇元曲具有"本色"的显著特点，"本色"是元曲的根本。这种认识的矛盾状态长期阻碍着对元曲风格全面的统一认识。实际上，王国维对这一问题早有明确的回答。

对于"本色"一词，一直有两种理解。一种观点认为"本色"是语言和情致的表达方式，是元曲个性化的一部分，用"简淡""情真"加"意趣蒜烙"味的语言形成的一种风格，如明中叶何良俊的观点。另一种观点则认为"直""俚""显"是元曲总体的一贯特色，是"元曲家门"——元曲的看家本领，清中期的徐大椿持这一种观点。古人的这种认识倾向，一直延续到现在。

对于"本色"的理解，实际上应是指那种接近生活、接近群众语言、接近"地气"的客观世态"本来"面貌的元曲作品。这些作品更易于被大众接受，在大众中流传，而不是经过文人润饰、包装过了的作品。这些作品在元曲里是具有个性化的一部分，是区别于唐诗、宋词的一个显著特点。对于"本色"的理解，不应把这种特点看成是元曲"本来"就是这样、全部就是这样。抹杀"本色"是元曲重要的、独立的特点之一的观点，是片面的；把"本色"夸大为元曲总体的、全部的特点的观点，也是片面。"本色"特点的作品应是元曲中三种风格的一个重要表现，正像王国维在《宋元戏曲考》中所表述的那样。

但用"本色"一词对这种风格的元曲进行概括，外延过于宽泛，缺乏本质内涵的明朗性，且在概念理解上易引起争议。因此，本文认为宜用"俗俏"一词来概括这类风格的作品：一取通俗、俚俗、直白、显露之意；一取俏皮、滑巧、尖辣、戏谑之意。"俗俏"一词增加概念内涵的明晰性，约束外延边界，避免因概念含混而引发争议。

这样，元曲的风格流派则可概括为"旷达风格""清丽风格""俗俏风格"三大类，以三分界定代替两分界定，似更能全面、客观地理解、解析、表述元曲的风格面貌。

（一）旷达风格

旷达风格作品即通常所称的"豪放"一类，这类作品的最大特点，用任中敏的话说就是"意境超逸""修辞不羁"（《散曲概论》），直有胸臆恣肆之势。这类作品多集中在怀古、归隐、感叹人生题材中，以马致远为代表。在本文第二部分我们曾列举了马致远、贯云石等人的作品以及同宋豪放词对比情况。下面再举几例予以说明：

〔中吕〕满庭芳·误国贼秦桧

周德清

官居极品，欺天误主，贱土轻民。把一场和议为公论，妒害功臣。通贼虏怀奸诳君，那些儿立朝堂仗义依仁？英雄恨！使飞云幸存，那里有南北二朝分。

小令谴责秦桧罪恶，造成中国南北对峙局面。语意淋漓，直鞭弊史。

〔中吕〕山坡羊·叹世

陈草庵

晨鸡初叫，昏鸦争噪，那个不去红尘闹。路迢遥，水迢迢，功名尽在长安道。今日少年明日老。山，依旧好；人，憔悴了。

曲讽人们为追逐功名而趋之若鹜、竞奔不已的丑态。笔力旷辣明了。

旷达风格作品最大特点，一旷二达：旷而意境开越，达而畅语不羁。前与宋词对比已有论述，此不再赘言。

（二）清丽风格

清丽风格作品的最大特点，用任中敏的话说就是"用意仍清疏潇洒者"，遣辞"焕然成采"，则"为清丽华巧之一派"（《散曲概论》）。此类作品文雅致、曲涵蕴藉、品风婉逸。这类作品多集中在山水、咏物题材中。元散曲中以张可久为魁，乔吉、白朴、徐再思、仁昱、周文质、汤式亦如是。

试举数例：

〔南吕〕一枝花·湖上晚归

张可久

长天落彩霞，远水涵秋镜。花如人面红，山似佛头青。生色围屏，翠冷松云径，嫣然眉黛横。但携将旖旎浓香，何必赋横斜瘦影。

〔梁州〕挽玉手留连锦英，据胡床指点银瓶。素娥不嫁伤孤另。想当年小小，问何处卿卿？东坡才调，西子婷婷，总相谊千古留名。吾二人此地私行，六一泉亭上诗成，三五夜花前月明，十四弦指下风生。可憎，有情，捧红牙合和《伊州令》。万籁寂，四山静，幽咽泉流水下声。鹤怨猿惊。

〔尾〕岩阿禅窟鸣金磬，波底龙宫漾水精。夜气清，酒力醒，宝篆销，玉漏鸣。笑归来仿佛二更，煞强似踏雪寻梅灞桥冷。

《湖上晚归》写情侣夜游西湖、兴尽而归的情景。以比拟手法写西湖夜色,景物的变换与人物的活动融为一体。以词法填曲,精心雕琢,曲辞秀美,对仗工整,音调和谐,大量熔铸前人诗词名句入曲,又自铸新词,俊语连珠。此曲为传统元曲名篇,被明代李开先誉为"古今绝唱",为张可久代表作,与马致远的《夜行船·秋思》齐名。

〔双调〕水仙子·寻梅

乔吉

冬前冬后几村庄,溪北溪南两履霜,树头树底孤山上。冷风来何处香?忽相逢缟袂绡裳。酒醒寒惊梦,笛凄春断肠。淡月昏黄。

乔吉的这首作品清丽而质朴,雅俗兼备,采用了寓情于景的写作手法,表面上是写梅花,实际上处处体现着作者的心境及所要表达的思想内涵。

〔中吕〕普天乐·西山夕照

徐再思

晚云收,夕阳挂,一川枫叶,两岸芦花。鸥鹭栖,牛羊下。万顷波光天图画,水晶宫冷浸红霞。凝烟暮景,转晖老树,背影昏鸦。

这首小令描写的是夕阳西下的景色,宛如一幅恬淡的风情画,色彩对比鲜明,巧妙化用典故,写得空灵平雅,不再是马致远笔下孤寂、迟暮的象征,充分显示了作者清丽的艺术风格。

清丽风格作品的最大特点,一清二丽:清者用意潇疏、丽者遣辞华蕴。比诗若王维诗画，比词似婉约风雅，不让前朝大家，是曲的一大亮点。清丽风格，前贤文献多有论述，此不累陈。

（三）俗俏风格

俗俏风格作品的最大特点，一曰"俗"，二曰"俏"。俗者，通俗、俚诿、直白、率露、坦溢、市语方言，毫不掩饰地张扬露洒；俏者，洒脱、疏放、俏皮、幽默、谐趣、嘲讥、豪辣，毫无矫饰地嬉笑怒骂。

俗俏风格作品比较集中于自嘲、鞭世、戏谑、俚诿、情爱、性爱等题材。关汉卿、王和卿等前期作家作品居多。中后期作家亦时见其俏作问世。就是以旷达、清丽作品为主的作家群亦经常有俗俏作品问世。

1.以自嘲自残为特色的俗俏作品，如：

〔南吕〕一枝花·不伏老（节选）

关汉卿

〔尾〕我是个蒸不烂、煮不熟、捶不匾、炒不爆、响当当一粒铜豌豆，恁子弟每谁教你钻入他锄不断、斫不下、解不开、顿不脱慢腾腾千层锦套头。我玩的是梁园月，饮的是东京酒，赏的是洛阳花，攀的是章台柳。我也会围棋、会蹴鞠、会打围、会插科、会歌舞、会吹弹、会咽作、会吟诗、会双陆。你便是落了我牙、歪了我嘴、瘸了我腿、折了我手，天赐与我这几般儿歹症候，尚兀自不肯休。则除是阎王亲自唤，神鬼自来勾，三魂归地府，七魄丧冥幽，天那，那其间才不向烟花路儿上走。

这是套曲中的尾曲。他自写身世，抒发胸中"抱负"，写得诙谐老辣，笔力横肆，充满自负、自嘲、自乐的情趣。透过这些俏皮诙谐、佯狂玩世的文字，我们能看到一个多才多艺的戏剧家的韧性精神与隐藏在心灵深处的愤懑。

〔南吕〕一枝花·自叙丑斋（节选）

钟嗣成

〔梁州〕子为外貌儿不中抬举，因此内才儿不得便宜，半生未得文章力，空自胸藏锦绣，口唾珠玑，争奈灰容土貌，缺齿重颏，更兼着细眼单眉，人中短髭鬓稀稀，那里取陈平般冠玉精神，何晏般风流面皮，那里取潘安般俊俏容仪，自知，就里。清晨倦把青鸾对，恨煞爷娘不争气。有一日黄榜招收丑陋的，准拟夺魁。

〔隔尾〕有时节软乌纱抓扎起钻天髻，干皂靴出落着簌地衣，向晚乘闲后门立，猛可地笑起，似一个甚的？恰便似现世钟馗唬不杀鬼。

〔收尾〕常记得半窗夜雨灯初昧，一枕秋风梦未回。见一人，请相会，道咱家，必高贵。既通儒，又通吏，既通疏，更精细。一时间，失商议，既成形，悔不及。子教你，请俸给，子孙多，夫妇宜，货财充，仓廪实，禄福增，寿算齐，我特来，告你知。暂相别，恕情罪。叹息了几声，懊悔了一会，觉来时记得，记得他是谁？原来是不做美当年的捏胎鬼。

钟嗣成的〔南吕·一枝花〕自叙丑斋，共九曲，此节三曲。钟嗣成以"丑斋"自称，丑中见美、谑浪生姿。其语直，其意侃，其心碎。

〔南吕〕四块玉·风情

兰楚芳

我事事村，他般般丑。丑则丑村则村意相投。则为他丑心儿真，博得我村情儿厚。似这般丑眷属，村配偶，只除天上有。

兰楚芳是西域人，他常以俗情、俗美描绘女性生活。该曲把一对丑夫妻恩爱的题材活灵活现地展示在人前，把世俗风韵、世俗情趣推向了极致。

2.以鞭世警时为特色的俗俏作品，如：

〔双调〕水仙子·讥时

张鸣善

铺眉苫眼早三公，裸袖揎拳享万钟。胡言乱语成时用，大纲来都是烘。说英雄谁是英雄？五眼鸡岐山鸣凤，两头蛇南阳卧龙，三脚猫渭水飞熊。

小令讥讽时政，尖锐地揭露了元朝当政者卑劣腐朽的面目，揭露世风的龌龊败坏。语言犀利泼辣，比喻极具特色，描写夸张，抨击尖刻有力。作者这种庄俗杂陈、嬉笑怒骂而尖峭老辣的曲风，在元代自成一家，被时人称作"张鸣善体"。

〔正宫〕醉太平

无名氏

堂堂大元，奸佞专权。开河变钞祸根源，惹红巾万千。官法滥，刑法重，黎民怨。人吃人，钞买钞，何曾见？贼做官，官做贼，混愚贤。哀哉可怜！

此曲据陶宗仪《南村辍耕录》记载："《醉太平》小令一阕，不知谁所造。自京师以至江南，人人能道之……以其有关于世教也。"可见流传之广泛。此曲直白大胆，一针见血，骂到痛处，入木三分。

〔中吕〕朝天子·志感

无名氏

不读书有权，不识字有钱，不晓事倒有人夸荐。老天只恁忒心偏，贤和愚无分辨。折挫英雄，消磨良善，越聪明越运蹇。志高如鲁连，德高如闵骞，依本分只落的人轻贱。

无名氏说得更是透彻，把个是非颠倒的世象数落得淋漓尽致。

鞭世警时类的作品还有很多。例如张可久的〔中吕·卖花声〕怀古二首，睢景臣的〔般涉·调哨遍〕《高祖还乡》，姚守中的〔中吕·粉蝶儿〕《牛诉冤》，刘时中的〔正宫·端正好〕《上高监司》，等等。这类作品，指摘时弊、痛陈世风，立意新奇、角度突特，语言泼辣、词锋尖利，鞭笞元代政治腐败和社会黑暗，具有忍俊不禁的喜剧效果与讽刺性，横展漫画与野史的风格。

3.以戏谑嘲侃为特色的俗俏作品，如：

〔般涉调〕耍孩儿·庄稼不识构阑（节选）

杜仁杰

〔一煞〕教太公往前那不敢往后那，抬左脚不敢抬右脚，翻来复去由他一个。太公心下实焦燥，把一个皮棒槌则一下打做两半儿。我则道脑袋天灵破，则道兴词告状，划地大笑呵呵。

〔尾〕则被一胞尿，爆的我没奈何。刚捱刚忍更待看些儿个，枉被这驴颓笑杀我。

套曲由八曲组成，今选二。曲以幽默的笔调，描写一个庄户汉秋后进城看戏的经历，谐谑多端，情趣横生，读来令人捧腹。

〔仙吕〕醉中天·咏大蝴蝶

王和卿

弹破庄周梦，两翅驾东风，三百座名园、一采一个空。谁道风流种，唬杀寻芳的蜜蜂。轻轻飞动，把卖花人扇过桥东。

王和卿的这首小令，用几乎荒诞的夸张手法，塑造了一只大蝴蝶的形象，并赋予它比喻和象征的意义，讽刺贪色的花花公子的劣迹恶行。

〔商调〕梧叶儿·嘲女人身长

无名氏

身材大，膊项长，难匹配怎成双？只道是巨无霸的女，原来是显道神的娘。我这里细端详，还只怕你明年又长。

曲中极尽夸张特大个子女人，用北方方言"巨无霸""显道神"来形容女人身长，调侃嬉笑。

这些嬉笑嘲侃的作品还有很多，有的借助动物加以发挥，有的以他人形象、性格、生理缺陷加以奇特联想、畸形夸张，嬉笑成文，如马致远的〔般涉调·耍孩儿〕《借马》、关汉卿的〔仙吕·醉扶归〕《秃指甲》、王和卿的〔双调·拨不断〕《王大姐浴房内吃打》、无名氏的〔南吕·一枝花〕《嘲黑妓》，等等。这些嘲谑散曲虽然带给人捧腹的嬉笑，但戏谑背后更多的是一种曲作家无奈的叹息、理想的失落与深思。可笑有趣的描写背后，往往具有更深刻的社会含义。

4. 以俗风民画为特色的俗俏作品，如：

〔南吕〕四块玉闲适

关汉卿

旧酒投，新醅泼，老瓦盆边笑呵呵，共山僧野叟闲吟和。他出一对鸡，我出一个鹅，闲快活！

一曲远离"红尘恶风波"的田园生活，潇洒而闲适，过着"日月长，天地阔"的轻松日子，表明作者的田园志向。语句清雅明快，白描淡然。

〔双调〕蟾宫曲

卢挚

沙三伴哥来嗏！两腿青泥，只为捞虾。太公庄上，杨柳阴中，磕破西瓜。小二哥昔涎刺塔，碌轴上渰着个琵琶。看荞麦开花，绿豆生芽，无是无非，快活煞庄稼。

白描的生活语言，一幅农家山村画，赞赏"快活煞庄稼"的生活。农家语、农家话。

〔正宫〕塞鸿秋·村夫饮

无名氏

宾也醉主也醉仆也醉，唱一会舞一会笑一会。管甚么三十岁五十岁或七十岁，你也跪他也跪恁也跪。无其繁弦急管催，吃到红轮日西坠，打的那盘也碎碟也碎碗也碎。

《村夫饮》描写村宴聚会的场景。曲以北方少数民族生活为背景，以粗犷豪放的笔调描摹了村民纵酒放歌、尽情嬉闹、无拘无束、无礼无法的场面。用语泼辣恣肆，剪切精当，极具动感，一组活生生的镜头。

5. 以井谚巧语为特色的俗俏作品，如：

〔般涉调〕耍孩儿·喻情（节选）

杜仁杰

〔哨遍〕铁球儿漾在江心内，实指望团圆到底。失群孤雁往南飞，比目鱼永不分离。王屠倒脏牵肠肚，毛宝心毒不放龟。老母狗跳墙做得个挟势，把我做扑灯蛾相戏，掠水燕双飞。

〔三〕泥捏的山不信是石，相扑汉卖药干陪了擂。镜台前照面你是你，警巡院倒了墙贼见贼。大虫窝里蒿草无人刈，看山瞎汉不辨高低。

〔尾〕楮树下梯要摘梨，葬瓶中灰骨是个不自由的鬼，谷地里瓜儿单单的记着你。

〔般涉调·耍孩儿〕《喻情》，套曲八首，此选三。写一女子失恋时的心态，其最大特点是通篇用歇后语和俗谚写成，煞是风趣。歇后语成句：铁球儿漾在江心内——实指望团圆到底，王屠倒脏——牵肠肚，泥捏的山——不信是石（实），葬瓶中灰骨——是个不自由的鬼，等等。几乎句句是歇后语，别开生面，幽默滑稽。

〔双调〕折桂令·隐居

刘庭信

护吾庐绿树扶疏，竹坞独居，举目须臾，鹭宿芙渠，乌居古木，兔浴枯薄。夫与妇壶沽绿醑，主呼奴釜煮鲈鱼。俗物俱无，蔬辅锄蔬，书屋读书。

全曲皆以韵为句，通篇用同一韵部的字组成，读起来字字押韵。此曲全部用的是《中原音韵》中"五鱼摸"韵部的字写成。句句有韵，字字是韵，读起来口型同一，韵味十足。另一首黑老五〔中吕·

粉蝶儿〕《集中州韵》套曲共十二曲，也是通篇用音韵写成，其特点是每一句都用同一韵部的字组句，每一曲牌都含有若干韵部，全篇用"中州韵"写成。

　　这种以井谚巧语为文曲的手法，在唐诗、宋词中实属罕见，也正是元曲俗俏类作品的一大特色。

　　6.以蜜恋情爱为特色的俗俏作品，如：

〔中吕〕山坡羊·闺思

张可久

　　云松螺髻，香温鸳被，掩春闺一觉伤春睡。柳花飞，小琼姬，一声"雪下呈祥瑞"，团圆梦儿生唤起。谁，不做美？呸，却是你！

　　此曲表现深闺小妇对离人的思念。写春睡正甜，小丫头唤醒了她的"团圆梦"，她含娇怒斥。构思新颖别致，写真传神，声口毕肖，生动逼真。

〔中吕〕朝天子·赴约

刘庭信

　　夜深深静悄，明朗朗月高，小书院无人到。书生今夜且休睡着，有句话低低道：半扇儿窗棂，不须轻敲，我来时将花树儿摇。你可便记着，便休要忘了，影儿动咱来到。

　　小令描写一个女子与情郎相约夜晚相会的情景。曲子对这位女子的语言和心理活动描写清朗直露，口语款款，嘱咐殷切。

〔双调〕沉醉东风·春情

徐再思

一自多才间阔，几时盼得成合？今日个猛见他，门前过。待唤着怕人瞧科。我这里高唱当时《水调歌》，要识得声音是我。

这是一首风趣的情歌，以女子口吻道出，把怀春少女与心上人离隔多日而骤然相见的情景生动传神地勾勒出来。全曲使用白描，语言素朴清新、简练明快，将少女的机智、热情、大胆、纯真刻画得活灵活现，饶有风趣。

这些蜜恋情爱的题材个个写得情真意切，如见其人、如闻其声、如临其境、如触其心，白描似水，既俗又俏，唐诗、宋词难见。

7.以性爱交欢为特色的俗俏作品，如：

〔仙吕〕一半儿·题情

关汉卿

碧纱窗外静无人，跪在床前忙要亲。骂了个负心回转身。虽是我话儿嗔，一半儿推辞一半儿肯。

《题情》是关汉卿创作的组曲，由四首小令组成，此处选一。描绘青年男女钟情、床前求爱的情景。写得大胆泼辣，毫无顾忌，体现了关氏曲善戏剧化的特色。

〔中吕〕红绣鞋

贯云石

挨着靠着云窗同坐，看着笑着月枕双歌。听着数着愁着怕着早四更过。四更过情未足，情未足夜如梭。天那！更闰一更儿妨甚么。

小令写一对男女欢爱不足，嫌时光过得太快，不觉四更，因而感叹你闰年闰月咋不闰上一更。小曲构思巧妙，语言俚俗生动、简洁而传神，叫人哑然失笑。

〔越调〕小桃红·胖妓

王和卿

夜深交颈效鸳鸯，锦被翻红浪。雨歇云收那情况，难当，一翻翻在人身上。偌长偌大，偌粗偌胖，压扁沈东阳。

《胖妓》小令描写的是一个体形较胖的风尘女子，在交欢时突然在床上翻身"压扁沈东阳"的一幕喜剧情节。俚语俗言，风趣活泼，叫人笑掉牙。

〔双调〕拨不断·胖妻夫

王和卿

一个胖双郎，就了个胖苏娘，两口儿便似熊模样。成就了风流喘豫章，绣帏中一对儿鸳鸯象，交肚皮厮撞。

这是王和卿的另一首散曲。小令写一对胖夫妻交欢时"肚皮厮撞"的"熊模样"，形象滑稽，笑得人前仰后合。俚语俗言加喜剧情节，可以说是元代戏谑性散曲的两大特点。

以上这七类作品中，在散曲的大队伍中确实存在俗俏风格的作品群，这是不容忽视的客观存在。这类作品的特色如以前定义的，一是"俗"、二是"俏"，俗以俚谣直白为宗，俏以谐趣谑辣为要，比之唐诗宋词形成了具有特殊审美观念的散曲作品群，在中国文学大系中闪现出一道耳目一新的景观。

四、认识元散曲风格流派特征是创作继承与创新的基础

第一，元散曲经过近百年的发展，到元后期贯云石对元散曲特点风格进行评点，到民国时期仁中敏提出散曲风格分"豪放、清丽、端谨"三派，并以"豪放、清丽"为主，经过了六百多年，学界对散曲风格的探讨才逐渐有了共识。虽有共识，但学界对散曲的风格界定一直有两种倾向：一种认为元散曲的风格是以"豪放、清丽"为主，但"为辅"是什么，多未表述；二是也有相当的著述，强调元散曲中的俗白、戏谑、俚直、俏辣才是元散曲的"本质"特征，是散曲的"本色"，并把元曲归结为"俗文学"范畴。应该说，这两种倾向都有它的片面性。

第二，王国维《宋元戏曲考》对元曲的风格界定概括为"本色、雄浑、清丽"三种风格，是对元曲风格比较客观、全面的总结与概括，是对蒙元自入主中原到灭亡130多年间主体文学形态风格流派特点的客观评价。这种评价较好地实现了"豪放、清丽"为主说与"俚俗、戏谑"为主说的统一。

第三，本文主张应以王国维的"三分说"观点概括和界定元曲的风格流派特点。但传统的用词、提法的准确性值得探讨，故本文主张用"俗俏、旷达、清丽"来概括和界定元曲的风格流派特色。

"俗俏"是从描述这一风格的特点出发，有俗俚、俏辣的特点，比"本色"更直观，更具有本质的描述性。而"本色"往往被误解为散曲的本质特征、固有特征、本来的特征，导致人们认为后期演变为清丽是不应该的、令人遗憾的。

"旷达"是区别于宋词"豪放"的界定。元散曲的这类风格本来就与宋词有本质的不同，不能把不同的事物放在同一个概念里。"旷达"更能直接体现"笑谈便是编修院"（乔吉语）这类作品的阔朗直率的特色。

"清丽"是一个准确的描述。"清丽"不同于"婉约","婉约"有更多的含蓄性、内敛性，而"清丽"则有更疏放的开阔性、清雅性。但两者的共性都是出格有据、用词雅丽、用意隽永、意境幽美。"清丽"是对散曲这一流派区别于宋词这一流派的准确概括。

"旷达、清丽"类作品，则继承和延续了唐诗、宋词的传统风格，并在新的历史背景下注入了新的风格。一是在题材上更多的是鞭挞警时，避世隐退，流连山水，逍遥自娱。二是在情感上多抒发内心愤懑、怀才不遇，就是流连山水也往往带有消极的视角。三是在语言上往往更恣肆阔朗，舒奇率迈，闪现出更多的清空境界。四是在数量上占了绝大部分，约占《全元散曲》九成以上。仅"旷达"派领袖马致远与"清丽"派之魁张可久两人作品总数就有1002首/套，占《全元散曲》作品近四分之一。难怪刘熙载和仁中敏都认为元散曲应以豪放、清丽为主。

第四，"俗俏、旷达、清丽"三种风格作品共存，构成了元散曲的全貌特征。只看到豪放（旷达）、清丽类作品而忽视俗俏类作品，没有反映元散曲客观存在的全貌；反之，把俗俏类作品夸张为元散曲的本质特征，是俗文学的代表，也同样没有反映元散曲客观存在的全貌。

纵观元曲的风格构成，从总体看为"雅俗共体"，从数量比例看为"雅多俗少"，从气势上看为"雅清俗浪"——雅不输唐宋，俗则俏辣惊人，树一代奇风。这些一体化的综合特点，便构成了元一代文学的典型特征。

元曲为蒙元社会的主要文化形态，它们是按照文化自身的逻辑和社会环境的变化而发展的。蒙元入主中原，前期是游牧文化，鞭马立国，还没有儒家治世的习惯和时间；后期随着社会统一、经济稳定，儒家思想的强大融合力、感召力，逐渐影响社会各个层面。因此，前期的"俗俏"有它的合理性和客观原因，后期的"旷达、清丽"也有它的合理性和客观原因。不能像一些文献在高度评价前期的"俗俏"

风格和"曲味儿""当行"的同时，似乎非常惋惜后期的"雅化"，遗憾偏离了散曲的发展轨道。须知，"俗俏"是一个方面的特征，而不是元散曲的全部特征。不能认为只有俗俏风格的作品才是散曲的"本色"。旷达、清丽风格的作品同样具有"曲味儿"，同样是散曲的"本色"。同样"当行"。元散曲的"俗俏""旷达、清丽"都是元一代文学风格发展的客观存在，是一个合乎逻辑的统一整体。只要是按照散曲的格律，符合散曲的艺术表现形式，无论是哪一种风格，都是散曲的正宗作品。应该看到，仅有"胖妻夫""秃指甲""嘲女人身长"等这类"俗俏"作品，而没有后期大量的"旷达、清丽"类作品，元曲是很难成为"一代之文学"的。

全面认识和界定元散曲的风格流派特征，是对元散曲的艺术价值和艺术内涵的正确理解和概括。这是当代散曲创作传承的基础。片面地强调某一方面，都会偏离完整的散曲价值观。

第五章
元散曲特色风格与语言技巧：巧体与俏体

一、独特的艺术风格

元曲从唐诗、宋词的发展过程中汲取了唐诗、宋词的文学精华，形成了自己独特的艺术风格和艺术特质，创立了别于唐诗宋词的俏美的表达形式。今以隋树森《全元散曲》所收录的全部作品为依据，总结了元散曲多方位的艺术巧体、俏体表现形式，概括了32种体式，每种附若干曲例，并作相应评点。元散曲的巧体、俏体艺术个性得到有效地继承和发展，这对当代散曲创作，保持元曲的鲜明个性有积极的借鉴意义。

元曲与唐诗、宋词是中国文化史上令人骄傲的三朵奇葩，影响中国人千余年。唐诗、宋词与元曲都是《诗经》以后诗的变体，其共同特点是以凝练的语言、起伏的节奏、和谐的音律，在意境中抒发情怀。但唐诗、宋词与元曲又以各自的特殊形态而有所区别，正像百花园中牡丹、芍药、海棠一样争奇斗艳。格律诗以其整齐的文字矩阵肃穆地站在人前；词以其长短句格式、跌宕的语句浓艳豪放地站在人前；而曲也是以长短句格式，但会以更加灵活、丰盈而俏皮的语言彩霞般地站在人前。

唐诗、宋词与元曲各有自己的艺术特色。在谈到元散曲的艺术特色及表现形式时，一方面是元曲自身艺术形态的特殊性，另一方面是同唐诗、宋词相比较而展现出来的特殊性。

同唐诗、宋词相比较，元曲的艺术特色主要表现在体例艺术、语意艺术、声韵艺术、音律艺术四个方面，尤其在语意造境方面，在语言、意境的构造上显现出特别的艺术个性。散曲在语言的选择、组合和应用上有其明显特点，其用词之大胆、灵活、巧妙、谲逸，是其他诗体所不具备的，因而在意境的构建上，表现出更开阔、更明朗、更具透明度的特点，显现了元曲明显的个性化特征。同时在体例、声韵、音律上也表现出自身的特殊性。今总结出32种巧体、俏体的体式如后。

二、巧体与俏体例举

（一）数字体

数字体的特点是在曲中用大量的、有规则的数字贯穿全曲。

一的巧体：

〔双调〕雁儿落过得胜令·道词

刘庭信

下一局不死棋，论一着长生计。服一丸延寿丹，养一口元阳气。看一片岭云飞，听一会野猿啼。化一钵千家饭，穿一领百衲衣。枕一块顽石，落一觉安然睡。对一派清溪，悟一生玄妙理。

〔双调〕雁儿落过得胜令

无名氏

一年老一年，一日没一日，一秋又一秋，一辈催一辈。一聚一离别，一喜一伤悲。一榻一身卧，一生一梦里。寻一伙相识，他一会咱一会，都一般相知，吹一回唱一回。

一到十的巧体：

〔双调〕水仙子·夜雨

徐再思

一声梧叶一声秋，一点芭蕉一点愁，三更归梦三更后。落灯花棋未收，叹新丰孤馆人留。枕上十年事，江南二老忧，都到心头。

〔双调〕水仙子·春情

徐再思

九分恩爱九分忧，两处相思两处愁，十年迤逗十年受。几遍成几遍休，半点事半点惭羞。三秋恨三秋感旧，三春怨三春病酒，一世害一世风流。

〔中吕〕红绣鞋

无名氏

一两句别人闲话，三四日不把门踏。五六日不来呵在谁家？七八遍买龟儿卦，久已后见他么，十分的憔悴煞。

十到万的巧体：

〔黄钟〕红锦袍

徐再思

那老子觑功名如梦蝶，五斗米腰懒折，百里侯心便舍。十年事可嗟，九日酒须赊。种着三径黄花，载着五株杨柳，望东篱归去也。

〔双调〕蟾宫曲

卢挚

想人生七十犹稀，百岁光阴，先过了三十。七十年间，十岁顽童，十载尫羸。五十岁除分昼黑，刚分得一半儿白日。风雨相催，兔走乌飞。子细沉吟，都不如快活了便宜。

〔南吕〕一枝花·赠人

汤式

岿岿九鼎臣，落落三台位；飘飘七步才，默默五兵机。花萼第相辉，俯仰谐天意，经纶合圣规。书架插三万旧日牙签，武库列十二清霜画戟。

数字具有量值性和逻辑顺序性。量值性能够界定事务和状态的体量、规模，具有空间价值；逻辑顺序性能够界定事务和状态的顺序和前后逻辑关系，具有时间价值。元曲中数字的应用，使所描述的事务、情景、观念添加了体量和顺序的组排，给人以更加清晰的理解和透辟的理念，使曲子更具有艺术表现力和生动的情趣，是元曲中一个突出的巧体。

（二）同字头体

同字头体的特点是散曲各省开头第一个字均为同一个字。

〔双调〕蟾宫曲

孙周卿

草团标正对山凹。山竹炊粳，山水煎茶。山芋山薯，山葱山韭，山果山花。山溜响冰敲月牙，扫山云惊散林鸦。山色元佳，山景堪夸。山外晴霞，山下人家。

每句都嵌"山"字，12句共有15个"山"字。其中10句以"山"字开头。

〔双调〕雁儿落带过得胜令·指甲

无名氏

宜将斗草寻，宜把花枝浸，宜将绣线匀，宜把金针纴。宜操七弦琴，宜结两同心，宜托腮边玉，宜圈鞋上金。难禁得一掐通身沁；知音，治相思十个针。

全篇12句，嵌8个"宜"字，且均为句首。

同字头体，有嵌字的特点，亦有排比的特点，重要的是更便于反复强调某相同或相近的事物与情景，强化了感染力。

（三）叠字体

叠字体的特点是相同的字组成一个叠词，反复叠加和重复，形成更具文采的词句和强化的意境。

双叠字：

〔双调〕蟾宫曲

郑光祖

飘飘泊泊船缆定沙汀，悄悄冥冥。江树碧荧荧，半明不灭一点渔灯。冷冷清清潇湘景晚风生，渐留渐零暮雨初晴。皎皎洁洁照橹篷别留团栾月明，正潇潇飒飒和银筝失留疏剌秋声。见希飚胡都茶客微醒，细寻寻思思双生双生，你可闪下苏卿？

"飘飘—泊泊""悄悄—冥冥""冷冷—清清"……"寻寻—思思"等6处12组叠字。

〔正宫〕塞鸿秋

无名氏

分分付付约定偷期话，冥冥悄悄款把门儿呀，潜潜等等立在花阴下，战战兢兢把不住心儿怕。转过海棠轩，映着荼蘼架，果然道色胆天来大。

"分分—付付""冥冥—悄悄""潜潜—等等""战战—兢兢"，4句8组叠字。

〔正宫〕端正好

邓玉宾

〔叨叨令〕更有这风鬟雾鬓毛女飘飘飖飖样，春花秋草獐鹿呆呆痴痴相。青天白日藤葛笼笼葱葱障，朝云暮雨山水崎崎岖岖当。好乐陶陶也么哥，笑欣欣也么哥，兀的是俺信白田茅舍境界里的优优游游况。

其中"飘飘飖飖样""呆呆痴痴相""笼笼葱葱障""崎崎岖岖当""乐陶陶""笑欣欣""优优游游况"，7句7处12组叠字。

三叠字：

〔正宫〕端正好

邓玉宾

〔笑和尚〕不如俺悠悠悠一溪云竹笋香，厌厌厌三月火桃花浪，纷纷纷千顷雪松花放。拾拾拾瑶草芳，采采采灵芝旺，来来来长生药都无恙。

曲用三叠字，其中"悠悠悠""厌厌厌""纷纷纷""拾拾拾""采采采""来来来"，6句6组三叠字。

（四）叠词体

叠词体的特点是：在叠字的基础上加上修饰字，构成一个词组，在曲中反复出现，以增强渲染效果。

〔正宫〕醉太平

程景初

恨绵绵深宫怨女，情默默梦断羊车。冷清清长门寂寞长青芜。日迟迟春风院宇。泪漫漫介破琅玕玉，闷淹淹散心出户闲凝伫，昏惨惨晚烟妆点雪模糊。淅零零洒梨花暮雨。

此曲每句都用有叠词，"恨绵绵""情默默"……"淅零零"等，8句共8组叠词。曲写一位深宫怨女的怨恨心情，这些叠字，更能宣泄出她的绵绵长恨。

〔中吕〕粉蝶儿·怨别

王廷秀

〔十二月〕夜沉沉明河皎皎，昏惨惨暮景消消，低矮矮帏屏静悄，冷清清良夜迢迢。闷恹恹把情人去了，急煎煎心痒难揉。

曲中"夜沉沉""昏惨惨""低矮矮""冷清清""闷恹恹""急煎煎"，6句6组叠词。

〔双调〕沉醉东风

关汉卿

忧则忧鸾孤凤单，愁则愁月缺花残。为则为俏冤家，害则害谁曾惯，瘦则瘦不似今番；恨则恨孤帏绣衾寒，怕则怕黄昏到晚。

曲中"忧则忧""愁则愁""为则为""害则害""瘦则瘦""恨则恨""怕则怕"，7句7组叠词。

〔仙吕〕那吒令过鹊踏枝寄生草

无名氏

青芽芽柳条，接绿茸茸芳草。绿茸茸芳草，间碧森森竹梢。碧森森竹梢，接红馥馥小桃。娇滴滴景物新，笑吟吟闲行乐，一步步扇面儿堪描。（过）声沥沥巧莺调，舞翩翩粉蝶飘。忙劫劫蜂翅穿花，闹炒炒燕子寻巢。喜孜孜寻芳斗草，笑吟吟南陌西郊。（过）曲弯弯穿出芳径，慢腾腾行过画桥。急飐飐酒旗儿斜刺在茅檐外挑，虚飘飘彩绳儿闲控在垂杨袅，韵悠悠管弦声齐和在花阴下闹。骨剌剌坐车儿碾破绿莎茵，吉蹬蹬马蹄儿踏遍红尘道。

曲前6句用"青芽芽"接"绿茸茸"，"绿茸茸"间"碧森森"，"碧森森"接"红馥馥"6组叠词相连，且连珠回环重复，增强了渲染力。

曲后接连用"娇滴滴""笑吟吟""一步步""声沥沥""舞翩翩""忙劫劫""闹炒炒""喜孜孜""笑吟吟""曲弯弯""慢腾腾""急飐飐""虚飘飘""韵悠悠""骨剌剌""吉蹬蹬"16组叠词贯穿后部。全曲共22句，句句叠词开头，计22组叠词，或修饰后面的名词，或修饰后面的动词。饰名词者，名词生艳；饰动词者，动词生辉。

（五）叠句体

叠句体的特点是在叠词体的基础上形成句子，而句子在散曲中反复出现，以强调事件的重复对比，强调事件的表达力度。

〔双调〕蟾宫曲

汤式

冷清清人在西厢，叫一声张郎，骂一声张郎。乱纷纷花落东墙，问一会红娘，絮一会红娘。枕儿余，衾儿剩，温一半绣床，闲一半绣床。月儿斜，风儿细，开一扇纱窗，掩一扇纱窗。荡悠悠梦绕高唐，萦一寸柔肠，断一寸柔肠。

曲中"叫一声张郎，骂一声张郎""问一会红娘，絮一会红娘""温一半绣床，闲一半绣床""开一扇纱窗，掩一扇纱窗""萦一寸柔肠，断一寸柔肠"，共用5组10句叠句，描写了《西厢记》相会的情景，何等的生动、何等的优雅。

〔双调〕折桂令·相思

兰楚芳

可怜人病里残春，花又纷纷，雨又纷纷。罗帕啼痕，泪又新新，恨又新新。宝髻松风残楚云，玉肌消香褪湘裙。人又昏昏，天又昏昏，灯又昏昏，月又昏昏。

曲中用"花又纷纷，雨又纷纷""泪又新新，恨又新新""人又昏昏，天又昏昏，灯又昏昏""月又昏昏"4组8句叠句描述相思之情。

〔正宫〕塞鸿秋·山行警

无名氏

东边路西边路南边路，五里铺七里铺十里铺，行一步盼一步懒一步，霎时间天也暮日也暮云也暮。斜阳满地铺，回首生烟雾，兀的不山无数水无数情无数。

〔正宫〕塞鸿秋·宴毕警

无名氏

灯也照星也照月也照，东边笑西边笑南边笑。忽听的钧天乐箫韶乐云和乐，合着这大石调小石调黄钟调。银花遍地飘，火树连天照，喜的是君有道臣有道国有道。

〔正宫〕塞鸿秋·村夫饮

无名氏

宾也醉主也醉仆也醉，唱一会舞一会笑一会。管甚么三十岁五十岁或七十岁，你也跪他也跪恁也跪。无其繁弦急管催，吃到红轮日西坠，打的那盘也碎碟也碎碗也碎。

无名氏的这三首〔正宫·塞鸿秋〕通篇都用叠句，而且一叠到底，给人痛快淋漓、一泻千里的感觉。

叠字体、叠词体、叠句体的共同特点是通过字、词、句的重叠和反复对比出现，强化了描述对象的形象感，增强了描述对象的感情色彩，突出了表现主题的戏剧化效果。

（六）回环体

回环体的特点是散曲句中的词或句在作品中反复接连、重复出现、一再彰显，达到一唱三叹的效果。

〔双调〕水仙子·相思

刘庭信

恨重叠，重叠恨，恨绵绵，恨满晚妆楼；愁积聚，积聚愁，愁切切，愁斟碧玉瓯；懒梳妆，梳妆懒，懒设设，懒爇黄金兽。泪珠弹，弹珠泪，泪汪汪，汪汪不住流；病身躯，身躯病，病恹恹，病在我心头。花见我，我见花，花应憔瘦；月对咱，咱对月，月更害羞；与天说，说与天，天也还愁。

曲中用"恨重叠，重叠恨""愁积聚，积聚愁""懒梳妆，梳妆懒""泪珠弹，弹珠泪""病身躯，身躯病""花见我，我见花""月对咱，咱对月""与天说，说与天"，8组回环倒装句，深述相思之苦。

〔双调〕新水令·汉宫秋（第三折）

马致远

〔梅花酒〕呀！俺向着这迥野悲凉：草已添黄，早迎霜；犬褪得毛苍，人搠起缨枪；马负着行装，车运着糇粮，打猎起围场。他、他、他伤心辞汉主，我、我、我携手上河梁。他部从入穷荒，我銮舆返咸阳。返咸阳，过宫墙；过宫墙，绕回廊；绕回廊，近椒房；近椒房，月昏黄；月昏黄，夜生凉；夜生凉，泣寒螀，绿纱窗；绿纱窗，不思量。

〔收江南〕呀！不思量除是铁心肠。铁心肠也愁泪滴千行。美人图今夜挂昭阳，我那里供养，便是我高烧银烛照红妆。

马致远《汉宫秋》写昭君出塞和亲匈奴的故事。此处写昭君出城汉元帝回宫的深悔失意、悲怆凄苦的心情，其回环之句："我銮舆返咸阳。返咸阳，过宫墙；过宫墙，绕回廊；绕回廊，近椒房；近椒房，月昏黄；月昏黄，夜生凉；夜生凉，泣寒螀，绿纱窗；绿纱窗，不思量""不思量除是铁心肠。铁心肠也愁泪滴千行"。此回环句深沉婉转、缠绵伏宕，把汉元帝的凄苦心境写得心泪如血，一唱三叹，达到了浓重的艺术效果。

（七）嵌字体

嵌字体的特点是：在散曲句中嵌入同一字或相关联字，使其更动听或增加内涵分量。

嵌入相同字：

〔越调〕凭阑人·江夜

张可久

江水澄澄江月明，江上何人挡玉筝？隔江和泪听，满江长叹声。

曲共4句，嵌入5个"江"字。

〔双调〕楚天遥过清江引

薛昂夫

屈指数春来，弹指惊春去。蛛丝网落花，也要留春住。几日喜春晴，几夜愁春雨。六曲小山屏，题满伤春句。春若有情应解语，问着无凭据。江东日暮云，渭北春天树，不知那答儿是春住处？

曲共13句，嵌入9个"春"字。

嵌入相关联字：

〔双调〕清江引·立春

贯云石

金钗影摇春燕斜，木杪生春叶。水塘春始波，火候春初热。土牛儿载将春到也。

曲嵌以"金、木、水、火、土"五字，并分别冠于每句之首，另于每句之中各嵌"春"字，5句5个"春"字。

〔双调〕雁儿落兼得胜令

张养浩

云来山更佳，云去山如画。山因云晦明，云共山高下。倚仗立云沙，回首见山家。野鹿眠山草，山猿戏野花。云霞，我爱山无价，看时行踏，云山也爱咱。

曲描写山高云深的景色。首四句中每句都嵌入"云""山"二字；后八句相间嵌入"云""山"二字。全曲共12句，共嵌入7个"云"字，9个"山"字。由于"云""山"两字的反复出现，语言表现力得到了加强，山高云深的景色更加清晰与立体。

（八）联珠字体

联珠字体的特点是：散曲前一句最后一个字是后一句开头的字，宛若一串珍珠相连，又叫顶针字体。因最后一字往往是韵脚字，因而又具有韵脚韵头的特点。

〔越调〕小桃红

乔吉

落花飞絮隔朱帘，帘静重门掩。掩镜羞看脸儿鞖，鞖眉尖。眉尖指屈将归期念，念他抛闪。闪咱少欠，欠你病厌厌。

曲中用"帘，帘""掩。掩""嫠，嫠""念，念""闪。闪""欠，欠"，6组同字相连。

〔越调〕小桃红·情

无名氏

断肠人寄断肠词，词写心间事。事到头来不由自，自寻思，思量往日真诚志。志诚是有，有情谁似？似俺那人儿。

同样曲用"词，词""事。事"……"似？似"，6组同字相连。

（九）联珠句体

联珠句体的特点是在散曲相关联系列作品中，前一首的末句是后一首开头的一句，宛若一串大珍珠相连。

〔双调〕清江引

贯云石

闲来唱会《清江引》，解放愁和闷。富贵在于天，生死由乎命，且开怀与知音谈笑饮。

且开怀与知音谈笑饮，一曲瑶琴弄。弹出许多声，不与时人共，倚帏屏静中心自省。

倚帏屏静中心自省，万事皆前定。穷通各有时，聚散非骄客，立忠诚步步前程稳。

立忠诚步步前程稳，勉励勤和慎。劝君且耐心，缓缓相随顺，好消息到头端的准。

这一组曲"且开怀与知音谈笑饮""倚帏屏静中心自省""立忠诚步步前程稳"，皆是首尾相接，把四首曲有机联系在一起，给人一种鱼贯清流、痛快顺畅之感。

（十）同句头体

同句头体的特点是在散曲相关联系列作品中，均以相同的句子开头。

〔双调〕折桂令·忆别

刘庭信

想人生最苦离别。三个字细细分开，凄凄凉凉无了无歇。别字儿半晌痴呆，离字儿一时拆散，苦字儿两下里堆叠。他那里鞍儿马儿身子儿劣怯，我这里眉儿眼儿脸脑儿乜斜。侧着头叫一声行者，阁着泪说一句听者，得官时先报期程，丢丢抹抹远远的迎接。

想人生最苦离别，唱到《阳关》，休唱《三叠》。急煎煎抹泪揉眵，意迟迟揉腮揪耳，呆答孩闭口藏舌。情儿分儿你心里记者，病儿痛儿我身上添些，家儿活儿既是抛撇，书儿信儿是必休绝，花儿草儿打听的风声，车儿马儿我亲自来也！

想人生最苦离别，雁杳鱼沉，信断音绝。娇模样其实丢抹，好时光谁曾受用？穷家活逐日绷拽，才过了一百五日上坟的日月，早来到二十四夜祭灶的时节。笃笃寞寞终岁巴结，孤孤另另彻夜咨嗟。欢欢喜喜盼的他回来，凄凄凉凉老了人也。

刘庭信共作同题曲十二首，这三首是组曲中的第二、三、四首。组曲中只有第一首以"想离别怎捱今宵"开篇，其他各首的开头第一句均是"想人生最苦离别"。咏唱离别之苦是整个组曲的主旨。此三首中，前一首描写了离别时依依难舍的情景；第二首描写少妇的心理活动；第三首写分别后女子寂寞艰苦的生活和凄凉苦闷的心情。同头句反复吟诵"想人生最苦离别"，既说明组曲的内在联系，又增加了一唱三叹的艺术效果。

〔商调〕梧叶儿

无名氏

天边月，月正圆，掘地去寻天。有无有，颠倒颠，妙玄玄，正道须当要口传。

天边月，月上弦，卯酉不虚传。八两汞，八两铅，一斤全，照破了三千及大千。

天边月，月应弓，真道妙无穷。龙擒龙，虎擒龙，两相逢，结一朵金花弄风。

天边月，月正南，前后各三三。离是女，坎是男，妙玄谈，不说破教人家怎参？

天边月，月应炉，铅汞鼎中居。金凭火，炼就珠，一葫芦，三百八十四铢。

这是一组悟道炼丹的曲子，每首均以"天边月"开头，"月正圆""月上弦""月正南"等，说明每首时间均不一样，但都与"道"和"丹"有关，且均在夜晚，巧妙地营造了一种仙道气氛。

（十一）同句尾体

同句尾体的特点是在散曲相关联系列作品中，均以相同的句结尾。

〔双调〕水仙子·田家

贯云石

绿阴茅屋两三间，院后溪流门外山，山桃野杏开无限。怕春光虚过眼，得浮生半日清闲。邀邻翁为伴，使家僮过盏，直吃的老瓦盆干。

满林红叶乱翩翩，醉尽秋霜锦树残，苍苔静拂题诗看。酒微温石鼎寒，瓦杯深洗尽愁烦。衣宽解，事不关，直吃的老瓦盆干。

田翁无梦到长安，婢织奴耕尽我闲，蚕收稻熟今秋办。可无饥不受寒，乐丰年畅饮开颜。唤稚子篘新酿，靠篷窗对客弹，直吃的老瓦盆干。

布袍草履耐风寒，茅舍疏斋三两间，荣华富贵皆虚幻。觑功名如等闲，任逍遥绿水青山。寻几个知心伴，酿村醪饮数碗，直吃的老瓦盆干。

《田家》描写田家四季清闲避世生活的情景，每句结尾都以"直吃的老瓦盆干"作结，给人以浑然一体、百论而一的感觉。

（十二）象声象意体

象声象意体的特点是：散曲应用大量象声象意词，极其形象地描写当时、当事、当景的境界，给人以如闻其声、如见其景、如临其境之感。

〔正宫〕叨叨令·悲秋

周文质

叮叮当当铁马儿乞留玎琅闹，啾啾唧唧促织儿依柔依然叫。滴滴点点细雨儿淅零淅留哨。潇潇洒洒梧叶儿失流疏剌落。睡不著也末哥，睡不著也末哥，孤孤另另单枕上迷彪模登靠。

我们把散曲换一种书写形式，其特点便一目了然：

叮叮当当—铁马儿—乞留玎琅—闹，
啾啾唧唧—促织儿—依柔依然—叫。
滴滴点点—细雨儿—渐零渐留—哨，
潇潇洒洒—梧叶儿—失流疏刺—落。
睡不著也末哥，睡不著也末哥，
孤孤另另—单枕上—迷彪模登—靠。

曲中：铁马儿：即檐马，悬在屋檐下的铁片。乞留玎琅：风铃摇动发出的声音。促织儿：蟋蟀。依柔依然：蟋蟀的叫声。渐零渐留：点滴的细雨声。失流疏刺：梧桐叶凋落的声音。迷彪模登：迷迷糊糊、疲乏困倦的样子。

此曲共七句，一共用了10组象声象意词，用双声叠字状物，象声词传声，象意动词、形容词传神，纵横铺叙，构思奇巧，把个秋风秋雨愁煞人的悲秋景象跃然纸上。

〔中吕·粉蝶儿〕怨别

王廷秀

〔尧民歌〕呀！愁的是雨声儿渐零零落，滴滴点点碧碧卜卜洒芭蕉。则见那梧叶儿滴溜溜飘悠悠荡荡纷纷扬扬下溪桥。见一个宿鸟儿忒楞楞腾出出律律忽忽闪闪串过花梢。不觉的泪珠儿浸，淋淋漉漉扑扑簌簌揾湿鲛绡。今宵，今宵睡不着，辗转伤怀抱。

曲中：

雨声儿—渐零零落—滴滴点点—碧碧卜卜；
梧叶儿—滴溜溜飘—悠悠荡荡—纷纷扬扬；
宿鸟儿—忒楞楞腾—出出律律—忽忽闪闪；

泪珠儿—淋淋漉漉—扑扑簌簌。

用了11组象声象意词，描写雨声、梧叶、宿鸟、泪珠，十分生动形象，深入衬托出别怨的伤悲心情。

〔正宫〕端正好（《西厢记》第四本第三折）

王实甫

〔叨叨令〕见安排着车儿马儿，不由人熬熬煎煎的气，有甚么心情花儿靥儿打扮得娇娇滴滴的媚，准备着被儿枕儿只索昏昏沉沉的睡，从今后衫儿袖儿都揾做重重叠叠的泪，兀的不闷杀人也么哥，兀的不闷杀人也么哥，久已后书儿信儿索与我凄凄惶惶的寄。

曲中：

熬熬煎煎的—气，
娇娇滴滴的—媚，
昏昏沉沉的—睡，
重重叠叠的—泪，
凄凄惶惶的—寄。

用5组象声象意词来修饰一个名词（泪）、一个形容词（媚）、三个动词（气、睡、寄），入木三分地刻画出崔莺莺离别时的辛酸心情。

〔正宫〕端正好

无名氏

〔滚绣球〕动羁怀的是渐零零暮雨晴，恼人肠的是日迟迟春昼暄，感离情的是娇滴滴弄喉舌啼莺语燕。舞飘飘乱纷纷柳絮飞绵，叹浮生的是草萋萋际碧天，绿茸茸柳带烟。流尽年光的是兀良响潺潺碧澄澄皱玻璃楚江如练，断送行人的是忔登登鞭羸马行色凄然。猛想起醉醺醺昨宵欢会知多少，陡恁的冷清清今日凄凉有万千，情默默无言。

这首曲描写秋宵雨夜一位怨妇听着秋声辗转不寐的情景。曲中用叠字及象声词颇多，生动而自然，例如：

> 淅零零—暮雨晴，
> 日迟迟—春昼暄，
> 娇滴滴—啼莺语燕。
> 舞飘飘乱纷纷—柳絮飞绵，
> 草萋萋—际碧天，
> 绿茸茸—柳带烟。
> 响潺潺、碧澄澄—楚江如练，
> 忙登登—鞭羸马行色凄然。
> 醉醺醺—昨宵欢会，
> 冷清清—凄凉有万千。

曲中用了12组象声象意词，描写雨声、燕声、柳絮、江水、行色、欢会等情景，惟妙惟肖，生动形象。

象声象意词的大面积应用，是散曲的一大特色。散曲中象声象意词组的应用，具有叠字、叠词、象声象意的要素，是修辞艺术的综合应用。因而其抒情状物更具有感染力和穿透力，更易达到震撼的艺术效果。

（十三）定句体

定句体的特点是散曲曲牌中有固定的语句是不变的，不管谁填写任何内容，都必须出现的固定语句。〔仙吕·一半儿〕〔正宫·汉东山〕〔正宫·叨叨令〕都是此例。

〔仙吕〕一半儿

关汉卿

碧纱窗外静无人，跪在床前忙要亲。骂了个负心回转身。虽是我话儿嗔，一半儿推辞一半儿肯。

〔仙吕〕一半儿·野桥酬耿子春

张可久

海棠香雨污吟袍，薜荔空墙闲酒瓢，杨柳晓风凉野桥。放诗毫，一半儿行书一半儿草。

〔仙吕·一半儿〕五句五韵，末句要嵌入两个"一半儿"字样，结句"一半儿……一半儿……"是它的定格句。〔仙吕·一半儿〕曲牌其意鲜明，其势直爽，用"一半儿"是"这"、"一半儿"是"那"，来描述相关联事物的不同侧面，不仅鲜明活泼，还体现了辩证法中的两点论、两分法的哲学思想。

〔正宫〕叨叨令

邓玉宾

一个空皮囊包裹着千重气；一个干骷髅顶戴着十分罪。为儿女使尽些拖刀计，为家私费尽些担山力。你省的也么哥，你省的也么哥，这一个长道理何人会？

〔正宫〕叨叨令

周文质

去年今日题诗处，佳人才子相逢处。世间多少伤心处，人面不知归何处。望不见也末哥，望不见也末哥，绿窗空对花深处。

〔正宫·叨叨令〕第五、第六句末三字也是"也么哥"，均为定格字，无实际意义，相当于"呼儿咳吆"之类。定格字是不能变的，任何作品都如此。

散曲这种定句结构，使作品增加了许多幽默感、活泼感，为散曲的表现力增加了亮点。

（十四）成语体

成语体的特点是散曲中用完整成语或成语典故作为句子，形成成语典故，以增加作品韵味。

〔双调〕折桂令·忆别

刘庭信

人生最苦离别，想那厮胡做胡行，妆㖅妆呆。㷱风月似缘木求鱼，恋风花守株待兔，下风雹打草惊蛇。连理枝和根硬撅，并头莲带藕生揿。罢则罢一半儿拖拽，休则休一发宁贴。正是好不好恶不恶的姻缘，正撞着死不死活不活的时节。

曲中接连用"缘木求鱼""守株待兔""打草惊蛇"三个成语。三个成语就是三个典故，因而加深了语句的内涵。

〔越调〕斗鹌鹑

贯云石

〔尾〕玉人别后空相忆，古犹今之视昔。暮雨楚台云，桃花洞天水。佳偶国色天香，冰肌玉骨。燕语莺吟，鸾歌凤舞，夜月春风，朝云暮雨。美眷爱，俏伴侣。叶落归秋，花生满路。

曲中连用"国色天香""冰肌玉骨""燕语莺吟""鸾歌凤舞""朝云暮雨""叶落归秋"几个成语或成语典故，极大地增加了语句的内容含量。

在散曲中巧妙利用成语，而且还要符合曲律，实属不易，体现了作者高超的语言驾驭能力。

（十五）括诗体

括诗体的特点是将古诗按照散曲格律加以改编，形成一首散曲。括诗体又称隐括体。

〔双调〕沉醉东风·题扇头隐括古诗

乔吉

万树枯林冻折，千山高鸟飞绝。兔径迷，人踪灭，载梨云小舟一叶。蓑笠渔翁耐冷的别，独钓寒江暮雪。

该散曲是将唐柳宗元《江雪》"千山鸟飞绝，万径人踪灭。孤舟蓑笠翁，独钓寒江雪"加以演绎，形成一小令，既保留原诗意，又可按散曲曲牌演唱，其优雅不减当年。

〔大石调〕阳关三叠

无名氏

渭城朝雨浥轻尘，更洒遍客舍青青，弄柔凝千缕。更洒遍客舍青青，弄柔凝翠色。更洒遍客舍青青，弄柔凝柳色新。休烦恼，劝君更尽一杯酒，人生会少，富贵功名有定分。休烦恼，劝君更尽一杯酒，旧游如梦，只恐怕西出阳关，眼前无故人。休烦恼，只恐怕西出阳关，眼前无故人。

此曲演绎唐代诗人王维的《送元二使安西》："渭城朝雨浥轻尘，客舍青青柳色新。劝君更尽一杯酒，西出阳关无故人。"这是一首送朋友去西北边疆的诗，为历代送别诗之冠。此曲演绎之后，用"大石调"唱之，三叠反复，依依难舍，催人泪下。

如果变换一下书写形式，散曲演绎的感情效果更是一目了然：

> 渭城朝雨浥轻尘，
> 更洒遍客舍青青，弄柔凝千缕。
> 更洒遍客舍青青，弄柔凝翠色。
> 更洒遍客舍青青，弄柔凝柳色新。
> 休烦恼，劝君更尽一杯酒，人生会少，富贵功名有定分。
> 休烦恼，劝君更尽一杯酒，旧游如梦，只恐怕西出阳关，眼前无故人。
> 休烦恼，只恐怕西出阳关，眼前无故人。

曲中反复用了三次"更洒遍客舍青青"，反复用了两次"劝君更尽一杯酒"，反复用了三次"休烦恼"，这种排比句的处理加深了送别的惜念和酸楚。加之"大石调"的旋律多为惆怅情怀，其演唱的离别效果可想而知。

（十六）夸张体

夸张体的特点是散曲用不现实的比喻或者不可能实现的事物来描写现实事物，用恣意夸张的文学手法增强作品效果。

〔双调〕水仙子·讥时

张鸣善

铺眉苫眼早三公，裸袖揎拳享万钟。胡言乱语成时用，大纲来都是烘，说英雄谁是英雄？五眼鸡岐山鸣凤，两头蛇南阳卧龙，三脚猫渭水飞熊。

曲中用："说英雄可到底谁是英雄？五眼鸡居然成了岐山的凤凰，两头蛇竟被当成了南阳的诸葛亮，三脚猫也会被捧为姜子牙！"其中"五眼鸡""两头蛇""三脚猫"是不存在的动物，即使存在也是病怪丑陋的劣货。作者用这三组夸张的比喻，揭露了元朝当政者卑劣腐朽的面目，揭露世风的龌龊败坏。语言犀利泼辣，比喻夸张极具特色，揭露尖刻有力。这是元散曲中一部妙语连珠的著名作品。首尾两组工整的对仗尤为精彩。

〔商调〕梧叶儿·嘲谎人

无名氏

东村里鸡生凤，南庄上马变牛，六月里裹皮裘。瓦垄上宜栽树，阳沟里好驾舟。瓮来大肉馒头，俺家茄子大如斗。

〔正宫〕醉太平·讥贪小利者

无名氏

夺泥燕口，削铁针头，刮金佛面细搜求，无中觅有。鹌鹑嗉里寻豌豆，鹭鸶腿上劈精肉，蚊子腹内刳脂油，亏老先生下手！

〔商调〕梧叶儿·嘲贪汉

无名氏

一粒米针穿着吃，一文钱剪截充，但开口昧神灵。看儿女如衔泥燕，爱钱财似竞血蝇。无明夜攒金银，都做充饥画饼。

无名氏的三首曲的夸张手法更是明白了然，用"鸡生凤""马变牛""鹭鸶腿上劈精肉，蚊子腹内刳脂油""一粒米针穿着吃，一文钱剪截充"等等，极具夸张的语言讽刺说谎人、贪小利者、贪汉，极形象生动，构思独到，想象超人。更重要的是，作品通篇都在夸张，大开大阖，无拘无束，泼辣之至，这在唐诗、宋词中是极少见的。

（十七）俗颜体

俗颜体的特点是以民间谚语、地方俗语、歇后语等为主要语言素材写成的散曲。

〔般涉调〕耍孩儿·喻情

杜仁杰

我当初不合鬼擘口和你言盟誓，惹得你鬼病厌厌挂体。鬼相扑不曾使甚养家钱，鬼厮赴习蹬的心灰。若是携得歌妓家中去，便是袖得春风马上归。司狱司蹬弩劳神力，望梅止渴，画饼充饥。

〔哨遍〕铁球儿漾在江心内，实指望团圆到底。失群孤雁往南飞，比目鱼永不分离。王屠倒脏牵肠肚，毛宝心毒不放龟。老母狗跳墙做得个挟势，把我做扑灯蛾相戏，掠水燕双飞。

〔五煞〕腊月里桑采甚的，肚脐里爆豆实心儿退。木猫儿守窟瞧他甚，泥狗儿看家守甚黑。天长观里看水庵相识，济元庙里口愿把我抛持。

〔四〕唐三藏立墓铭空费了碑，闲槽枋里躲酒无巴避。悲田院里下象无钱递，左右司蒸糕省做媒。蓼儿洼里太庙干不济，郑元和在曲江边担土，闲话儿把咱支持。

〔三〕泥捏的山不信是石，相扑汉卖药干陪了擂。镜台前照面你是你，警巡院倒了墙贼见贼。大虫窝里蒿草无人刈，看山瞎汉不辨高低。

〔二〕小蛮婆看染红担是非，张果老切鲙先施鲤。布博士踏鬼随机而变，囊大姐传神反了面皮。沙三烧肉牛心儿炙，没梁的水桶，挂口休提。

〔一〕秦始皇鞋无道履，绵带子拴腿无绳系。开花仙藏揿过瞒得你，街道司衙门唬得过谁。尉迟恭擒米胡支对，蜂窝儿呵

130

欠，口口是虚脾。

〔尾〕楮树下梯要摘梨，葬瓶中灰骨是个不自由的鬼，谷地里瓜儿单单的记着你。

杜仁杰的套曲〔般涉调·耍孩儿〕《喻情》，写一女子失恋时的心态，其最大特点是通篇都用歇后语和俗谚写成，煞是风趣。

歇后语成句，例如：

铁球儿漾在江心内——实指望团圆到底。

王屠倒脏——牵肠肚。

老母狗跳墙——做得个拽势。

肚脐里爆豆——实心儿退。

木猫儿守窟——瞧他甚。

泥狗儿看家——守甚黑。

泥捏的山——不信是石（实）。

相扑汉卖药——干陪了擂。

镜台前照面——你是你。

警巡院倒了墙——贼见贼。

大虫窝里蒿草——无人刈。

看山瞎汉——不辨高低。

蓼儿洼里太庙——乾不济。

没梁的水桶——挂口休提。

葬瓶中灰骨——是个不自由的鬼。

谷地里瓜儿——单单的记着你。

俗谚成句，例如：

不合鬼擘口、你鬼病厌厌、鬼相扑、鬼厮赴刁蹬等等。

鬼，《辞源》说："迷信称人死的灵魂为鬼。"但在广州人口语中，常常带有"鬼"字，却与人死的鬼无关。如"鬼口甘衰""鬼口甘烟韧""鬼口甘好彩""我唔鬼睬你"等等。这些"鬼"字都是民间口语中的"虚词"，是个加强语气的用词。但在杜仁杰的这套套曲中，〔耍孩儿〕一开头一连串的"鬼"词，每一句的"鬼"字都代表一个不同的意思："鬼擘口"是信口开河不是真心；"鬼病恹恹"的"鬼病"说的是一种不可告人的病；"鬼相扑"指发生了"肉体关系"；"鬼厮赴"有互相吓唬的意思。这些俗语风趣而亲昵地表达了一种指责，与下面的歇后语相得益彰。

用歇后语和俗语等写成的散曲，真是别开生面，幽默滑稽，妙趣横生，这种散曲的戏剧化效果更是明显。

（十八）集名体

集名体的特点是：散曲中汇集各种专有词语为散曲语句，用专有词语形成新的曲意。

集杂剧名：

〔正宫〕端正好·咏情

孙季昌

《鸳鸯被》半床闲，《胡蝶梦》孤帏静，常则是《哭香囊》两泪盈盈。若是这《姻缘簿》上合该定，有一日《双驾车》把香肩并。

〔滚绣球〕常记的《曲江池》丽日晴，正对着春风《细柳营》。初相逢在《丽春园》遣兴，便和他《谒浆的崔护》留情。曾和他在《万花堂》讲志诚，《锦香亭》设誓盟，谁承望下场头半星儿不应。央及杀《调风月》燕燕莺莺。则被这《西厢待月张君瑞》，送了《花月东墙董秀英》，盼杀君卿。

〔倘秀才〕《玩江楼》山围着画屏，见一只《采莲舟》斜弯在蓼汀。待和他《竹叶传情》诉咱闷萦。《并头莲》分做两下，《鸳鸯会》不完成，知他是怎生。

〔滚绣球〕付能的《潇湘夜雨》晴，早闪出《乌林皓月》明。正《孤雁汉宫秋》静，知他是甚情怀《月夜闻筝》。那时节理残妆对《玉镜台》，推烧香到《拜月亭》。则被这《㑇梅香》紧将咱随定，不能够写相思《红叶题情》。指望似多情《双渐苏小》，到做了薄幸《王魁负桂英》，撇得我冷冷清清。

〔倘秀才〕《金凤钗》斜簪在鬓影，《抱妆盒》寒侵慵整，想《踏雪寻梅》路怎行？弄黄昏《梅梢月》，香正满《酷寒亭》，伤情对景。

〔叨叨令〕当日被《破连环》说啜得再成交颈，谁承望《错立身》的子弟无音信。闪得我似《离魂倩女》相思病，将一个《魔合罗》脸儿消磨尽。径不着么哥，如今这《谎郎君》一个个传槽病。

〔脱布衫〕我便似《蓝桥驿》实志真诚。他便似《竹林寺》有影无形。受寂寞似《越娘背灯》，恨别离如《乐昌分镜》。

〔小梁州〕他便似《柳毅传书》住洞庭，《千里独行》，《吹箫》伴侣冷清清。我待学《孟姜女》般真诚性，我则怕《啼哭倒了长城》。

〔么〕《京娘怨》杀成孤另，怨你个《画眉的张敞》杂情，揣着窃玉心，《偷香》性。我则学《举案齐眉》，《贤孝牌》上立个清名。

〔尾〕《金钗剪烛》人初静，《彩扇题诗》句未成。《后庭花》歌残《玉树》声。《琵琶怨》凄凉不忍听，比《题桥的相如》忒寡情，《戏妻秋胡》不老成。想则想《关山远》路程，恨则恨《衣锦还乡》不见影。则不如一纸《刘公书》谨缄定，寄与你个《三负心》的敲才自思省。

这是一首描写闺情的套曲，写少妇思念情人的情怀，并对有"窃玉心，偷香性"的"三负心"汉损骂谴责。可赞的是这组套曲是用戏剧名通篇串联写成，在全套曲共10组曲牌70句中，竟嵌入59个戏剧名。在书名号内的全是当时的戏剧名。

以套曲中的〔滚绣球〕为例：嵌入10个杂剧名，分别为杨显之《临江驿潇湘夜雨》、佚名《乌林皓月》、马致远《破幽梦孤雁汉宫秋》、郑光祖《崔怀宝月夜闻筝》、关汉卿《温太真玉镜台》、关汉卿《闺怨佳人拜月亭》、郑光祖《㑇梅香骗翰林风月》、佚名《红叶题情》、王实甫《苏小卿月夜贩茶船》、尚仲贤《王魁负桂英》。

嵌入杂剧名有三种类型：一是原戏剧名完整嵌入，如《柳毅传书》《崔护谒浆》《乌林皓月》《红叶题情》等；二是戏剧名的主题词或简称，如"金凤钗"为《宋上皇御断金凤钗》，"错立身"为《宦门子弟错立身》，"千里独行"为《关云长千里独行》，"后庭花"为《包龙图智勘后庭花》，等等；三是以戏剧人物或戏剧内容概括指引戏剧名，如"指望似多情双渐苏小"即指《苏小卿月夜贩茶船》，"则被这西厢待月张君瑞"即指《西厢记》，"便和他谒浆的崔护留情"即指《崔护谒浆》，等等。

这首嵌入杂剧名的散曲，令人赞叹作者驾驭语言的能力，用戏剧名天衣无缝地演绎曲文，与全曲内容相谐相契，如水中盐，有味无痕；如云中月，相映流辉。

集曲牌名：

〔中吕〕粉蝶儿·题秋怨（集曲名）

王仲元

双雁儿声悲，景潇潇楚江秋意，胜阳关、刮地风吹。满庭芳，梧桐树，金蕉叶坠。庆东原、金菊香、滴滴金堆，那更醉西湖干荷叶失翠。

〔醉春风〕我一半儿情感玉花秋，一半儿忆王孙归塞北。我这应天长久不断怨别离，对秋风怨忆。忆，折倒的风流体尪羸，红衫儿宽褪，翠裙腰难系。

〔迎仙客〕都不念奴娇望远行，忘了初相见在武陵溪。骂玉郎有上梢没末尾，瘦削了柳丝玉芙蓉花面皮。这翠眉儿宁刺，揸这等相思会。

〔红绣鞋〕上小楼、凭阑人立，青山口日上平西。子听得乔木楂、鹊踏枝叫声疾，莫不俏秀才馀音至？夜行船、阮郎归，原来是牧羊关、乌夜啼。

〔石榴花〕常记得赏花时节看花回，上京马醉扶扫，归来窗半月儿低，真个醉矣。柳青娘虞美人扶只，因腾腾上马娇无力，步步娇弄影儿行迟。似凤鸾交配答双鸳鸯对，人都道端正好夫妻。

〔斗鹌鹑〕不误这万年欢娱，翻做了荆湘怨忆。把一个玉翼蝉娟，闪在瑶台月底。想囊日逍遥乐事迷，今日呆古朵自悔。子落得初问口长吁，哭皇天泪滴。

〔普天乐〕空闲了愿成双，鸳鸯儿被。搅筝琶断毁，碧玉箫尘迷。四块玉簪折，一锭银瓶坠。叹姻缘节节高天际，这淹证候越随煞愁的。想两相思病体，把红芍药柱吃，有圣药王难医。

〔尾〕我每夜伴穿窗月影低，好也啰你可快活三不归，空教人立苍苔红绣鞋儿湿，可怕不恋上别的赚煞你。

这首《题秋怨》套曲是一首闺怨曲，讲的是少妇在深秋时分对远去的丈夫的深深思念，且由"念"到"怨"。丈夫的久出不归，担心他在外面"快活"而乐不思蜀，并扬言自己也会报复："可怕不恋上别的赚煞你！"由爱极而生出的娇嗔，使"秋怨"的题旨表现得更为缠绵悱恻。

原套八支曲，其显著特色是如题所称的"集曲名"，即每一句中都含着曲牌的名称，是用曲牌写成的散曲。原套八支曲嵌用曲牌名达73个（下划线标出），且有融会贯通之妙。

曲牌中大多是用原名，也有的是用简称或同音，如《归来》指《归来乐》，诸宫调曲牌名。《醉矣》指《醉也摩挲》。《凤鸾》指《凤鸾吟》，诸宫调曲牌名。《玉翼婵》曲牌正名为《玉翼蝉》。《鸳鸯》指《双鸳鸯》或《鸳鸯煞》。《也啰》指《也不啰》等等。集曲牌名巧妙应用曲牌的字面意，而形成曲句意，贴切而流畅，充满风趣。

〔中吕〕粉蝶儿·题情

王仲元

金盏儿里倦饮香醪，盼到那赏花时甚实曾欢笑，别人都喜春来唯我心焦。出得那庆东园，离亭宴，暗伤怀抱。贪看那喜游蜂蝶恋花梢，想起贺新郎不知消耗。

〔醉春风〕何日愿成双，几时能够端正好？只除是忆王孙合小桃红，怎消得这恼，恼，恼。直吃得沉醉东风，武陵溪畔，后庭花落。

〔迎仙客〕樱桃般点绛唇，杨柳般翠裙腰。红绣鞋轻移莲步小，柳眉颦一半儿娇。端的有络丝娘的妖娆，似一朵红芍药。

〔红绣鞋〕上平西看看日落，念奴娇梦断魂劳。鹊踏枝黄昏里哨遍林梢，双雁儿呀呀叫。牧羊关外野猿号，怨别离难睡着。

〔石榴花〕绿窗人去闷难煞，哭皇天和泪洒芭蕉。人月圆最好，愁杀我也凤友鸾交。两相思真病难医疗，只除倘秀才赴蓝桥。

〔斗鹌鹑〕想起那拨不断恩情，元和令下梢。上马娇郎君，看花回最好。归塞北恩情恨未消，呆古朵怎放脱了？石榴花裙儿，绵答絮睡着。

〔普天乐〕卖花声，还惊觉。把一朵雪里梅，生扭的粉碎烟焦。骂玉郎，伤怀抱，几时捱得金鸡叫。凭阑人恨杀才敲，一枝花瘦了。穿窗月底，虞美人难熬。

〔尾〕醉扶归入画堂，轻移步步娇。阮郎归一去无音耗，空踏遍台前寄生草。

这也是一首写闺怨的曲，思妇念恋人不至，醉酒消愁套曲。8组曲子用了51个曲牌，同前曲有异曲同工之妙。

集曲牌名制曲，是散曲的巧体之一。《四库全书总目提要》在论及巧体时写道："惟是咏歌渐盛，工巧日增，诗家既开此一途，不可竟废。"（《回文类聚提要》）集曲牌名制曲是"咏歌渐盛"的产物和标志，读者不仅能从曲文本身得到美感，还能鉴赏到形式奇巧的艺术手法。

集药名：

〔中吕〕粉蝶儿

孙叔顺

海马闲骑，则为瘦人参请他医治，背药包的刘寄奴跟随。一脚的陌门东，来到这干阁内，飞帘籁地。能医其乡妇沉疾，因此上，共宾郎结成欢会。

〔醉春风〕说远志诉莲心，靠肌酥偎玉体，食膏粱五味卧重裍，阳起是你，你。受用他笑吐丁香、软柔钟乳，到有些五灵之气。

〔迎仙客〕行过芍药圃、菊花篱，沉香亭色情何太急！停立在曲槛边，从容在芳径里。待黄昏不想当归，尚有百部徘徊意。

〔红绣鞋〕半夏遏蛇床上同睡，芫花边似燕子双飞。则道洞房风月少人知，不想被红娘先蹴破。使君子受凌迟，便有他白头公难救你。

〔耍孩儿〕木贼般合解到当官跪，刀笔吏焉能放你！便将白纸取招伏，选剥了裩布无衣。荜澄茄拷打得青皮肿，玄胡索拴缚得狗脊低，你便穿山甲应何济？议论得罪名管仲，毕拨得文案无疑。

〔三煞〕他做官司的剖决明，告私情的能指实，监囚在里人心碎。一个旱莲腮空滴白凡泪，一个漏芦腿难禁苦仗笞。吊疼痛，添憔悴，问甚么干连你父子？可惜教带累他乌梅。

〔二煞〕意浓甜有苦参，事多凶大戟，今日个身遭缧绁，犹道是心甘遂。清廉家却有这糊突事，时罗姐难为官宜妻。浪荡子合当废，破故纸揩不了腥臭，寒水石洗不尽身肌。

〔一煞〕向雨余凉夜中，对天南星月底，说合成织女牵牛会。指望常山远水恩情久，不想这剪草除根巾帼低，那一个画不成青黛蛾眉。

〔尾〕骂你个辱先灵的蒋太医，我看你乍回乡归故里！蔓荆子续断了通奸罪，则被那散杏子的康瘤儿笑杀你！

这首散曲讲述的是蒋太医骑马到东门外为人治病，却与一乡妇通奸，后事发东窗，官刑罚事。写太医事，全用中药名贯穿，贴切而风趣。全套曲9则，用了79味中药名（下划线标出），上下贯通，别具情趣。

曲中的中药名大部分是用中药原名，如海马、人参、远志、莲心、五味、丁香、钟乳、芍药、菊花、沉香等；有的则是用谐音或变通音，如"陌门东"谐"麦门冬"，"干阁"谐"干葛"，"簌地"谐"熟地"，"乡妇"谐"香附"，"宾郎"谐"槟榔"，"酥偎"谐"葳蕤"，"膏梁"谐"高良（姜）"，"阳起是"谐"阳起石"，"五灵之"谐"五灵脂"，停立（葶苈子）、从容（肉苁蓉）、黄昏（王孙，黄芪之别名）、房风（防风）、白头公（翁），"笔吏"谐"薜荔"，"取招"谐"曲糟"，"白纸"谐"白芷"，"裩布"谐"昆布"，里人（李仁）、苦仗（虎杖）、清廉（蠊是蟑螂，但蠊清是灭蟑螂的）、雨余凉（禹余粮）、辱先灵（威灵仙）、回乡（茴香）等等。

药名文学是中药文化的体现，我国古代文人墨客或撰书对联，或吟诵诗词，百花齐放，大放异彩。他们多运用谐音、双关、拟人等修辞手法，构思巧妙，情趣别具，如辛弃疾的《满庭芳·静夜思》、冯梦龙的《挂枝儿》等。最擅长药名文学的，当推宋人陈亚。他写过一百多首药名诗，如"风月前湖近，轩窗半夏凉"，及《赠祈雨僧》"无雨若还过半夏，和师晒作葫芦巴（中药名，确为巴）"之类，皆脍炙人口，传诵一时。此散曲便是药名文学的又一光彩例证。

集名体作品要求有极高的文字驾驭能力和语言组织能力。作者必须具备三种知识要素：一是通晓集名领域的知识，例如戏剧领域、散曲曲牌领域、中草药领域，而且知识越丰富越全面越能驾轻就熟；二是要通晓集名体作品的格律体系要求，例如诗律、词律、曲律的格律特点，以便词语组合时能灵活驾驭；三是语言组织置的文学修养深度。高度的文学修养，方能构思巧妙、信手拈来、天衣无缝、别具巧趣。

集名体作品写作时，作者须在集名领域的名称中，根据作品内容的需要，选取恰当的集名名称，根据字面意义或内容意义进行组句，把名称、格律与句意三者巧妙地结合起来。由于受到特定名称与格律要求的限制，在表达特定句意时，便要求作者有高度的融会贯通能力和技巧，这是一项文字语言的系统工程。

不能把集名体作品叫作"文字游戏"，这是一种修辞技巧、文学能力、概括与融会的驾驭，是一种文学艺术。当集名语句与文意行云流水、不露痕迹、水到渠成、巧妙双关，不能不令人拍案叫绝，让人感叹汉字语言的精妙绝伦。

这些集名体作品不仅具有高度的文学价值，令人赞赏，有时还具有令人意想不到的历史价值和社会价值。日本学者青木正儿在研究元杂剧的著作《元人杂剧序说》里，就曾引用孙季昌〔正宫·端正好〕集杂剧名的散套，考证和佐证某些杂剧的形成和演出年代。日本人写的《宋元科技史》，也曾引用孙叔顺〔中吕·粉蝶儿〕那套集药名散曲，考证中医药在元朝的应用和某种草药的应用年代。这些集名体作品不仅具有文学价值，而且还具有史料价值。

（十九）儿化体

儿化体的特点是在散曲中大量应用儿化词，使语句柔软、稚气、亲切，有童谣感。

〔中吕〕普天乐·愁怀

张鸣善

雨儿飘，风儿扬。风吹回好梦，雨滴损柔肠。风萧萧梧叶中，雨点点芭蕉上。风雨相留添悲怆，雨和风卷起凄凉。风雨儿怎当，雨风儿定当，风雨儿难当。

曲中下划线者均为儿化词（下同）。曲中共11句，用了"雨儿飘，风儿扬"等5组儿化词。

〔双调〕折桂令·忆别

刘庭信

想人生最苦离别，三个字细细分开，凄凄凉凉无了无歇。别字儿半晌痴呆，离字儿一时拆散，苦字儿两下里堆叠。他那里鞍儿马儿身子儿劣怯，我这里眉儿眼儿脸脑儿乜斜。侧着头叫一声行者，阁着泪说一句听者：得官时先报期程，丢丢抹抹远远的迎接。

想人生最苦离别，唱到《阳光》，休唱《三叠》。急煎煎抹泪柔眵，意迟迟揉腮揪耳，呆答孩闭口藏舌。情儿分儿你心里记者，病儿痛儿我身上添些。家儿活儿既是抛撒，书儿信儿是必休绝，花儿草儿打听的风声，车儿马儿我亲自来也。

该曲《忆别》第一首用了"别字儿"等9组儿化词。第二首用了"情儿分儿"等12组儿化词，且均用双语儿化并列。

〔正宫〕塞鸿秋

无名氏

影儿孤房儿静灯儿照，枕儿欹床儿卧帏屏儿上靠，心儿里思意儿想人儿俏，不能够床儿上被儿里怀儿抱。怎生睡今宵，梦儿里添烦恼，几时睡得更儿尽月儿落鸡儿叫。

该曲仅7句，竟用了"影儿、房儿、灯儿"等16组儿化词。

儿化是汉语的一种组词方式，也是一种构词方式。在词根（一般为名词）后面加上"儿"尾，以构成一个新的名词。新名词的含义是对词根名词含义的拓展或者特定化。这组散曲中的儿化语应用，使曲句描写的事物，增添了更加亲昵、温和、喜爱、柔嫩的感情色彩，也更加口语化，从而增强了散曲的歌唱性和曲艺性特色。像这样大规模应用儿化语，在唐诗、宋词中是难得一见的。

（二十）衬字体

衬字体的特点是在散曲语句格律要求之外，自由添加若干字，成为衬字。衬字是散曲独有的特点，应用广泛。如果大规模应用衬字，则成一体。

〔南吕〕一枝花·不伏老

关汉卿

攀出墙朵朵花，折临路枝枝柳。花攀红蕊嫩，柳折翠条柔，浪子风流。凭着我折柳攀花手，直煞得花残柳败休。半生来折柳攀花，一世里眠花卧柳。

〔梁州〕我是个普天下郎君领袖，盖世界浪子班头。愿朱颜不改常依旧，花中消遣，酒内忘忧。分茶攧竹，打马藏阄；通五音六律滑熟，甚闲愁到我心头！伴的是银筝女银台前理银筝笑倚银屏，伴的是玉天仙携玉手并玉肩同登玉楼，伴的是金钗客歌金缕捧金樽满泛金瓯。你道我老也，暂休。占排场风月功名首，更玲珑又剔透。我是个锦阵花营都帅头，曾玩府游州。

〔隔尾〕子弟每是个茅草冈、沙土窝初生的兔羔儿乍向围场上走，我是个经笼罩、受索网苍翎毛老野鸡踏踏的阵马儿熟。经了些窝弓冷箭蜡枪头，不曾落人后。恰不道"人到中年万事休"，我怎肯虚度了春秋。

〔尾〕我是个蒸不烂、煮不熟、捶不匾、炒不爆、响当当一粒铜豌豆，恁子弟每谁教你钻入他锄不断、斫不下、解不开、顿不脱慢腾腾千层锦套头。我玩的是梁园月，饮的是东京酒，赏的是洛阳花，攀的是章台柳。我也会围棋、会蹴鞠、会打围、会插科、会歌舞、会吹弹、会咽作、会吟诗、会双陆。你便是落了我牙、歪了我嘴、瘸了我腿、折了我手，天赐与我这几般儿歹症候，尚兀自不肯休。则除是阎王亲自唤，神鬼自来勾，三魂归地府，七魄丧冥幽，天那，那其间才不向烟花路儿上走！

关汉卿〔南吕·一枝花〕《不伏老》，是散曲大衬字的典型曲例，其衬字之多、之密均为例首。据《北词广正谱》《九宫大成南北词宫谱》：

〔一枝花〕五五、五五四、五五、七七，9句6韵48字。

〔梁州〕七七、七、四四、四四、七七、七七七、二二、七五、七四，18句13韵99字。

〔隔尾〕七七、七二二七，6句6韵32字。

〔尾〕七七、七二二七，6句6韵32字。

全曲 351 个字，按谱正字 211 个，故衬字 140 个，衬字占比 39.89%，近 40%。

散曲中的衬字比起唐诗、宋词来，是一道独特的风景线。衬字小令较少，套曲较多，戏曲里的套曲更多。由于散曲中有可加衬字的规则，散曲本来体例上已有的叠加、组合的特色又增加了一层自由度。这就使散曲的表现力增加了新的空间，更能使散曲实现曲艺化、戏剧化效果。这种体例逐渐宽松的组织，是元曲"诗体"演化过程客观而合乎逻辑的自然现象。

（二十一）对比体

对比体的特点是散曲以对立的事物贯穿全曲，在鲜明的对照中感叹结局。

为了更明了地对比内容特点，将汤式、张养浩两首曲，不按传统形式书写，而改变一下书写形式：

〔双调〕天香引·西湖感旧

汤式

问西湖昔日如何？朝也笙歌，暮也笙歌。

问西湖今日如何？朝也干戈，暮也干戈。

昔日也二十里沽酒楼香风绮罗，

今日个两三个打鱼船落日沧波。

光景蹉跎，人物消磨。

昔日西湖，今日南柯。

〔双调〕雁儿落兼得胜令

张养浩

往常时为功名惹是非，如今对山水忘名利；

往常时趁鸡声赴早朝，如今近晌午犹然睡。

往常时秉笏立丹墀，如今把菊向东离；

往常时俯仰承权贵，如今逍遥谒故知；

往常时狂痴，险犯着笞杖徒流罪；

如今便宜，课会风花雪月题。

汤式〔双调·天香引〕《西湖感旧》，用对比手法写战争给西湖带来的创伤；张养浩〔双调·雁儿落兼得胜令〕写做官的艰辛与险恶，对比隐退的恬然舒适。由于两首诗均用大对比写法，在强烈的反差中实现震撼和反思，达到了增强感染力的效果。

（二十二）排比体

排比体的特点是散曲中运用三个或三个以上意义相关或相近、结构相同或相似、语气相同或相近的词组或句子并排，以达到加强语势、增强感染力的效果。

为了一目了然，改变传统书写形式如下：

〔中吕〕十二月过尧民歌

无名氏

一个青鸦鸦门栽五柳，

一个虚飘飘海内云游。

一个翠巍巍深山隐迹，

一个响潺潺渭水垂钓。

都弃了金章紫绶，倒大来散诞消遥。

一个未央宫钝剑锯了咽喉，

一个晋家宫分明五车休。

一个乌江岸饮气自挥了头，

一个大梁王彭越醢了尸首。

公侯，功名甚日休？枉了干生受。

该曲用了8组"一个"排比句。

〔中吕〕十二月过尧民歌

无名氏

看看的相思病成，怕见的是八扇帏屏。

一扇儿双渐小卿，

一扇儿君瑞莺莺。

一扇儿越娘背灯，

一扇儿煮海张生。

一扇儿桃源仙子遇刘晨，

一扇儿崔怀宝逢着薛琼琼。

一扇儿谢天香改嫁柳耆卿，

一扇儿刘盼盼昧杀八官人。

哎！天公，天公，教他对对成，偏俺合孤另。

该曲也用了"一扇儿"8组排比句。

排比是一种修辞手法。用排比来说理，可收到条理分明的效果；用排比来抒情，节奏和谐，显得感情洋溢；用排比来叙事写景，能使层次清楚、描写细腻、形象生动。排比的运用使文章朗朗上口，能增强文章的表达效果和气势。以上几个例名，无论写相思、写归隐、写艳情，都收到了反复强调、回环往复、加深印象的理想效果。

（二十三）对仗体

对仗体的特点是把同类或对立概念的词语，放在相对应的位置上，使之出现相互映衬的状态，使语句更具韵味，增加词语表现力。散曲中凡是字数相同的邻句，多有对仗句。这种大面积对仗的应用，形成散曲的对仗体。

散曲中对仗句的表现形态极其丰富多彩。现仅就句数特点为例，不录全文。

两句对——相邻两句相互形成对仗：

〔黄钟〕红锦袍

徐再思

钓桐江江上雪，
泛桐江江上月。

〔双调〕折桂令·西陵送别

张可久

春去春来管送别依依岸柳，
潮生潮落会忘机泛泛沙鸥。

鼎足对——相邻三句相互形成对仗：

〔中吕〕普天乐·辞参议还家

张养浩

有青山劝酒，
白云伴睡，
明月催诗。

〔越调〕天净沙·闲居杂兴

汤式

近山近水人家，

带烟带雨桑麻，

当役当差县衙。

四维对——相邻四句相互形成对仗：

〔双调〕雁儿落过得胜令·闲居

宋方壶

广种邵平瓜，

细焙玉川茶，

遍插渊明柳，

多栽潘令花。

〔正宫〕叨叨令·四景

周文质

春寻芳竹坞花溪边醉，

夏乘舟柳岸莲塘上醉，

秋登高菊径枫林下醉，

冬藏钩暖阁红炉前醉。

隔句对——由二至数联构成，各组对应句相对：

〔双调〕雁儿落过得胜令·归隐

汪元亨

频沽，有限杯中物；

熟读，无穷架上书。

〔仙吕〕点绛唇·翻归去来辞

张可久

悦高朋故戚，共谈玄讲理；
办登山玩水，早休官弃职；
远红尘是非，省藏头露尾。

〔正宫〕塞鸿秋

薛昂夫

凌歊台畔黄山铺，是三千歌舞亡家处；
望夫山下乌江渡，是八千子弟思乡去。

〔双调〕蟾宫曲

汤式

碧桃春人在天台，高一簇花开，低一簇花开；
翠阴阴竹护庭阶，疾一阵风筛，慢一阵风筛。

静巉巉，花影下，见一番月明，立一番月明；
孤另另，枕儿上，听一点残更，挨一点残更。

反复对—— 一曲中反复出现多组对组：

〔双调〕庆东原·京口夜泊

汤式

故园一千里，孤帆数日程；
城头鼓声，江心浪声，山顶钟声；
一夜梦难成，三处愁相并。

148

〔正宫〕塞鸿秋·浔阳即景

周德清

长江万里白如练，淮山数点青如淀；
江帆几片疾如箭，山泉千尺飞如电；
晚云都变露，新月初学扇。

通篇对——整首散曲全用对仗组成：

〔正宫〕白鹤子

关汉卿

四时春富贵，万物酒风流；
澄澄水如蓝，灼灼花如绣。

〔越调〕凭阑人·江行

徐再思

鸥鹭江皋千万湾，鸡犬人家三四间；
逆流滩上滩，乱云山外山。

〔仙吕〕寄生草·感叹

查德卿

姜太公贱卖了硌溪岸，韩元帅命博得拜将坛；
美傅说守定岩前版，叹宁辄吃了桑间饭，劝豫让吐出喉中炭；
如今凌烟阁一层一个鬼门关，长安道一步一个连云栈。

〔双调〕雁儿落过得胜令·叹世

吴西逸

春花闻杜鹃，秋月看归雁；
人情薄似云，风景疾如箭；

149

留下买花钱，趱人种桑园；

茅苫三间厦，秧肥数项田；

床边，放一册冷淡渊明传；

窗前，钞几联清新杜甫篇。

对仗在唐诗宋词中已达到相当高度，到了元人散曲中，又被推到一个更新的境界。仅就对仗品类而言，凡近体诗有的对仗，散曲都有；近体诗没有的对仗，散曲也有；近体诗避忌的对仗，散曲也屡见不鲜。对仗在元人散曲里被全方位拓宽，甚至达到使人眼花缭乱的程度。

前面所举例证是仅从句数角度，其多方位性还体现在，如多韵对、流水对、数目对、方位对、借义对、颜色对、地名对、地理对、人伦对、同字对等等，不一而足。这种多层次、多角度、多品类、多风格、多形态的对仗，使散曲语言组合形成山花烂漫的一大特色。

对仗是汉语的一种修辞方式，在中国古代文辞中随处可见，尤以赋体更为彩熠。唐诗、宋词、元曲更继承和展现了这一传统，具有文辞对偶整齐、幽雅、艺术、内涵丰盈的共性，但又各有不同的个性。

（二十四）虚字韵体

虚字韵体的特点是散曲用虚字作韵。

〔中吕〕普天乐

张鸣善

洛阳花，梁园月。好花须买，皓月须赊。花倚栏干看烂熳开，月曾把酒问团圆夜。月有盈亏，花有开谢，想人生最苦离别。花谢了三春近<u>也</u>，月缺了中秋到<u>也</u>，人去了何日来<u>也</u>？

雨才收，花初谢。茶温凤髓，香冷鸡舌。半帘杨柳风，一枕梨花月。几度凝眸登台榭，望长安不见些些。知他是醒也醉也，贫也富也，有也无也。

〔中吕〕普天乐

姚燧

浙江秋，吴山夜，愁随潮去，恨与山叠。塞雁来，芙蓉谢，冷雨青灯读书舍，待离别怎忍离别？今宵醉也，明朝去也，宁奈些些！

张鸣善曲中"也"（下划线标出）均为韵脚字，两曲均连用了三个"也"字作为韵脚；姚燧曲也连用了两个"也"字作为韵脚。虚字作韵脚字，格律诗中不见，词中亦极少见，而曲中连用之，却别有风味。

（二十五）同字韵体

同字韵体的特点是散曲通篇韵脚只用同一个字。此体又称"独木桥"体。

〔正宫〕塞鸿秋

张养浩

春来时香雪梨花会，夏来时云锦荷花会，秋来时霜露黄花会，冬来时风月梅花会。春夏与秋冬，四季皆佳会，主人此意谁能会？

〔正宫〕塞鸿秋

无名氏

爱他时似爱初生月，喜他时似喜看梅梢月，想他时道几首西江月，盼他时似盼辰钩月。当初意儿别，今日相抛撇，要相逢似水底捞明月。

〔双调〕天香引·戏赠赵心心

汤式

记相逢杨柳楼心，仗托琴心，挑动芳心。咒誓盟心：疼热关心，害死甘心。他爱我被窝里受打骂耐禁持约的小心，我念他卧房中舍孤贫救苦难的慈心。但似铁球儿样在波心，休学漏船儿撑到江心。恁若是转关儿负我身心，我定是尖刀儿剜你亏心。

以上诸例中"会""月""心"皆是同字韵，煞是有趣，且十分巧妙。同字韵体只能出现在单韵结构的曲牌中。

（二十六）双叠韵体

双叠韵体有两种形式：一种是双字韵，韵脚处前字再叠一次；一种是同一韵字在别句中再重复一次。

〔中吕〕十二月过尧民歌·别情

王实甫

〔十二月〕自别后遥山隐隐，更那堪远水粼粼。见杨柳飞绵滚滚，对桃花醉脸醺醺。透内阁香风阵阵，掩重门暮雨纷纷。

〔商调〕秦楼月

张可久

寻芳屦，出门便是西湖路。西湖路，旁花行到，旧题诗处。瑞芝峰下杨梅坞，看松未了催归去。催归去，吴山云暗，又商量雨。

上曲例中的"隐隐""粼粼""滚滚""醺醺""阵阵""纷纷"；下曲例中的"路""路""去""去"，皆是此种类型。

（二十七）藏韵体

藏韵体的特点是散曲通篇两字一韵，或四字二韵、六字三韵，句中藏韵。韵均为同韵部字。此体又称"短柱体"。

〔双调〕折桂令

虞集

鸾舆三顾茅庐，汉祚难扶，日暮桑榆。深渡南泸，长驱西蜀，力拒东吴。美乎周瑜妙术，悲夫关羽云殂。天数盈虚，造物乘除，问汝何如，早赋归欤。

曲中"庐、扶、榆……如、欤"（下划线者为韵字）等为正韵；而句中"舆、祚、暮……物、汝、赋"则为藏韵。正韵和藏韵均为《中原音韵》中"五鱼模"韵部，曲共12句，用韵25字。

〔越调〕斗鹌鹑（《西厢记》第一本第三折）

王实甫

〔幺篇〕我忽听一声猛惊。原来是扑剌剌宿鸟飞腾，颤巍巍花梢弄影，乱纷纷落红满径。

其中"忽听一声猛惊"一句，六字三韵。"惊"为正韵；"听""声"二字为藏韵，为《中原音韵》中"十五庚青"韵部。

〔双调〕折桂令·湖上即事叠韵

张可久

锦江头一掬清愁，回首盟鸥，杨柳汀洲。俊友吴钩，晴秋楚岫，退叟齐丘。赋远游黄州竹楼，泛中流翠袖兰舟。檀口歌讴，玉手藏阄。诗酒觥筹，邂逅绸缪，醉后相留。

曲中句句藏韵，其中"头、愁，首、鸥，柳、洲……逅、缪，后、留"等皆为韵字，尾字为正韵，余为藏韵。全曲13句，共用韵字28字，皆为《中原音韵》中"十六尤侯"韵部。

曲之韵密，远超诗词，而此张可久曲藏韵，又超过诸曲，将曲韵特色发挥至极致。

（二十八）全韵体

全韵体的特点是：全曲皆用同一韵部的字写成，读起来字字押韵。

〔双调〕折桂令·隐居

刘庭信

护吾庐绿树扶疏，竹坞独居，举目须史，鹭宿芙渠，乌居古木，兔浴枯薄。夫与妇壶沽绿醑，主呼奴釜煮鲈鱼。俗物俱无，蔬辅锄蔬，书屋读书。

全曲皆用《中原音韵》中"五鱼模"韵部字写成。句句有韵，字字是韵，读起来口型同一，韵味十足。

〔中吕〕粉蝶儿·集中州韵

黑老五

从东陇风动松呼，听叮咛定睛睁觑，望苍茫圹广黄芦。却樵夫，遇渔父，递知机携物。便盘旋千转前湖，看寒山晚关滩渡。

〔醉春风〕指志诗书，友酬酒就举。盘桓欢玩拼欢娱，吟音饮足。足。己意微舒，答他佳趣，渐纤瞻眺。

〔红绣鞋〕才在怪歪崖揣步，磨过多过河渠，野赊斜隔这些疏。沉吟林阴阻，甘探淡谈儒，趁村门人问取。

〔石榴花〕望湘江港上长芦，笼松拥洞横铺。视茨此是尔之居，小樵笑老夫。行岭登途，下凹凸狭压槎芽树，迈巉崖侧阶歪路。野接茄结隔斜铺，看关还滩但慢弯沽。

〔斗鹌鹑〕毒雾睹古渡糊突，吾不如读书杜甫。小道道老稻樵枯，那舻那舻架橹，荡桨慌忙向穰荡宿。暗谈贪担担夫，偎碎萎翡翠宜图，岩崦渐濂纤涔出。

〔十二月〕小乌鹊高巢梢噪呼，骑一骑急喜避崎岖。乌酥土枯湖古渡，岚惨淡庵勘堪图。看看晚残山慢阻，忙忙莽望穰荒伏。

〔尧民歌〕呀，陇东哄贡冲松动猛风毒，自姿尔思此诗赋。蓝关暂俺暗参吾，那家他把夹芭居。抽首就踌躇，裁划该载孤，闷昏奔村门去。

〔耍孩儿〕盘桓瞳畔峦端路，见一个绕倒忉骚老夫。穿一领袖头露肘旧绸服，骑一匹便鞭搧骞嫣驴。轻行停省惊睁目，迤逦即迷失记途，多因是抹坡错过多过阻。虫蛮蜂丛猛动，禽吟林阴荫疏。

〔四煞〕那厮儿拿瓜那塔要这老儿近身频问取，那厮儿故徒不顾都胡觑；那老儿欠谦廉俭粘拈絮，那厮儿奸懦还顽懒惮语。缠绵转见延天暮，那厮儿始使兹之指视，这老儿既知喜己眉舒。

〔三煞〕你望那草桥拗小道绕，青菱萍正径出。那里有雨余渠处淤墟土，剗艰难涧湾潺寒滩返岸残山晚，助苦楚雾模糊古墓枯芜毒虎伏。荒凉苍莽羊肠曲，黑泥壁颓摧废驿，杂下凹答撒沙湖。

〔二煞〕感咱岚淡黯，近人云称逐。那里有帘纤渐暂粘签足，跌斜歇客歇鑫蠡舍，在拐挨槐窄矮屋。兀良望烘风松朦胧从东去，那槎牙夹芭巴他家打火，休忧愁扣柳邮有酒投壶。

〔煞尾〕那厮儿本分蠢钝淳，这老儿别也扯柘苦。听称名姓叮咛诉，则向那聚旅无虞去处宿。

155

这首套曲通篇是用音韵写成，其特点是每一句都用同一韵部的字组句，每一曲牌都含有若干韵部。其题目是"集中州韵"，可见是用"中州韵"系在作曲。

黑老五〔中吕·粉蝶儿〕《集中州韵》的特点是：一、套曲通篇用韵"呼、觑、芦、夫、父、物、湖、渡……苦、诉、宿"为《中原音韵》"五鱼模"韵部。二、套曲正文集《中原音韵》全部韵部，选字形成曲句。

（二十九）跨宫调体

为了增加音乐感情的丰富性，在元曲中常用不同宫调多旋律组合与叠加的音乐手段，实现曲调的再创作。跨宫调多旋律组合与叠加，即指在某宫调套曲内借用另一宫调曲牌的联套方法，突破原曲牌音乐结构，吸收新的音乐成分的音乐创作手法。北曲多称"借宫"，南曲多称"犯调"，戏曲较为常用，如：

草桥店梦莺莺（《西厢记》第四本第三折）

王实甫

（夫人云）今日送张生赴京，十里长亭，安排下筵席。我和长老先行，不见张生小姐来到。

（旦云）今日送张生上朝取应，早是离人伤感，况值那暮秋天气，好烦恼人也呵！悲欢聚散一杯酒，南北东西万里程。

〔正宫·端正好〕碧云天，黄花地，西风紧，北雁南飞。晓来谁染霜林醉？总是离人泪。

〔滚绣球〕恨相见得迟，怨归去得疾。柳丝长玉骢难系，恨不倩疏林挂住斜晖。马儿迍迍的行，车儿快快的随，却告了相思回避，破题儿又早别离。听得道一声去也，松了金钏；遥望见十里长亭，减了玉肌。此恨谁知？（红云）姐姐今日怎么不打扮？

（旦云）你那知我的心里呵？

〔叨叨令〕见安排着车儿、马儿；不由人熬熬煎煎的气；有甚么心情花儿、靥儿，打扮得娇娇滴滴的媚；准备着被儿、枕儿，则索昏昏沉沉的睡；从今后衫儿、袖儿，都揾做重重叠叠的泪。兀的不闷杀人也么哥！兀的不闷杀人也么哥！久已后书、信儿，索与我凄凄惶惶的寄。

……

〔脱布衫〕下西风黄叶纷飞，染寒烟衰草萋迷。酒席上斜签着坐的，蹙愁眉死临侵地。

〔小梁州〕我见他阁泪汪汪不敢垂，恐怕人知；猛然见了把头低，长吁气，推整素罗衣。

〔幺篇〕虽然久后成佳配，奈时间怎不悲啼。意似痴，心如醉，昨宵今日，清减了小腰围。

……

〔中吕·上小楼〕合欢未已，离愁相继。想着俺前暮私情，昨夜成亲，今日别离。我谂知这几日相思滋味，却原来比别离情更增十倍。

〔幺篇〕年少呵轻远别，情薄呵易弃掷。全不想腿儿相挨，脸儿相偎，手儿相携。你与俺崔相国做女婿，妻荣夫贵，但得一个并头莲，煞强如状元及第。（夫人云）红娘把盏者！

〔满庭芳〕供食太急，须臾对面，顷刻别离。若不是酒席间子母每当回避，有心待与他举案齐眉。虽然是厮守得一时半刻，也合着俺夫妻每共桌而食。眼底空留意，寻思起就里，险化做望夫石。（红云）姐姐不曾吃早饭，饮一口儿汤水。（旦云）红娘，甚么汤水咽得下！

〔快活三〕将来的酒共食，尝着似土和泥。假若便是土和泥，也有些土气息，泥滋味。

〔朝天子〕暖溶溶玉醅，白泠泠似水，多半是相思泪。眼面前茶饭怕不待要吃，恨塞满愁肠胃。"蜗角虚名，蝇头微利"，拆鸳鸯在两下里。一个这壁，一个那壁，一递一声长吁气。

……

〔四边静〕霎时间杯盘狼籍，车儿投东，马儿向西，两意徘徊，落日山横翠。知他今宵宿在那里？有梦也难寻觅。

……

〔般涉调·耍孩儿〕淋漓襟袖啼红泪，比司马青衫更湿。伯劳东去燕西飞，未登程先问归期。虽然眼底人千里，且尽生前酒一杯。未饮心先醉，眼中流血，心里成灰。

〔五煞〕到京师服水土，趁程途节饮食，顺时自保揣身体。荒村雨露宜眠早，野店风霜要起迟！鞍马秋风里，最难调护，最要扶持。

〔四煞〕这忧愁诉与谁？相思只自知，老天不管人憔悴。泪添九曲黄河溢，恨压三峰华岳低。到晚来闷把西楼倚，见了些夕阳古道，衰柳长堤。

〔三煞〕笑吟吟一处来。哭啼啼独自归。归家若到罗帏里，昨宵个绣衾香暖留春住，今夜个翠被生寒有梦知。留恋你别无意，见据鞍上马，阁不住泪眼愁眉。（末云）有甚言语嘱付小生咱？

〔二煞〕你休忧文齐福不齐，我则怕你停妻再娶妻。休要一春鱼雁无消息！我这里青鸾有信频须寄，你却休"金榜无名誓不归"。此一节君须记，若见了那异乡花草，再休似此处栖迟。（末云）再谁似小姐，小生又生此念？

〔一煞〕青山隔送行，疏林不做美，淡烟暮霭相遮蔽。夕阳古道无人语，禾黍秋风听马嘶。我为甚么懒上车儿内，来时甚急，去后何迟？（红云）夫人去好一会，姐姐，咱家去！

〔收尾〕四围山色中，一鞭残照里。遍人间烦恼填胸臆，量这些大小车儿如何载得起？

王实甫的这套套曲写的是《西厢记》老夫人赖婚后，打发张生进京赶考的长亭送别一折。此折分三个场景，去长亭——亭别宴——宴后离别，三个场景三种思绪，因而用"正宫""中吕""般涉调"三种不同宫调的不同感情色彩演绎了崔张二人"泪随渡水急，愁逐野云飞"的离别场景。

（三十）集曲体

"集曲"是散曲音乐构建的新手段、新形式。所谓"集曲"，即截取若干曲牌中之某几乐句，集成新的曲牌，是为集曲。近代大曲家吴梅在其《顾曲麈谈》中道："所谓集曲者，其法办相似，取一宫中数牌，各截数句而别立一新名是也。"是选其曲牌旋律某句音乐元素以及该句相应要求的平仄句式，曲文自拟。

集曲的曲牌名称，常为所集各种曲牌名称的综合，例如：

〔山桃红〕一曲：是由〔下山虎〕〔小桃红〕二曲集成。

〔朱奴戴芙蓉〕一曲：是由〔朱奴儿〕〔玉芙蓉〕二曲集成。

〔五马江儿水〕一曲：是由〔五供养〕〔驻马听〕〔江儿水〕三曲集成。

《十孝记》摘调

元传奇

〔沉醉东风〕看将雏人称凤毛，始信道先占鹊噪。得云雨便腾蛟，长安西笑，那其间效忠移孝。〔月上海棠〕云程渺，楚树秦川，梦绕魂劳。

这首〔南仙吕入双调·沉醉海棠〕便是由〔沉醉东风〕〔月上海棠〕两曲集成的。

集曲是从音乐角度考虑，是音乐元素的集合。集曲的结果是从原有曲牌旋律的构成要素出发，按照一定音乐规律构建的新曲，是一种新的音乐产品。

（三十一）集句体

集句体是从已有的不同诗、词、曲中选出句子重新组合成一首新的曲文，构成一首新散曲。集句是一种文学形式。

〔双调〕湘妃怨（集句）

薛昂夫

几年无事傍江湖，醉倒黄公旧酒垆。人间纵有伤心处，也不到刘伶坟上土，醉乡中不辨贤愚。对风流人物，看江山画图，便醉倒何如？

其集句出于唐陆龟蒙《和袭美春夕酒醒》、金元好问《鹧鸪天》、唐李贺《将进酒》、宋苏轼《念奴娇》、辛弃疾的《西江月·遣兴》，但多有变形。

〔双调〕沉醉东风·秋景

卢挚

挂绝壁松枯倒倚，落残霞孤鹜齐飞。四围不尽山，一望无穷水。散西风满天秋意。夜静云帆月影低，载我在潇湘画里。

曲中有四处明显的集句："挂绝壁枯松倒倚"一句化用了李白《蜀道难》中"枯松倒挂倚绝壁"；"落残霞孤鹜齐飞"句，用了王勃《滕王阁序》里的名句"落霞与孤鹜齐飞"；"四围不尽山，一望无穷水"，化王实甫《西厢记·长亭送别》"四围山色中，一鞭残照里"；"载我在潇湘画里"一句，"潇湘画"指宋代画家宋迪的《潇湘八景图》，是一组著名的平远山水画。

散曲集句除受格律制约外，还受曲牌音律的制约，两全其美难，故散曲的集句往往只能满足文学要求，而多半要破坏其音律结构。补救的办法只能变形，而变形又会破坏原诗结构，这就是元散曲集句极少的原因。

（三十二）合套体

南北合套是指在一个套曲里兼用南曲和北曲的一种体式，即在同一宫调内，可选取若干音律和谐的南曲和北曲曲牌，交错使用，联成套曲。南北合套的艺术特征本质是跨地域、跨音律体系的音乐元素的组合与叠加。例如：

〔商调〕集贤宾（北）·七夕

杜仁杰

〔集贤宾（北）〕暑才消大火即渐西，斗柄往坎宫移。一叶梧桐飘坠，万方秋意皆知。暮云闲聒聒蝉鸣，晚风轻点点萤飞。天阶夜凉清似水，鹊桥图高挂偏宜。金盆内种五生，琼楼上设筵席。

〔集贤宾（南）〕今宵两星相会期，正乞巧投机。沉李浮瓜肴馔美，把几个摩诃罗儿摆起。齐拜礼，端的是塑得来可嬉。

〔凤鸾吟（北）〕月色辉，夜将阑银汉低，斗穿针逞艳质。喜蛛儿奇，一丝丝往下垂，结罗成巧样势。酒斟着绿蚁，香焚着麝脐，引杯觞大家沉醉。樱桃妒水底红，葱指剖冰瓜脆，更胜似爱月夜眠迟。

〔斗双鸡（南）〕金钗坠、金钗坠玳瑁整齐，蟠桃宴、蟠桃宴众仙聚会。彩衣、彩衣轻纱织翠，禁步摇绣带垂，但愿得同欢宴团圆到底。

〔节节高（北）〕玉葱纤细，粉腮娇腻。争妍斗巧，笑声举，欢天喜地。我则见管弦齐动，商音夷则。遥天外斗渐移，喜阴晴今宵七夕。

〔耍鲍老（南）〕团圞笑令心尽喜，食品愈稀奇。新摘的葡萄紫，旋剥的鸡头美，珍珠般嫩实。欢坐间，夜凉人静已，笑声接青霄内。风淅淅，雨霏霏，露湿了弓鞋底。纱笼罩仕女随，灯影下人扶起，尚留恋懒心回。

〔四门子（北）〕画堂深，寂寂重门闭，照金荷红蜡辉。斗柄又横，月色又西，醉乡中不知更漏迟。士庶每安，烽燧又息，愿吾皇万岁。

〔尾〕人生愿得同欢会，把四季良辰须记，乞巧年年庆七夕。

再试举例，仅列原文曲牌组合：

沈和〔仙吕·赏花时〕潇湘八景：
〔仙吕·赏花时（北）〕—〔幺篇〕—〔排哥（南）〕—
〔那吒令（北）〕—〔三叠排歌（南）〕—〔鹊踏枝（北）〕—
〔桂枝香（南）〕—〔寄生草（北）〕—〔乐安神（南）〕—
〔六幺序（北）〕—〔尾声（南）〕

南北合套是按音乐逻辑结构将北曲和南曲组合在一个套曲里，形成具有南北风格融合特点的新唱段。南北合套，实质是地域音乐与风格音乐的融合，是创造的一种新的艺术形式。在一首套曲里，用不同音律风格的曲调相间演唱，其新鲜程度可想而知，这在戏剧里尤有特殊的表现功能。

元曲在唐诗、宋词漫长的发展过程中，汲取了唐诗、宋词的文学精华以及唐、宋乐曲的音乐精髓，特别是在宋、金、元戏曲的发展中，元散曲形成了自己独特的艺术风格和艺术特质。元散曲和元杂剧在相互促进和借鉴中，形成了元朝独特的文化形态，因而载入史册。元散曲这些艺术个性对于当代散曲创作有积极的借鉴意义，当代散曲的创作需有效地继承和发展元曲的鲜明个性，才能灿烂于百花园中。

第六章
散曲创作的基础工具

一、曲谱

（一）历史名谱列传

传承散曲文化要做两项工作：一是要继续整理、挖掘、研究元曲典籍，从而对元曲历史有更全面、更深刻的认识；二是加强当代散曲的创作。仅有研究没有创作，难以继承和发展；仅有创作没有研究，难以升华与提高。二者不可偏废。

散曲创作的首要依据是遵守曲的格律。

古代关于曲的格律的记载，就是曲谱。

诗词曲同为格律韵文体（古风除外），诗格律比较成熟，词格律争议不大，唯曲律在曲界的不同声音较多，争议较大，因此，探讨曲律的载体——曲谱的历史尤具重要意义。

历史上曲谱较多，但真正意义上的曲谱，首推明代朱权的《太和正音谱》，之后谱如雨后春笋，历朝多见。明清之际，比较有名的谱籍，还有明代沈璟的《南九宫谱》、明代程明善的《啸余谱》、明代徐庆卿、清代李玉更定的《北词广正谱》、清代王奕清等人奉旨编撰的

《康熙曲谱》、清代允禄奉旨编纂的《九宫大成南北词宫谱》等五十多部；近现代，比较有名的谱籍有吴梅的《南北词简谱》、郑骞的《北曲新谱》、唐圭璋的《元人小令格律》、萧自熙的《散曲格律》等十余部。

虽说在曲史上，相当多的谱籍，据曲学资深研究者卢前的评价是"互相抄袭，少有独见"，但实际上诸谱各有千秋，搜微探沉各有所长，一代代积累。诸谱之中，真正影响面大、为人尊崇、在学界有一定影响的谱籍，当推七部：

明代朱权的《太和正音谱》；

明代沈璟的《南曲全谱》；

清代官修的《康熙曲谱》；

清代官修的《九宫大成南北词宫谱》；

吴梅的《南北词简谱》；

郑骞的《北曲新谱》；

唐圭璋的《元人小令格律》。

下面分以述之：

1. 《太和正音谱》

明代朱权的《太和正音谱》（以下简称《太谱》），是一部集曲论、曲史料、北曲谱的曲籍。

《太和正音谱》，又名《北雅》，为明代朱权所撰。朱权，为明太祖朱元璋第十七子，别号臞仙、涵虚子、丹丘先生等，世称宁献王，明初戏曲家。一生博学好古、涉诸子百家，多事学域。

《太谱》成书于明洪武三十一年（1398），即元灭亡后30年。全书共分8章：《乐府体式》《古今英贤乐府格势》《杂剧十二科》《群英所编杂剧》《善歌之士》《音律宫调》《词林须知》《乐府》。前3章为戏曲文学理论。《古今英贤乐府格势》章共评论元代和明初杂剧、散曲作家187人，独推马致远为首位。《群英所编杂剧》和《善歌之士》对元代和明初杂剧作家作品进行补遗，并列"知音善歌者"36人，有史料价值。

《太谱》的主要成就是对音韵格律的论述。《乐府》章为北曲杂剧曲谱，占全书篇幅的五分之四。根据北曲黄钟、正宫、大石调、小石调、仙吕、中吕、南吕、双调、越调、商调、商角调、般涉调十二宫调分类，逐一记述曲牌的句格谱式，详注四声平仄，标出正字、衬字，共收曲牌335支，是现存最早的北杂剧曲谱，甚为珍贵。

《太谱》涉及戏曲的体制、流派、制曲方法、杂剧题材分类、古剧角色源流和对元代至明初戏曲作家的评价等，并列杂剧作品目录；在戏曲声乐理论方面，有关于歌唱方法、宫调性质的论述、歌曲源流以及历代歌唱家的片段史料，都是研究元曲的重要资料。

《太谱》为古典戏曲理论的研究提供了具有参考价值的史料，特别是曲谱部分。后来明清人的曲谱中，北曲部分都是以《太和正音谱》为依据的。

《太谱》现存主要版本有清代长洲汪氏所藏影写洪武间原刻本、清代山阴沈氏藏别本影写洪武间刻本，此外还有明人程明善辑刻《啸馀谱》本、崇祯间黛玉轩刻本。中华人民共和国成立后，有《中国古典戏曲论著集成》所收本。

2.《南曲全谱》

明代沈璟的《南曲全谱》，全名《增定查补南九宫十三调曲谱》，别题《南九宫十三调曲谱》，简称《南曲谱》，是一部南曲格律谱。

沈璟，明代戏曲家、曲论家。字伯英，晚字聃和，号宁庵，别号词隐。吴江（今属江苏）人。万历二年（1574）进士，曾任兵部职方司主事、吏部验封司员外郎、光禄寺丞等职。后因科场案受牵连，于37岁辞官回乡，后家居30年，专心致力于戏曲理论与创作，潜心研究词曲，考订音律，与当时著名曲家王骥德、吕天成、顾大典等探究、切磋曲学，并在音律研究方面有所建树。

沈璟是吴江派的领袖，在当时戏曲界影响颇大。针对传奇创作中出现的卖弄学问、堆砌典故、不谐格律等问题，沈璟提出"合律依腔""僻好本色"和"词人当行，歌客守腔"的主张，并编纂《南九宫十三调曲谱》以为规范。

《南九宫十三调曲谱》以蒋孝《南九宫谱》和《十三调谱》为基础，增补新调，严明平仄，分别正衬，考订讹谬，有时还注明唱法，是一部集南曲传统曲调大成、格式律法详备、音韵平仄详明、作法与唱法相兼的曲学文献，是南曲曲谱中一部重要而有影响的著作。该书成书约在明万历二十五年（1597）前。

《南九宫十三调曲谱》共二十一卷，附录一卷，从当时比较著名的传奇和散曲中选录南曲曲牌七百一十九支，分"引子""过曲"类归于各个宫调。每支曲牌详列不同的格式，包括：分别正字、衬字，标明四声，附点板式，圈定闭口音。曲牌的变体则以"又一体"附录在原曲（正格）之后。作者对每支范曲均有评述，指出得失。有时还介绍使用的方法及填词需注意的要点等。《南九宫十三调曲谱》乃是沈璟声律理论的代表作，也是昆曲吴江派的重要著作。

冯梦龙在《太霞新奏·自序》中认为曲学之"法门大启，实始于沈铨部《九宫谱》之一修"。曲论家徐复祚也在《曲论》中把它誉为"词林指南车"。沈璟以后的传奇家、填词家都把《南九宫十三调曲谱》视为正宗的南曲格律的准绳、检索的工具书，在当时及后世都产生了极大影响。该书也是后人研究古代曲牌及戏曲的重要依据。

沈璟另有曲论多种，如《论词六则》《唱曲当知》和《正吴编》等，今均已不存。沈璟《南曲全谱》，有明天启年间吴门三乐斋刊本、文治堂刻本、北京大学据《啸余谱》本石印本、台湾学生书局《善本戏曲丛刊》1985年影印明末龙骧校刊本等。

3.《康熙曲谱》

《康熙曲谱》（以下简称《康谱》），又名《钦定曲谱》，是一部曲论及北、南曲谱籍。

《康谱》由清康熙皇帝敕令王奕清等人编撰的一部曲谱，书成于康熙五十四年（1715），它与《康熙词谱》同年完成。

作者王奕清，字幼芬，号拙园，江苏太仓人，康熙三十年（1691）进士，选庶吉士，詹事府詹事兼翰林院侍读学士。善书，工绘事。

清初是传奇创作的高峰，也是曲谱编撰的高峰。作《康谱》的原因与目的，王奕清在《凡例》中明确说明是因"自传奇歌曲盛行于元，学士大夫多习之者。其后日就新巧，而必属之专家。近则操觚之士但填文辞，惟梨园歌师习传腔板耳。即欲考元人遗谱且不可得，况唐宋诗余之宫调哉。故斯谱另编于《词谱》之后，无庸妄合"。似有补遗之意。

《康谱》计十四卷，首载诸家论说及九宫谱定论一卷；正文分十二卷：北曲四卷，收曲牌335个；南曲八卷，收曲牌811个；另以失宫犯调诸曲别为一卷，附于末。曲牌谱式按宫调排列，其曲文每句注句字，每韵注韵字，每字注四声于旁，于入声字或宜作平、作上、作去者，皆一一详注。于旧谱讹字，亦一一辨证附于后。《康谱》还提出创作押韵"北曲宜准《中原》，南曲宜准《洪武正韵》"之原则。

《康谱》中的北、南曲谱，多采自明代朱权的《太和正音谱》和明代沈璟的《南曲全谱》。该书选录精当，体例较为完备，不愧出自大家之手。

《康谱》的价值在于：第一，《康谱》是自元朝以来第一部官修的曲谱，一改过去曲谱只是民间或有学之士个人研究编撰成果，使曲谱进入"国家"关注层面，极大地提高了戏曲、散曲的社会关注度和文化的合法性。第二，《康谱》将北曲与南曲首次系统合编为一著，促使北、南谱的整理、系统化、保存与推广，进入一个新阶段，为乾隆年间的《九宫大成南北词宫谱》的编纂奠定了基础。第三，《康谱》编纂简约适用，系统化，又是官谱，这对于戏曲与散曲的规范、标准提供了范则，因而受到文人曲师们尊崇，对社会戏曲健康发展起到重要作用，因而在戏曲发展史上占有重要地位。

《康谱》现存有康熙年间殿刻本、扫叶山房石刻本、岳麓书社

2000 年版本。

4. 《九宫大成南北词宫谱》

《九宫大成南北词宫谱》，又名《新定九宫大成南北词宫谱》，简称《九宫大成》，是清朝的一部戏曲音乐曲谱集。乾隆六年（1741）和硕庄亲王允禄奉旨编纂。乐工周祥钰、邹金生、徐兴华、王文禄、朱廷镠、徐应龙等人及民间艺人参与工作，花了五年搜集资料编写，于乾隆十一年（1746）编成。比《康熙曲谱》晚 31 年。

《九宫大成》全书 82 卷，汇集了南、北曲 2094 个曲牌，连同变体共计 4466 首曲谱。此宫谱选用了唐、五代、宋人词（用作唱词，由清代乐工谱配南北曲牌），金元诸宫调（录存有金代董解元《西厢记》中 148 曲，元代王伯成《天宝遗事》诸宫调中 120 曲），元明散曲、南戏、北杂剧、明清昆腔、清宫承应戏、御制腔等不同时代、不同来源、不同格律、不同乐种的歌词。按南曲的引曲、正曲、集曲，北曲的双曲、套曲分类。其中有北套曲 185 套，南北合套曲 36 套，分别列入仙吕宫（南曲）、仙吕调（北曲，下同）、中吕宫、中吕调、大石调（南）、大石角（北，下同）、越调、越角、正宫（南）、高宫（北）、小石调、小石角、高大石调、高大石角、南吕宫、南吕调、商调、商角、双调、双角、黄钟宫、黄钟调、羽调（南）、平调（北）、仙吕入双角 25 个（南 12、北 13）宫调中。宫谱详举各种体式，分别正字衬字，注明工尺、板眼、句读、韵格等。

《九宫大成》涉及诸如民族音乐学、宫调学及分类学、旋律学、音乐史学、记谱学、词曲学、音韵学等，是研究我国古代散曲、清曲、戏曲音乐的重要史料，在戏曲音乐史上具有划时代意义。

一是《九宫大成》是一个巨大的古代声乐作品宝库，对收入南北曲 4466 首的传统音乐进行了大量研究，考察这些作品产生的社会背景、传承脉络，阐述有关音乐特征、流传演变规律和地域文化特质，尽管有些资料出处难以挖掘，但整体上对于保存和集约化民族音乐史料，具有历史性贡献。

二是《九宫大成》关于宫调及分类方法；我国古代丰富多彩的声乐旋律的记载和唐代至清中叶鲜活的音乐作品史料的留存；关于《九宫大成》的曲目采用标注工尺板眼谱式的工尺谱记载，都具有百科全书式查询、留载历史文献的价值。

三是《九宫大成》的曲目都是由诗词与音乐高度结合而成的作品，有着很高的文学价值。古代歌曲所唱诗词多数是唐诗、宋词、元曲、明清诗词中的精品之作。因而，研究《九宫大成》的曲目，对了解古诗词读音的变化、分析汉字读音的演变及与歌曲旋律的关系有很重要的帮助，对古代汉语、音韵学的嬗变研究提供了新的佐证。

四是《九宫大成》的编纂是精律文人与善曲乐工相结合的结晶，由于宫廷文士与国工乐师们的学识与地位，其编纂者的音乐修养、文学水平、美学观点及选择标准均是一流，故《九宫大成》这部曲谱成为历代曲谱的巅峰之作。

《九宫大成》有清宫廷内府朱墨刊印本、天津古籍书店文运堂藏民国影印本。

5.《南北词简谱》

《南北词简谱》（以下简称《吴谱》）由吴梅先生撰，是一部南、北曲曲谱。

吴梅先生，清末民初人，字瞿安，一字灵鹤，晚号霜厓。祖籍江苏长洲（后并入吴县）。他曾先后在北京大学、南京国立东南大学、广州中山大学、上海光华大学、南京中央大学、金陵大学任教，主讲词曲。

吴梅先生是近代著名的曲学大师。他在戏曲创作、戏曲教育、曲律研究、曲史研究以及藏曲、校曲、谱曲、唱曲、演曲等方面，都做出了较大贡献。

《吴谱》是吴梅先生"竭毕生之精力"而完成的。吴梅先生取以往各谱之所长，去各谱之所短，编写了简明的《南北词简谱》，从创作角度偏重研究曲牌格律。

《吴谱》与诸旧谱比较，其优点是：

第一，旧谱中每种曲牌并列数种格式，有的多达十数种。这对于歌唱者或校订者来说是需要的，但是作词者使用起来会无所适从。《吴谱》则不然。它的北曲部分收332支曲牌，套式62例；南曲部分收872支曲牌，套式92例。每一曲牌只选取有代表性的一支曲词作为标准模式。所谓"简谱"，并不是曲牌的数目少，而是废弃了旧谱中许多不必要的"又一体"。

第二，旧曲谱由于各种因素的局限，留下不少矛盾和疑难。《吴谱》每支曲词后面都附有一篇说明性的文字（共957条），不仅剖析了每一曲牌的作法、增句、板式、唱法、联套中的位置，而且对前人遗留的问题也大都做了疏释。

第三，古代大多数曲家精于北曲者不精于南曲，或精于南曲者不精于北曲，所以旧谱中南北曲各成专书，合二为一兼精者，唯清康乾二官修谱。吴梅先生南北曲兼精，于是合南北曲于一帙，且把同名曲牌加以比较，指出异同，作家使用起来不致张冠李戴，混淆不清。

第四，旧谱大都成于清朝中叶以前，所引各曲基本上出自元明杂剧和传奇。《吴谱》成书最晚，所录诸曲都经作者认真筛选，既保留了旧谱中的精华，又增选了舞台上经常传唱的一些名曲，还从清代《长生殿》《桃花扇》等优秀剧作中选录了不少曲词，曲词所选极具代表性。从创作南北曲角度，它为作者立下了标准模式；从研究和校点角度，它是一部很好的工具书；从欣赏角度，它又是一部很好的选本。

正因如此，卢前先生在跋语中说："先生竭毕生之力，梳爬搜剔，独下论断，旧谱滞疑，悉为扫除，不独树歌场之规范，亦立示文苑以楷则，功远迈于万树《词律》。"此书对于研究中国曲学及曲词创作极具参考价值。

《吴谱》脱稿于1931年，1939年吴梅先生病故，由其弟子卢前题跋并付梓。有石印本和油印本流传。

6. 《北曲新谱》

《北曲新谱》（以下简称《郑谱》），郑骞编著，是一部北曲曲谱。

郑骞，中国古典诗词曲研究家。字因百，一字颖白。原籍辽宁铁岭。燕京大学毕业。曾先后在燕京大学、北京大学和上海暨南大学任教。1948年执教于台湾大学，并主持台大中国文学研究所的工作。后曾在香港新亚书院讲学，两次赴美，在华盛顿州立大学及哈佛大学等校讲学。

郑骞治学谨严，对古典诗词曲钩沉发微，颇有独到见解。所著《北曲新谱》《北曲套式汇录详解》《校点南词韵谱》《宋刊施顾注苏东坡诗提要》《陈简斋诗集合校汇注》《唐伯虎诗辑逸笺注》《宋人生卒考示例》等，皆为望重士林之作。

郑骞先生对曲谱尤为倾注精力，认为北曲旧谱《太和正音》《北词广正》《九宫大成》及吴梅的《南北词简谱》，各有得失。他用了20年时间，数易其稿，取每一牌调的全部作品加以比较归纳，做到"明句式，辨三声，定韵协，析正衬，确立准绳，分别正变"，编纂了《北曲新谱》，成为有曲谱以来最集大成而又综合辨析的力著。所著《北曲套式汇录详解》也是研究北曲曲律的重要著作。

郑骞先生在该书自序中说：

> 自明以来，研究曲律之书，皆详于南而略于北；一般学者欲治北曲，无论诵读写作，每因不明格律而发生种种难。前代专著，如《太和正音》《北词广正》《九宫大成》及吴梅《北词简谱》，或欠详明，或多漏误，或伤芜杂，均未能作诵读之津梁，示写作之法则。迩来网罗诸氏之书，虽精详胜于前人，而皆限于小令，未能尽北曲之全，学者犹有憾焉。
>
> 予素耽词曲，尤嗜北声，既有见于各种旧谱之未能尽满人意，乃遍读现存元代及明初北曲，包括小令、散套与杂剧三者，取每一牌调之全部作品，比较之，归纳之，撰为斯编，名之曰

《北曲新谱》。体例、方法，皆予自创；旧说得失，悉加考订。明句式，辨三声，定韵协，析正衬，确立准绳，分别正变。庶几诵读无棘喉涩舌之苦，写作不致贻失格舛律之讥，或足为制曲学习曲艺者之一助。

予纂辑此谱，经始于民国三十五年间，最后完成于一九六八年，历时逾二十载，在此漫长岁月之中，学问与兴趣屡有转移，此事亦时作时辍，未能全神贯注。故虽再三审核，数易其稿，而遗漏错误，以及拘泥烦琐之处，仍难保其必无。

作者追述其源、深究之至，跃然纸上。

《北曲新谱》全书12卷，宫调先后依《北词广正谱》。全书共收382曲，凡《太和正音谱》《北词广正谱》《北词简谱》所收曲调中，仅见于诸宫调或应属南曲或与词调完全相同者皆删去，而将删去曲目附录于每卷后。每曲后皆举元代及明初作品为例，定其字数、句式、平仄、韵脚等格律。体例务求简明，凡各曲变体之变动大者，另举一曲为例，列入正曲之后；若变动小者，仅举变动部分加以注明，不另举全曲。凡可增句之曲调，皆注明增句之格律。每曲下皆注明用途，或用于小令，或用于散套，或用于剧套，或用于各类通用。对旧谱之失误，均加以辨正。

《北曲新谱》书稿成后，历经修订十数年之久，其文稿作为课堂讲义与参考资料在学生之间流传，最终才在学生建议下付梓问世。《北曲新谱》有1973年台湾艺文印书馆版本。

7.《元人小令格律》

唐圭璋《元人小令格律》，原系作者1944年在重庆中央大学授课之余所撰，后来参考隋树森《全元散曲》小令部分，反复比勘，重加校订，于1981年正式出版。前有卢前先生甲申年（1944）序。全书以110余首人小令作品为例，评析常见元人小令的格律与体式，除了分别注明用字之平仄以及叶韵之字，可平、可仄及按《中原音韵》

入声作平、作上、作去之字亦一一注明，其后再以按语形式作进一步说明，并多举其他元人小令名作中的相关句子作为例证，足资研究者和一般读者参考借鉴。书后附有元代周德清所辑《中原音韵》，以备查检。

唐圭璋，字季特。1949年前曾任中央大学、金陵大学中文系教授。建国后历任南京大学、东北师范大学中文系教授，南京师范大学中文系教授。编著有《全宋词》《全金元词》《词话丛编》《宋词鉴赏辞典》等，著有《宋词三百首笺注》《南唐二主词汇笺》《宋词四考》《元人小令格律》《词苑丛谈校注》《宋词纪事》《词学论丛》等。

《元人小令格律》有卢前序，录后：

元曲体制，有杂剧、散曲之别。而散曲有套数、小令二种。杂剧有科白扮演，情节穿插。散曲之套数，亦须配缀同调。独小令为曲体之本，其用至简，与诗之绝句、词之小令等观。往与东人青木正儿论治曲，宜先小令。即偶然习作，摹写情景，莫此为便。故元剧曲家于撰杂剧之外，辄喜染指。或有平生不为杂剧，而专尚此体者。若疏斋、酸斋、甜斋、挺斋、澹斋之徒，皆负盛名。而庆元张小山，尤卓然大家。小山所作共七百余首，一时作手，无出其右者。挺斋撰《中原音韵》，附四十定格。澹斋选《阳春白雪》《太平乐府》二书，明示作法，采辑美制，亦莫不有功于曲苑。至无名氏所选《乐府群玉》，全载小令，《乐府新声》亦多载小令，并足窥元令之盛，盖不让于杂剧套数也。清初，朱竹垞、厉樊榭以诗词名家，复擅小令，岂以其言简体殊，活泼流利，别有情趣耶？十余年前，余有广小令定格之辑，顾未详言格律。而清代《钦定曲谱》，北词全袭明宁献王《太和正音谱》，毫无考订。其间正衬不明，声韵不详，学者憾焉！今吾友唐君圭璋，暇时因据挺斋、澹斋之书，并参诸《新声》《群玉》，及乔、张、云庄之小令专集，逐调参比，厘正衬，校字句，订声韵。凡一字确乎不可移易，及可以通融者，并一一注明。以元证元，至为可信。世有悦竹垞、樊榭之风，而欲于绝句小词外，自由抒写曲中小令者，傥有取于是欤！至入套之曲，不可单作小令；或明人所作，不可据为典则者，俱不取。他若明清曲选曲谱中所载，有不辨作家为元为明者，有不辨作品为小令为套数中之摘调者，亦并不录，惧变本失真，泛而无当。盖圭璋此书，义明法严，可谓善以金针度人者矣。

甲申六月金陵卢前序于中央大学。

序后有唐圭璋先生的一段附言，如下：

余初于一九四四年在重庆中央大学授课之余，尝取陈乃乾先生所辑《元人小令集》撰为《元人小令格律》一书，卢前先生曾为之序。顾由于当时出处不明，久置未理。顷读隋树森先生《全元散曲》，深感来历分明，校订完善，因取其小令部分，反复比勘，重加校订。此次校订，承隋先生及陈振鹏先生大力协助，至为纫感。一九七八年九月唐圭璋志。

唐圭璋先生的《元人小令格律》特点：一是考证精审，疏校深通，比较适宜当代散曲创作；二是以隋树森《全元散曲》为据，"以元证元"，保持元人格律原貌，不为后染，传承性强；三是对元人不同作品分别说明，有比较借鉴意义。故本书推荐使用唐谱。

为了使当代散曲创作更方便地使用唐先生的格律谱，山西折殿川（一水）先生，在唐圭璋先生原著（1981年版与2020版）的基础上，翻译为适合现代阅读习惯的电子版，并于2020年9月18日发布于网络。现搜韵网有以此谱为依据的"格律校验"功能，当代散曲创作作品可以入网校验，十分方便。

（二）历史名谱传承总结列表

历史上研究总结曲谱的著作很多，各有所长，相互借鉴，一代代传承。除上面专题介绍的外，现将各谱总结如下：

历史名谱传承总结列表

时代	作者	书名及问世年代	曲谱内容	性质
元后期	周德清	《中原音韵》（1324）	音韵、北曲案例	个人研究
明初	朱 权	《太和正音谱》（1398）	北曲谱	个人研究
明中叶	沈 璟	《南九宫十三调谱》（见万历年间刻本）	南曲谱	个人研究
明末清初	李 玉	《北词广正谱》（见康熙年间刻本）	北曲谱	个人研究
清初	王奕清等	《康熙曲谱》（1715）	北曲谱、南曲谱	奉旨官修
清中叶	允禄主持	《九宫大成南北词宫谱》(1746)	北曲谱、南曲谱、音乐谱	奉旨官修
民国	吴梅	《南北词简谱》（1940）	北曲谱、南曲谱	个人研究
现代	罗忼烈	《北小令文字谱》（港1962）	北曲谱	个人研究
	郑骞	《北曲新谱》（台1973）	北曲谱	个人研究
	唐圭璋	《元人小令格律》（1981）	北曲谱	个人研究

在这 10 部谱中：

独立南曲谱 1 部，独立北曲谱 6 部，南北曲合编谱 3 部。

奉旨官修谱 2 部，其余 8 部均为个人研究谱。

乾隆年间《九宫大成》具有音乐标式谱，其余 9 部均为文字谱。

曲谱是散曲与戏曲的音乐与文学相结合凝固的标本，是古典音乐的纸质化石，是极可贵的非物质文化遗产，是中华民族宝贵的精神财富之一。

曲谱记载了吟唱体系的诸元素：

1. 宫调——音乐感情特征及调高、调式、节奏。

2. 曲牌——音乐旋律的个性特点。

3. 句数——音乐与文学的容量。

4. 每句字数——音乐与文学的节奏安排。

5. 每字平仄——音乐顿挫与文字音调相统一的和谐要求。

6. 结句韵字——音乐与文学铿锵上口的结字规定。

这六种元素的累加决定了这一曲牌与那一曲牌的区别，界定着每一曲牌的个性特点。

曲谱中每一曲牌的独立使用，便形成小令；组合使用便形成带过曲与套曲；套曲的系列组合便形成戏剧里跌宕波澜的情节唱腔与悲欢离合的人物性格。

曲谱就是散曲与戏曲创作的基本规章、纲目。

谱就是格律，格律就是规矩。换而言之，格律就是"游戏规则"。有规矩始成方圆。因此，遵循统一的规则，对于继承和发扬散曲的优良传统是一个重要前提。

二、曲牌

（一）元散曲"常用曲牌"使用频率排行榜

在诸多元曲文献中，隋树森先生编的《全元散曲》是一颗耀眼的明星。其书将元曲中能收集到的散曲，穷搜尽辑，包括残篇断句，尽囊括其中。隋先生在编纂一代文学作品全集时，是抱着宁滥勿缺的原则（见《自序》），见而辑录之，以尽展一代散曲之全。隋先生从1947年开始编校，到1964年首版由中华书局出版，历时17年，可谓磨砺之甚。因而此书一出，即成元散曲研究资料的最全面、最权威的稿本。

《全元散曲》共辑录散曲小令（含带过曲）3853首，套曲457套（残曲除外），曲牌217支，有名姓作者213人。在周德清的《中原音韵》一书中，共列出曲牌335支，而《全元散曲》中作品曲牌只有217支，说明尚有118支曲牌基本未用。那么在这些曲牌中，哪些是常用的呢？现用统计解析方法来界定常用曲牌的分布频率。

现将常用曲牌最基本的边界条件设定为：1.常用曲牌作品总数要大于总作品数之半；2.单支曲牌作品总数，应大于每支曲牌产生作品的平均数。根据这个条件，统计、观察《全元散曲》全部作品数据，得出如下表：

《全元散曲》曲牌、作品统计一览表

序号	曲牌名称/占曲牌比率（%）	作品数量（首）/总合比率（%）	出现频率（‰）	备注
1	双调·蟾宫曲（折桂令）	444	103.02	
2	双调·湘妃怨（水仙子）	335	77.72	
		779/18.03		

序号	曲牌名称/占曲牌比率(%)	作品数量(首)/总合比率(%)	出现频率(‰)	备注
3	双调·寿阳曲(落梅风)	178	41.30	
4	双调·清江引	159	36.89	
5	中吕·朱履曲(红绣鞋)	150	34.80	
6	中吕·喜春来(阳春曲)	149	34.57	
7	越调·寨儿令	147	34.10	
8	中吕·朝天子	141	32.71	
9	商调·梧叶儿	140	32.48	
10	双调·沉醉东风	137	31.78	
11	越调·小桃红	134	31.09	
12	双调·殿前欢	133	30.85	
	3.58	2247/52.13		
13	南吕·一枝花	129	29.93	
14	中吕·普天乐	128	29.69	
15	南吕·金字经	111	25.75	
16	越调·天净沙	108	25.5	
17	中吕·满庭芳	103	23.89	
	5.07	2826/65.57		
18	中吕·山坡羊	97	21.81	
19	南吕·四块玉	81	18.79	
20	双调·雁儿落过得胜令	69	16.00	
21	越调·凭阑人	63	14.62	并列
22	正宫·醉太平	63	14.62	
23	中吕·迎客仙	58	13.45	

续表

序号	曲牌名称/占曲牌比率(%)	作品数量(首)/总合比率(%)	出现频率(‰)	备注
24	双调·庆东源	54	12.53	
25	正宫·黑漆弩	53	12.30	
26	南吕·骂玉郎过感皇恩采茶歌	48	11.14	
27	仙吕·一半儿	43	9.98	
28	中吕·上小楼	38	8.82	
29	双调·新水令	36	8.35	
30	正宫·小梁州	35	8.12	并列
31	双调·拨不断	35	8.12	
32	黄钟·人月圆	32	7.42	并列
33	越调·斗鹌鹑	32	7.42	
34	仙吕·后庭花	29	6.73	
35	中吕·粉蝶儿	28	6.50	
36	正宫·塞鸿秋	26	6.03	
37	双调·潘妃曲(步步娇)	24	5.57	
38	双调·庆宣和	23	5.34	并列
39	仙吕·赏花时	23	5.34	
40	般涉调·哨遍	23	5.34	
41	仙吕·寄生草	22	5.10	
42	正宫·端正好	21	4.87	
43	仙吕·醉中天	20	4.64	并列
44	中吕·卖花声	20	4.64	
45	双调·夜行船	20	4.64	
	45/13.43	3942/91.46		

根据这个列表，可以看出，有45个曲牌作品符合统计的目标界限。可以得出如下结论：

1. 最流行曲牌

元散曲中"最流行曲牌"为12个，占曲牌总数的3.58%，但它们的作品总数却占《全元散曲》作品数的52.13%，符合开始确定的前提边界条件，因此它们是元曲中"最流行曲牌"。

这12个曲牌依次是：1.蟾宫曲（折桂令）。2.湘妃怨（水仙子）。3.寿阳曲（落梅风）。4.清江引。5.朱履曲（红绣鞋）。6.喜春来（阳春曲）。7.寨儿令。8.朝天子。9.梧叶儿。10.沉醉东风。11.小桃红。12.殿前欢。

值得特别注意的是：其中蟾宫曲（折桂令）、湘妃怨（水仙子）两支曲子，其作品数量远远超出其他曲牌，两曲牌作品之和为779首（套），占作品总量的18.03%，接近五分之一，位列流行曲牌的前茅。其余曲牌的常用度则均衡递减。

2. 多见曲牌

在众多曲牌中，出现100首以上作品的共有17支。这17支曲牌占曲牌总数的5.07%，但其作品总数却占到了作品总量的65.57%。这17支曲牌是产生大量作品的曲牌，除了上面的12个曲牌外，它们依次是：13.一枝花。14.普天乐。15.金字经。16.天净沙。17.满庭芳。

3. 常用曲牌

超过曲牌作品平均数的共有45个曲牌，其作品总数为3942首（套）。也就是说，占曲牌总数13.43%的曲牌，其作品总量却占到了91.46%，即不到一成半的曲牌却拥有九成以上的作品。它们出现的频次见上表。

因此，这45支曲牌，就是元散曲中的"常用曲牌"，它们的作品代表了元散曲的基本面貌。

当代散曲创作，应首先了解这45个曲牌的特点和谱式的一般规律，掌握了它们就是掌握了元散曲的基本特性。

45个"常用曲牌"及其作品，特别是最流行的12个曲牌及其作品，记录了元散曲的基本面貌和基本特征。对于当代的散曲创作者，有必要深刻认识和透彻掌握这45个常用曲牌，特别是最流行的12个曲牌的格律要求。只有这样，才能更深刻地认识元散曲的音乐特质与文学特征，才能在不逾矩的前提下，创新与创作当代散曲，以达到传承之目的。

（二）元散曲45个"常用曲牌"格律谱式展

45个"常用曲牌"格律谱式，以唐圭璋《元人小令格律》为范本，并参照《康熙曲谱》、吴梅《南北词简谱》核定其例曲综合而成。其目的是为当代散曲创作提供方便的参考工具，创建一种查找的快捷方式；同时亦是研究元散曲基本特征的最小目标范围。

谱式符号及意义如下：

一、"平""仄""上""去"——表平声、仄声、上声、去声字

二、"×"——表字可平可仄

三、"上（平）""平（上）"——平上可互用，上可用平、平可用上代者

四、"去"——必用去声

"厶"——宜用去声

"上"——必用上声

五、"△"——结字须韵

"▲"——可韵可不韵

六、"。"——节奏点

七、曲牌只就正格立说。每一曲牌，只列常用体式。

1.〔双调·蟾宫曲〕小令兼用
又名折桂令、步蟾宫、天香引、秋风第一枝等。

第九句下可增四字句若干，平仄同上。小令以增一句者为多，不增句者反少。今以增一句者为定格。第五、六两个四字句，可合并为上三下四的七字句。

××× 、×仄平平△，×仄平平，×仄平平△。×仄平平，×平×仄，×仄平平△。××× 、×平厶上△（平），××× 、×仄平平△。×仄平平△，×仄平平△，×仄平平，×仄平平△。

想贞元朝士无多，满目江山，日月如梭。上苑繁华，西湖富贵，总付高歌。麒麟冢衣冠坎坷，凤凰台人物蹉跎。生待如何，死待如何？纸上清名，万古难磨。

——周浩《题〈录鬼簿〉》

2.〔双调·湘妃怨〕小令兼用

又名凌波仙、凌波曲、水仙子、冯夷曲。

首二句宜对。第六、七句可作五字，宜对；亦可作两个四字句，与末句相配。

×平×仄仄平平△，×仄平平平厶平△，×平×仄平平去△。平平平厶平△（上），仄平平、×仄平平△。平平厶，×仄平△，×仄平平△。

冬前冬后几村庄，溪北溪南两履霜，树头树底孤山上。冷风来何处香？忽相逢缟袂绡裳。酒醒寒惊梦，笛凄春断肠，淡月昏黄。

——乔吉《寻梅》

疏：例与《康谱》同，与此谱六句异。

3.〔双调·寿阳曲〕小令兼用

又名落梅风等。

平平厶，×仄平△（上），仄××、仄平平去△。×平仄平平去上△

（平），仄××、仄平平去△。

夕阳下，酒旆闲，两三航未曾着岸。落花水香茅舍晚，断桥
头卖鱼人散。

——马致远《远浦帆归》

4.〔双调·清江引〕小令兼用

又名江儿水。

××仄平平去上△（平），×仄平平去△。×平平厶平，×仄平平去
△，××仄平平去上△（平）。

西风信来家万里，问我归期未？雁啼红叶天，人醉黄花地，
芭蕉雨声秋梦里。

——张可久《秋怀》

疏：《康谱》首句为8字，略异。

5.〔中吕·朱履曲〕小令兼用

又名红绣鞋。

首二句对。第四、五句多作五字对句。

×仄平平平去△，×平×仄平平△（上），×平平仄仄平平△。平×
仄，仄平平△，×平平去上△（平）。

红叶荒林酒兴，黄花老圃诗情，柳塘新雁两三声。湖光扶不
定，山色画难成。六桥风露冷。

——王举之《秋日湖上》

疏：例与《康谱》同，第四、五句作五五字，此略异。

6.〔中吕·喜春来〕小令兼用

又名喜春风、阳春曲、喜春儿。

×平×仄平平厶△，×仄平平×仄平△，×平×仄仄平平△。平去上△（平），×仄仄平平△。

水深水浅东西涧，云去云来远近山。秋风征棹钓鱼滩，烟树晚，茅舍两三间。

——徐再思《皇亭晚泊》

7.〔越调·寨儿令〕小令兼用

又名柳营曲。

第七、八两句可作六字句。多对句。

×仄平△，平平平△，×平仄平平厶平△（上）。×仄平平△，×仄平平△，×仄仄平平△。仄×平、×仄平平△，仄×平、×仄平平△。×平平仄仄，×仄仄平平△。平△，×仄仄平平△。

临故国，认残碑，伤心六朝如逝水。物换星移，城是人非，今古一枰棋。南柯梦一觉初回，北邙坟三尺荒堆。四围山护绕，几处树高低。谁，曾赋黍离离？

——查德卿《金陵故址》

疏：《康谱》第九、十句，作六六字，此略异。

8.〔中吕·朝天子〕小令兼用

又名谒金门、朝天曲。

两字句可重韵。

仄平△（上），仄平△（上），×仄平平去△。×平×仄仄平平△，×仄平平去△。×仄平平，平平平去△，×平×仄平△（上）。仄平△（上），仄平△（上），×仄平平去△。

185

远山，近山，一片青无间。逆流沂上乱石滩，险似连云栈。落日昏鸦，西风归雁。叹崎岖途路难。得闲，且闲，何处无鱼羹饭。

——徐再思《常山江行》

疏：《康谱》第八、十一句，作五五字，此略异。

9.〔商调·梧叶儿〕小令兼用

又名知秋令等。

平平厶▲，平厶平△（上），平仄仄平平△。平平去▲，×仄平△，仄平平△，×仄×、平平厶平△（上）。

别离易，相见难，何处锁雕鞍？春将去，人未还，这其间，殃及煞愁眉泪眼。

——关汉卿《别情》

疏：与《康谱》字句同，但结点与韵略异。

10.〔双调·沉醉东风〕小令兼用

首二句对。第三、四句可作五字句，亦须对。末句偶有叶平韵者。

××仄、平平厶上△（平），××平、×仄平平△。×仄平，平平仄△。仄平×、×仄平平，×仄平平仄仄平△，××仄、平平去上△（平）。

林君复先生故居，苏子瞻学士西湖。六月天，孤山路，载笙歌画船无数。万顷玻璃浸玉壶，夕阳外荷花带雨。

——张可久《湖上晚眺》

疏：《康谱》六句，作八字，此略异。

11.〔越调·小桃红〕小令兼用

又名平湖乐等。

×平×仄厶平平△，×仄平平厶△。×仄平平厶平去△，仄平平

△，×平×仄平平去△。×平厶平▲，×平×厶▲，×仄仄平平△。

绿杨堤畔蓼花洲，可爱溪山秀。烟水茫茫晚凉后，捕鱼舟，冲开万顷玻璃皱。乱云不收，残霞妆就，一片洞庭秋。

——盍西村《杂咏》

12.〔双调·殿前欢〕小令兼用

又名小妇孩儿、凤将雏、凤引雏。

第六句可作三字。

仄平平△，×平×仄仄平平△。×平×仄平平去△，×仄平平△。平平仄仄平△，×仄平平厶△，×仄平平去△。×平×仄，×仄平平△。

气横秋，心驰八表快神游。词林谁出先生右？独占鳌头。诗成神鬼愁，笔落龙蛇走，才展山川秀。声传南国，名播中州。

——大食惟寅《奉寄小山先辈》

13.〔南吕·一枝花〕套数首牌

又名占春魁。

除第五句外，均作对句。

×平×厶平，×仄平平厶△。×平平厶×，×仄仄平平△。×仄平平△，×仄平平厶△，平平×厶平△。仄×平、×仄平平，×××、×平去上△（上）。

轻裁虾万须，巧织珠千串。金钩光错落，绣带舞蹁跹。似雾非烟，妆点就深闺院，不许那等闲人取次展。摇四壁翡翠浓阴，射万瓦琉璃色浅。

——关汉卿《赠珠帘秀》

14.〔中吕·普天乐〕小令兼用

又名黄梅雨。

仄平平，平平去△。×平×仄，×仄平平△。×仄平，平平仄△。×仄平平平平去△，仄平平、×仄平平△。××仄平，平平×仄，×仄平平△。

　　浙江秋，吴山夜。愁随潮去，恨与山叠。塞雁来，芙蓉谢。冷雨青灯读书舍，怕离别又早离别。今宵醉也，明朝去也，宁奈些些。

——姚燧《浙江秋》

疏：《康谱》第五、六句，作五五字，此略异。

15.〔南吕·金字经〕小令兼用

又名阅金经、西番经。

小令用者多，用入联套少见。

×仄×平仄，仄平平仄平△，×仄平平×仄平△。平△，×平平去平△。平平去△，仄平平仄平△。

　　泪溅描金袖，不知心为谁？芳草萋萋人未归。期，一春鱼雁稀。人憔悴，愁堆八字眉。

——贯云石

16.〔越调·天净沙〕小令兼用

又名塞上秋。

×平×仄平平△，×平×仄平平△，×仄平平厶上△（平）。×平平厶▲，×平×仄平平△。

　　楚云飞满长空，湘江不断流东。何事离多恨冗？夕阳低送，小楼数点残鸿。

——吴西逸《闲题》

17.〔中吕·满庭芳〕小令兼用

又名满庭霜。

第六、七句可作六字句。

平平仄平△（上），×平×仄，×仄平平△。×平×仄平平去△，×仄平平△。××仄△、平平仄×△，××平、×仄平平△。平平去△，平平去平△（上），×仄仄平平△。

空林暮景，疏梅瘦影，老树秋声。倚阑干千古南楼兴，斗转参横。命仙客联诗赋鼎，试佳人按曲吹笙。无心听，寒江月明，鼓瑟怨湘灵。

——张可久《即景》

18.〔中吕·山坡羊〕小令兼用

又名苏武持节。

平平平去△，平平平去△，×平×仄平平△去。仄平平△，仄平平△，×平×仄平平去△，×仄×平平厶上△（平）。平▲，×去平△（上）；平▲，×去平△（上）。

晨鸡初叫，昏鸦争噪，那个不去红尘闹。路遥遥，水迢迢，功名尽在长安道。今日少年明日老。山，依旧好；人，憔悴了。

——陈草庵《晨鸡初叫》

19.〔南吕·四块玉〕小令兼用

×厶平△，平平仄△，×仄平平仄平平△，×平×仄平平厶△△。×厶平▲，×厶平△（上），平去平△（上）。

189

落帽风，登高酒。人远天涯碧云秋，雨荒篱下黄花瘦。愁又愁，楼上楼，九月九。

——张可久《客中九日》

疏：《康谱》第三、四句，作六八字，此略异。

20.〔双调·雁儿落过得胜令〕小令兼用

本曲带〔得胜令〕或〔清江引〕〔碧玉箫〕合为带过曲，须连用。

雁儿落

又名平沙落雁。

四句宜作两对。

×平×仄平△（上），×仄平平去△。×平×仄平△（上），×仄平平上△。

得胜令

又名阵阵赢等。

如能首四句作两联，后四句作两排，更为整齐。

×仄仄平平△，×仄仄平平△。×仄平平去，×平×仄平△（上）。平平△，×仄平平去△。平平△，×平×厶平△（上）。

〔雁儿落〕乾坤一转丸，日月双飞箭。浮生梦一场，世事云千变。〔得胜令〕万里玉门关，七里钓鱼滩。晓日长安近，秋风蜀道难。休干，误杀英雄汉。看看，星星两鬓斑。

——邓玉宾子《闲适》

21.〔越调·凭阑人〕小令兼用

×仄平平×厶平△，×仄平平×厶平△。×平平厶平△，×平平去平△。

190

欲寄君衣君不还，不寄君衣君又寒。寄与不寄间，妾身千万难。

——姚燧《寄征衣》

22.〔正宫·醉太平〕小令兼用

又名凌波曲。

首两句须对，第五、六、七三句鼎足对。

×平仄平△（上），×仄平平△，×平×仄仄平平△，×平仄平△（上）。×平×仄平平厶△，×平×仄平平厶△，×平×仄仄平平△，平平去上△（平）。

相邀士夫，笑引奚奴。涌金门外过西湖，写新诗吊古。苏堤堤上寻芳树，断桥桥畔沽醽醁，孤山山下醉林逋。洒梨花暮雨。

——曾瑞《相邀士夫》

疏：《康谱》第三句，作六字，此略异。

23.〔中吕·迎仙客〕小令兼用

×仄平，仄平平△，×平仄平平仄平△（上）。仄平平，×去平△（上）。×仄平平，×仄平平去△。

雨乍晴，月笼明。秋香院落砧杵鸣。二三更，千万声，捣碎离情。不管愁人听。

——张可久《秋夜》

24.〔双调·庆东原〕小令兼用

又名庆东园。

首二句对。第四、五、六句作鼎足对。末二句可减为两个三字句，宜对。

平平仄，×厶平△（上），×平×仄平平去△。平平厶上△（平），×

191

平仄平△，×仄平平△。×仄仄平平，×仄平平去△。

　　砧声住，蛩韵切，静寥寥门掩清秋夜。秋心凤阙，秋愁雁堞，秋梦蝴蝶。十载故乡心，一夜邮亭月。

——赵善庆《泊罗阳驿》

　　疏：《康谱》第四、五、六句，作五字；第七、八句，作六字。此略异。

25.〔正宫·黑漆弩〕小令兼用

又名鹦鹉曲、学士吟。

有〔幺篇〕换头，须连用。

平平×仄平平去△，×××仄平去△。仄平平、仄仄平平，仄仄×平平上△。

〔幺篇〕与始调不同。

仄平平、仄仄平平，仄仄仄平平去△。仄平平、×仄平平，去上仄、×平上去△。

　　年年牛背扶犁住，近日最懊恼杀农父。稻苗肥恰待抽花，渴煞青天雷雨。〔幺篇〕恨残霞不近人情，截断玉虹南去。望人间三尺甘霖，看一片闲云起处。

——冯子振《农夫渴雨》

　　疏：此例与《康谱》同。与此谱略异。

26.〔南吕·骂玉郎过感皇恩采茶歌〕小令兼用

本曲带〔感皇恩〕〔采茶歌〕合为带过曲，不能单用一曲。套数中亦须连用。

骂玉郎

×平×仄平平去△，××仄、仄平平△，×平×仄平平去△。×仄×▲，平厶平▲（上），平平去△。

感皇恩

×仄平平△，×仄平平△。仄平平，平仄×，仄平平△。平平仄×，×仄平平△。仄平平，平仄仄，仄平平△。

采茶歌

仄平平△，仄平平△，×平×仄仄平平△。×仄×平平去上▲（平），×平×仄仄平平△。

〔骂玉郎〕秋千院宇春将暮，红滴泪绿溶朱，朝云隔断阳台路。去凤孤，来燕疏，流莺妒。〔感皇恩〕懒步阶除，倦立亭隅。草烟铺，梨雪舞，柳风拂。花惊我瘦，我爱花腴。玉盦梳，金翠羽，宝香珠。〔采茶歌〕绣罗襦，锦笺书，当时封泪到曾无？屈指归期空自数，倚栏无语慢蹰躅。

——孙周卿《闺情》

27.〔仙吕·一半儿〕小令兼用

又名忆王孙。

末句定格嵌入两个“一半儿”。

×平×仄仄平平△，×仄平平平去平△，×仄×平平去平△。厶平平△，一半儿平平一半儿上△。

自将杨柳品题人，笑拈花枝比较春，输与海棠三四分。再偷匀，一半儿胭脂一半儿粉。

——查德卿《春妆》

28.〔中吕·上小楼〕小令兼用

有〔幺篇〕换头，小令不用，套数用。

×平厶平△（上），×平平去△。×仄平平，×仄平平▲，×仄平平

△。仄×平▲，×仄平▲（上），×平平去△，仄平×、仄平平去△。

　　人凭画栏，舟横锦岸。一线苏堤，两点高峰，四面湖山。玉
筝弹，彩袖弯，红牙轻按，直吃的酒阑人散。

——吴仁卿《西湖宴饮》

套数〔幺篇〕换头首二句各换为三字句，余同始调。

×仄平，×仄×△。×仄平平，×仄平平▲，×仄平平△。仄×平
▲，×仄平▲（上），×平平去△，仄平×、仄平平去△。

疏：《康谱》第六、七句，作四四字，与此谱略异。

29.〔双调·新水令〕套数首牌

有〔幺篇〕同始调，用者极少。

第三、四句本三字，普遍多作五字，须对句。第五句下可增四字
句，平仄同第五句，每句叶韵。

×平×仄厶平平△，仄平平、仄平平去△。×平平仄仄，×仄仄平
△。×仄平平△，×仄厶平去△。

　　四时湖水镜无瑕，布江山自然如画。雄宴赏，聚奢华。人不
奢华，山景本无价。

——马致远《题西湖》

疏：《康谱》第三、四句，作六六字，与此谱略异。此例亦与谱
异，是应正格。

30.〔正宫·小梁州〕小令兼用

有〔幺篇〕换头，须连用。

×仄平平仄仄平△，×仄平平△。×平×仄仄平平△，平平厶△，×
仄仄平平△。

〔幺篇〕换头与始调不同。

×平×仄平平厶△，×平×、×仄平平△。×仄×，平平去△，×平×厶，×仄仄平平△。

秋风江上棹孤航，烟水茫茫。白云西去雁南翔，推篷望，清思满沧浪。〔幺〕东篱载酒陶元亮，等闲间过了重阳。自感伤，何情况，黄花惆怅，空作去年香。

——汤式《九曰渡口》

疏：与《康谱》第二、四、五句，〔幺篇〕第五、六句，均异。

31.〔双调·拨不断〕小令兼用

又名续断弦。

末句上三字可省。本曲另一种分段法：首二句对，中三句鼎足对，末句独立。

仄平平△，仄平平△，×平×仄平平厶△。×仄平平×仄平△，×平×仄平平厶△，仄××、仄平平去△。

暮云遮，雁行斜，渔人独钓寒江雪。万木天寒冻欲折，一枝冷艳开清绝。竹篱茅舍。

——吴弘道《闲乐》

32.〔黄钟·人月圆〕小令兼用

有〔幺篇〕换头，须连用。

×平×仄平平去，×仄仄平平△。×平平仄，×平×仄，×仄平平△。

〔幺篇〕换头始调首二句改为三句。

×平×仄，仄平×仄，×仄平平△。仄平×仄，×平×仄，×仄平平△。

伤心莫问前朝事，重上越王台。鹧鸪啼处，东风草绿，残照

195

花开。〔幺〕怅然孤啸，青山故国，乔木苍苔。当时明月，依依素影，何处飞来？

——倪瓒《伤心莫问前朝事》

33. 〔越调·斗鹌鹑〕套数首牌

第二、四、六句，末句均以作"×平去上"为起调。

×仄平平，×平厶上△（平）。×仄平平，×平厶上△（平）。×仄平平，×平厶上△（平）。×××、××上△（平）。×仄平平，×平厶上△（平）。

地冷天寒，阴风乱刮；岁久冬深，严霜遍撒；夜永更长，寒浸卧榻。梦不成，愁转加。杳杳冥冥，潇潇洒洒。

——苏彦文《冬景》

34. 〔仙吕·后庭花〕小令兼用

小令第一句必叶韵，套数可不叶；第六句反是。小令不能增句。套数增句在末句后，先将末句五字改作六字折腰句，增句即照作，句数多少不拘，须每句叶平韵。小令均用平韵。

×平×仄平▲（上），×平×厶平△（上）。×仄平平厶，×平×厶平△（上）。仄平平△，×平×厶△，×平×厶平△（上）。

绿树连远洲，青山压树头。落日高城望，烟霏翠满楼。木兰舟，彼汾一曲，春风佳可游。

——王恽《晚眺临武堂》

35. 〔中吕·粉蝶儿〕套数首牌

×厶平平△，××平、仄平平去△。××平、×仄平平△。仄×平，平×仄，×平平去△。×仄平平△，××平、仄平平去△。

性鲁心愚，住烟村饱谙农务。丑则丑堪画堪图，杏花村，桃林野，春风几度。疏林外红日西睛，载吹笛牧童归去。

——姚守中《牛诉冤》

疏：《康谱》第七句为六字，略异。

36.〔正宫·塞鸿秋〕小令兼用

×平×仄平平去△，×平×仄平平去△。×平×仄平平去△，×平×仄平平去△。×平×仄平，×仄平平去△，×平×仄平平去△。

长江万里白如练，淮山数点青如淀；江帆几片疾如箭，山泉千尺飞如电。晚云都变露，新月初学扇，塞鸿一字来如线。

——周德清《浔阳即景》

37.〔双调·潘妃曲〕小令兼用

又名步步娇。

×仄平平平平去△，×仄平平去△。平去上△（平），×仄平平仄平平△。仄平平△，×仄平平去△。

小小鞋儿连根绣，缠得帮儿瘦。腰似柳，款撒金莲懒抬头。那孩儿见人羞，推把裙儿扣。

——商挺

疏：与《康谱》第四、六句，略异。

38.〔双调·庆宣和〕小令兼用

末两句须叠；亦可合为四字一句。

×仄平平×厶平△（上），×仄平平△。×仄平平仄平×△，去上△（平），去上△（平）。

大小清河诸锦波，华鹊山坡，牧童齐唱采莲歌。倒大来快活，倒大来快活。

——张养浩

39. 〔仙吕·赏花时〕楔子兼用。散套首牌

〔幺篇〕同始调，用否均可。

×仄平平×厶平△（上），×仄平平×厶平△（上）。×仄仄平平△，平平×仄▲，×仄仄平平△。

香径泥融燕语喧，彩槛风微蝶影翩。飞絮擘香绵，娇莺时啭，惊起绿窗眠。

——阚志学

40. 〔般涉调·哨遍〕散套首牌

有〔幺篇〕换头。

×仄×平×厶△，×平×仄平平厶△。×仄×平仄平平，仄×平、×仄平平△，×平去△。×平×仄，×仄平平，×仄×平厶△。×仄×平×仄，×平×仄，×仄平平△。×平×仄仄平平，×仄×平仄平平△。×仄平平，×仄平平，×平厶上△（平）。

惊破佳人春梦，晓庭红树流莺啭。唤起伤春恨无穷，鲜鸾翘云髻堆蝉。首低勉，闺情脉脉，粉泪盈盈，界破残妆面。埋怨萧郎薄幸，狂心不断，旧性依然。恰才柳陌罢风流，又向花街趁芳妍。推宴东楼，暗挈娇姝，浪游上苑。

——朱庭玉《风情》

〔幺篇〕换头、散套用否均可，剧套不用。首、末句与始调不同，

198

少两句。

××平平，×平×仄平平去△。×仄×平仄仄平，仄×平、×仄平平△。×平去△。×平×仄，×仄平平，×仄×平厶△。×仄×平×仄，×平×仄，×仄平平△。×平×仄仄平平，×仄×平仄仄平平，×平×仄仄平平△。

〔幺〕昨夜来时，月移檐影花阴转。门外玉骢嘶，下雕鞍醉帽斜偏。暂眉展，红妆竞拥，翠袖忙扶，银烛朗珠帘卷。拂杓牙床珊枕，锦衾轻襜，玉山低偃。恨琐窗终日怨离鸾，喜罗幕今宵效双鸳，纵相逢却似孤眠。

——朱庭玉《风情》

疏：例与《康谱》略异；因多衬字与谱须核。

41.〔仙吕·寄生草〕小令兼用

首末两句对，中间三句须作鼎足对。首二句多变为五字句或六字折腰句。整齐匀称，是本曲特点。

平平仄，仄仄平△。×平×仄平平厶△，×平×仄仄平厶△，×平×仄平平厶△。×平×仄仄平平，×平×仄平平去△。

长醉后方何碍，不醒时有甚思。糟腌两个功名字，醅渰千古兴亡事，曲埋万丈虹霓志。不达时皆笑屈原非，但知音尽说陶潜是。

——白朴《饮》

42.〔正宫·端正好〕楔子/套数首牌

有〔幺篇〕换头，极少用，不录。

仄平平，平平厶△，×××、×仄平平△。×平×仄平平厶△，×仄平平去△。

碧云天，黄花地，西风紧，北雁南飞。晓来谁染霜林醉？总是离人泪。

——王实甫《崔莺莺待月西厢记》

疏：与《康谱》异。此谱多见。

43.〔仙吕·醉中天〕小令兼用

前五句与〔醉扶归〕同，易误题。

×仄平平△△，×仄仄平平△。×仄×平×△平△（上），×仄平平△△。×仄平平仄平△（上），×平平去△，×平×△平平△。

花木相思树，禽鸟折枝图。水底双双比目鱼，岸上鸳鸯户。一步步金厢翠铺。世间好处，休没寻思，典卖了西湖。

——刘时中

44.〔中吕·卖花声〕小令兼用

又名升平乐、秋云冷。

×平×仄平平仄△，×仄平平仄仄平△，×平×仄仄平平△。×平×仄，×平平去△，仄平平、仄平平去△。

美人自刎乌江岸，战火曾烧赤壁山，将军空老玉门关。伤心秦汉，生民涂炭，读书人一声长叹。

——张可久《怀古》

45.〔双调·夜行船〕散套首牌

〔幺篇〕同始调，用否均可。

×仄平平平△平△（上），×××、×仄平平△。×仄平平，×平平△，×××、仄平平去△。

百岁光阴如梦蝶，重回首往事堪嗟！今日春来，明朝花谢。急罚盏夜阑灯灭。

——马致远《秋思》

这些曲牌的音乐特征，其视听信息已经失传，文字记载的特点只能理解而不能再现，曲牌留下的只有明确的文学结构和格律特征。而当代散曲创作的继承与发展，只能是在理解音乐特点的前提下，遵守明确的文学格律填词制曲，从而传承发展这一优秀的文化形式。

（三）关于自度曲与自由曲

自度曲与自由曲是两个概念。

1

所谓自度曲，是指在旧有曲调外，自行谱制新曲。通晓音律的词人，自作歌词，又能自己谱写新的曲调，叫作自度曲。

自度曲概念，最早见《汉书·元帝纪》："元帝多材艺，善史书。鼓琴瑟，吹洞箫，自度曲，被歌声，分刌节度，穷极幼眇。"

南宋胡仔《苕溪渔隐丛话》记载，东坡言《如梦令》曲名，本唐庄宗制。一名《忆仙姿》，嫌其不雅，改名《如梦令》。后唐庄宗，即唐末河东节度使、晋王李克用之子李存勖，史载，存勖虽武人，但洞晓音律，能度曲，存词四首，载《尊前集》。

明代何景明《明故夔州府知府铁溪先生高公墓志铭》："晓音律，能自度曲，兼善书画。"

清代徐釚《词苑丛谈·体制》："夔喜自度曲，吹洞箫，小红辄歌而和之。"

宋代有不少词人，深通音乐，他们做了词，便自己作曲，故词集中常见有"自度曲"。旧本《姜白石词集》第五卷，标目云："自度曲"，即这里所收都是姜白石自己创作的曲调。第六卷标目云："自制曲"，其实就是"自度曲"。清陆钟辉刻本就已经统一标为"自度曲"了。

2

自度曲亦称"自度腔"，吴文英《西子妆慢》注曰："梦窗自度腔。"张仲举《虞美人》词序云："题临川叶宋英《千林白雪》，多自度腔。"

自度曲也有称"自撰腔"的，张先《劝金船》词序曰："流杯堂唱和翰林主人元素自撰腔。"苏东坡和作序亦云："和元素韵，自撰腔命名。"

自度曲有时还称"自制腔"。如苏东坡《翻香令》词小序云："此词苏次言传于伯固家，云老人自制腔。"又黄花庵云："冯伟寿精于律吕，词多自制腔。"

由此可见，"自度腔""自撰腔""自制腔"虽叫法略异，但本质一也，均为自度曲。

3

在历史上，自度曲经典作品众多，在宋代有许多善于音律的词人，如柳永、张先、贺铸、周邦彦、姜夔、吴文英等，他们都创作过自度曲。周邦彦自创的新曲调有五十多个，如《兰陵王》《六丑》等。

宋代姜夔自度曲《暗香》《疏影》，序："辛亥之冬，予载雪诣石湖。止既月，授简索句，且征新声，作此两曲。石湖把玩不已，使工妓隶习之，音节谐婉，乃名之曰《暗香》《疏影》。"还有自度曲《凄凉犯》，又名《瑞鹤仙影》。

隋树森的《全元散曲》共辑录散曲小令3853首，套曲457套（残曲除外），应用曲牌217支，散曲作者213人。但在《全元散曲》中，未见标明自度曲的曲牌和作者名，因此无从揣测这里是否有自度曲。

4

综上分析，自度曲的特点要素是：第一，从曲到词，都是由同一位词人新创的。第二，词牌名称是新定义的，是原有词牌（曲牌）库中没有的新成员。第三，具有音乐属性与文学属性共体的内涵。第四，具有吟唱和填制的可复制性。

自度曲一般只有具备音律素养和文学素养的人才能完成。

相比之下：

自由曲的特点是：第一，借鉴元曲的结构特征及语言风格进行文学诗体的创作。第二，只具有文学属性而无音乐属性，不受音乐格律的限制。第三，只能吟诵而不能吟唱。第四，不具有可复制性。

自由曲只要具有元曲文学素养的人便能完成。

5

自度曲是历史上有共识的概念；自由曲是当代新兴的概念。

6

根据以上分析，赵朴初的《某公三哭》应属自由曲。

曹雪芹在《红楼梦》里写的《红楼梦十二钗曲》，既非自由曲，也非自度曲。这套曲子出现在全书第五回《游幻境指迷十二钗，饮仙醪曲演红楼梦》，贾宝玉神游太虚幻境时，警幻仙姑为"指点迷津"特命十二个舞女演唱给他听，书曰：

> 饮酒间，又有十二个舞女上来，请问演何词曲。警幻道："就将新制《红楼梦》十二支演上来。"舞女们答应了，便轻敲檀板，款按银筝。听他歌道是："开辟鸿蒙……"方歌了一句，警幻便说道："此曲不比尘世中所填传奇之曲，必有生旦净末之则，又有南北九宫之限。此或咏叹一人，或感怀一事，偶成一曲，即可谱入管弦。若非个中人，不知其中之妙。料尔亦未必深明此调，若不先阅其稿，后听其歌，翻成嚼蜡矣。"说毕，回头命小丫鬟取了《红楼梦》原稿来，递与宝玉。宝玉接来，一面目视其文，一面耳聆其歌……

可见《红楼梦十二钗曲》是曹雪芹作词，仙界人作曲，由仙界"十二个舞女"演唱，因而当属曲库中的新增曲牌。

三、曲韵

当代诗词曲创作用"旧韵"还是用"新韵"，一直有争论。这种争论已经影响到作品的评价和入选标准。争论的核心是对音韵历史发展的辩证理解和逻辑认识的不一致。

（一）音韵与韵书的足迹记录了语音的变迁史

中国最早的诗歌总集《诗经》，编成于春秋时代。两千多年前的"诗三百"，就已经知道运用音韵的和谐，以求文美。随着对语言规律的认识，研究声韵和谐与音韵的韵书也随之发展起来。

中国最早的韵书，当推三国时期李登著的《声类》和晋代吕静编的《韵集》。

在韵书史上划时代的著作，当推隋代陆法言的《切韵》一书，其成书于601年，分193韵。这部韵书不仅是前代韵书的总结，也是后世韵书演变的基础。

唐朝是我国诗歌大发展的恢宏时期。唐玄宗开元二十年（732）之后，唐人孙愐对《切韵》进行了增修，著成《唐韵》，定195韵。

宋朝陈彭年等人奉诏重新编修韵书，根据《唐韵》的使用情况和语言语音的变化，修编了《大宋重修广韵》，简称《广韵》，成书于宋真宗大中祥符元年（1008），定206韵，是一部重要的"官韵"。由于《广韵》过于精详，不便携查，科举主管部门礼部授权丁度等人又编写了一部《礼部韵略》，成书于宋仁宗景祐四年（1037），韵仍遵循206韵。宋仁宗宝元二年（1039），丁度等人重修这两部韵书，定名为《集韵》，仍为206韵。

金代学人韩道昭撰了一部韵书《五音集韵》，成书于泰和八年（1208），该书韵分为160韵。这部韵书在编排体例上是一次很大的改革，也是音韵研究朝着声母、韵母科学化迈出的一步。金代王文郁还编了一部《新刊韵略》，成书于1229年，定韵为106韵。金代另一学者张天锡编的《草书韵会》，刊刻于1231年，也定韵为106韵。这两部书实际上为平水韵的出世奠定了基础。

对音韵的研究与发展真正起到历史性转折作用的，是南宋刘渊编刊的《壬子新刊礼部韵略》，又简称《礼部韵略》，成书于南宋理宗淳祐十二年（1252），是一部官韵书。该书把韵目归并为107韵。后又有韵书，把"拯""等"韵并入"迥"韵，成106韵。后世学者习惯把这107韵或106韵的韵书统称为"平水韵"。

黄公绍在元世祖至元二十九年（1292）前撰成《古今韵会》。黄公绍的朋友熊忠，嫌《古今韵会》注释太繁，于元成宗大德元年（1297），编成《古今韵会举要》。该书仍以刘渊的韵目分法，分107韵。

音韵的又一革命性变化，是周德清在泰定元年（1324）编撰的《中原音韵》一书。周德清根据北方语言特点，研究归纳了元曲（戏曲和散曲）押韵字的规律，通编而成。该书有两大特点：一是以北方语音为中心；二是韵目的分配与归并被大幅简化，共分为19韵部，简洁明了，实用性极强。

明朝有一部官韵《洪武正韵》，是明太祖洪武八年（1375）由乐韶凤、宋濂等人奉诏编成，定76韵部。《洪武正韵》与《中原音韵》不同的地方是，《洪武正韵》既重视北方中原的实际语言，又考虑到南方地区读书说话的入声语音。《洪武正韵》在明代是一部重要的官韵。

清朝有一部惊天动地的官韵书，那就是《佩文诗韵》。《佩文韵府》是康熙年间，张玉书等人奉康熙帝诏而集人编撰，从康熙四十三年（1704）至康熙五十年（1711），历时八年编辑成书。《佩文诗韵》是对《佩文韵府》的提要。《佩文诗韵》属平水韵系，与历代平水韵大体相同。全书收字10235字，分韵为106韵。

到了道光年间，又有一部有影响的韵书问世，这就是戈载的《词林正韵》。宋代以来，词韵并无专书，戈载鉴于此，于道光元年（1821）撰成《词林正韵》一书。此书最大特点是：一是精减归并了韵部。该书将《广韵》206部、平水韵106部归并为19韵部。二是考订精密。

特别需要指出的是，明清时期民间逐步形成了《戏曲十三辙》。由于明清戏曲发展的兴旺，戏曲界在《中原音韵》的基础上力图再精减和归并。所以戏曲韵就一再地出现新韵种，逐步放宽韵部。直到《京戏十三辙》《北京十三辙》，稳定在13韵部。

民国期间，也有一部官韵，为黎锦熙等人主编的《中华新韵》，由民国行政院1941年颁行发布。《中华新韵》是以北京语系为基础，分18韵，其体例与编排大体仿照《中原音韵》。

中华人民共和国成立后，国务院于1956年向全国发出推广普通话的指示，1958年又颁布了《汉语拼音方案》。

2010年，中华诗词学会和《中华诗词》杂志做出了历史性的尝试，公布了《中华新韵（十四韵）》。这是一部根据现代汉语普通话规范，以《新华字典》为语音依据制定的一部韵书。

2019年，国家语委语言文字规范《汉语手指字母方案》和《中华通韵》正式实施。《中华通韵》是新中国语言体系中的第一部国家新韵书。

为了清晰起见，将上述资料列表如下：

历代有影响的韵书一览表

时代	韵书名称	主持编修人	成书年代（年）	韵目（部）	韵书性质
隋	《切韵》	陆法言	601	193	权威韵书
唐	《唐韵》	孙愐	732	195	官韵性质
北宋	《广韵》	陈彭年	1008	206	官韵书
	《礼部韵略》	丁度	1037	206	官韵书
	《集韵》	丁度	1039	206	官韵书

续表

时代	韵书名称	主 持 编修人	成书年代 (年)	韵目 (部)	韵书性质
金	《五音集韵》	韩道昭	1208	160	刊行韵书
	《新刊韵略》	王文郁	1229	106	刊行韵书
	《草书韵会》	张天锡	1231	106	刊行韵书
南宋	《壬子新刊礼部韵略》	刘渊	1252	107	官韵书
元	《古今韵会举要》	熊忠	1297	107	刊行韵书
	《中原音韵》	周德清	1324	19	权威韵书
明	《洪武正韵》	乐韶凤、宋濂	1375	76	官韵书
清	《佩文诗韵》	张玉书	1716	106	官韵书
	《词林正韵》	戈载	1821	19	权威韵书
明、清	《戏曲十三辙》	民间戏曲界	明、清	13	民间韵书
近现代	《中华新韵》	黎锦熙	1941	18	官韵书
	《中华新韵（十四韵）》	中华诗词学会	2010	14	学会韵书
	《中华通韵》	中华诗词学会	2019	16	官韵书

根据历史上音韵及韵书的演变资料可以看出。

第一，一千七百多年来，音韵的研究和变革一直没有停止过，之所以如此，是因为在漫长的历史长河中，汉语语音是在缓慢但不断变化中的。根据国内外学者的研究，汉语五千年来语音变化大体分为四个阶段：上古音系，以《诗经》为代表的音韵系统；中古音系，以《广韵》为代表的音韵系统；近古音系，以《中原音韵》为代表的音韵系统；现代音系，以《汉语拼音方案》和《新华字典》为规范的音韵系统。

第二，历朝历代都根据当代语言、语音的变化，修订本朝韵书，以求音韵的统一和规范，为科举考试、文会建立规范的语音标准。在清朝以前的封建社会里，从来没有一部具有"普世价值"的永恒的韵书，《佩文诗韵》只是清朝的官韵书，《词林正韵》与《中原音韵》则是学者的研究韵书，它们都反映了那个时代的语言、语音的特点。

第三，在漫长音韵发展历程中，音韵韵部和韵目是在不断地压缩、精减的：韵部从193韵、195韵、206韵、106韵、76韵、19韵、18韵到14韵，这种递减规律表明，随着语言、语音的变化以及对音韵规律认识的不断深入，使音韵系统的精减设置日趋科学化和实用化。

（二）《中原音韵》——近古音系的语音坐标系

《中原音韵》是元代周德清创作的戏曲（北曲）曲韵著作，初稿成于泰定元年（1324），定本大约刊印于元统元年（1333）。

《中原音韵》原为写北曲者检韵而作，但它以辽、金以来北方语音变化发展为依据，废入声，又把平声分为阴阳两类，归并旧韵为19部，已接近于今北京音。它以普遍使用的活语音为记录对象，具有首创意义。因此在汉语语音史上有很大价值。

《中原音韵》分两卷。前卷为韵书，后卷为附论，列"正语作词起例"及作词诸法。该书根源于元曲的实际押韵，韵分19部，在19韵部之下分阴平、阳平、上、去四个声调，凡同音字类聚在一起，各同音字组之间用圆圈隔开。它的独创性表现为："平分阴阳，入派三声。"

《中原音韵》分为三个部分。

第一部分为《韵谱》，以韵书的形式，把曲词常用作韵脚的5866个字，按其在中原的实际读音进行分类，编成一个曲韵韵谱。

第二部分为《正语作词起例》，详述曲韵韵谱的编制、审音原则，以及宫调曲牌和作曲方法等。

第三部分为《作词十法》：知韵、造语、用事、用字、入声作平声、阴阳、务头、对偶、末句和定格。

《中原音韵》在19个韵部中，每空一格就是另一个读音，每一个读音第一个字是一个容易认识的字，所以不需要反切。由此可以分析出该书大致有20个声母，这20个声母也就是明朝兰茂《韵略易通》中的"早梅诗"——"东风破早梅，向暖一枝开。冰雪无人见，春从天上来。"——所概括的声母系统。

《中原音韵》在声调方面的特点是首倡"平分阴阳，入派三声"，这和传统的一直占统治地位的《广韵》系韵书在声调上分平、上、去、入四声是不一样的，和现代汉语普通话的调类倒是类似的。这是元代大都（今北京）语音现象的真实反映。周德清在《中原音韵·自序》和《正语作词起例》里，曾多次指出"入派三声""平分阴阳"的音变现实和重要性。

《中原音韵》与《广韵》及《平水韵》的区别十分显著：第一，韵目：该书分韵部为19个，《广韵》分韵部为206个，不计声调为61个左右，入声分出为95个，比较能反映出从唐宋发展到元的语音的重大变化。第二，平声分阴阳是该书作者首先发现的。唐宋时清浊声分得很清楚，各有各的反切，可以不分阴阳。元代浊声读为清声，于是由声带的振动与否问题转为声调高下问题，这是周德清把平声分为阴阳的原因。第三，旧韵中入声是与阳声相对的。在语音发展过程中，入声韵韵尾 [k]、[p]、[t] 逐渐消失，与舒声合流了。从声母方面看，《中原音韵》的最大特点是把"支思"从"齐微"中分出来，把"桓欢"从"寒山"中分出来，把"车遮"从"家麻"中分出来，这也反映了当时实际语音的变化。

《中原音韵》是历史上最早的一部曲韵韵书，其中有关理论和创作方法是从当时北曲的实际出发，根据实际情况归纳出来的，因此该书在戏曲史上具有很高的权威性，对于北曲的创作和演唱发挥了很强的规范作用，尤其是在审音定韵方面，后人甚至"兢兢无敢出入"

（明王骥德《曲律·论韵》）。《中原音韵》又是历史上第一部以当时口语为描写对象的韵书。在此以前，《切韵》一系的韵书，都是把当时甚至前代的文学语言的读书音作为自己的描写对象，而读书音总是跟当时流传在人民群众口头上的活生生的口语，有着一定的距离。所以周德清指出："欲作乐府，必正言语；欲正言语，必宗中原之音。"（《中原音韵·自序》）而13、14世纪的北曲语言是极为接近当时口语的，由此可见，《中原音韵》实是当时中原雅音的忠实记录。也正因为如此，此书就不只是后人研究戏曲的重要参考资料，也是后人研究13、14世纪语音的重要史料。

《中原音韵》版本有：清瞿氏铁琴铜剑楼藏本；明《啸余谱》本，初刻于万历四十七年（1619），复刻于康熙元年（1662）；明讷庵本，刻于正统六年（1441）；中华书局1978年影印出版。

《中原音韵》将音韵分为19韵部，与现代的北方音十分相近。

一东钟	二江阳	三支思
四齐微	五鱼模	六皆来
七真文	八寒山	九恒欢
十先天	十一萧豪	十二歌戈
十三家麻	十四车遮	十五庚青
十六尤侯	十七侵寻	十八监咸
十九廉纤		

《中原音韵》的历史价值是非常值得肯定的，但这毕竟是七百多年前的近古音系的语音总结，与当今的现代语音体系有很大差别，有不少字发音已无法读出，因此当代散曲创作不主张采用《中原音韵》的音系，而是主张用现代语音标准的《中华通韵》。

（三）格律诗词曲用韵的认识误区

当代诗词曲的创作"声韵规律"应当遵循哪种语音系统，近年来颇多争议，有三种倾向。

一些人认为诗须遵平水韵系（如《佩文诗韵》）；词应遵《词林正韵》；曲应遵《中原音韵》。

一些人则主张新旧韵双轨并用，"新韵标出"。

一些人主张现代人应以现代语音为主，以新韵《中华通韵》为准。

主张用旧韵的人，一是受历史惯性的影响，二是把"平水""词林""中原"三韵绝对化、神圣化，三是扭曲了对唐诗、宋词、元曲的发展与用韵韵种的认识，形成了认识误区。

唐朝是格律诗成熟的历史时期，格律诗发展到了登峰造极的地步。但需知，唐朝人写格律诗的时候，遵循的是《唐韵》，那时压根儿就没有平水韵。平水韵是在唐朝灭亡三百多年后，在南宋末年才出现的一个韵种。李白、杜甫他们从未见过平水韵，他们用的是《唐韵》，诗作传世了一千两百余年。

宋朝人填词的时候，也从没见过《词林正韵》，因为《词林正韵》是在南宋灭亡五百多年后，才由清朝人戈载编制而成。苏东坡、辛弃疾的词作也并没有按《词林正韵》填制，而是依据《广韵》《集韵》，邻韵通押，词作依然影响至今。

《中原音韵》成书于元朝后期，是元代前期作家关汉卿等大家辞世后才出现的韵种，他们也从没有见过该韵书，但他们仍有不朽的作品传世。

因此，要求现代人写格律诗必须遵守平水韵，填词者必须遵守《词林正韵》，制曲必须遵守《中原音韵》，显然是没有道理的，也是对音韵历史缺乏常识的论调。

主张新旧韵双轨并用，应该说是个进步。但一定要"新韵标出"，则没有道理。

在《佩文诗韵》（平水韵系）里，上平声"一东""二冬"是两个韵部。"一东"里有"东同铜……"等174字；"二冬"里有"冬农综……"等120字。既然分为两个韵部，在古代读音肯定是有区别的，现代人谁能念出"东""冬"两字的不同发音，谁能比较出这174字和120字的发音区别？还有去声的"一送"（43字）、"二宋"（23字）同样如此，谁能区别古代"送、宋"的不同发音？

还有《中原音韵》的"十先天"韵部的"坚"、"十八监咸"韵部的"监"、"十九廉纤"韵部的"尖"，也同样分属不同韵部。"坚""监""尖"在元朝读音肯定是有区别的，现代人谁能准确读出它们的不同呢？等等。

旧韵里类似的例子还有很多。在旧韵里这些读音没有明确答案的情况下，现代人是如何用旧韵创作出作品来的，实在令人生疑。现代人的语音除了个人出生地口音、现实生活环境口音和普通话口音外，不可能熟知几百年前由各朝各代用当时音韵书记录的语音系统。现代人用现代语音创作作品，还要歧视性地将"新韵标出"，岂不是咄咄怪事？所以，主张新旧韵双轨并用的，应该是"双轨并行，旧韵标出"，看看他们在旧韵中那么多读音读不出的字里，是如何进行创作的。

（四）当代诗词曲创作应"三韵一统"

1956年国务院向全国发出推广普通话的指示，1958年又颁布了《汉语拼音方案》，汉语语言语音的标准被上升到国家层面。经过六十多年的努力与普及，据中国新闻网2022年6月28日教育部新闻发布会道，全国普通话普及率已提高到80.72%，到2025年将提高到85%。普通话已经遍布大江南北、各行各业，特别是年轻一代已经满口普通话，语音的统一已经成为当代重要的文化现实。在传统文化复兴中，特别是传统诗词曲近年的发展更是欣欣向荣，《中国诗词大会》又将这种态势推向一个新的高潮。

在大批青年人参与这个文化潮流时，用什么语音体系、什么音韵系统引导当代诗词曲创作，是一个不能回避的课题。

明代陈第在《毛诗古音考》一书中提出"时有古今，地有南北，字有更革，音有转移"的观点，说明古人已经有了语言进化的科学观。语音的变化是人类长期发展过程中的正常现象，适应这种变化，不断调整、规范音韵与现实语言的衔接，是很自然的事情。没有哪一个朝代死抱着前一个朝代的韵书不放，每个朝代都在根据本朝语言、语音的变化而编纂自己的韵书。因此，当代诗词曲创作，以当代语言、语音系统为基础，以当代音韵系统为标准，是必须坚持的方向。

自中华诗词学会提出诗词声韵改革以来，特别是《中华新韵（十四韵）》公布以来，在诗词曲界引起了强烈反响。一时间，当代人作诗词曲用"旧韵"还是用"新韵"，辩论激烈程度"惊涛裂岸"。这恰恰说明新诗韵击中了诗词曲在新时代发展的命门。尽管这是由学术团体颁行的指导性韵书，但该书适应了新时代的需求，并以普通话语音为基础，完全可以作为当代诗词曲创作声韵系统的依据。更何况现在国家已经颁布了《中华通韵》作为国家标准，那就更应理直气壮地积极执行。

当然，旧韵还是要研究的，但研究它是为了了解古代诗词曲、古代语言和语音的特征，便于对传统文化的理解和传播，便于正确地评价古代文化的价值，而不是现实地应用。

用普通话（当代声韵）朗诵的唐诗、宋词、元曲不是一点儿也没有改变其精华神韵吗？诗词曲写得优劣，与韵种无关。所以，当代诗词曲创作提倡"三韵一统"——都统一到新公布的《中华通韵》上来，一样会出精品、奇品、妙品。

一个国家的文字要统一，音韵也要统一，所谓"审音定韵，代有官书"。在封建社会，由于科举的因素，音韵带有"国策"的色彩。而一段时间以来，音韵只被理解为纯文学纯语言概念，没有上升到像文字要统一的高度。

音韵的不统一，已经影响到对作品的评价。面对同一篇作品，不同韵种的偏爱者，对其格律就会有不同的评价，进而影响到对其内容的理解。格律，用现代语言讲，就是填制诗词曲的"游戏规则"。过去一些争吵的原因，就是其"游戏规则"不统一。音韵不统一已经影响到诗词曲在新时期的发展，以及中华文化在世界上的传播质量。音韵是需要统一的时候了。

更何况现代中华文化已经走向世界，外国人学习汉文化、汉语的热情异常高涨。在国内，外国留学生人数与日俱增，他们第一步就是学习汉语。很显然，他们接受的汉语语言、语音教育是以普通话为基础的。他们应用汉语写作（包括诗词曲）也一定是以普通话为基础的。只有进行专业古汉语研究才会探讨古音韵。因此，今韵也是外国人学习现代汉语的重要组成部分。

当前，随着国学对于民族性格影响的深刻认识，对于民族软实力的提升，越来越多的人学习国学精粹，越来越多的人学习诗词曲，并尝试创作。全国诗词曲的群众组织如雨后春笋遍布全国，各种诗词曲的民间刊物犹如雨后芳草萌生。越来越多的外国人倾慕中国文化，也在积极学习国学。在这种情况下，作为一个具有悠久诗国历史的国度，难道还允许存在对于音韵不统一认识而七吵八嚷的现状吗？

还好，2019年教育部、国家语委公布了《中华通韵》，在新中国成立七十年后，终于有了"国韵"，形成了统一文字、统一音韵的完整实践，是历史上音韵、韵书发展实践的又一壮举。

《中华通韵》的颁布，是当代诗词曲创作"三韵一统"的依据和规范标准。当然，在颁布报道中指出：该规范的实施不会取代旧韵书，将在尊重个人选择、"知古倡今、双轨并行"的原则下，与当前使用的旧韵书并存。提倡和引导使用《中华通韵》，将推动中华诗词新韵使用的规范化，更好地满足新时代韵文需求，助力全民族文化素养的提升，促进中华优秀语言文化的传播和发展。

（五）《中华通韵》——现代音系的语音坐标系

《中华通韵》是中华诗词学会受教育部委托研制的。经过两年多的研究论证，确定了《中华通韵》16韵方案。这16个韵部，是依据汉语拼音韵母表来的，也就是横着数的3个韵母确定为3个韵部，竖着数的12个韵母确定为12个韵部，又从韵母表的说明里提出"er"作为一个韵部，形成了《中华通韵》16韵。方案由国家语委语言文字规范标准审定委员会于2019年3月审定通过，并于2019年11月1日试行。

《中华通韵》制定的主要依据是《中华人民共和国国家通用语言文字法》，该法明确规定"国家通用语言文字是普通话和规范汉字"。"国家通用语言文字以《汉语拼音方案》作为拼写和注音工具"。《汉语拼音方案》所具有的音韵学理依据，也就是《中华通韵》的音韵学理依据。

《中华通韵》发布时的基本信息如下：

前言

本规范由中华人民共和国教育部语言文字应用管理司提出。

本规范由国家语言文字工作委员会语言文字规范标准审定委员会审定。

本规范起草单位：中华诗词学会。

本规范起草人：郑欣淼、星汉、赵京战、李文朝、范诗银、罗辉、钱志熙、林峰、李葆国。

1. 范围

本规范规定了普通话韵的韵部划分和韵字收录原则，给出《韵部表》和《韵字表》。本规范适用于学校的韵文教学和诗歌、戏曲等韵文体裁的创作。

2. 规范性引用文件

下列文件中的条款通过本规范的引用而成为本规范的条款。

《汉语拼音方案》（第一届全国人民代表大会第五次会议1958年2月11日）。

《通用规范汉字表》（国务院 2013年6月5日）。

3. 术语和定义

下列术语和定义适用于本规范。

3.1韵部

同韵字归在一起成为一部。

3.2韵目

韵部的标目及其次序。

3.3韵字

韵文句末押韵的、区别平仄声韵的汉字。

4. 总则

4.1以普通话和《汉语拼音方案》为定韵依据。

4.2以《通用规范汉字表》作为选定韵字的基础。

5. 韵部划分和韵字收录原则

5.1将同韵（即韵母的韵腹和韵尾都相同，或无韵尾而韵腹相同）的字归为一部。共分为15个韵部。

5.2"er"部的韵字多是冷僻字，诗歌选韵很少使用，不单列韵部，作为附韵，分附在韵部表、韵字表后，以供查阅。

5.3韵字选收《通用规范汉字表》中7730字。每部韵字按在以往诗词中的使用频率由高到低排列。

5.4每个韵部的韵字根据字音归为阴平、阳平、上声、去声四个部分。发音为阴平、阳平的字，为平声字；发音为上声、去声的字，为仄声字。

5.5多音字音从义定，韵依音归。根据其不同的读音，分别归于相应的韵部。

5.6 "三鹅"和"四衣"韵部的韵字,依据其韵母e、ie、üe和i、-i,在本韵部中分别排列。创作时,可通押,也可分押。

《中华通韵》韵部为16韵,韵部如下:

一啊　a ia ua

二喔　o uo

三鹅　e ie üe

四衣　i

五乌　u

六迂　ü

七哀　ai uai

八欸　ei ui

九熬　ao iao

十欧　ou iu

十一安　an ian uan üan

十二恩　en in un ün

十三昂　ang iang uang

十四英　eng ing ueng

十五雍　ong iong

附:儿 er

关于儿韵

儿韵的主要作用是其"儿化"作用,即当一组互不相韵的文字,加上"er"后,即可变为一组新韵,会形成一篇清新、俏皮、幽默的诗文。

这在戏曲里特别是曲艺里经常用到。

例如：

儿歌《小胖墩儿》：

> 小胖子儿，
> 坐门墩儿，
> 哭着喊着要媳妇儿。
> 要了媳妇做啥子儿？
> 晚上点灯做个伴儿，
> 早晨起来梳小辫儿。

东北二人转《夫妻回门》：

（一）

> 正月里来，正月初三四（儿）
> 社里头放年假，我们两个去串门（儿）
> 转回身来，叫了一声他（呀）
> 你过来，有点儿事（儿）
> 看看外面有没有风丝（儿）
> 咱们两个人抱着孩子（儿），去串门（儿）
> 当天去（那个）当天回（儿）（呀）
> 看一看我爹我妈你的（那个）老丈人（儿）
> （呀——哎——呀——哎——呀）

（二）

> 小伙儿（我）心中想（啊）
> 拿点儿啥东西（儿）（呀）
> 槽子糕上八件（儿）
> 一样拿一斤（儿）

转回身来，打开箱子柜（儿）（呀）

拿出来（呀）新上衣（儿）

裤子本是尼龙的（儿）（呀）

也没粘泥也没挂灰（儿）

劳模会上（我）穿一回（儿）

娶我那年你新买的（儿）（呀）

现如今你穿上试试还是正合身（儿）

（呀——哎——呀——哎——呀）

（三）

二人收拾好（哇）出门奔正西（儿）（呀）

路过了西下洼，来到（了）杨树林（儿）

西下洼也不洼，变成溜平地（儿）

杨树林，蒙上泥（儿）

地里跑开拖拉机（儿）

想起来（呀）笑死个人（儿）

咱们两个在这儿谈过心（儿）

一晃都过去了

孩子抱出门（儿）

（呀——哎——呀——哎——呀）

（四）

说笑来得快（呀）

来到丈人（儿）门（儿）（呀）

七大姑八大姨（儿）

迎出了人一群（儿）

丈母娘接过外孙亲了一个嘴（儿）（呀）

看一看我的小外孙（儿）

肥头大耳有精神（儿）

高鼻梁（儿）双眼皮（儿）

不像他舅像他姨（儿）

这孩子活蹦乱跳好像个虎羔子（儿）

（呀——哎——呀——哎——呀）

（五）

二人吃完饭（哪）太阳偏拉西（儿）

小两口收拾收拾要回家门（儿）

丈母娘留（哇）留也留不住（哇）

我们回去（儿）要开会（儿）

研究生产大问题（儿）

选种子（儿）买化肥（儿）

再买一台拖拉机（儿）

等社里再放假

我们两个再串门（儿）

对，我们两个再串门（儿）

（呀——哎——恩哎哎嗨哎嗨——呀——）

河南坠子《小黑驴》（片段）：

（一）

二八学生正青春儿，七八岁就送到南学门儿。

五月端阳把学放，老师傅放了学，学生们散散心儿。

小学生来到大街上，举目抬头看仔细儿，

三教九流争名利儿，诸子百家列东西儿，

生药店对着熟药店，盐店紧对着当铺门儿。

打铁炉上砧子响，叮叮当当冒火星儿。

饭馆门前盘摞碗，酒馆门前壶摞杯儿。

这边卖的大烧饼，那边卖的蜜粽子儿，

糖糕子儿油角子儿，还有一种油炸棍儿，

甜稀饭下大米儿煮绿豆下小米儿，飞罗面勾得不稠不稀儿。

白馒头肉包子儿，面条擀得赛粉丝儿。

酒招牌，面前立儿，他卖的，

大蒸曲儿、小蒸曲儿、状元红、葡萄绿、玫瑰露、五加皮儿，

这边厢卖烧鸡儿，烧鹅烧鸭烧焦鱼儿。

咸鸭蛋咸鸡子儿，烧牛肉来还有豆腐皮儿。

小学生正是来观看，打正东，嘚驾，来了一头小黑驴儿。

（二）

说黑驴来道黑驴，小黑驴长得有意思儿。

白眼圈白嘴唇花脊梁骨白肚皮儿，紧衬四只粉白蹄儿。

花鞍子儿铜凳子儿，檀香木刻了个驴座子儿。

皮笼套钢嚼子儿，五色绒线大鞅子儿，

上搭印花小铺底儿，坐着个二八的俏佳人儿。

只见她好头发明细丝儿，鼓堆堆的鸭尾子儿，

金簪子儿银簪子儿，玛瑙簪子儿玉簪子儿，

脸皮白搽官粉儿，嘴唇红点胭脂儿，

杏子眼浸秋水儿，紧衬着弯弯正正两道眉儿。

樱桃小口牙似玉，说句话似露不露的玉齿牙根儿。

胳膊弯白又嫩，就好像白莲藕瓜洗掉泥儿。

金镯子银镯子儿，满把戒指明新新儿。

曲艺里像这样的段子有很多，扩大了用词范围，增加了活泼与俏皮，所以《中华通韵》里保留儿韵，给戏曲、曲艺留有充分空间，是非常周全之举。

《中华通韵》是新中国语言体系中的新韵书。该规范以《中华人民共和国国家通用语言文字法》《汉语拼音方案》《通用规范汉字表》等语言文字法律法规和规范标准为依据，以音韵学理论和诗词曲创作实践为基础，有利于广大群众热爱、学习和创作诗词曲，也有利于专家学者对诗词曲作品的研究评判。《中华通韵》是适应语言发展变化和时代进步的重要成果，是新时代中华传统诗词曲持续发展的新标志。

当代散曲创作应积极提倡以《中华通韵》为标准的新诗韵，以此为标准一定能出现新时代的优秀作品。

第七章
散曲创作技巧与修养

一、周德清：作词十法

周德清，字日湛，号挺斋，江西高安人。周德清自幼流连歌台舞榭，纵意诗酒，却并非纨绔子弟，而是一个文学天才，在多个领域都取得了很高的成就。如诗，周德清专写乐府诗，从事乐府诗创作三十年，名闻一时；如曲，周德清主要从事流行散曲的创作，作品用韵考究，对仗工整，文采清新，被认为可独步天下。沈宠绥在《度曲须知》的《词学先贤姓氏》中将周德清居首，置于关汉卿、王实甫等名家之上。可见其散曲成就在当时就获得了高度的认可。因此其"作词十法"对当代散曲创作有重要的借鉴意义。其云：

> 凡作乐府，古人云："有文章者，谓之乐府，如无文饰者，谓之俚歌，不可与乐府共论也。"又云："作乐府，切忌有伤于音律，且如女真风流体等乐章，皆以女真人音声歌之，虽字有舛讹，不伤于音律者，不为害也。大抵先要明腔，后要识谱，审其音而作之，庶无劣调之失。"而知韵、造语、用事、用字之法，名人词调可为式者，并列于后。

元曲为依腔填词，每一曲牌的唱腔皆固定，而作词者必须"审"各曲牌的唱腔，才能够把词填好，故周德清指出，一定要"审其音而作之"，即指一定要审度该曲牌的唱腔旋律，才填入曲词，此"作词十法"的根本所在。

（一）知韵

> 无入声，止有平上去三声。
> 平声：有阴有阳；入声作平声，俱属阳。
> 上声：无阳无阴；入声作上声亦然。
> 去声：无阳无阴；入声作去声亦然。

核心是"平分阴阳，入派三声"。特别注意入声的归属声调，要与谱音相合。

（二）造语

> 可作乐府语、经史语、天下通语。
> 未造其语，先立其意，语意俱高为上。短章辞既简，意欲尽。长篇要腰腹饱满，首尾相救。造语必俊，用字必熟。太文则迁，不文则俗。文而不文，俗而不俗。要耸观，又耸听。格调高，音律好。衬字无，平仄稳。

"未造其语，先立其意"，指乐府曲意境界为上。短章宜简，长篇应饱满有物，词宜俊美。所谓"衬字无"，是作元曲小令尽量不要使用衬字，以免使曲牌旋律因配合衬字而需调整音值，以致多出工尺，使旋律不纯。"文而不文，俗而不俗"最重要，是指文不要过分，过分则难解；俗不要过度，过度则低劣。"造语"乃散曲创作第一要务。

不可作俗语、蛮语、谑语、嗑语、市语、方语（各乡谈也）。

书生语：书之纸上，详解方晓，歌则莫知所云。

讥讽语：讽刺，古有之，不可直述，或托一景，托一物，可也。

全句语：短章乐府，务头上不可多用全句，还是自立一家言语为上。全句语者，惟传奇中务头上，用此法耳。

元杂剧散曲写作时，此通语为上，不可乱用杂语，否则世人难懂。至于务头句，即曲牌中旋律最高潮处，传奇可使用全句语，短章乐府不可多用。

勾肆语：不必要上纸，但只要好听。俗语、谑语、市语皆可。前辈云：“街市小令，唱出新茜意，成文章曰乐府是也。”乐府、小令两途，乐府语可入小令，小令语不可入乐府。

勾肆语指勾栏中通行的戏曲俗语。任讷疏证：“勾肆语谓勾肆中通行之曲中谰语也。”行话，戏剧里可用，散曲中不宜用，否则难懂。

张打油语。吉安龙泉县水浒米仓，有于志能号无心者，欲县官利塞其口，作〔水仙子〕示人，自谓得意。末句云：“早难道水米无交。”观其全集，自名之曰乐府，悉皆类此。士大夫评之曰：“此乃张打油乞化出门语也，敢曰乐府？”作者当以为戒。

双声叠韵语。如“故国观光君未归”是也。夫乐府贵在音律浏亮，何乃反入艰难之乡？此体不可无，亦不可专意作而歌之，但可勾肆中白念耳。

六字三韵语。前辈《周公摄政》传奇〔太平令〕云：“口来豁开两腮。”《西厢记》〔麻郎么〕云：“忽听一声猛惊”，“本宫始终不同"，韵脚俱用平声，若杂一上声，便属第二著，皆于务头上使。近有〔折桂令〕，皆二字一韵，不分务头，亦不能喝采。全淳则已，若不淳，则句句急口令矣，所谓画虎不成反类犬也。殊不知前辈止于全篇中务头上使，以别精粗，如众星中显一月之孤明也。可与识者道。

每支曲牌有一至多处旋律高潮处，此时，六字三韵的韵脚平仄相杂者可用。周德清指出，元曲的依腔填词，实乐曲重于文辞平仄，其最显明处即在务头，因为曲牌的旋律高潮处，宜用俊语增辉。

语病：如"达不著主母机"，有答之曰："烧公鸭亦可。"似此之类，切忌。
语涩：句生硬而平仄不好。
语粗：无细腻俊美之言。
语嫩：谓其言太弱，既庸且腐，又不切当，鄙猥小家而无大气象也。

制曲中病、涩、粗、嫩语等，尽量不要用，有伤文体。乐府创作，"造语"最为紧要，此处指出可用语和不可用语的案例，尤倡导"不文不俗"为之纲领也。

（三）用事

明事隐使，隐事明使。

明显的事情表达易于含蓄，不至于过露；隐涩的事情应易于表达明显，免陷于五里雾中而不知其然。

（四）用字

切不可用生硬字、太文字、太俗字、衬垫字。套数中可摘为乐府者能几？每调多则无十二三句，每句七字而止，却用衬字加倍，则刺眼矣。倘有人作出协音俊语，无此等病，我不及矣。紧戒勿言，妄乱板行。〔塞鸿秋〕末句本七字，有云"今日个病恹恹，刚写下两个相思字"，却十四字矣。此何等句法，而又托名于时贤，没兴遭此诮谤，无为雪冤者，已辨于《序》。

用字要掌握"文而不文，俗而不俗"之度，用衬字亦应有度。散曲创作用字是第一要务，思想是用文字表达的，文字表达不清、表达不美，一定是失败的作品。

（五）入声作平声

施于句中，不可不谨，皆不能正其音。

"泽国江山入战图"：第一"泽"字，无害。

"红白花开烟雨中"：第二"白"字。

"瘦马独行真可哀"：第三"独"字，若施于"仄仄平平、仄仄平平"之句则可，施于他调皆不可。

"人生七十古来稀"：第四"十"字。

"点溪荷叶叠青钱"：第五"叠"字。

"刘项原来不读书"：第六"读"字。

"凤凰不共鸡争食"：第七"食"字。

因入声短而促，不利唱，难"正其音"，故需慎。《中原音韵》中的入声字皆派入平上去三声中，需按要求并入。现代语音没有入声，散曲创作按曲谱填写即可。

（六）阴阳

用阴字法：〔点绛唇〕首句，韵脚必用阴字。试以"天地玄黄"为句歌之，则歌"黄"字为"荒"字，非也；若以"宇宙洪荒"为句，协矣。盖"荒"字属阴，"黄"字属阳也。

用阳字法：〔寄生草〕末句七字内，第五字必用阳字。以"归来饱饭黄昏后"为句歌之，协矣；若以"昏黄后"歌之，则歌"昏"字为"浑"字，非也。盖"黄"字属阳，"昏"字属阴也。

用字辨别阴阳，是曲牌音乐旋律决定的。听一听旋律适合配搭的是阴平还是阳平，否则难以字正腔圆。

（七）务头

要知某调、某句、某字是务头，可施俊语于其上。后注于《定格》各调内。

因为务头是纯音乐唱腔旋律中的事，每支曲牌的旋律早已固定，其曲子的旋律高潮亦早已知之，作词者必定注意，则一闻曲牌的唱腔，即知旋律高潮处是哪一句至哪几句，最高潮又或是在该句的某字上。若能领悟一首音乐的何处是高潮所在之处，务头实不难解。在务头处，最好施以美词，则易于传唱久远。

（八）对偶

逢双必对，自然之理，人皆知之。

扇面对：〔调笑令〕第四句对第六句；第五句对第七句。〔驻马听〕起四句是也。

重叠对：〔鬼三台〕第一句对第二句；第四句对第五句；第一、第二、第三句，却对第四、第五、第六句。

救尾对：〔红绣鞋〕第四句、第五句、第六句为三对。

逢双必对，自然之理，是散曲的一个特点，增加了曲文的美感。凡有双对句者，尽量作对偶句。

（九）末句

诗头曲尾是也。如得好句，其句意尽可为末句。前辈已有"某调末句是平煞，某调末句是上煞，某调末句是去煞"。照依后项用之。夫平仄者，平者平声，仄者上去声也。后云："上"者，必要上；"去"者，必要去；"上去"者，必要上去；"去上"者，必要去上；"仄仄"者，上去、去上，皆可。上上、去去，若得回避，尤妙。若是造句且熟，亦无害。

这里强调末句平仄的重要性，是因一首歌或曲，末句均有"拖腔"（甩腔），是"收音"或"总结"之意，至关重要，故文字平仄一定要与音律相协。当代散曲创作应特别注意结尾，只要按"谱"填制即不会出格。从音律讲，以求唱腔和谐；从文学讲，以求"豹尾"效果。

（十）定格

〔仙吕〕寄生草·饮

长醉后方何碍，不醒时有甚思。糟腌两个功名字，醅渰千古兴亡事，曲埋万丈虹霓志。不达时皆笑屈原非，但知音尽说陶潜是。

评曰：命意、造语、下字俱好。最是"陶"字属阳，协音；若以"渊明"字，则"渊"字唱作"元"字。盖"渊"字属阴。"有甚"二字上去声，"尽说"二字去上声，更妙。"虹霓志""陶潜"是务头也。

定格条，共列举了七个宫调四十首例曲，每首曲皆有"评曰"，指出造语、平仄、务头等优劣。这四十首例曲实际上是推荐的标准样板，即"定格"。因篇幅较长，此处仅录第一首样式，其余可查《中原音韵》原文，不再赘述。

周德清的《作词十法》核心内容有四条：一是强调作曲必须先了解曲牌的音乐属性、特点，音乐第一、文学第二，服从之；二是文字要明了、俊美、宜唱，注意阴阳；三是注意结尾平仄；四是特别注意务头处的文字选择。但是当代散曲的创作则有了很大的变化，七百多年前的曲牌的音乐属性、特点，现已无从知晓，即使有工尺谱的《九宫大成谱》，一般人也难以翻唱，更弄不清"务头"在哪里。所以当代散曲的创作只能按谱的文字平仄填词，只考虑其文学属性。

二、乔吉：凤头、猪肚、豹尾

元末明初陶宗仪《南村辍耕录》记载：

> 乔吉博学多能，以乐府称。尝云："作乐府亦有法，曰凤头、猪肚、豹尾六字是也。"
> 大概起要美丽，中要浩荡，结要响亮。尤贵在首尾贯穿，意思清新。苟能若是，斯可以言乐府矣。

这段话也称作"六字法"，文论家也多用其来评论古诗文写作。这是一种对诗文创作的开头、主体及结尾的比喻说法。就是说，文章的起头要奇句夺目，引人入胜，如同凤头一样俊美精彩；文章的主体要言之有物，饱满而有气势，如同猪肚一样充实丰腴；文章的结尾要转出别意，宕开警策，如同豹尾一样雄劲潇洒。清代刘熙载《艺概》也有类似说法，文章"始要含蓄有度，中要纵横尽变，终要优游不竭"，这是与乔吉的论述相似。

乔吉，字梦符，号笙鹤翁，又号惺惺道人，太原（今属山西）人，元代散曲家、戏曲作家，他一生怀才不遇，倾其精力创作散曲、杂剧。

乔吉散曲以婉丽见长，精于音律，工于锤炼，喜欢引用或化用前人诗句，与张可久的风格相近。不同的是，乔吉的风格更为奇巧俊丽，还不避俗言俚语，具有雅俗兼备的特色。明代李开先评他："蕴藉包含，风流调笑，种种出奇而不失之怪；多多益善而不失之繁；句句用俗而不失其文。"乔吉在一定程度上继承了前期散曲家俚俗直率的传统，因此有些人认为他的散曲比张可久更为当行。乔吉的杂剧作品见于《元曲选》《古名家杂剧》《柳枝集》等。散曲作品据《全元散曲》所辑存小令200余首，套曲11首。

乔吉为曲学大家，颇具影响。"凤头猪肚豹尾"说简洁明了，对当代散曲创作很有参考价值。

三、王国维：词境界说

《人间词话》是王国维所著的一部文学批评著作，作于1908年至1909年，最初发表于《国粹学报》。该作是王国维接受了西洋美学思想洗礼后，以崭新的眼光对中国旧文学所作的评论。

《人间词话》是中国近代最负盛名的一部词话著作。它用传统的词话形式及传统的概念、术语和思维逻辑，融入了一些新的观念和方法，在理论上达到了很高的水平，对一些问题颇有创见，在中国近代文学批评史上具有崇高的地位。

《人间词话》在探求历代词人创作得失的基础上，结合其作者艺术鉴赏和艺术创作的切身经验，提出了"境界说"，即：

词以境界为最上。有境界则自成高格，自有名句。

境非独谓景物也。喜怒哀乐，亦人心中之一境界。故能写真景物、真感情者，谓之有境界。否则谓之无境界。

有境界的作品，言情必沁人心脾，写景必豁人耳目，即形象鲜明，富有感染力。

"境界说"是《人间词话》的理论核心。

从《国粹学报》最初发表的六十四则词话来看，约略可分为两个部分：前九则为标举"境界说"的理论纲领；后面部分则是以"境界说"为基准的具体批评。王国维跳出浙西、常州两派词论的牢笼而独标"境界说"，旗帜十分鲜明，其开宗明义即说："词以境界为最上。有境界则自成高格，自有名句。五代、北宋之词所以独绝者在此。"其第九则在比较"境界说"与前人理论的高下时说："沧浪所谓'兴趣'，阮亭所谓'神韵'，犹不过道其面目，不若鄙人拈来'境界'二字，为探其本也。"

王国维在《二牖轩随录》中摘录词话数十则，其中第二则比较境界和气质、格律、神韵，说："言气质、言格律、言神韵，不如言境界。有境界，本也。气质、格律、神韵，末也。有境界而三者随之矣。"

王国维"境界说"所阐释的"境界"有其特殊的含义，具体有三层意思。

第一，"境界"是情与景的统一。这与他1906年《文学小言》中所说的完全一致："文学中有二原质焉：曰景，曰情。前者以描写自然及人生之事实为主，后者则吾人对此种事实之精神的态度也。故前者客观的，后者主观的也。前者知识的，后者感情的也。……要之，文学者，不外知识与感情交代之结果而已。苟无锐敏之知识与深邃之感情者，不足与于文学之事。"物我无间，道艺合一，与天冥合。总之，从作品的"原质"而言，必须具备"情""景"，且要"意与境浑"。

第二，情景须真。崇尚"真"是王国维的一贯思想。他认为"真文学"当不受功利的干预，做到景真、情真，而情真尤为重要，因为"感情真者，其观物亦真"。屈原、陶潜、杜甫、苏轼之所以伟大，就在于能"感自己之感，言自己之言"。总之，作品的"原质"不但有情有景，而且必须有真景物、真感情，这才可谓有"境界"。联系王国维词作来看，他所说的"真"不仅仅是真切的一己之情，而且是诗人对宇宙实质、人生本质、人类命运的终极关怀和体悟。《观堂外集·苕华词又序》中，王国维说，真正的大诗人，"又以人类感情为其一己之感情"。这种感情出自诗人"自己之感"，又和人类的基本普遍感情相通，是诗人"不失其赤子之心""以血书者"之感情。这才是王国维向往的最高的"真"。只有具备这种"真"的艺术境界，文学才能"与哲学有同一性质，其所欲解者皆宇宙人生根本之问题"。

第三，真景物、真感情得以鲜明真切地表达。作者观物写景，须感情真挚，而若不能恰当表现，文不逮意，则亦不能有境界。这正如陆机《文赋》所说："恒患意不称物，文不逮意，盖非知之难，能之难也。"而宋祁《玉楼春》"红杏枝头春意闹"中的"闹"字，生动地渲染了杏花怒放、大好春光的景象，传递了人们踏春的无限兴致；张先《天仙子》"云破月来花弄影"中的"弄"字，也写活了明月泻辉、花影摇曳的幽境和作者闲适的情趣。他们都能把真景物、真感情表达得极真极活，故曰著此两字，"境界全出矣"。

王国维阐述的"境界"乃是指真切鲜明地表现出来的情景交融的艺术形象。这主要是从作者的感受、作品表现的角度来强调表达真感情、真景物的。此外，王国维还借用了西方的美学观念，对其"境界"作了"造境"与"写境"、"有我之境"与"无我之境"等分类，使"境界说"进一步深入，并为境界的内涵注入了新血液。

王国维的"境界说"，虽是词学的阐述，但对一切韵体文学皆有普遍指导意义，对于散曲创作亦有意义。

四、陆游：工夫在诗外

南宋大诗人陆游，在84岁时，在山阴（即今绍兴）给他儿子陆谲写了一首诗：

> 我初学诗日，但欲工藻绘。
> 中年始少悟，渐若窥宏大。
> 怪奇亦间出，如石漱湍濑。
> 数仞李杜墙，常恨欠领会。
> 元白才倚门，温李真自郐。
> 正令笔扛鼎，亦未造三昧。
> 诗为六艺一，岂用资狡狯？
> 汝果欲学诗，工夫在诗外。

诗意说：我年轻初学写诗的时候，只知道追求诗句工整，修辞华美，总在字句上下功夫。到中年写诗时，始有所悟，才逐渐窥察到宏大深邃的诗意境界，也就能写出一些好诗来，有如被湍流冲洗的顽石，显得奇特不俗。唐朝李白、杜甫的诗，是不可逾越的高峰，有如数仞高墙挡在眼前，我恨自己领会不深，可望而不可即。元稹和白居易的诗，也只能说到达了高墙的门边，至于温庭筠、李商隐的诗，就不值得一提了，即使是他们的扛鼎之作，也未必能真正领会诗中三昧。诗是六艺之一，哪能仅仅当作笔墨游戏呢？所以，你果真要学习写诗，不仅是字词句式，还要有更深的学问，作诗的功夫，在于诗外的历练。

陆游认为，一个作家所写作品的好坏高下，是由其经历、阅历、见解、识悟所决定的。当然，他所说的"诗外工夫"，其才智、学养、操守、精神等，同样也是诗人要想写出好诗的"工夫"。陆游强调作家对于客观世界的认知能力，主张只有从作家身体力行的实践、格物致知的探索、血肉交融的感应、砥砺磨淬的历练，才能获得作诗的真功夫。

"工夫在诗外"，作诗的功夫在于诗外的历练。陆游这一名句，道出了文学作品的一般规律，自然也是创作散曲的规律。一部好的散曲作品，除掌握散曲规律、规则外，更重要的是作者的文化修养、文字修养、思想修养和观察力、思考力的修养。经历的历练、阅历的历练与思维的历练，是成就作品境界高低的关键因素。

第八章
散曲创作的一般程序

一、构思

（一）确定主题

写一篇作品，首先要确定写什么，一是有目的地写，二是有灵感地写。不管哪一种情况，都要首先明确写什么、核心内容是什么，即确定主题。

（二）立意

王国维在《人间词话》中提出诗词的"境界说"，作曲亦一样。作曲的构思要确定以什么格调作为作品的基调，这是作品的灵魂。

（三）谋篇

开始布局内容，构思全篇结构。乔吉的"凤头猪肚豹尾"六字经是一般规律，要考虑起头怎样奇句夺目，如同凤头一样俊美精彩；作品主体怎样如同猪肚一样充实丰满；作品结尾怎样别出新意，如同豹尾一样雄劲潇洒。这是作品成功与否的关键。

二、落笔

（一）选曲牌

要根据作品的内容容量选取曲牌，定小令、带过曲还是套曲。至于宫调表现的音乐色彩，由于音乐属性已无从查考，现在作曲已不再考虑宫调的意义，只把它当作散曲的一个特定符号而已。

（二）定韵

选韵对于作品能否顺利进行很关键。定宽韵易于选字，选择范围宽；定窄韵，选字少，费思量。一般有首句定韵、好句定韵、随意定韵。首句定韵是以第一句韵为定韵字；好句定韵是突然想出一句妙句，不可更动，以其韵字定韵；随意定韵是作者根据自己喜欢或熟悉的韵部选取韵字。不管采用哪一种方式，选韵原则是以不给自己设置麻烦、使写作顺利进行为前提。

（三）一气呵成

作曲时根据每句的字数和韵脚，大体上一句句写下去，这样思路更加连贯，感情更加易于发挥，文字更加流畅。有人写一句核一句平仄和韵脚，写下一句再核平仄和韵，一直到最后，结果发现不顺畅，回过头来还得重新核定，费力不讨好，思维不连贯。前一种写法更值得提倡，先大体把毛坯拉出来，然后再一步步核定。

三、修润

（一）核谱

作品毛坯出来后，再开始用曲谱相应的曲牌对句数、对字数、对平仄，并相应修饰，修出满意的精品。这个过程有时很恼人：照顾平仄丢了句意，照顾句意满足不了平仄，这就是检验创作者文字功底的时候了。有时鱼与熊掌不能兼得，实难割舍，应以保句意为上。这也可能是古代出现"又一体"的原因。当然，两全其美方为上策。

（二）对韵

散曲对于音韵的要求十分严格，前面谈过，散曲的音乐属性决定其文学属性。韵尾和韵脚尤其严格，不能离谱。使用《中原音韵》还是《中华通韵》，必须按所选用韵种核查。因为不同韵种中，汉字发音不少是不同的，必须用同一韵种核查作品，不同韵种不得混用。我们主张用《中华通韵》，因为这是现代语音，是国家标准，易于掌握。作品好坏，与韵种无关，哪朝哪代不同韵种都有精品。

（三）提整

如果说核谱、对韵还属技术性工作，那么提升作品的格调、"境界"，则是最重要的工作，是创造精品的核心，是作品的精神内涵。作品要反复润色加工，文章不厌百回改，改无止境，要有贾岛的"推敲"精神。

（四）效验

由于不同人生长地区各异，乡音难改，有时带有地方方言，普通话不是那么标准，在作品的发音上难免存在差异。这就需要校验作品，以做到万无一失。现在"搜韵网"有唐圭璋的《元人小令格律》电子版，并有校验软件，输入作品后即有校验结果，并指导修改。

这里说的散曲创作的一般程序，是指就一般而言，不同的人有不同的创作习惯：有人在茶后，有人在酒后，有人边行边吟，有人似醉非醒方出好句，等等。方式各有不同，但原则是一样的，那就是按规矩出精品、按境界出精品。

第九章
散曲作品的佳境塑造

每一首散曲的创作，都力求理想完美，但有时不尽如人意。

当前一些散曲的创作存在一些通病，如文不对题、立意不高、选材不典型、结构不紧凑、曲味不浓等。作品平面化、套路化，既无古风亦无新意。

对于散曲，既要看到散曲文体的特殊性，也要认识其抒情文学的共性。在塑造散曲作品个性时应注意全方位地塑造。

一、语意塑造

当前散曲创作存在一些不良倾向。

口号性作品。一首小令通篇口号，或政令口号，或宣传口号，或会议口号，生硬呆板，不见生气，令人生厌。

堆词性作品。作品用一连串毫无内在联系的词堆砌而成，既看不到形象，也看不到内涵，干巴瘪皱，无记忆感。

堆句性作品。作品用过多的成语、过多的典故堆砌语句，远离生活、远离现实。见辞不见人，见典不见物，使作品失去生命。

生僻性作品。作品常用生僻字，不会念、看不懂，需查《康熙字典》反切认字。实际以艰深文浅陋、以华丽饰虚假、以奇僻掩盖思想平庸。

散曲是雅俗共赏的文体，有其特有的语言风格。

元代周德清在《中原音韵·作词十法》中说："造语必俊，用字必熟。太文则迂，不文则俗；文而不文，俗而不俗。要耸观，又要耸听。"

明代王骥德《曲律》云："若曲，则调可累用，字可衬增。诗与词，不得以谐语方言入，而曲则惟吾意之欲至，口之欲宣，纵横出入，无之而无不可也。故吾谓：快人情者，要毋过于曲也。"

明清之际戏剧家李渔《闲情偶寄》中说："诗文之词彩贵典雅而贱粗俗，宜蕴藉而忌分明，词曲不然，话则本之街谈巷议，事则取其直说明言。"

清人徐大椿云："若其体则全与诗词各别，取直而不取曲，取俚而不取文，取显而不取隐，盖此乃述古人之言语，使愚夫愚妇共见共闻，非文人学士自吟自咏之作也。若必铺叙故事，点染词华，何不竟作诗文，而立此体耶？"

近现代任中敏在《词曲概论》中言："曲以说得急切透彻，极情尽致为尚，不但不宽弛、不含蓄，而且，多冲口而出，若不能得者，用意则全然暴露于词……此其态度为迫切，为坦率，可谓恰与诗余相反也。"

以上这些论述，明显表明散曲语言的基本特征是"雅俗共体"："造语必俊""太文则迂，不文则俗""文而不文，俗而不俗"。即说散曲语言太文了不行，太俗了也不行，文俗要各有"度"。文不能过于艰深隐晦，俗不能过于低俗下流。但"造语必俊"，这就是散曲语言的基本原则。如：

〔中吕〕十二月过尧民歌·别情

王实甫

自别后遥山隐隐，更那堪远水粼粼。见杨柳飞绵滚滚，对桃花醉脸醺醺。透内阁香风阵阵，掩重门暮雨纷纷。（过）怕黄昏忽地又黄昏，不销魂怎地不销魂？新啼痕压旧啼痕，断肠人忆断肠人。今春，香肌瘦几分？搂带宽三寸。

此曲描写一个女子对远在外的爱侣的思念之情以及离别后的愁苦，把她的感情写得十分真切动人。这支曲子既没有描写人物愁苦的外在表现，也没有直接刻画人物的心理活动，而是以境界会意，即通过那些与离别之情相关的景物描写来渲染、烘托人物的愁苦之感。景物的描写又很有层次，宛如一组组充满诗情画意的彩色镜头，诗人用类似影视艺术中的蒙太奇手法，把它们巧妙地组织起来，构成一个前后连贯、首尾呼应的完整艺术境界，营造出一种充满感伤色调和幽怨情绪的艺术氛围。

这首曲之所以成为经典之作，就是作者用极其优美的语言创作了一首古筝似的乐曲，深深拨动了读者的心弦。

这是用语典雅的实例。

〔中吕〕红绣鞋·欢情

贯云石

挨着、靠着云窗同坐，偎着、抱着月枕双歌，听着、数着、愁着、怕着早四更过。四更过情未足，情未足夜如梭。天哪，更闰一更儿妨甚么！

这是贯云石模仿女子口吻写下的云雨情诗。开头什么都没有说，一口气连续叠用了八个"着"字，不仅生动别致，而且真实地表达了恋人之间那种难得相会、"一刻千金"的急切心情。从这开头三句的语气中，读者也能明显感觉到，他们显然不是已婚的夫妇，也不是常有机缘相会的恋人。所以不仅有挨、靠、偎、抱的热烈动作，而且还有听、数、愁、怕时间飞逝的心理状态。从动作到心理，作者仅仅用八个动词就淋漓尽致地描写得透彻了。整体上看，这首小令语言通俗、自然流畅，充满了俚俗风趣。

这首小令是"俗"的实例，语言明了，内容贴近市井。

从这两首实例可见散曲语言语意的特性：雅俗共赏。雅则清云淡月，俗则笑含朗诵。

散曲作为继承诗词的文学样式，在语言艺术上既继承了诗词的传统手法，又体现出诸多创新，具有自己鲜明的特色。散曲既以传统的"意象结构"表现"情感"，又以其独特的"直陈"方式直接表现情意。这是散曲的一种特殊语言，既是描景绘人状物的装饰手段，也是造境抒怀的情感载体。散曲的语言修辞，既有开放的语言形态，造就"滑稽诙谐"的审美情趣，也有蕴藉涵敛的语言形态，造物抒怀舒展一方天地。

语言是散曲创作的基本要素，语言的组合构成语意。语意在构造图景和表达思想方面起着十分重要的作用，所以掌握好语意塑造是散曲创作的最基本的要素。

二、意境塑造

意境是指作品中呈现的那种情景交融、虚实相生、活跃着的审美想象和韵味无穷的诗意空间。

意境是由若干意象构成的形象体系，是以整体境况出现的文学形象的高级形态。意境是主观范畴的"意"与客观范畴的"境"二者结合的一种艺术境界。"意"是情与理的统一，"境"是形与神的统一。在两个统一的过程中，情理、形神相互渗透并相互制约，就形成了"意境"。在一篇优秀的作品中，作品通过时空境象的展示与组合、在情与景高度融合后，体现出一种令人产生精神共鸣的艺术效果。这是一种"象外之象""景外之景"的境界（［唐］刘禹锡，［唐］司空图）。

元杂剧四大家之一的白朴，写过四首有关春夏秋冬的散曲，特别有画面感，用词清丽、简洁，几句便表现出优美的意境。

〔越调〕天净沙·春

白朴

春山暖日和风，阑干楼阁帘栊，杨柳秋千院中。啼莺舞燕，小桥流水飞红。

短短二十八个字，出现了山、日、风、阑干、楼阁、院子、杨柳、秋千等诸多物象，作者将这些组合，描绘出了一幅草长莺啼、生机盎然的春意图。画面有远有近，就跟画画一样，从不同空间层次来描写。春山暖日是远景，也是画面的背景。近景庭院，这里有阑干疏窗、杨柳秋千。中景转到院中的莺莺燕燕、小桥流水。这些景物都是最能代表春天的，既有视觉上的享受，也有听觉上的感受，美妙的春光宛然在目。

〔越调〕天净沙·夏

白朴

云收雨过波添，楼高水冷瓜甜，绿树阴垂画檐。纱橱藤簟，玉人罗扇轻缣。

《夏》的画面感十足，运用了写生手法，由外到内，层次清晰。先写大环境，刚下过雨，河水微涨，天气凉爽，水也冰凉，连带着瓜都感觉更甜了，绿树枝的阴影垂到楼角。环境描写完后，再写妙人，通过纱帐、藤簟、罗扇、绢衣这些轻薄的事物，再次突出这是一个清爽的夏日。全篇看下来，一幅凉爽、悠闲又宁静的夏日图画跃然纸上。

〔越调〕天净沙·秋

白朴

　　孤村落日残霞，轻烟老树寒鸦，一点飞鸿影下。青山绿水，
白草红叶黄花。

　　此曲依旧用不同空间层次来写，由远及近，景物却从萧瑟逐渐变
得明朗。前面的孤村、落日、残霞、老鸦等意象很冷，这是很经典的
萧瑟寂寥的秋日意象。接着又转到青山、绿水、红叶、黄花，色调变
得明丽，一扫悲秋的俗套寂寥，为肃杀的气氛添了许多明丽色彩和生
机活力，情调开朗，风格独具。

〔越调〕天净沙·冬

白朴

　　一声画角谯门，半庭新月黄昏，雪里山前水滨。竹篱茅舍，
淡烟衰草孤村。

　　黄昏的城郊，冷月挂上雪山，苍凉的号角声自城门处传来，远处
的孤村茅舍升起几缕轻烟，环境寂静，所有的一切都显得那么孤独、
凄迷，让人不免生出迟暮、悲切之感。谯门、新月、黄昏、雪、竹、
茅舍、衰草等都是冷色调的物象，组合成清寒肃杀的冬景。

　　这四首曲描述的共性，是用自然景物的意象要素来组成画面，从
而创造出一种意境。正如郑振铎评价："春夏秋冬四题已被写得烂熟，
但他的《天净沙》四首，却情词俊逸，不同凡响。"

　　意境的结构特征是虚实相生。意境由两部分组成：一部分是"如
在眼前"的较实的要素，称为"实境"；另一部分是"见于言外"的
较虚的部分，称为"虚境"。虚境是实境的升华，体现着实境创造的
目的，体现着整个意境的艺术品位和审美效果。这就是虚实相生的意

境结构原理。

意境和意象的区别在于：意象是具体可感的客观事物要素，意境是若干意象要素的有机组合。意境是意象的升华。

意象属于客观认知范畴，而意境则是不同人心灵时空的想象和共鸣感知，其范围广阔无涯，与不同人的整个哲学意识相联系。意境需要想象，这样才能感悟到意境的美。

商山早行

温庭筠

晨起动征铎，客行悲故乡。

鸡声茅店月，人迹板桥霜。

槲叶落山路，枳花明驿墙。

因思杜陵梦，凫雁满回塘。

温庭筠的《商山早行》是唐代著名的羁旅行役诗之一，为诗人离开长安时所作。其中，"鸡声茅店月，人迹板桥霜"已成为众口传诵的名句。"早"字是这首诗所描写的中心，诗中的一切动作、场景、情绪都围绕着它而展开，为镜头焦点之所在。其中三四句意象组合的意境尤为精妙。

"鸡声茅店月，人迹板桥霜"，写诗人初离驿站之所见。这里，诗人用感情的红线串起了一串名词之珠，为我们构成了一幅别具匠心的早行图：雄鸡啼鸣，昂首啄开天幕，正在此时，一轮残月却仍悬于西天上，清冷的月光伴随着早行人的脚步踏上旅途。铺满银霜的店前板桥上，已经留下依稀可见的行人足迹。经过诗人这样一词一景的层叠皴染，一幅凄清有致的霜晨图便跃然纸上了。此联写鸡啼，状残月，描人迹，绘银霜，有声、有色、有光、有温度，但所突出的重心还是在一个"早"字上，只不过诗人把"早"字巧妙地形象化、具体化了。其中的"鸡声—茅店—月""人迹—板桥—霜"，是常见的意象词，而并列组合后，便成了一幅荒远山村凄清的早行图，其意境自出。

这首诗之所以为人们所传诵，是因为它通过鲜明的艺术形象，真切地反映了封建社会里一般旅人的共同感受。李东阳在《怀麓堂诗话》中分析说："'鸡声茅店月，人迹板桥霜'，人但知其能道羁愁野况于言意之表，不知二句中不用一二闲字，止提掇出紧关物色字样，而音韵铿锵，意象具足，始为难得。若强排硬叠，不论其字面之清浊，音韵之谐舛，而云我能写景用事，岂可哉！"

"音韵铿锵""意象具足"，是一切好诗的必备条件。

元代马致远的小令《天净沙·秋思》中有"枯藤老树昏鸦，小桥流水人家，古道西风瘦马。夕阳西下，断肠人在天涯"的名句。马致远这幅"秋景图"与温庭筠这幅"霜晨图"有异曲同工之妙。枯藤—老树—昏鸦，小桥—流水—人家，古道—西风—瘦马，夕阳西下，这是十组并置式的意象组合，道出一种秋天凄清冷肃的意境，是"无我之境"，而断肠人—在天涯，则一下子提升出天涯游子思乡、思亲的凄苦无奈的境界，是"有我之境"。

明代朱承爵在《存馀堂诗话》中指出："作诗之妙，全在意境融彻，出音声之外，乃得真味。"王国维则认为词应服从于创意，力倡"内美"，在诗词创作中提出了以"意"胜的"有我之境"和以"境"胜的"无我之境"两种不同的审美规范。

意境是诗人的主观情思与客观景物相交融而创造出来的浑然一体的艺术形象。诗歌创作离不开意象，但意象的选择只是第一步，是意境的基础；组合意象创造出"意与境谐"的诗的艺术境界才是目的。散曲作品创作亦然。

意象的叠加与组合，产生意境；意境的叠加与组合，产生境界。

三、风格塑造

文学作品风格，是指作家在整体上呈现出的、具有代表性的、相对稳定的独特面貌。

作家作品风格的形成，有其主客观因素。

在主观上，艺术家由于各自的生活经历、思想观念、艺术素养、情感倾向、个性特征、审美理想的不同，必然会在作品创作中自觉或不自觉地形成区别于其他艺术家的具有相对稳定性和显著特征的创作个性。作品风格就是创作个性的自然流露和具体表现。

在客观上，作家创作个性的形成，必然受到其所处的时代、社会、民族、阶级等社会历史条件的影响。而作品所具体表现的客观对象，所选择的题材及所属的体裁、门类，对于风格的形成也具有内在的制约作用。

也有另外一种情形，由于崇拜某一作家及其作品的特点而主观地追求和模仿某种风格，成为某种风格的追随者、继承者，从而形成自己的风格。如书法中的毛体，京剧中的梅派、程派等，学习并成为大师后又脱离原派而形成自己的风格。

作家风格体现在作品群的总体面貌中。它既表现为作家对题材选择的一贯性和独特性，对主题思想挖掘、理解的深刻程度与独特性，也表现为对创作手法的运用、塑造形象的方式、艺术语言驾驭等的独特性。这种具有独特风格的作品，能够产生巨大的艺术感染力，从而成功传达作家个人特有的思想、情感、审美理想，并与欣赏者产生共鸣。

纵观《全元散曲》四千多首作品，其流派风格可分为"旷达、清丽、俗俏"三大类，每一种风格都有优秀的作品和代表人物。

马致远是旷达风格的代表人物。马致远的散曲风格飘逸、奔放、老辣、清隽，意境高妙，豪放中显飘逸，沉郁中见通脱，故他在元代散曲作家中被视为"豪放"派的主将。他虽也有清婉的作品，但以疏宕宏放为主，其语言熔诗词与口语于一炉，创造了曲的独特意境。

明代朱权《太和正音谱》评其为"马东篱之词，如朝阳鸣凤。其词典雅清丽，可与灵光景福两相颉颃，有振鬣长鸣万马皆喑之意。又若神凤飞于九霄，岂可与凡鸟共语哉！宜列群英之上。"

清代李调元评价他：马致远号东篱，元人曲中巨擘也。（《雨村曲话》卷上）

近现代任中敏则认为：马氏戏曲，领袖群英，久有尽评。散曲以豪放为色，如天马脱羁，极尽驰骋之乐，于不期然中，又适成此体之典型楷模，后之散曲凡不如此者，皆可谓非其正也。（《东篱乐府·提要》）

小令〔越调·天净沙〕是马致远最有名的代表作：

> 枯藤老树昏鸦，小桥流水人家，古道西风瘦马。夕阳西下，断肠人在天涯。

这首小令很短，一共只有五句二十八个字，全曲无一"秋"字，但却描绘出一幅凄清感人的天涯游子深秋漂泊图，并且准确地传达出旅人凄苦的心境。后两句一下子点出天涯游子思乡、思亲的凄苦无奈的境界。通篇意境高远，雄浑深沉，为"秋思之祖"。

张可久是清丽派的代表人物。他的散曲的艺术特点是：讲究格律音韵；着力于炼字炼句，对仗工整，字句和美；融合运用诗、词作法，讲究蕴藉工丽，而且常常熔铸诗词名句，借以入典雅，写得清新自然，飘逸脱俗，形成一种清丽而不失自然的风格。意境构成显示出与某些诗词相近的特点，熔炼字句时讲究曲律和音韵，对仗工整，文字于清通中求雅丽。

明代朱权《太和正音谱》誉之为"词林之宗匠"，称"其词清而且丽，华而不艳"。明代李开先《小山小令序》评《小山乐府》，谓如瑶天笙鹤，有不食烟火气，可称之为"曲仙"。清代诗论家刘熙载推崇他为"曲家翘楚"。

张可久的《人月圆·山中书事》具有代表性：

兴亡千古繁华梦，诗眼倦天涯。孔林乔木，吴宫蔓草，楚庙寒鸦。数间茅舍，藏书万卷，投老村家。山中何事？松花酿酒，春水煎茶。

这首曲借感叹古今的兴亡盛衰表达自己看破世情、隐居山野的生活态度。全曲咏史与抒怀相结合。开头两句，总写历来兴亡盛衰，都如幻梦，自己早已参破世情，厌倦尘世。接下来三句，以孔林、吴宫与楚庙为例，说明往昔繁华，如今只剩下凄凉一片。后几句转入对眼前山中生活的叙写，虽然这里仅有简陋的茅舍，但有诗书万卷。喝着自酿的松花酒，品着自煎的春水茶，幽闲宁静，诗酒自娱，自由自在。此曲清雅蕴丽，颇能代表其风格。

散曲中俗俏风格作品没有代表人物，只能说那些作家的此类作品少些，还形不成这类作品的领军人物。但事实上不少作家都有这方面作品。关汉卿有，旷达派大家马致远有，清丽派魁首张可久有。这类作品在《全元散曲》中约占百分之十。作品虽不多，但十分抢眼。这类作品的特点是一俗二俏，语言市井、夸张、戏谑、滑稽、乖张，在散曲中别具一格，是散曲区别于诗词的鲜明个性表现。

如金末元初散曲家王和卿《醉中天·咏大蝴蝶》：

弹破庄周梦，两翅驾东风。三百座名园，一采一个空。谁道风流种，唬杀寻芳的蜜蜂。轻轻飞动，把卖花人搧过桥东。

此曲运用几乎荒诞的夸张手法，塑造了一只大蝴蝶的形象，赋予其比喻和象征的意义，并借用"庄周梦蝶"的典故讽刺贪色的花花公子的劣迹恶行。全曲构思巧妙，想象奇特，风格恣肆朴野，语言浅显通俗。典故的运用，既赋予作品以寓言色彩，增强了艺术魅力，也加大了讽刺力度。

当代散曲创作一般跳不出这三种风格。所以当代散曲创作需注意的是：

一是散曲应具有语言风格的统一性。要围绕主题的性质设定语言风格。例如一个严肃主题，就不应将俏浪、低俗语言混杂其中。

二是确定自己的作品愿意向旷达、清丽、俗俏哪一种风格学习、靠拢、继承，以便形成自己的个性、特性。杂乱无章将形不成自己的风格。

三是如果在元散曲的旷达、清丽、俗俏三种风格之外，能创造出属于自己的第四种风格，那就是在继承基础上有创新，应该积极欢迎。

四、境界塑造

王国维是中国近现代相交时期的一位享有国际声誉的著名学者。其在《人间词话》中提出以"境界"作为评价"好词"的美学标准，而且对"境界"的内涵进行了中西文化融合的阐释。王国维的"境界说"既有别于古典的诗词美学，又没有完全照搬西方的美学理论，而是一个中西美学贯通的理论成果，获得了学界的认同。《人间词话》虽然是从"词"的角度做分析评价，但对诗体文学确有普遍意义，对散曲作品的评价亦是一个重要标准。

王国维的"境界说"成熟于1908年发表的《人间词话》。"词以境界为最上"，这是《人间词话》开篇就提出的对词进行评价的标准。理解王国维开创的"境界说"的内涵，既不能简单地从古典"境界"二字的词源考证中获得，也不能只从西方美学入手来进行移植套用。

《人间词话》对"境界"做出了具有内涵的界定：

词以境界为最上。有境界则自成高格，自有名句。五代、北宋之词所以独绝者在此。

境非独谓景物也。喜怒哀乐，亦人心中之一境界。故能写真景物、真感情者，谓之有境界。否则谓之无境界。

言气质、言格律、言神韵，不如言境界。有境界，本也。气质、格律、神韵，末也。有境界而三者随之矣。

"境界"内涵的界定包含了三重含义：真景物、真感情、真表达。

"何谓真景物?"王国维写道："红杏枝头春意闹"，著一"闹"字而境界全出。"云破月来花弄影"，著一"弄"字而境界全出矣。王国维所谓的"真景物"当是要求作者极具体物之工，将景物的神态活灵活现、豁人耳目地呈现出来。这里，真景物有动有静，有听象有视象有触象，有色彩有光泽有阴影。"入乎其内，故能写之；出乎其外，故能观之。"这种"真"乃是景物自身所具的神理、灵魂与生命力，唯有功力之外的审美之眼，方能发现。

"何谓真感情?"王国维写道："我瞻四方，蹙蹙靡所骋"，诗人之忧生也。"昨夜西风凋碧树，独上高楼，望尽天涯路"，诗人之独到也。"终日驰车走，不见所问津"，诗人之忧世也。王国维所谓的"真感情"是要求作者在词中灌注发自内心的、对外界的真切生命感受。它是自然流露，不得有任何虚伪矫饰。这种"真感情"既不是世俗的人情世故，也不单是一己之身世悲戚，而是一种对人生在世具有领悟、洞见的深切之情。

"何谓真表达?"王国维在《人间词话》中提出"隔"与"不隔"的美学概念。他写道：问"隔"与"不隔"之别，曰：陶、谢之诗不隔，延年则稍隔矣；东坡之诗不隔，山谷则稍隔矣。文学作品"境界"的"隔"与"不隔"的区别："隔"如"雾里看花"，形象不清晰鲜明；"不隔"如"豁人耳目""语语都在眼前"，形象鲜明生动。"隔"的作品如"谢家池上，江淹浦畔""高树晚蝉，说西风消息"。

"不隔"的作品如"天似穹庐，笼盖四野，天苍苍，野茫茫，风吹草低见牛羊""生年不满百，常怀千岁忧，昼短苦夜长，何不秉烛游"。他认为只有"不隔"的作品才有"境界"，并认为变"隔"为"不隔"，取决于艺术家运用艺术语言的能力。

王国维所谓的"真表达"是要求作者以贴近形象的语言真切而明了地刻画真情真景。与"真表达"相反的则是代字、隔语、美刺、隶事、粉饰、游词等。代字与隔语会导致情景混沌，如雾里看花；美刺与隶事会游离情景，陷入理窟；粉饰与游词会导致浮夸，偏离真切。只有即景会心，借助自然明晰的语言与意象将此情此景真切地写出来，才是"真表达"。

王国维所说的"真表达"是指韵文作品，文辞一定要清澈，朴素自然，不能将那些艳丽的文字堆砌起来，写得让人只感觉到文字秀丽却读不懂。齐梁时期，就是因为陷入这种浓艳的怪圈，才导致好诗不多。"问君能有几多愁，恰似一江春水向东流"，稍微识字的人都能读懂，清楚明白，但又如此打动人心，这就是"不隔"的好句。

如张养浩《山坡羊·潼关怀古》：

> 峰峦如聚，波涛如怒，山河表里潼关路。望西都，意踌躇。伤心秦汉经行处，宫阙万间都做了土。兴，百姓苦；亡，百姓苦。

此曲抚今追昔，由历代王朝的兴衰引到人民百姓的苦难，一针见血地点出了封建统治与人民的对立，表现了作者对历史的思索和对人民的同情。全曲采用层层深入的方式，由写景而怀古，再引发议论，将苍茫的景色、深沉的情感和精辟的议论三者完美结合，具有强烈的感染力，字里行间充满着历史的沧桑感和时代感，既有怀古诗的特色，又有与众不同的沉郁风格。特别是后四句，使全曲境界高远、厚重一下子凸显出来。

王国维《人间词话》中所谓的"境界"是有条件的，一个作品是否能有"境界"则需要四个必要条件，即情景、隔与不隔、有我无我、写境造境。四者可以有所偏重，但绝不可有所偏废。但与传统美学"情景交融"理论的一个重大区别在于，王国维的"境界说"对情景结合方式与"真感情"内涵有更深度的拓展，是对传统情景理论赋予现代美学视角的涵盖。

但是，纵观王国维的"境界说"的阐述，应该说，基本上是"技术"层面的，这里忽略了一个精神层面、修养层面的东西。对于同一事物的观察、写作，不同学识、不同阅历、不同精神修养、不同道德修养的人，其表达的结果是大不相同的。"境界"有高低，陆游说的"工夫在诗外"就是指人的精神、人的品德会导致对于事物的观察的深度、广度、角度是不同的，因而其作品的"境界"也是不同的，这不是"技术"层面所能解决的。提高作品的"境界"，除了文学修养外，思想精神修养，即修为，是十分重要的。一个人的思想境界高低决定其作品"境界"的高低。

综上所述，要想作一首好曲，需要在语意塑造、意境塑造、风格塑造、境界塑造上下功夫。这是四个连带的关系、综合塑造的关系，要把它们统一起来应用。除了要在技术层面上下功夫，还要提高自我修养水平，一个人的经历和修炼最终决定了他的价值取向和人生境界，有什么样的人生境界就有什么样的作品境界。一首好的散曲面世也必须注意这几个方面。

第十章
古代散曲与当代散曲

一、元散曲与明、清散曲发展态势比较

《全元散曲》《全明散曲》《全清散曲》三部著作，记载了元朝、明朝、清朝三个朝代的散曲创作状况。既然是"全"，肯定是具有充分的代表性、权威性。现在就用这三部著作，用数据解析方法，来分析元、明、清三朝散曲的历史现状、发展脉络及演化走势。

《全元散曲》，元代散曲总集，今人隋树森编。总集收入自金代元好问至元末明初谷子敬等213位散曲作家以及这一时代无名氏的散曲作品，共辑录小令3853首，套数457套，同时还收集了元散曲的一些残句等。编排上大体以作家年代先后为序。此书比较全面地反映了元代散曲的创作概况，有重要的研究价值。

《全明散曲》，谢伯阳主编。这是目前收录明代散曲最全的集子。曲集共收录作者406人，辑小令10606首，套数2064套。《全明散曲》为明散曲留下了重要的文化史料。

《全清散曲》（增补版），谢伯阳、凌景埏主编。书以作者年代先后为序，共收作者342人，收小令3214首，套数1166套。《全清散曲》（增补版），可窥见三百年来清朝散曲全貌，总集均录有作者小

传，间录序、跋及作品评语。

根据如上资料，现将元、明、清三朝散曲采集数据汇总如下：

元明清三朝散曲数据汇总表　　表一

朝代	作家人数	小令数量（首）	套曲数量（套）	散曲总量（首/套）	数据来源
元	213	3853	457	4310	《全元散曲》
明	406	10606	2064	12670	《全明散曲》
清	342	3214	1166	4380	《全清散曲》

根据表一数据，现逐层加以比较分析。

（一）元、明、清三朝散曲总量比较

总量比较分析，是指每朝的散曲小令（按《全元散曲》惯例，带过曲归于小令之内）与套曲数量之和，即为该朝代产生的散曲总量。根据表一，列出表二如下，并以元朝散曲总量为基数进行比较。

元明清三朝散曲总量比较表　　表二

朝代	散曲总量（首/套）	为元散曲的倍数
元	4310	1
明	12670	2.94
清	4380	1.02

为形象直观，现作直方图如下：

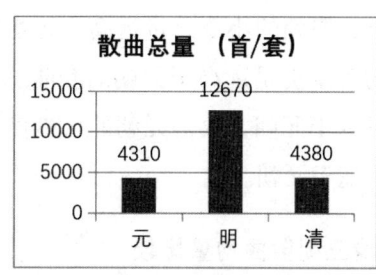

散曲总量 （首/套）

从表二可以明显地看出，明朝的散曲总量最高，是元朝的2.94倍，接近三倍；清朝的散曲总量与元朝相近，为1.02倍，只多70首/套。

（二）元、明、清三朝散曲令、套分量比较

分量比较是指将散曲总量分解为小令和套曲两项，将小令和套曲数量的变化与元朝相比较。仍以元朝作为基数，根据表一列出表三：

元明清三朝散曲分量比较表　　　　　　表三

朝代	小令数量(首)	为元散曲的倍数	套曲数量(套)	为元散曲的倍数
元	3853	1	457	1
明	10606	2.75	2064	4.52
清	3214	0.83	1166	2.55

为形象直观，现作直方图如下：

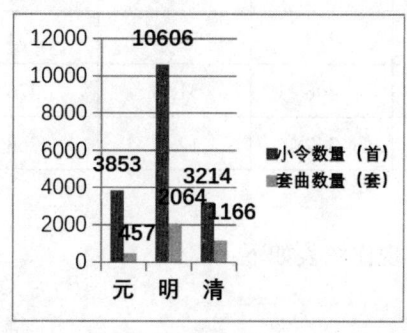

从表三可以看出，明朝的小令总量远高于元朝的小令总量，为元朝的2.75倍，套曲的总量更是远高于元朝的套曲总量，为元朝的4.52倍；清朝的小令总量少于元朝，仅是元朝的0.83倍，但套曲的总量却是元朝的2.55倍，远高于元朝。

（三）元、明、清三朝散曲均量比较

元、明、清三朝产生的作品，数量不同，作者人数不同，三朝的立国时间跨度也不同，因而总量、分量的比较，都是从宏观角度、总体描述角度进行的。入主中原时间长，自然作家人数就多，作品总量就会大。元朝从灭金入主中原（1234）算起，到明灭元（1368），历时134年。明从1368年灭元到1644年被清灭，历时276年。清从1644年灭明到中华民国成立（1912）历时268年。不同时长的总量比较只能从一个侧面反映散曲宏观概量的变化情况。要想反映元、明、清三朝散曲的微观同量变化，还必须对三朝散曲单位均量进行观察，即对三朝的人均散曲变量和年均散曲变量进行比较，使三朝能站在同一起跑线上进行比较观察。

根据表一数据，现列表四如下：

元明清三朝散曲均量比较表　　表四

朝代	散曲总量（首套）	作者人数（人）	人均散曲量（首套/人）	中原政权统治时间(年)	年均散曲量（首套/年）
元	4310	213	20.23	134	32.16
明	12670	406	31.21	276	45.91
清	4380	342	12.81	268	16.34

为形象直观，现作图表如下：

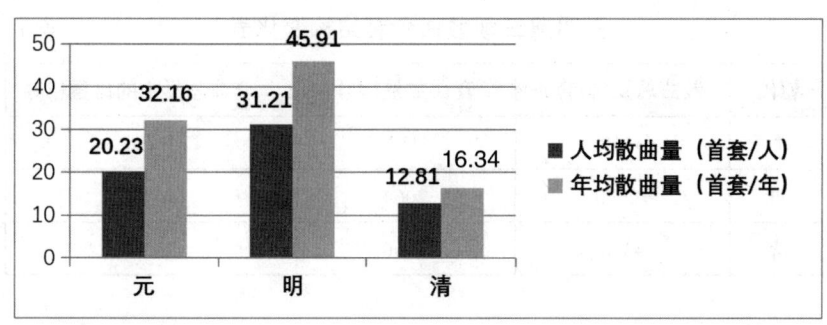

从表四可以看出：

元朝人均散曲生产量为20.23首（套）/人，而明朝则为31.21首（套）/人，为元朝人均的1.54倍。清朝则显著减少，人均仅为12.81首套，仅为元朝人均的63%。

元朝年均散曲创作量为32.16首套/年，而明朝则为45.91首（套）/年，为元朝年均的1.43倍。清朝则显著减少，年均为16.34首（套）/年，仅为元朝的0.51，减少了一半。

以上两组数据明显地表示出，明朝是散曲生产密度最高的朝代，总体以一倍半的增量超过元朝。而清朝散曲的均量则显著少于元朝，呈现衰落的态势。

（四）元、明、清三朝散曲令、套结构变化比较

散曲是由小令、带过曲、套曲组成的，一般的共识是将带过曲归在小令统计范畴，《全元散曲》的统计数据即按此原则标示。那么元、明、清三朝散曲中，小令、套曲在散曲总量中的占比有什么变化？通过数据再进一步观察讨论。

根据表一提供的数据列表五如下：

元明清三朝散曲令套结构变化表　　　　　表五

朝代	散曲总量(首套)	套曲数量(套)	套曲总量中的比重(%)
元	4310	457	10.60
明	12670	2064	16.29
清	4380	1166	26.62

为形象直观，现作图表如下：

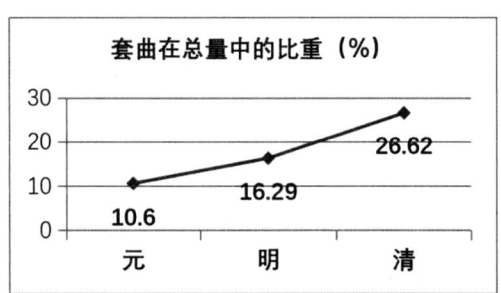

从表五可以看出一个非常有趣的结论，就是元、明、清三朝套曲在散曲总量中的比重逐朝增加：元朝为10.60%，明朝为16.29%，清朝则为26.62%。清朝套曲在散曲总量中的比重最高，占四分之一还多。

数据显示，套曲在各朝的受偏爱程度，清胜于明，明胜于元，元、明、清三朝出现逐渐上升趋势。

（五）结论

从如上的数据分析中，可以得出如下几点结论。

第一，元曲在元朝成为社会的主流文化形态，散曲成为蒸蒸日上的新兴诗体并形成成熟而完美的形式，独立于其他体裁。一些文献认为，散曲到元后期便进入衰落期，但如上统计表明，明散曲无论在总量、分量、均量均高于元散曲。特别是在均量比较中，无论是在人均散曲产量、年均散曲产量，还是在散曲生产密度上，明朝均远远高于元朝，说明明朝是散曲的进一步扩张期。到清朝，散曲在总量、分量、均量上均低于元散曲，说明清朝才是散曲的衰落期。纵观从元灭金到中华民国成立的678年间，元、明、清三朝的散曲运动脉络，经历了成熟、发展—更高发展—衰落的抛物线形态过程。

第二，在元、明、清三朝散曲总量中，其令套结构发生了明显的变化，总的趋势是，套曲在三朝散曲总量中的比重逐朝上升，明朝高于元朝，清朝又高于明朝。

第三，在元曲中，戏曲与散曲有着密不可分的关系。散曲是受金诸宫调、说唱文学、民歌时调的影响，在金院本、元杂剧基础上独立出来的新诗体。在戏曲中谓之剧曲，独立出来则谓之散曲。戏曲与散曲这两种文化形态，有其自身的形成逻辑和发展逻辑。虽然这种发展会受到社会环境、社会政策的影响，但文化形态是不会因社会政权的更迭而突然变化的。散曲在元朝是主流文化的表现形式之一，但散曲并没有因为元朝的灭亡而消亡或衰落，进入明朝后反而以更强劲的态势耀人眼目。

政权具有突变性，而文化形态具有渐进性。一种文化形态并不一定随着朝代的更迭而同步改变。

第四，散曲在元朝是主流文化形态，虽然明朝散曲数量大大超过元朝，但在明朝并不是主流文化。由于儒学的兴起、西学渐入，明朝多元化的文化形态更加显著。明朝散曲尽管在数量上远超元朝，但仅是社会文化的一个分支而已。

第五，清朝散曲明显处于衰落状态。自清朝入关以后，从康熙起清朝皇帝开始大力推行以儒学为代表的汉文化，康乾盛世期间，欧洲前往中国的传教士将中国介绍给欧洲，同时把西学带入中国，促进中西学的融合。在这种背景下，社会思潮演进，突破传统，清朝文学得以多元发展，兼容并蓄历代文学成果，古体诗、近体诗、骈体文、散文、赋、词、曲、小说、戏曲皆有发展，而且流派纷呈。在这种新旧思潮涌动、从情感表述向思想表述深化的历史背景下，散曲作为诗歌体裁的一个分支，渐趋衰微也是自然而然的事情。

二、元散曲与唐诗、宋词社会创作活跃度比较

唐诗、宋词、元曲在中国文学史上放射出了灿烂的光芒，为中华民族留下了宝贵的文化遗产。唐诗、宋词、元曲成为中国大一统朝代唐、宋、元的主流文化形态，它们不仅塑造了各自朝代的文化形象，也深深影响了历代国人的文化素养的偏好。唐、宋、元三朝由于历史背景、社会政策的不同，其文化的社会氛围也大不相同。《全唐诗》《全宋词》《全元散曲》三部文学总集，记录了三个朝代韵文文学的全貌。现用这三部著作提供的数据，来比较分析唐、宋、元三朝韵文文学创作发展的兴旺度、活跃度的异同。

（一）唐、宋、元三朝韵文作品总量信息统计比较

根据《全唐诗》《全宋词》《全元散曲》三部文学总集提供的数据总量数如下表格：

《全唐诗》《全宋词》《全元散曲》作家/作品统计表　　表六

朝代	中原政权统治时间与年代	作家人数（人）	作品总数（首或首套）	数据来源 作者/成书年代
唐	618—907（289）	2873	49403	《全唐诗》曹寅等/1705
宋	960—1279（319）	1330	21116	《全宋词》唐圭璋/1940
元	1234—1368（134）	213	4310	《全元散曲》隋树森/1964

从表六可以计算出三个朝代的作品总量、作家人数总量、作品所处年数累计总量，如下：

三朝诗体文学累计总量　　表七

三朝诗体文学累计作品总量	74829(首/套)	数据来源(作者/成书年代)
三朝诗体文学累计作家总量	4416(人)	《全唐诗》曹寅等/1705
三朝诗体文学累计年数总量	742(年)	《全宋词》唐圭璋/1940
		《全元散曲》隋树森/1964

　　表六、表七提供了总数据信息，但是，由于唐、宋、元三朝在中原的统治时间长短不等，不同的文化形态仅比较总量，则有失公平。只有对均量进行比较，才有同一起跑线的可比性。根据表一提供的信息进行再推演。

（二）唐、宋、元三朝年均作品量的比较

　　一个朝代的文学盛况，一要看作品总量的多少，二要看影响这个时代乃至后几个时代的作品数量。这里首先看唐、宋、元三朝年均作品量的比较，如下表：

唐宋元三朝年均作品量比较表　　表八

朝代	中原统治政权时间与年代	作品总数（首或首套）	年均产生作品量（首或首套/年）	数据来源作者/成书年代
唐	618—907（289）	49403	170.94	《全唐诗》曹寅等/1705
宋	960—1279（319）	21116	66.19	《全宋词》唐圭璋/1940
元	1234—1368（134）	4310	32.16	《全元散曲》隋树森/1964

　　为清晰直观，现绘制直方图如下：

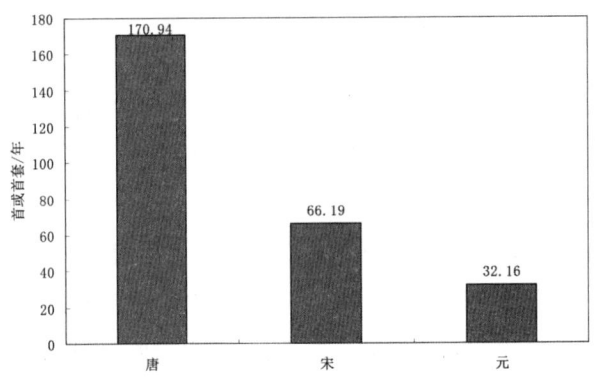

唐宋元三朝年均作品量比较图

从表三明显地看出，唐朝年均产生唐诗170.94首，宋朝年均产生宋词66.19首，蒙元年均产生散曲32.16首/套。唐朝作品年均创作密度为宋朝的2.58倍，为蒙元朝的5.32倍。可见唐朝是韵文诗体最为兴旺、活跃的朝代，其次是宋朝，再次为蒙元时期。

（三）唐、宋、元三朝年均产生作家量比较

文学作品数量标志着一个时代文学兴旺程度，而作家数量也是一个时代文学兴旺程度的重要标志。根据表六，看唐、宋、元三朝年均作家数量的比较状况。

唐宋元三朝年均产生作家数量比较表　　　　　　表九

朝代	中原政权统治时间与年代	作家人数（人）	年均产生作家数量(人/年)	数据来源作者/成书年代
唐	618—907（289）	2873	9.94	《全唐诗》曹寅等/1705
宋	960—1279（319）	1330	4.17	《全宋词》唐圭璋/1940
元	1234—1368（134）	213	1.59	《全元散曲》隋树森/1964

为清晰直观，绘制直方图如下：

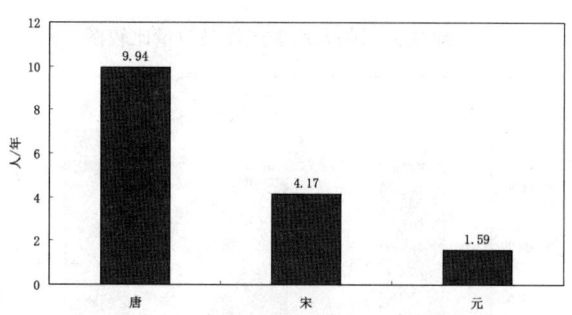

唐宋元三朝年均产生作家数量比较图

从表九可以看出，唐朝是产生作家数量最为活跃的朝代，年均产生作家9.94人，宋朝是4.17人，蒙元时期为1.59人。唐代年均产生的作家数是宋的2.38倍，是元的6.25倍。年均产生的作家最少的朝代是蒙元时期。

（四）唐、宋、元三朝人均生产作品量比较

一个朝代的文化兴盛态势，除了产生作品的多少、出现作家的多少外，作家的多产情况也是一个重要标志。作家的作品多少，除了与作家个人素质、修养、性格有关外，也与作家的生存环境密不可分的。特别是群体作家作品的年均生产量，就不能不考虑与总体的社会环境、政治生态的关联，因而考量唐、宋、元三朝人均生产作品量是有价值的。根据表一的数据，可以得出下表：

唐宋元三朝人均生产作品量比较统计表　　表十

朝代	作家人数（人）	作品总数（首或首套）	人均生产作品量（首或首套/人）	数据来源作者/成书年代
唐	2873	49403	17.20	《全唐诗》曹寅等/1705
宋	1330	21116	15.88	《全宋词》唐圭璋/1940
元	213	4310	20.23	《全元散曲》隋树森/1964

为清晰直观，绘制直方图如下：

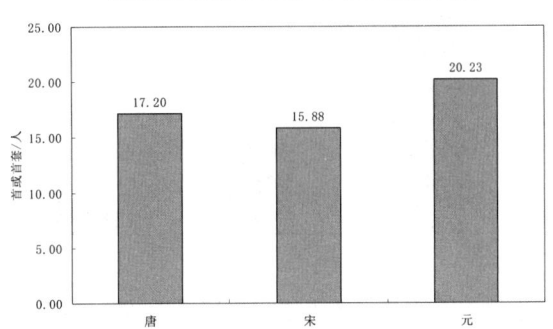

唐宋元三朝人均生产作品数量比较图

从表十看出，人均作品量最高的时期是蒙元，其次是唐朝，再次是宋朝。蒙元作家的高产有两个原因，一是在《全元散曲》中无名氏作品比率最高，占14.25%，有名姓的作家占比降低，故人均作品量被掩盖性地提高。二是不排除蒙元时期有专业作家的存在，使他们有更多时间从事专业创作。唐朝与宋朝通过科举制度选拔人才，"学而优则仕"，因而唐诗、宋词作者绝大部分是官宦作家。

蒙元作家则不同，由于蒙元的"四等人"政策，从进驻中原到建元一统后约三分之二时期废科举制度，汉族知识分子入仕无门，长时期受压抑，不少人流入勾栏，从事专业戏曲和散曲创作，成为才会作家，相当于自由撰稿人与戏曲界创作人员，属专业写作人士。专业作家的存在是人均作品量突出的另一个原因。这一点是蒙元作家与唐宋作家在结构上的重要不同点。

（五）唐、宋、元三朝诗体创作社会活跃度计算

在观察唐诗、宋词、元曲的异代诗体态势时，《全唐诗》《全宋词》《全元散曲》，蕴藏着大量可观察的数据。在这些数据中，可以归纳出各朝具有代表性的四种要素：1.全程作品总量，2.年均产生作品量，3.年均产生作家量，4.人均生产作品量。通过对这些"量"的规则与统计逻辑的计算，便能观察、描述出一个朝代诗体文学的兴盛

度、活跃度。通过数据分析作为唐、宋、元三朝诗体创作的活跃度，三朝对比：唐>宋>元。

（六）结论

唐、宋、元诗体创作的活跃度，唐朝最高，宋次之，元再次之，三朝明显呈梯次递减趋势，其活跃度唐、宋、元逐朝在弱化，并拉开了较大距离。这种定量的分析，验证了人们的感观认知与宏观感觉的一致性。

第一，唐朝的文化氛围、创作兴旺度是三朝中最为活跃、最为兴盛的时期。从初唐的陈子昂及"初唐四杰"——王勃、杨炯、卢照邻、骆宾王，到盛唐时期的李白、杜甫、岑参、王维等人；从中唐时期的白居易、刘禹锡、李贺、韩愈等人，到晚唐时期的温庭筠、李商隐、杜牧、韦庄等，一代一代人才辈出，佳作累累，名篇绕耳。从王勃的"落霞与孤鹜齐飞，秋水共长天一色"，到杜甫的"无边落木萧萧下，不尽长江滚滚来"、李白的"飞流直下三千尺，疑是银河落九天"，再到李商隐的"春蚕到死丝方尽，蜡炬成灰泪始干"、杜牧的"借问酒家何处有，牧童遥指杏花村"等，从初唐到晚唐，千百年来一直影响着后人。这些诗作是中国韵文成就的杰出代表，使得唐诗成为中国古典诗领域不可逾越的巅峰。

唐朝是中国历史上的盛世之一，也是当时世界上的强国。在唐朝的前期，社会经济处于上升阶段，文化先进，这一时期的中国向周边国家输出文化与技术。唐朝中期以后的繁荣，主要表现在工商业，特别是商业的兴盛上。虽然安史之乱和藩镇割据造成了社会动荡，但唐朝还是为社会文化、科技发展创造了良好的社会氛围，这也是唐诗兴盛活跃的社会因素。

第二，宋朝诗体创作活跃度相对唐朝要差一些，宋朝的文化生产密度要比唐朝稍逊一筹。但宋词也同样创造了了不起的文学成就。宋词是一种相对于近体诗的新体诗歌，属音乐文学。北宋时期涌现了晏殊、欧阳修、范仲淹、晏几道、王安石、柳永、苏轼、秦观、周邦彦、李清照（南渡词人）等著名词人。南宋产生了岳飞、张孝祥、辛弃疾、陆游、范成大、刘过、姜夔、吴文英、周密、张炎、汪元量等优秀词人。南北两宋创作了大量、辉煌的词作，形成了婉约、豪放两大词派，影响至今。从柳永的"今宵酒醒何处？杨柳岸，晓风残月"，到苏轼的"但愿人长久，千里共婵娟"；从李清照的"莫道不销魂，帘卷西风，人比黄花瘦"，到岳飞的"三十功名尘与土，八千里路云和月"，再到辛弃疾的"醉里挑灯看剑，梦回吹角连营。八百里分麾下炙，五十弦翻塞外声"等，至今仍时现传诵。宋词是中国古代文学皇冠上光辉夺目的又一明珠，代表宋代文学的最高成就，历来与唐诗并称双绝，都代表一代文学之盛。

宋朝是中国古代历史上商品经济、文化教育、科学创新都高度繁荣的时代，宋朝民间的富庶与社会经济的繁荣远超过盛唐。宋朝是中国历史上文化繁荣与经济革命的时代。宋朝极重视文化，这是宋词兴旺的时代原因。但宋朝又是一个分裂的朝代，靖康之变、宋分南北、衣冠南渡，宋金战乱频仍、战和拉锯，社会震荡多年，这又是宋词创作密度不如唐诗的时代原因。

第三，蒙元韵文诗体中最为活跃、最为兴盛的是元戏曲和散曲，戏曲文学与散曲文学达到了空前的高度。但散曲的作品总量、创作密度都远不如唐宋。散曲创作分为前、后两期。前期以北方大都为中心，散曲作家有刘秉忠、杨果、卢挚、姚燧、关汉卿、白朴、马致远等；后期散曲作家等活动中心移至南方杭州一带，出现了张可久、乔吉、贯云石、徐再思、睢景臣、周德清、钟嗣成等知名作家。这些作家留下了风格与唐宋迥然不同的优秀作品。如关汉卿的"铜豌豆"，马致远的《天净沙·秋思》"枯藤老树昏鸦，小桥流水人家，古道西风瘦马。夕阳西下，断肠人在天涯。"张养浩的《山坡羊·潼关怀古》"兴，百姓苦；亡，百姓苦！"张可九的《人月圆·山中书事》"山中何事？松花酿酒，春水煎茶。"徐再思的《双调·水仙子夜雨》"一声梧叶一声秋，一点芭蕉一点愁，三更归梦三更后。落灯花，棋未收，叹新丰逆旅淹留。枕上十年事，江南二老忧，都到心头。"这些作品脍炙人口，传诵至今。元曲是中华民族灿烂文化宝库中的另一朵灿烂的花朵，它在思想内容和艺术成就上都体现了独有的特色，和唐诗、宋词鼎足并举，成为我国文学史上又一座丰碑。

元是中国历史上大一统王朝，为中国疆域的开拓有奠基性的功绩。工商业与对外贸易有长足发展。其草原游牧文化与中原农耕文化经历了长时间的碰撞和融合。元朝也是阶级矛盾与民族矛盾突出的一个朝代。在政治上蒙古贵族至上，汉儒者地位卑下，长时间未恢复科举，士大夫文化式微，仕途不成则转而投身勾栏。边缘化的汉儒，挣扎于恶劣的社会生态环境，这是元散曲总量与创作密度远不如唐宋的历史原因。

三、当代散曲与元代散曲社会态势比较

2016年国家社会科学基金项目，由门岿先生主编的《中国当代散曲大典》（以下简称《大典》），于2019年12月由当代文化艺术出版社出版。《大典》首次全景式记录了20世纪中叶到21世纪20年代，即1949年—2018年70年间中国当代散曲的发展状况。《大典》分四个板块：当代散曲研究者、当代散曲专著文献、当代散曲社团及活动、当代散曲创作者及作品选。这是一部历史性著作，对当代散曲现状与发展的研究具有里程碑意义。

元朝于1368年被明所灭。581年后，即中华人民共和国成立。随着改革开放，古典文学开始复兴，散曲亦同诗词一道走进大众视野。近年来，散曲更是以春笋之势迅猛发展。《大典》正是在这种背景下，首次对当代散曲（1949—2018）70年的发展状况，进行了全面的考核、记录、整理，汇集成了三大册的当代散曲历史文献。

今人隋树森编的《全元散曲》（中华书局1964年出版，1981年再

版），是中国元代散曲总集。收录自金代元好问至元末明初谷子敬等213位散曲作家以及这一时代无名氏的散曲作品，共辑录小令3853首（含带过曲），套数457套，同时还收录了元散曲的一些残篇断句。编排上大体以作家年代先后为序，每位作家均附有小传。此书比较全面地反映了元代散曲创作概况，对于研究元代散曲有重要参考价值。

《全元散曲》和《中国当代散曲大典》记录了相隔几百年的两个不同时代、不同历史背景的散曲发展状态。笔者曾用大数据思维工具解析了元代散曲的态势结构状况，成果记录在《大数据观察下的宋词与元曲》一书中（山西人民出版社2018年出版）。今以《中国当代散曲大典》所提供的相关数据，也用大数据思维及其方法，对当代散曲的兴起与元代散曲兴起作一比较，并对当代散曲态势的结构特征作剖析。

（一）散曲研究者比较

散曲研究者是指那些以总结、探讨散曲发展态势、发展规律、作品汇集、研究等为目标的著述群体。

《大典》在当代散曲研究者栏目，列举了从1887年出生到1986年出生的100年间、主要成果是中华人民共和国成立后的散曲研究者216人，大部分在高校和研究机构等领域。而元代典籍的研究者，较有名的据现有资料记载，只有燕南芝庵的《唱论》、杨朝英的"杨式二选"、周德清的《中原音韵》、钟嗣成的《录鬼簿》5部。

散曲研究者比较表

	研究者（人数）	当代/元代（倍数）
元代	4	54
当代	216	

这些研究者的主要功绩或是记述了散曲领域的现状，或是深化了对散曲发展规律的认识，具有资料和认识的价值。元代戏曲和散曲的创作者们难登大雅之堂，自然研究者甚少，钟嗣成的《录鬼簿》也是冒着被人耻笑的风险名曰"录鬼"而成书。当代散曲研究者则不同，他们是在受鼓励的社会环境中做学术研究，因而论文、书籍屡屡问世，十分兴旺。当代70年的216位研究者数量，是元代134年的72倍。

（二）散曲典籍数量比较

散曲典籍，包括研究著述和作品别集、总集，是散曲研究成果和作品的重要标志。

元朝研究著述有燕南芝庵的《唱论》、周德清的《中原音韵》、钟嗣成的《录鬼簿》3部；作品总集有"杨氏二选"2部。共5部。别集有：《东篱乐府》，马致远著；《酸斋乐府》，贯云石著；《甜斋乐府》，徐再思著；《今乐府》《吴盐》《苏堤渔唱》《小山乐府》，张可久著；《云庄休居自适小乐府》，张养浩著；《梦符散曲》，乔吉著；《诗酒余音》，曾瑞著；《笔花集》，元末明初汤式著。共11部。故元有散曲典籍16部。

《大典》的收录从1952年出版《元明清曲选》（钱南扬编注）始，到2018年出版《常用散曲谱例》（颜登荣编著）终，共计当代散曲典籍966部。

散曲典籍比较表

	典籍数量（部）	当代/元代（倍数）
元代	16	60.38
当代	966	

元代限于当时的社会政策，能够出版个人著作或研究成果是不易的。而当代研究、基金资助、学术交流、个人著作等活动十分活跃，因此典籍出版兴旺发达。根据上表，当代70年间的典籍数量是元代134年的60.38倍。由此可知，不同的社会现实产生不同的社会效果。

（三）散曲创作者数量比较

《全元散曲》记录了有名姓的作者213人，无名氏则难以考究。《大典》记录了当代散曲作者2620人。

散曲创作者比较表

	创作者数量（人）	当代/元代（倍数）
元代	213	
当代	2620	12.30

当代散曲创作者数量是元代的12.30倍。但元代《全元散曲》作为"全选"，应收尽收。而《大典》通过推荐和征稿相结合的方式，收集作者，反映了全国散曲创作者的基本面貌，但由于各种原因，还有为数不少的作者没有收录，因而实际的创作者数量要远大于这个数。

（四）散曲作品数量比较

《全元散曲》记录了散曲小令3635首，带过曲218首，套曲457套，总计4310首/套。

《大典》则记录了散曲小令10489首，带过曲704首，套曲278套，自度曲91首/套，总计11562首/套。

散曲作品数量比较

	小令(首)	带过曲(首)	套曲(套)	总量(首/套)
元代	3635	218	457	4310
当代	10489	704	278	11562(包括自度曲91首/套)
当代/元代(倍)	28.86	3.23	0.61	2.68

《全元散曲》辑录元代散曲，有文必录、有录必收，可谓"全集"。《大典》在收录当代创作者作品时，是"选录"，每人只选若干首作品。所以当代创作者实际作品量要远多于表中的作品量。《大典》中的作品总量是元代的2.68倍，实际的作品量恐怕要数十倍的增长。从表中看，当代作品以小令为长项，套曲数量低于元朝（0.61倍），说明当代人更注重抒情、言志，少于叙事情怀。这与当代人的生活快节奏相契合。

（五）散曲作品均量比较

当代与元代，历史背景不同、社会政策不同，特别是人口体量不同，统计时间区域不同，绝对数比较只能看出总体规模性区别，而难以区分等量性差别。为了观察当代和元代文学态势，这里引入"年均产生作家量"和"年均生产作品量"两个相对比较的概念。

1. 年均产生作家量

1206年成吉思汗建蒙古国，1234年南下中原灭掉金国，实现对中原的统治。37年后即1271年改国号为元。1368年为明所灭。所以蒙古政权对中原及全国的统治共计134年。《全元散曲》所记录的即金末到明初这一段时间，因而当代与蒙元时期"年均产生作家量"应为：

	统计时间(年)	创作者人数(人)	比重(人/年)
蒙元时期	134	213	1.59
当代	70	2620	37.43
当代/蒙元时期(倍)			23.54

蒙元时期134年间产生作家213人，创作密度1.59人/年；当代70年间产生作家2620人，生产密度为37.43人/年。即当代是蒙元时期23.54倍。这还不是70年间所有的作家数，其活跃程度可见一斑。

2. 年均生产作品量

同样的比较：

当代与蒙元时期年均生产作品量

	统计时间(年)	作品总数(首/套)	比重(首套/年)
蒙元时期	134	4310	32.16
当代	70	11562	165.17
当代/蒙元时期 （倍）			5.14

当代是蒙元时期年均生产作品量的5.14倍。这是因为《全元散曲》是"全编"，而《大典》是"选编"，每人只选有限的作品。如果《大典》也是"全编"，这个数目可能要大得惊人。

均量的比较是站在同一起跑线的比较，是一种等量的差别。这种差别，真正体现了当代与蒙元时期的文学活跃度、景气度。

（六）结论

1. 当代散曲与蒙元时期散曲的发展速度不同

《全元散曲》记录了五百多年前的元朝散曲发展态势；《大典》则

记录了五百年后的当代散曲发展态势。比较之则有：

当代散曲研究者人数是蒙元时期研究者人数的54倍。

当代散曲典籍出版数量是蒙元时期的60.38倍。

当代散曲创作者数量是蒙元时期的12.30倍。

当代散曲作品创作数量是蒙元时期的2.68倍。

当代年均产生作家量是蒙元时期的23.54倍。

当代年均生产作品量是蒙元时期的5.14倍。

这些数据说明，当代散曲研究者、当代散曲典籍出版数量、当代散曲创作者、当代散曲作品创作数量等，都数倍、数十倍于蒙元时期。

当代散曲发展正以破竹之势，在诗词复兴之后正春潮似的蔓延大地。当代散曲发展之迅速、涵盖面之广阔令人鼓舞。当代散曲70年的发展现实远超蒙元时期134年的发展历史。

2. 当代散曲与蒙元时期散曲创作者队伍结构不同

根据隋树森《全元散曲》记载的有名姓的213位作者的社会背景，可分为五类：官宦作家（中上层官吏）、胥吏作家（下层职吏）、才会作家（民间及书会人员）、少数民族作家和伶妓作家。如果把官宦作家和胥吏作家合在一起，统称为官吏作家，他们的共同特点是受政权雇用，有俸禄支撑生活，有层次不等的权力。少数民族作家由于他们优越的出身及元朝"四等人制"政策，其绝大部分身居要职，在官吏作家范围之内。如果把才会作家和伶妓作家合在一起，统称为平民作家。他们的共同特点是在社会最底层，要自我谋生，各行各业自食其力。他们构成了社会的另一个侧面。

根据隋树森《全元散曲》统计，官吏作家作品占全元作品的47.45%，平民作家作品占全元作品的47.35%。官吏作家作品总量比平民作家作品总量略高（见《大数据观察下的宋词与元曲》，山西人民出版社，2018年，第156页）。说明元散曲创作是由官吏作家和平民作家两大群体支撑的。在数量上，官吏作家作品数较平民作家作品数略有优势；在质量上，官吏作家产生了元散曲豪放、清丽两大流派的首领人物——马致远和张可久。因而可以说，在整个元曲文学大历史中，官吏作家群起着重要的作用。

当代散曲创作者，多在民间，各行各业分布广泛，包括退休公务员、医生、教师、企事业职员及工人、农民和各类自由职业者，尤以退休群体中的40后、50后、60后为中坚群体，即60岁以上的，占总人数的71.41%，即七成多。其中尤以1940年至1949年出生的即70~80岁的群体最多，占总人数的26.83%。所以当代散曲创作者队伍是以退休的老年群体的民间作家为主，而在职的官吏作家则极其少见。

蒙元时期散曲创作以官吏作家为多，当代散曲创作以民间作家为主。

3. 当代散曲与蒙元时期散曲创作方式不同

蒙元时期散曲创作主要是个体创作，而书会人员创作散曲更多的是以创作戏剧为主，书会人员在创作戏曲和参与戏曲商业化演出中，获得生活来源。更多的个体创作者是在抒发个人情怀、个人感受和娱乐中创作作品，或呐喊，或鞭挞，或抒闷，或怡情。创作者之间没有组织联系。

当代散曲创作者大都是"组织创作"，即分属于各种散曲组织中。全国各地有若干散曲组织，省市县及各类横向专署散曲组织星罗棋布，他们大都是各种散曲组织的成员，很少有游离之外而孤军作战者。有时命题组织创作，如元宵、国庆等，一呼百应，几天便是专刊问世。他们相互交流、相互评点、相互推介，在横向的和纵向的联系中创建散曲的灿烂。

4. 当代散曲与蒙元时期散曲创作平台与传播方式不同

蒙元时期散曲创作作品，除少数人有别集如张小山等人外，大多数人并没有纸质印行刊发。不少作品是以"传抄""传唱"的形式传播。或亲朋好友相聚，或寿嫁宴庭献唱，在社会中自然传播。直到杨朝英的"杨氏二选"问世，这些作品才得以保存。

当代散曲创作则不然，几乎各省、市诗词学会都有纸质杂志发行，定期或不定期地刊登会员们的作品，得以保存和传世。近年来，网络平台更是大显身手，各种散曲"群"、网络公众号、网络杂志，百花齐放，各种散曲作品瞬间便会传遍全国，你评我赞，好不热闹。特别是各种"散曲微刊"，自编自发，如满天繁星，十分耀眼。当代散曲创作有十分广阔的展示平台。

5. 当代散曲与蒙元时期散曲创作题材与心态不同

蒙元时期由于"四等人制"政策和多年停止科举，民族矛盾和阶级矛盾突出，读书人备受压抑，因而元曲中题材多有愤懑、鞭挞、避世、归隐、放浪山水之作，就是官宦作家作品亦常见官场险恶之叹。这些文学作品又反映了元朝的政治生态。文学印证一段历史。

当代散曲创作者的生活环境则大不一样，国家强大，民族团结，现代化建设日新月异。所以当代散曲创作者的作品大都积极、向上、舒展、开朗。其作品题材十分广阔，从自然风光、节令变化、点赞呼答等等，无不入曲、无不畅吟，也有评世作品，五光十色。当代散曲同样记录着当代的社会生态。

6. 当代散曲与蒙元时期散曲的历史地位不同

由于元朝当局是鞭马立国，游牧文化，入主中原后，对农耕文化的儒家思想并没有那么在意，所以儒家思想的清规戒律对社会的控制被弱化。上层的非儒化尚娱乐，对歌舞戏剧的赏识渐成社会风气，寿筵婚嫁、高朋聚会，时办堂会，请名伶入院，渐成平常。这与宋代文人墨客、达官显贵不与下九流为伍的理学观念大不一样。再加上元朝文人书会对戏剧的介入，对戏剧文本的提高和演出质量的提升起了重要的推动作用，使戏剧市场渐隆，这就是北杂剧渐渐兴旺的社会原因。当杂剧中的剧曲成为茶余饭后的清唱时，各种填词的清唱便推动了散曲的发展。早在宋金时代就已萌芽的"曲"，到元朝随着戏曲的发展更加兴旺起来。当散曲逐渐脱离其音乐属性，便成为纯文学的一个分支了。杂剧和散曲的逐渐兴盛，影响和主导着整个社会的文化风貌，形成了元代社会的主流文化形态，形成了"一代之文学"。

当代散曲则不然，在经过若干年的沉寂之后，虽然当代散曲正以破竹之势兴旺发展，但它只是古典文学复兴的一个方面军，其影响还远弱于诗词，虽有春笋之态，却仍在边缘之中。当代散曲的健康发展，会在当代文化的百花园里增添风采。但当代散曲永远不会成为当代社会的主流文化，因为随着现代科技的发展，多媒体文化已经进入了一个新时代，网络数字化正在造就一个多元化的新文化形态。

四、当代散曲的繁荣与危机

（一）当代散曲的结构态势

1. 当代散曲研究者的性别构成

《大典》记录了当代散曲研究者，列举了从1887年到1986年这一百年间出生者的成果，主要是中华人民共和国成立后的散曲研究者216人，其中女研究人员37人。

当代散曲研究者性别构成

	总数(人)	男(人)	女(人)
当代散曲研究者	216	179	37
所占比重(%)		82.87	17.13

说明当代散曲研究者还是以男性为主，只有少数精华女性参与其中。女性只占17.13%，但这些女性的研究成果却十分耀眼，不让须眉。当代散曲研究者绝大部分在各高校和研究机构，一些高校年轻女教师的著作十分令人赞叹。

2. 当代散曲研究典籍类别构成

《大典》记录了当代散曲研究典籍966部。典籍基本可以分为两大类：一类是以研究元曲综合性质的如散曲史、研究综述等，专题专项研究的如关汉卿传及专题作家艺术风格、曲谱、曲韵等；一类是作品的汇集如散曲全集、选集、别集、鉴赏辞典等。典籍966部中，研究性质的330部，作品汇集类的636部。

当代散曲典籍类别

种类	数量(部)	所占比重(%)
专题研究类	330	34.16
作品汇集类	636	65.84
总量(部)	966	100

专题研究主要是对元曲发展状态、时代背景、作家传记、散曲要素解读等进行认识与再认识。专题研究典籍多为研究者服务，因而数量少，只占三分之一（34.16%）略强。这些研究著述打开了元代一扇门窗，从这里洞察到了元代社会的图景，看到了元曲在元代社会栩栩如生的演出形态。研究需要长时间的积累，有的甚至毕生，因而这些著述在典籍中为少数，是可以理解的。

汇集类作品主要是为社会提供散曲作品的学习、鉴赏、收藏、创作借鉴之用。由于当代散曲创作队伍近年的迅速发展，因而这类典籍有广阔市场需求，销售量大，约占典籍三分之二弱（65.84%）是符合逻辑的。这类典籍的大量发行，对当代散曲创作的普及、成长起到重要的推动作用。

3. 当代散曲创作者性别构成

《大典》记录了当代散曲创作者2620人，其中1949年前出生者1293人；1949年后出生者1327人。女性在中华人民共和国成立前出生的参与者102人；中华人民共和国成立后出生的参与者478人，其比例为：

当代散曲创作者女性比例构成

分类	女性/同期人数(人)	所占比重(%)
中华人民共和国成立前出生者	102/1293	7.89
中华人民共和国成立后出生者	478/1327	36.02
总计	580/2620	22.14

中华人民共和国成立前出生的群体，散曲的参与度女性比例较低，只有7.89%，不到一成。因为旧中国时期，经济的低下及旧观念笼罩，女子念书的很少，因而没有那么多的"李清照"参与到散曲的队伍中。但中华人民共和国成立后出生的群体则不一样，她们在"义务教育"的政策温暖下，都受到了良好的教育。在社会生活中，她们参与政治、经济、商贸、文化各个领域，都有非凡的表现。在散曲迅猛发展的环境里，这些"小李清照"们便大显身手，浪漫地活跃在各个地区，有时比男士更放得开。所以在中华人民共和国成立后的统计中，女性的参与度便高达36.02%，三分之一还强，是前期的4.57倍。

《大典》的总统计中，女性580人，占总数的22.14%，五分之一强，也很可观，主要是前期拉低了数据。但总的看来，散曲的创作领域还是被男性笼罩着。

4. 当代散曲作品构成

《大典》记录了当代散曲作品11562首/套，其构成如下：

当代散曲作品构成

分类	小令（首）	带过曲（首）	套曲（套）	自度曲（首/套）
研究者作品	44	7	3	2
中华人民共和国成立前出生者作品	4583	373	171	70
中华人民共和国成立后出生者作品	5862	324	104	19
小计	10489/90.72%	704/6.09%	278/2.40%	91/0.78%
总计	11562（首/套）			

《大典》记录了创作作品总计11562（首/套），其中小令10489首、带过曲704首、套曲278套、自度曲91首/套。《大典》记录了研究者同时又有作品的15人，56首/套。他们的主要精力是在研究领域，故作品不多。

中华人民共和国成立前出生者与中华人民共和国成立后出生者的作品，在数量上和构成上，大体相当，差别不是太大。这说明当代两个群体创作动向与目标基本一致。

当代创作者作品仍以小令为主，共10489首，占作品总数的90.72%。带过曲次之（6.09%），套曲最少（2.40%）。说明当代散曲创作仍以短小精干的小令抒情、悟感为多，长篇叙事为少，这也与当代快节奏生活现实相适应。

5. 当代散曲创作者年龄分布

在《大典》记录创作者2620人中，其年龄段结构为：

当代散曲创作者年龄段分布（数据为2020年统计，下同）

创作者出生年代段(年)	创作者人数(人)	所占比重 （%）
1879—1897	5	0.19
1900—1909	15	0.57
1910—1919	44	1.68
1920—1929	167	6.37
1930—1939	359	13.70
1940—1949	703	26.83
1950—1959	578	22.06
1960—1969	451	17.21
1970—1979	227	8.66
1980—1989	44	1.68
1990—1999	18	0.69
2000—2019	9	0.34
总计	2620	

为了直观起见，将表中数据作可视化处理：

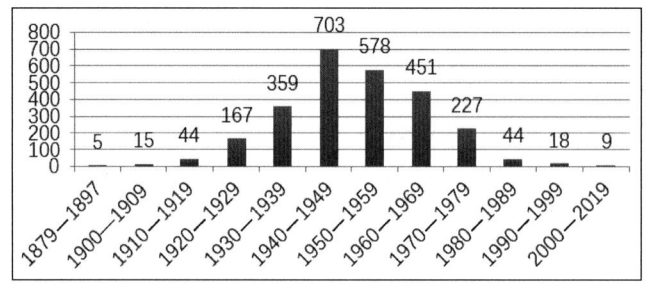

创作者年龄段分布图(人)

从表和图中可以看出：

第一，当代散曲创作者领军年龄段，是1940—1949出生的，即71—80岁的群体。录入人数为703人，占总人数的26.83%，四分之一多。

为什么这个年龄段的作者是当代散曲创作最为活跃的群体？原因有两个：一是历史因素，这个年龄段的人出生在中华人民共和国成立前，八九岁、五六岁上小学，接受的是半新半旧的教育，对古典文学多有儿时的记忆，对古典传统在其身上尚有较多印痕；二是现实因素，群众性散曲创作的兴起，是在21世纪初，此时生于20世纪40年代的人正好到了退休年龄，他们相继离岗休息，有时间、有精力选择自己爱好的领域活动。爱好诗词的人，便纷纷加入诗词创作的队伍，爱好元曲的人，便纷纷加入散曲的创作队伍中。他们形成一支庞大的队伍，并影响了后来人，推动了新时代散曲的兴起。

第二，1950—1959年出生的群体，即61—70岁，有578人，占总人数的22.06%，五分之一强。

"40后""50后"，这是两个人数超过20%的群体。这两个群体（61—80岁）共有1281人，占总人数的48.89%，快到一半了。也就是说，退休群体是当今散曲创作舞台上最活跃的主力军。

第三，人数超过10%的有四个群体，即1930—1969年出生的，亦即51~90岁的人，共2091人，占总人数的79.81%。也就是说，51~90岁群体，占当代散曲创作人数的近80%，一个十分老龄化的群体。

第四，改革开放以后，即20世纪80年代以后出生的人群，录入的只有71人，占2.71%。而进入21世纪，19年间录入的只有9人，只占0.34%。后继乏人。

第五，以上分析展现了一个令人警惕的现实，在当代散曲创作者群体中，61岁以上的，共有1871人，占总人数的71.41%，即七成多。而40岁以下的人群，不到3%。创作队伍严重老龄化，后继乏人。在热闹的背后，潜藏着深刻的危机。

6. 当代散曲创作者的地域分布

在国内诸地区中，创作者的分布是不平衡的，以省为单位统计、研究其人员密度分布。

当代散曲创作者的地域分布

排序	中华人民共和国成立前出生者		中华人民共和国成立后出生者	
	地区	人数	地区	人数
01	安徽	136	山西	182
02	湖南	134	安徽	180
03	湖北	126	湖南	180
04	山西	112	江西	128
05	陕西	111	湖北	104
06	江苏	106	黑龙江	96
07	江西	85	陕西	93
08	四川	77	山东	84
09	山东	74	河北	53
10	河北	51	河南	40
11	广西	44	江苏	36
12	浙江	34	贵州	36
13	辽宁	32	辽宁	22
14	贵州	25	广西	16
15	广东	22	宁夏	16
16	河南	18	北京	15
17	吉林	12	天津	14
18	黑龙江	11	内蒙古	14
19	甘肃	10	甘肃	12
20	云南	10	吉林	12
21	福建	9	浙江	10
22	天津	8	广东	9

续表

排序	中华人民共和国成立前出生者		中华人民共和国成立后出生者	
	地区	人数	地区	人数
23	北京	7	四川	8
24	重庆	3	上海	5
25	上海	1	重庆	5
26	新疆	1	福建	5
27			云南	3
28			新疆	2
29			海南	1
30	台湾	1	台湾	3
31	香港	1	香港	2
32			海外华人(澳大利亚)	6
33			海外华人(美国)	1

从上表中看出：

第一，中华人民共和国成立前出生的创作者的省份分布，与中华人民共和国成立后出生的创作者的省份分布，大体相当，没有大起大落，说明这些省份（地区）的传承和影响是符合文化传播逻辑的。

第二，不同的是：1）山西、安徽、湖南、江西等省份数据明显在增加，出现继续发展态势；2）尤其山西、安徽、湖南三省均有入围者180人，山西为首；3）新分布的省份在增加，如内蒙古、海南等；4）散曲后期发展已影响到海外华人、华裔，如澳大利亚、美国等地。

第三，两个表对比，明显看出，散曲的发展态势、影响力是在逐渐向全国范围扩展。

在国内，散曲发展是不平衡的，把上表前后两类人员合并，《大典》总录入创作者超过100人的省份为：

《大典》总录入超过100人的省份

排序	省份	人数	占总人数比重(%)
01	安徽	316	
02	湖南	314	
03	山西	294	
04	湖北	230	
05	江西	213	
06	陕西	204	
分计		1571/2620	59.96
07	山东	158	
08	江苏	142	
09	黑龙江	107	
10	河北	104	
总计		2082/2620	79.47

从表中明显地看出：

第一，散曲创作者最密集的，集中在安徽、湖南、山西、湖北、江西、陕西、山东、江苏、黑龙江、河北10个省，人数2082人，占总人数的79.47%，接近八成。

第二，散曲创作者特别密集的，集中在安徽、湖南、山西、湖北、江西、陕西6个省，人数为1571人，占总人数的59.96%，接近六成。

第三，特别值得关注的是山西的散曲发展。元代山西产生多名元曲大家，如元好问、白朴、关汉卿、乔吉、张鸣善、郑光祖等，铸就了元散曲的辉煌。在历史的影响下，新时代山西散曲更是起步早、发展快，创造了独树一帜的新成果。全国第一个散曲组织"黄河散曲社"在山西，全国第一个社团刊物《当代散曲》（微刊）在山西，全国第一个"农民散曲社"在山西，全国第一个工人散曲组织（晋阳工人散曲社）在山西，全国第一个"首届散曲创作研讨会"在山西吕梁举办。全国第一部用大数据解析元代散曲的著作《大数据观察下的宋词与元曲》在山西，全国第一篇用大数据解析当代散曲论文《当代散曲与元代散曲比较及当代散曲态势结构特征的统计分析》在山西。这些都构成了山西散曲发展的特点与特色。"一部唐诗半三晋，十分元曲六河东"，山西散曲的发展，其影响力、示范效应是不言而喻的。

第四，元代散曲创作活跃区域，前期在大都（北京）一带，后期在临安（杭州）一带。而当代活跃区域在安徽、湖南、山西、湖北、江西、陕西一带。说明五百多年前散曲活跃区域在东部，五百年后散曲活跃区域在中部，从东部向中部转移。

（二）历史的回顾与当前危机

1

元散曲与元杂剧形成元朝的主流文化形态，经过了一个漫长的形成与发展过程，是有自己的内在逻辑的。

词兴于唐而盛于宋，曲则兴于宋而盛于元。

盛唐时期诗已极盛，但李白的《菩萨蛮·平林漠漠烟如织》和《忆秦娥·箫声咽》是两首曲作，被南宋词人黄升誉为"百代词曲之祖"。中晚唐歌词渐盛，五代时期，文人词有了更大的发展。

晚唐五代是我国词史上出现的第一个歌词创作高潮，词开始在诗之外别树一帜。

当诗体文学发展到宋词时代，宋词渐失去其音乐性而变为纯文学形式时，社会的娱乐歌唱开始发展，便需要新的歌词，曲词便在宋词的海洋里萌芽。

刘崇德先生的《全宋金曲》汇录了宋金时期的各类曲体文学作

品，包括法曲、大曲、鼓子词、转踏、唱赚等。《全宋金曲》中记载了最早的有北宋欧阳修的"鼓子词"《采桑子·轻舟短棹西湖好》《渔家傲·正月斗柄初转势》等。"转踏"则记载了北宋黄庭坚《调笑歌·无语》等。还记载有北宋秦观的《调笑令·王昭君》《忆秦娥·载人图灞桥雪》等。欧阳修、黄庭坚、秦观是北宋前期、中期的出名作家，说明北宋中期以前，已有大词家介入写"曲"。

2

北宋后晚期，"京瓦伎艺""孔三传耍秀才诸宫调"的出现，是曲演进的一次升级，把说唱文艺推向一个新的高度，是曲史上的第一个转折点、第一次飞跃。其意义在于：一是首次把单唱的曲系统地组合起来，用以说唱故事，把单体抒情变为长篇叙事，把文化变为文艺。二是"诸宫调"为戏曲的形成提供了萌芽式的预演。三是"诸宫调"为带过曲、套曲的独立提供了范式，是散曲形成独立系统的先驱。

宋时期的鼓子词等以及诸宫调、宋杂剧虽然文艺形式不同，但共同点都是由"曲牌"的"唱"贯穿演出始终，曲与戏剧有着密切的关联。北宋时期的这种"曲"的文化形式、形态，为后来的散曲、戏曲文化打下了基础。

金灭宋后，南宋金两朝南北对峙了一百多年。北宋时期创造的文化成果，成为金、南宋两朝无偿接受的文化遗产。北宋文化在新的历史环境下，按南北两条轨道在演变、发展。

南宋时期，以汴京为中心的北方杂剧、诸宫调等文化，在南方也有一定影响和表现。但由于地域不同，文化的表现形式也各有特点。南宋南戏和南曲的兴起便是一例。南戏在南宋是重要的戏曲形式，有广泛的社会欣赏基础。南戏丰富的曲牌种类，有的就是从散曲借入，有的是其他剧种移植，有的是乐师新创。这些曲牌为后来的散曲、戏曲发展有着积极影响，提供了借鉴。

3

金灭北宋后，占据北方大部分地区。

原活跃在宋都城汴京一带的说唱文学、诸宫调、宋杂剧等文化形式及演出、创作队伍，自然都成了金朝全盘接收的文化遗产。

在戏曲方面，金人将北宋的"官本杂剧"发展成为"院本杂剧"，俗称"金院本"。金院本在立意、风格等方面继承了宋杂剧的基本特征。金院本作为古代戏曲文化的阶段性成果，为元杂剧的形成奠定了基础。

金朝另一重要文化成就是诸宫调的发展。现今所能见到的只有宋金时期断章残篇的《刘知远诸宫调》和保持完整的《董西厢》。

《董西厢》诸宫调的出现，是曲史演进过程的第二次重要转折点、第二次飞跃。较孔三传诸宫调晚一百多年。《董西厢》诸宫调的转折意义在于：一是开创了说唱结合的、演绎完整长篇爱情故事的文艺形式，为戏剧完整化提供了模板；二是建立了完整的音乐体系、宫调类别，为元曲的散曲及戏曲发展，奠定了基础，元曲的音乐构建的应用，没有超出《董西厢》的音乐框架；三是《董西厢》提供了众多"曲"的组合结构模式，为后世戏曲音乐提供了范例，同时也为散曲的独立发展提供了众多的曲牌范式与选项。

金院本和诸宫调是金朝最具亮点的文艺形态。

金末元好问等文化大家参与散曲的创作，对元散曲的发展起到了推动作用。

4

蒙古国大军南下，灭掉金国和南宋一统中国。金朝和南宋对峙一百多年间，北域形成了金院本、诸宫调，南域形成了南戏、南曲，两种不同风格、不同形态的文化成果，都成了元朝廉价接收的文化遗产。

到元朝，由于元朝是鞭马立国，对于儒家文化看淡，上层崇尚娱乐，加之城市经济发展，使戏曲发展迅速。散曲由于官宦人物参与创作，再加上演艺优伶、书会才人参与创作，使得平民作家与官吏作家数量相当；众多文人参加戏曲创作，又提高了戏曲的质量。于是便波澜壮阔地创建了元曲大厦，形成元朝的社会主流文化。

元散曲的发展和丰富，为戏剧提供了多样化的音乐表现选项，而戏剧里面的"剧曲"，往往又被清唱传播。宋代王灼的《碧鸡漫志》所说的"士大夫皆能诵之"，即说于此。实际上，散曲与戏曲一直在相辅相成、相互借鉴中发展。元曲形成了"一代之文学"，与唐诗、宋词形成三足鼎立之势。而周德清的《中原音韵》对散曲和戏曲进行了全面的总结，使元曲形成定格之势，是曲史发展的第三次大飞跃。

5

元朝灭亡，明而代之。明散曲得到进一步发展，其散曲数量远超元朝。但由于社会文化的变迁，散曲在明朝已经退出主流文化，仅是诗词文化的一个方面而已。

清灭明后，由于社会思想的多元化，散曲数量进一步减少，近于式微，仅为文学分支而已。

民国时期，中国传统文学虽然经历了明清时期的"集大成"，但是散曲并没有与之同盛，却日益边缘化。晚清以后，散曲边缘化的程度加深了。民国期间，受"保存国粹"思潮和白话文运动的影响，吴梅等一些大师在散曲研究方面取得了丰硕的成果，但并没有扭转被边缘化的命运。终因时代剧变，逐渐退出文学舞台，淡出了人们的视野。

6

中华人民共和国成立之后，1965年2月1日《人民日报》刊登了赵朴初的《某公三哭》，一时震动文坛，惊雷社会。散曲又重新进入大众视线，引起人们对散曲的回望。但随后便销声匿迹多年。

20世纪80年代后，随着诗词等古典文学的复兴，散曲也开始活跃起来。进入21世纪，散曲创作进入了一个新阶段。2004年，山西成立全国首个散曲组织——黄河散曲社。2005年山西成立全国首个散曲刊物——《当代散曲》（微刊），散曲重新燃起了篝火。之后全国各省市纷纷成立组织、创办散曲刊物，论坛、大赛、微刊、公众号雨后春笋般发展起来，可当日以千计。散曲又形成一股新流，活跃在文学舞台上。

7

如果说《全元散曲》《中原音韵》《录鬼簿》记录了元朝元曲（散曲与杂剧）的兴旺景象，那么《中国当代散曲大典》则记录了五百年后中国当代散曲的发展图景。中华人民共和国成立后70年间的当代散曲的发展，无论是研究者、创作者、典籍专著、散曲作品，都数十倍于元朝的发展。其五百年后的兴旺程度，远胜于元朝。《中国当代散曲大典》则记录了当代散曲发展的系统信息。

《中国当代散曲大典》提供当代散曲发展的综合数据

四个板块	有关数据（1949—2018）
当代散曲研究者	散曲研究者216人，其中女性人员37人，占17.13%。
当代散曲出版典籍	出版典籍966部，其中：研究性质的330部，占34.16%；作品性质的636部，占65.84%。
当代散曲创作者	散曲创作者2620人，其中女性580名，占22.14%
当代散曲作品数	录入作品总数11562首/套，其中小令10489首、带过曲704首、套曲278套、自度曲91首/套。
当代散曲社团组织	散曲研究会、散曲社等组织77个。

《中国当代散曲大典》出版后，各省分卷也相继出版，目前已有天津、山西、安徽、江西四个省级分卷出版。仅山西分卷就记录了散曲研究者17人、专著82部、散曲创作者344人、散曲作品1570首/套，涵盖了70年来山西省散曲发展的概貌和成果，为山西当代散曲发展作了里程碑式的记载。其他省分卷亦如是。

如今全国散曲组织林立，刊物如春笋，网络微刊如雨，作品井喷式面世。曲群呼答，曲会相邀，曲刊互赠，曲面桃花，生动盎然的文学大军，精神焕发地活跃在当代文学舞台上，再无"读书人一声长叹"（张可久《卖花声·怀古》）的社会情怀。

8

当代散曲的发展，也出现过偏离的轨道。正确认识元散曲的风格特征，是传承与发展的前提。如前所述，我在《元散曲风格流派二分界定辩疑——兼论俗俏、旷达、清丽三分界定表达》（载《中国韵文学刊》2015年第4期）文章中，阐述了元散曲风格流派的基本特征：旷达风格、清丽风格、俗俏风格。

旷达风格、清丽风格是继承了唐诗、宋词的风格传统；俗俏风格则是在元朝时代的条件下的创新风格。元曲是在唐诗、宋词的演化过程中形成的新诗体，它必然会继承前时代的优秀内涵：含蓄、蕴藉，豪放、婉约，是不会断然割裂的。而在元朝特定的社会历史条件下，又发展了自己的鲜明个性：俗俏。必须完整、准确地把握元曲风格的全部内涵，才能完整、准确地继承元曲的精华。

当代散曲创作曾出现两种倾向，值得注意：

一种倾向是过度、过高地夸大散曲"俗俏"特征，即"俚俗至上"的散曲审美观，认为散曲越低俗、越粗俗越有"曲味"，越是好作品。

另一种倾向是泛词化，曲与词不分，还不如词潇洒。

关于过度"俗化"倾向，笔者曾写过《老教授为什么没有喊"元曲万岁"?》一文，发表在当时的"中华诗词论坛"及有关网络平台。

9

当代散曲创作呈现十分繁荣的景象，可喜可贺，但这繁荣的背后隐藏着深刻的危机。

根据《中国当代散曲大典》提供的数据，大数据分析展现了一个令人警惕的现实，即创作队伍老龄化问题已十分严重。其中坚力量是70~80岁的人，其次是60~70岁的人。在当代散曲创作者群体中，61岁以上的，共有1871人，占总人数的71.41%，七成多。说明当代散曲创作的兴旺是由一群退了休的银发族支撑着。须知，这个群体是人生路上淘汰率最高的群体，因而散曲创作的这种热度将随着时间的流逝逐渐降温。同时，后继乏人，根据统计，散曲创作中，20世纪80年代后出生即40岁以下的人数很少，不到3%。进入21世纪，19年间录入的只有9人，只占0.34%。

所以，队伍老龄化，后继无人，在创作热闹的背后，危机已见，因而，向青少年普及，培养年轻一代，是当下十分紧迫的任务。

10

进入21世纪的20年间，一个可喜的现象是，在元曲领域，首次引进大数据思维及处理方法，对元曲文献的研究，是对古典文献研究方法的突破。在对古典文献考证、汇总、对比等传统方法外，又增加了大数据法，为古典文献研究开了一扇新窗口，开拓了一个新领域。

用大数据思维对古典文献以及元散曲和当代散曲的研究，是有其理论依据的。

无论古代散曲典籍还是当代散曲典籍，都是作者思想的体现，都渗透着学术内涵和社会背景等综合要素。这些要素是用文字表述的，这些文字系统是可以用有规律的一系列数字表述并储存的。当我们抛开文字系统的思想面罩而只观察文字系统的数字化系列，并运算这些数据，一些规律性的结果便出现了，将这些结果再还原成思想，一个崭新的天地便会展现在我们面前。这个新的天地甚至连作者都不曾意识到。这就是大数据思维和大数据方法的价值所在。

大数据应用到政治、经济、军事等领域，其深刻价值令人惊讶。大数据应用到文化领域，其深刻价值同样令人惊叹。当用大数据观察元曲时，展现出元代文化的种种图景及社会关联，宏观地和微观地透视了元代文化的灵魂和身躯，对元曲文化有了更深刻的认识。当用大数据观察当代散曲时，《中国当代散曲大典》提供了一扇瞭望的窗口，无论是研究者、创作者，还是典籍专著，或者是创作者们的时空布局，都展现出了犹如《清明上河图》般的清晰图景，使我们对当代散曲的面貌也有了更深刻的认识。这就是大数据与古典文化、古典文学相结合的作用与价值。

大数据的观察与研究方法，仿佛是无人机带着遥感雷达俯瞰大地山水而透视地下宝藏一样，在清晰地描绘着古典文献背后的隐秘与意义。思想、文字的数字密码正在改变人们的认知方式和认识世界的能力。我们用大数据思维对元散曲和当代散曲的研究，已经展现出了一片新的天地。在论述对元曲的认识及创作的掌握时，引入了大量的大数据研究结果，这应该是本书的一个特色。

附录

元散曲逻辑历史的可视化研究

〔内容提要〕 本文以《元散曲家一览》为依据，以散曲作家出生年代为坐标点，在历史时空维度上，展现作家群落的诞生更替、行动态势与轨迹，从而描述了元散曲逻辑历史及一代文化形态发展的可视化图景，将文化规律的思维认识变为感官的形象化认识。

元曲作为元朝的主流文化形态，也曾波澜壮阔地走过了一百多年的路程，形成了"一代之文学"，与唐诗、宋词并茂于中国文化史的舞台上。散曲与北杂剧、南戏构成了蒙元时代个性文化的形态特征。特别是散曲与戏曲文学的相互影响、相互促进，使纸质平面与立体舞台交相辉映地构造了蒙元社会意识形态的辉煌一面。

一种文化形态的形成，与社会环境的政治生态密切相关，也与文化形态的自身发展逻辑密切相关。元曲文化形态及演变，从文献理解的视角，可以思辩性地把握。如果能从"看见"的视角，把一种文化形态的演进与政治历史演变结合起来，动态化、视窗化地展现出来，会形成更加立体化的对元曲历史的影像化理解。大数据时代的可视化手段，提供了这种可能。

可视化是利用计算机图形学和图像处理技术，将数据转换成图形或图像，是大数据规律特征的形象化再现，是伴随大数据产生而共生的一种表述手段。可视化具有形象、直观的特征，便于理解、传播、互动、达成共识与交流。今就元散曲的逻辑历史，使用可视化手段予以解析。

一、元散曲逻辑历史的可视化资料来源与依据

《中国历史纲要》，尚钺主编，人民出版社，1980年。

《中国历代帝王年号手册》，陈光主编，北京燕山出版社，2000年。

《全元散曲》，隋树森编，中华书局，1964年初版，1981年重印。

《元曲家考略》，孙楷第著，上杂出版社，1953年初版，1989年上海古籍出版社再版。

《门岿文集·曲家论考》，门岿著，华夏文艺出版社，2014年。

《中国历代帝王年号手册》载有历代帝王称帝时间、名称、顺序、年号，是研究蒙元时期政治历史的依据。《全元散曲》收录有名姓作家213人，每一作家前有小序简介其生平，生平不详者按考略排序。《元曲家考略》考证了48位元曲家的生平和创作。《门岿文集（卷一）曲家论考》，有《元曲百家纵论》，系统论举了元散曲诸家生平，后有一附录《元散曲家一览》，共列举了曲家（散曲与戏曲作家）316人，其中有散曲传世作家202人，考证颇详。今以《元散曲家一览》为基础数据，并参考相关著述和学界新近研究成果，进行可视化处理。

二、《元朝兴衰与元散曲家时空分布图》的构建

蒙元政治史及元散曲家时空分布描述，分两部分：

第一部分展现蒙元时期政治史；

第二部分展现散曲作家群的自然构建轨迹。

建立时间坐标系：做一水平时间轴线，时间区间为公元1200—

1300年。时间向左退回10年，向右延长70年。每10年一个节点标出。13世纪末到14世纪后晚期这段时间，历史把他交给了金朝、南宋、蒙元朝、明朝。也就是元曲这一文化形态发展的历史和政治背景。

（一）朝代的更迭与帝王的更替

金章宗泰和六年（1206），蒙古族铁木真（成吉思汗）建立蒙古汗国，定都哈拉和林。二十八年后，即1234年灭掉了金朝，入主中原北方。1271年改国号为元，定都大都（北京）。1279年灭掉南宋，结束了金政权与南宋政权一百多年南北对立状态，成为蒙古少数民族政权一统天下的朝代。1368年朱元璋大军灭掉了元朝，开始了明朝的历史。蒙元政权从灭金入主中原算起，历时134年。元曲（散曲与戏曲）就是在这段时间里创建了自己的辉煌篇章。

从1190年到1234年蒙灭金，金朝经历了金章宗、金卫绍王、金宣宗、金哀宗四个皇帝。

蒙元从1260年元世祖始，历经元成宗、元武宗、元仁宗、元英宗、元泰定帝、元天顺帝、元文宗、元明宗、元宁宗、元顺帝共11位皇帝以及中统、至元、元贞、大德等18个年号。

1368年明灭元后，近期则有与元曲有关的明太祖、明惠帝、明成祖三个皇帝时期。

把这些皇帝的登基年及年号、年号变化，按着时间坐标，分别标注到时间轴上，这样就出现了一幅帝王更替的顺序图以及在位时长和年号变化情况。金、元、明交替的历史过程以及皇权的变化，就形象地定格在时间坐标中，再现了那一段的政治风云史。元散曲发展的政治背景及社会环境，便清晰地浮现在眼前了。

（二）元散曲作家群的分布与演进状态

一种文化形态的特征，是由群体作家的共性面貌和个体作家的个性面貌组成的。文化形态的特征需要研究这个时代的作品特性以及作品特性的演变特征。但作品的载体是人，这就需要研究人的社会属性及作品风格，也需要研究作家群的流动与分布。通过作家群的流动与分布，便能看出一种文化形态的演进与发展脉络，看出一种文化形态的发展规律。当把每个作家摆在历史长河的特定时空位置上时，作家群的流动面貌及与社会背景的对应便历历在目，文化特征的演进也便浮出纸面。

《元散曲家一览》表中，共列举曲家316人，其中标明有散曲作品（小令+套曲）问世的，有202人。现以作家的"出生年"作为"坐标点"，逐一标置在时空图中（其余"有散曲，不传"或某人"《录鬼簿》有载"，有名而无作品数的，均不载入），以观察作家群的流动状况。

标注作家群位置的有四种情况：

一是有确定出生年的，如（1280），具体标定。

二是出生年有疑问的，如（1260?），但此年也必定有所考证，则据此标出，保留问号。

三是说明"（与某某人同时）"的，则放某某人之后。

四是无确定出生年的，则按《元散曲家一览》表顺序，排某某人之后。

五是作家的作品数同时列出。

图例如下：

张可久（1280）（885+9）即：

作家名（出生年）（小令数+套曲数）。无单项作品的，以"0"顶位。

当我们把所有资料中的作家，都按坐标顺序摆进时空图中，就得出一张《元朝兴衰与元散曲作家时空分布图》（见文末拉页）。

当一个时间点沿着时间轴流动时，就会看见朝代的更迭和皇权的更替及皇权的流动速度，这也是社会政策的变动速度，必将影响到文化的发展与走向。

当一个时间点沿着时间轴流动时，有的作家诞生了，有的作家谢世了。诞生了的，个体的特性会影响未来文化的张力；谢世了的，个人风格与贡献将固化在文化史册上。而作家群体的特征将描绘出时代文化的特征。

在特定的政治背景下产生的特定的文化形态，其规律性便橱窗化地展现在这张时空图上了。

三、《元朝兴衰与元散曲作家时空分布图》的分析与结论

（一）政治风云边界点

从时空图上明显可以看出有四个重要的政治风云时间节点：

一是1234年，这一年蒙古大军攻克金朝首都汴京（今开封），金朝灭亡，历史翻开新的一页。蒙古政权成了北方地区的实际统治者，一切社会运转将在新的政治环境中运行。金朝的文化工作者、散曲创作者、金院本的演出者，一夜之间便都成了蒙古政权的子民。政治生态发生了突变。

二是1271年，蒙古政权改国号为"元"。这是忽必烈采用《易经》上"大哉乾元"句，取国号为"元"，取大而始万古开端之意。同时扩建"中都"为"大都"（北京）。大蒙古国至此成为中国的传统王朝，也标志着游牧民族的草原文化愿意接受汉民族儒家文化的开始。

三是1279年，元朝大军南下，灭掉南宋。文天祥被俘，押解至大都，从容就义，留下千古名句"人生自古谁无死，留取丹心照汗青"（《过零丁洋》）。元灭南宋，结束了自唐宋以来南北对峙和多个民族政权长期共存的分裂局面，实现了中国历史上规模空前的大一统，奠定了中国宏大的疆域版图。

四是1368年，朱元璋大军进军大都，元朝皇帝携臣妃等逃回草原，元朝灭亡，历史又进入了新的篇章。此时，元朝的文化工作者，

包括散曲创作者、北杂剧与南戏的演出者，又都成为汉族明政权的子民与文化工作者了，明朝接受了元朝的一切文化遗产。

一个朝代的历史更迭，标志着一个时代的结束，标志着一种政治生态、一种社会环境的结束。而在一个朝代内，也有一段一段的小更迭。元朝从元世祖始，经历了 11 个皇帝、17 个年号。每一个皇帝的政治倾向、纲领政策、执政风格也各有不同，创造的小政治环境也各异。就是这样的环境影响着元代散曲作家们的创作。

从蒙灭金，到灭南宋，史称蒙元政权的"蒙古时期"，共持续了45 年。从灭南宋一统，到被明灭，史称蒙元政权的"一统时期"，时长 89 年。

政治变化波澜壮阔，从时空图上已能看到"春花秋月何时了，往事知多少"的历史风云变幻。而这种变化自然会影响到社会的各个方面，自然也包括社会文化的发展。

（二）元散曲作家群的总体分布与演变

进一步观察《元朝兴衰与元散曲作家时空分布图》（以下简称《时空分布图》），元散曲作家群的变化，展现出两个时期、四种情况：

一是出生在金而入元的作家，有 33 人，作品 329 首/套（小令与套曲之合，下同）。

二是出生于"蒙古时期"的作家，有 57 人，作品 987 首/套。

三是出生于"一统时期"的作家，有 112 人，作品 2587 首/套。

四是生于由元而入明的作家，有 26 人，作品 465 首/套。

总计统计出散曲作家 202 人，作品 3903 首/套；与隋树森《全元散曲》列举作品 4310 首/套相比，少 407 首/套，这正是无名氏作品数，与《全元散曲》吻合；《全元散曲》作家 213 人，与其相比少 11 人，原一览表如此。经与《全元散曲》核对，此 11 人均为"生平不详"且作品极少，而 202 人已涵盖全元主要作家群体，个别一般性作家缺席，不会影响总体评价。

为清晰起见，列表如下：

元散曲作家群各时期统计表 表一

	作家数（人）	所占比重（%）	作品数（首/套）	所占比重（%）
由金入元	33	16.34	329	8.43
蒙古时期	57	28.22	987	25.29
一统时期	112	55.45	2587	66.28
其中由元入明	26	12.87	465	11.91
总计	202		3903	

为更直观、形象，作直方图如下：

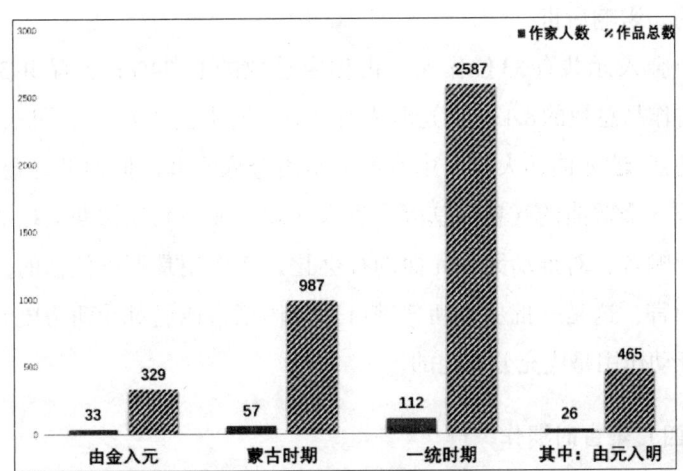

元散曲作家群各时期统计图

（三）由金入元作家群

从金代晚期的作家群可以明显地看出文化运动的连续性。虽然他们一夜之间便成金遗民，而后成蒙政权子民，生活在了蒙古时期，但生活还要继续，他们的文化活动并没有因政权的突然更迭而停止。

从《时空分布图》上看，这一时期有影响的作家有：

元好问，金进士，官至知制诰，颇具影响的文化名人。其曲〔双调·骤雨打新荷〕颇被称道。

杨果，金进士，入元官至中书参政，作品（11+5）首/套。

杜仁杰，其套曲《耍孩儿·庄家不识勾栏》，颇具影响。

刘秉忠，被元世祖赏识，参与元初建国诸事，官至太保。其曲《南吕·干荷叶》入载元曲。

关汉卿，杂剧魁首，"元曲四大家"。《一枝花·不伏老》，俏俗风格冠盖元曲。

王和卿（与关汉卿同时），其曲《醉中天·咏大蝴蝶》，想象丰富之至，令人叫绝。

白朴，曾被元好问抚养，终生不仕，为"元曲四大家"，其曲清丽婉约，影响后世。

由金入元共有33位作家，占作家总数的16.34%；作品共329首/套，占作品总数的8.43%。这些人有高官，有书会才人，有平民，但皆成就斐然。"元曲四大家"中有两名是由金入元者。他们带着金院本、诸宫调、金散曲的气息与基因，进入元朝，成为元朝初期文坛的引领者、影响者，对推动元朝元曲的社会化，其作用是不可低估的。对于元朝而言，这是一批从金朝"进口"的作家，他们对元朝历史文化起到的推动作用是应充分肯定的。

（四）蒙古时期作家群

出生在蒙古时期的作家有57人，占作家总数的28.22%；作品数为987首/套，占作品总数的25.29%。对元朝来说，这已经是纯粹的"本土"作家了。

这一时期，有影响的作家有：

姚燧，官至翰林承旨，太子少傅。元代著名古文家，世与唐代韩愈相比。散曲与卢挚齐名，并称"姚卢"。曲风典雅婉丽，是士大夫里散曲创作成就较高的一位。

卢挚，官至翰林学士承旨，与姚燧齐名，并称"姚卢"。与马致远、珠帘秀唱和，曲风妩媚，存小令120首，是士大夫里作品较多的一位。

珠帘秀（与卢挚同时），元代著名女艺人，亦善写作。卢挚有《寿阳曲·别珠帘秀》，"空留下半江明月"；而珠帘秀《寿阳曲·答卢疏斋》，则有"恨不得随大江东去"，颇有气概。

马致远，曾任路吏，为"元曲四大家"，曲风多豪放，亦有清逸。小令《天净沙·秋思》，元曲魁首，被称为"曲状元"。

郑光祖，做过杭州路吏，"元曲四大家"之一，作品以杂剧为主。

王实甫，元代重要戏曲家，《西厢记》被评"天下夺魁"，"晓来谁染霜林醉，总是离人泪"，"碧云天，黄花地，北雁南飞"，剧作之美，影响至今。带过曲《十二月过尧民歌》与《西厢记》风格不同，被人传颂。

杨朝英，编有《乐府新编阳春白雪》《朝野新声太平乐府》二集，保存元朝散曲作品，其功大然。

张养浩，官至监察御史，今存曲163首/套。其小令〔中吕·山坡羊〕《潼关怀古》，惊天动地，为元曲政治题材最为响亮之作。

睢景臣，元曲名家，套曲〔般涉调·哨遍〕《高祖还乡》，是内容与艺术俱佳的作品，为传颂的元曲名篇。

周德清，著有《中原音韵》一书，为曲韵的经典著作，为元曲创作作出了独特贡献。

蒙古时期出生的作家群，为元曲主流化态势的形成，做出了卓越的贡献：一是出现社会化、多阶层参与的创作群体，有达官显贵者，有书会才人者，有歌伎艺人者，有平民作家者，且相互应答，形成社会化创作氛围。二是出了一批广为社会接受并传颂的作品。三是"元曲四大家"的另外两名，都出生在蒙古时期。四是保护散曲作品和规范散曲、戏曲的重要著作者杨朝英、周德清也都是出生在蒙古时期。

因而这一时期是元曲社会主流化逐渐形成并奠定基础的时期。

（五）一统时期作家群

出生在一统时期的作家有112人，占总人数的55.45%；作品总数2587首/套，占作品总量的66.28%。

这一时期的作家较有影响的人物有：

钟嗣成，官路吏。著有《录鬼簿》，得以保存元代散曲作家及杂剧演艺人员史料。由于民间作家及艺人社会地位低下，少有记载。幸亏有《录鬼簿》，始能保存元代的文化资料，其功可书。

张可久，官路吏。元散曲作家中，作品最多的一位，计小令855首，套曲9套。曲风清丽典雅，为清丽派首领。是散曲风格由俚俗向清雅转折性的代表人物，在元后期极负盛名。

乔吉，杂剧与散曲间作，曲风清丽，与张可久齐名，其多产仅次于张可久，为后期颇有影响的作家。

刘时中，其套曲〔正宫·端正好〕《上高监司》，呼民之苦，思想和艺术水平均为高端，颇具影响。

徐再思，官路吏。其散曲以清丽见长，存小令103首。他与贯云石齐名，后人合辑二人散曲作品为《酸甜乐府》，亦是后期有影响的作家。

贯云石，维吾尔族，是少数民族作家成就最大者，存小令79首，套曲8套。其散曲笔调骏快，风格豪放。

一统时期是元曲发展最活跃的时期。这一时期有四个特点：一是出生在这一时期的作家最多，占总人数的55.45%，再加上北方南下的作家、南宋遗留下的作家，形成了一个多元化的作家群体。二是散曲作品多，作品的数量占作品总量的66.28%，元散曲作品大部分产生在这一时期。三是作品风格的转变，散曲的风格由前期的俏浪通俗转而清丽典雅。四是进入大总结时代，杨朝英的《阳春白雪》《太平乐府》两部散曲作品集，周德清的元曲格律及音韵总结的《中原音韵》，钟嗣成的记录元曲作家及戏曲演艺人员的《录鬼簿》；与元曲记载有关的杨维桢的《东维子文集》，夏庭芝的《青楼集》，陶宗仪的《南村辍耕录》，都是诞生在这个时期。这几部著作，对于保留元代的元曲文化史料，其功彪史。一统时期的文化辉煌，使元曲的文化运动终于形成并上升为元朝的主流文化。

（六）由元入明作家群

出生在一统时期后期的人，其中有不少名人，元被灭后由元入明，可考记载的有26人，占总人数的12.87%；作品数为465首/套，占总作品数的11.91%。他们是：

杨维桢，元泰定进士，元末为江西等处儒学提举，入明后应诏至京修礼乐书，不仕而归。著有《东维子文集》31卷，成书于元末。其中收有评论元曲家和专论戏曲的文章。评论元曲家风格曾有"奇巧莫如关汉卿、庾吉甫、杨澹斋；豪爽则有冯海粟、滕玉霄；蕴藉则有如贯酸斋、马昂父"，这是较早提出对元曲风格的总结和表述。

张鸣善，元时任宣慰司令史，明初任江浙提学。至元二十六年（1366年）曾为夏庭芝《青楼集》作序。其小令〔双调·水仙子〕《讥时》，用极其辛辣的笔调、漫画的手法，无情揭露黑暗现实，特点鲜明而泼辣，亦是后期元曲的一亮点。

夏庭芝，曾与当时曲家、艺人往来，追忆旧游，著《青楼集》，成书于元至正十五年至二十六年（1355—1366）间，记载了一百多位艺人、曲家及演出交往事迹，是古代中国戏曲艺人传记专著，为戏曲史上的重要史料。

汪元亨，官至尚书。汪生于元末乱世，著有《归田录》一百篇行于世。与贾仲明有交往。元末明初散曲家。散曲多警世叹时、咏归隐之作，曲风豪放，善用排比，有的潇洒典雅，风格多样。

陶宗仪，元末明初著名文人，元末寓居松江（今上海），每耕余，将所见所闻，摘叶而录，日久积十余罐，于1366年成书《南村辍耕录》，三十卷。因号"南村"，故名。这是一部历史琐闻笔记，以元代为主，史实杂录，其中有关于戏剧和诗词本事的记载。此书史料价值和学术价值都很高。

汤式，元仕县吏，作品较多，颇负名气。汤曲以曲录史，内容丰富，拓展了散曲的题材范围。艺术风格丽雅、多样，善用俳体、典故，雅俗融汇，是元晚期曲作大家，影响明代曲家。其中小令〔双调·蟾宫曲〕《咏西厢》，通俗俏丽，多被后人模仿。

贾仲明，元末明初杂剧作家。曾侍明成祖朱棣于燕王邸，甚得宠爱。撰《录鬼簿续编》一卷，成书时间，因有明永乐二十年（1422）贾仲明后序，应是1422年。该书记述了元、明间戏曲家、散曲家简略事迹，并为七十一位戏曲作家补写了〔双调·凌波仙〕《挽词》，评论中肯，被广泛征引，留有珍贵戏曲家史料。

在一统时期的后期，有一批从元入明的作家，这些人有两个特点：一是作品精妙，不亚于前期与中期作家，如张鸣善、汪元亨、汤式等。他们的作品既继承前、中期的元曲特色，又有新的创新，特别是汤式的作品，成了元曲晚期新的亮点。而汤式、贾仲明又都是明成祖朱棣的座上客，他们对明朝散曲发展的影响是不言而喻的。二是杨维桢、夏庭芝、陶宗仪等，在后期为元朝留下了极其宝贵的文化史料，功不可没。贾仲明的著作虽然成书在明朝，但他记载了元朝散曲家、戏曲家的事迹，并以曲评的方式论元曲家，形成重要史料。元朝灭亡时，这些由元入明的作家群，带着他们的优秀文化成果进入明朝，成为明朝无偿继承的文化资源，对明散曲、戏曲的发展，其影响也是不可低估的。对于元朝而言，这是一批"出口"的作家，对于明朝而言，这又是一批"进口"的作家，他们对明朝文化史的作用也是不可低估的。

（七）不同时期递增的创作活跃度

由金入元、蒙古时期、一统时期，几个不同阶段创作散曲作品的总量分别是329首/套、987首/套、2587首/套，一路递增，反映了创作不同时期体量的变化，这是宏观状态。但由于不同阶段的时间长短不同，无法等量精准比较。现在从生产作品密度的角度再观察其微观状态。根据表一，可以算出各时期的人均生产作品量，见表二。

元散曲作家时期均值统计表　　　　　表二

时期 ＼ 总平均数	人均作品数〔首（套）/人〕
由金入元	9.97
蒙古时期	17.32
一统时期	23.10
其中由元入明	17.88
总平均数	19.32

为清晰起见，作直方图如下：

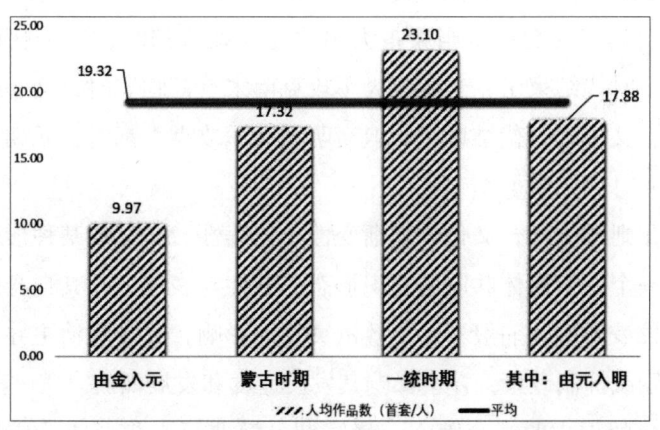

元散曲作家时期均值统计方图

从表二和直方图看出，人均作品数由金入元、蒙古时期、一统时期分别是9.97首（套）/人、17.32首（套）/人、23.10首（套）/人，也是一路飙升（其中由元入明为 17.88 首（套）/人）。一统时期人均作品量最高，高出总平均数 3.78 个百分点，其余时期均低于平均数。这说明一统时期是作品生产密度最高的时期，是作家创作最活跃的时期。

综合观察前表表一、表二，说明：

综合总量和分量的综合分析，一统时期：一是作家总数最多，二是作品总量最多，三是作品生产密度最高，四是所有的总结性、汇集性文献都产生于一统时期。所以一统时期是元曲（散曲+戏曲）最为辉煌的时期，是创造力最强、最活跃的时期，是元曲形成社会主流文化的完成时期。

蒙古时期的浪漫与一统时期的成熟，使元曲奠定了在中国古典文化史上与唐诗、宋词三峰并峙的历史地位。

（八）政治与文化

作为一个国家，其政治、军事、经济、文化等均以各自的形态存在着、发展着，但存在和发展的模式和规律是各不相同的。

政治具有突变性。当蒙古大军攻克金朝首都时，一个朝代灭亡了，一个时代结束了；当元朝大军攻克南宋首都临安时，又一个朝代灭亡了，又一个时代结束了。但当明朝大军攻克大都时，元朝也灭亡了，蒙元时代结束了。

文化则不一样，文化具有渐变性、连续性。文化的某种形式、形态，是一个社会群体共同的意识形态的共性与表述，有其自身的逻辑过程和发展轨迹，一般不会受政治突变的影响，除非政治主导者有特别的鼓励或抑制政策，才会影响其发展速度和发展面貌。

当金朝灭亡时，金院本、诸宫调、散曲等文化形式，成了蒙元王朝的文化遗产，一批文化人带着他们的文化成果进入蒙元王朝。

当南宋被元朝灭时，南宋的散曲、南戏文化也都成了元王朝的文化遗产，一大批文化人也带着他们的文化成果进入元王朝，成了元王朝的文化资源。

蒙元王朝是游牧民族草原文化，对儒家文化和理念没有那么正统和束缚，传统的士大夫不与下九流的戏曲为伍的矜持不存在了，贵族士绅们的娱乐倾向，加速了戏曲的社会化、庭院化和商业化。官员和歌伎的往来已是常态，卢挚与珠帘秀的密切交往就是一例。元曲（散曲与戏曲）在这种社会环境中，在接收金文化资源、南宋文化资源的基础上，演化成社会的主流文化形态，在传统文化史上占据了一席之地。

当元朝政治大厦轰然坍塌之时，元曲文化和一批文化人，又都成了明朝的文化资源，影响着明朝的文化发展。

当一种文化形式产生之后，随着社会接受程度的提高，跟进群体的广泛化、持久化，便会形成一种有体量的文化形态，占据社会意识形态的一角，形成一种文化运动。之后便以自身的逻辑再发展、完善、创新，向更高层次演化。除非政治政策的鼓励或抑制，否则不会影响其发展面貌，这种文化运动一般都会有相当的惯性和顽强的生命力。元曲文化在风云变幻的政治烽烟中，依旧按照自身的逻辑在演化和发展，辉煌了一百多年，就是生动的一例。

四、用大数据构建规律的可视化

文化现象和文化形态是看得见的，而文化规律是看不见的，只能在头脑中进行思维的把握，譬如一些宏观文化现象的演进、发展脉络及其规律。但对头脑思维的把握，其理解程度千人千面，与个人经历、学识、阅历等均有关系。如何让规律"看得见"，在大数据时代，使用大数据思维与方法提供了另一种思维方式、表达方式，使其成为可能。当把某种形态的历史各相关要素关联起来，进行数据化整理后，按可视化原则处理，便可以产生图像或图景，通过这些图景便可以表现出一种现象的存在和演进关系、演进规律。当打开经数据化处理的《元朝兴衰和散曲作家时空分布图》时，一种历史政治与历史文化的演进规律便历历在目，形象而直观。大数据描述了宏观的元曲历史的过程与演进轨迹，彰显了一种看得见的规律。

微观的文化现象，同样具有这些价值和意义。近年来，网络上出现的《文学地图》，便诠释了个体文学家的地理行迹，如唐李白、杜甫的人生地理行迹，宋苏东坡、李清照的人生地理行迹。通过《文学地图》，我们仿佛跟随这些历史大家一起旅行。对于他们在各个时期、各个节点的作品，可以更加深刻地理解其背景与含义。这种把书本页面作品，将时间轨迹空间化展现在读者面前，对这些作品的解析与作家的遭遇，会形成更加直观、更加立体化的理解，形成一种规律性的认识，这正是大数据的价值。

当我们把元散曲政治与作家时空化后，便清晰地看到了元政治的演变与作家群的流动演变，一种时代的过程规律便像观看纪录片一样看到了真实的图景——思维规律与感官认识便统一起来了。

用大数据思维及方法研究古典文学及古典文化，是科学与文化的结合，是一种新的研究方法和理念，是传统研究方法的与时俱进，是新的思维艺术，具有广阔的学术前景。目前，大数据文化学已经摆上了时代文化研究的议程，相信这一天终会到来。

逻辑思维与形象思维及诗的本态

〔内容提要〕 逻辑思维与形象思维是人类进化过程中大脑固有的思维形式和思维能力。研究表明，逻辑思维与形象思维是人类思维方式的两种形式。科学家、哲学家侧重于逻辑思维，但也有形象思维；作家、艺术家侧重于形象思维，但也有逻辑思维。诗的本质是形象思维诸元素的艺术化组合，本文总结了诗的形象思维的十二种表现模式。

一

人类与其他生物的本质区别，在于人类具有超强的思维。在亿万年的进化中，人类的大脑形成了一个极其丰富而复杂的思维机能，能够深刻地认识世界，大到认识宏观尺度的整个宇宙的构造和其运行规律，小到了解微观原子、电子及各种量子的活动状况。大自然的任何领域都在他们的探讨、认识之列，从植物到动物，包括人的个性结构，并利用这些认识改造自然、改造世界，因此人类成为这个地球上的最高生物群体，主宰这个世界。

二

人类进化中的大脑，在生存与大自然的斗争中，接触着各种各样的事物。事物的影像，经过感官传递给大脑，在大脑中储存为一个个的信息图景，久而久之，通过这些信息图景的叠加、合成，便会产生一些新的想法。这些新的想法，在生存的斗争中，需要同外界交流，人类群体便用发声来传达自己头脑中的景象和愿望，这样就产生了语言。

语言是记录思维图景的载体符号。这些语音符号有的是表示物的形象（名词），有的是表示物的行为（动词），有的是表示物的状态（形容词、状词），有的是表示某种综合意思（形成概念）。所以语言是记录大脑思维结果的外在表述。这种表述可以传递给群体中的任何人，形成自然生存中的共同理解与认识。

由于语言传播范围、传达距离的有限性，且无法保存，交流的信息容易丢失。为了将人类语言交流信息保存和传播得更远，便产生了用各种符号来记录语言的方法。这种符号，经过长期的演变和群体的共识，变成了文字。文字可以写在载体上，如树皮、骨头之类，可以长时间保留，并使这些信息能够携带得很远，所以文字是记录大脑思维信息的又一种符号。

随着文字的出现、交流密度的加强、人类头脑中储存的信息量增多，判断力也在不断地增强，形成了人类群体的思维能力和思维强度。在人类漫长进化过程当中，大脑的思维内容越来越复杂、越来越丰富。

信息储存与加工能力的强化，使人类文明程度也越来越高，创造力也越来越强。

三

在人类漫长的思维进化中，思维方式形成了两种重要的形态，即逻辑思维与形象思维。

逻辑思维是人们在认识事物的过程中，借助于概念、判断、推理等思维形式，能动地反映客观现实规律的理性认识过程，又称抽象思维。只有经过逻辑思维，人们对事物的认识才能达到对具体对象本质规律的把握，进而认识客观世界。逻辑思维是人认识的高级阶段，即理性认识阶段，也是思维的一种高级形式。逻辑思维是一种确定的、前后连贯的、有条有理的，而不是模棱两可的、自相矛盾的思维。逻辑思维是遵循传统形式逻辑规则的思维方式，并进一步提升为辩证逻辑。在逻辑思维中，要用到概念、判断、推理等思维形式和比较、分析、综合、抽象、概括等思维方法，从而揭露事物的本质特征，并揭示事物的规律性。而掌握和运用这些思维形式与方法的程度，也就是逻辑思维能力的强弱。

人类还有另外一种思维能力、思维模式，那就是形象思维。形象思维是指人们在认识世界、表达世界的过程中，对事物的物象（表象、意象）进行取舍，对直观形象进行加工及再加工的过程，以实现再认识的思维方法。形象思维是以直观形象和表象为元素的思维过程，构思的过程是以客观世界"物"的形象为素材，通过对形象的加工而得出新的形象的过程，故为形象思维，也叫艺术思维。

形象思维是在对形象信息群的汇集、传递的客观形象体系进行感受、储存的基础上，结合主观的认识和情感的识别，以实现升华的再描述。形象思维的核心特点是思维过程始终伴随着物象，是通过"象"来构成思维流程，并伴随着主观想象和联想，创造新的物象群，从而描述对世界的新认识。

逻辑思维的核心元素是概念、特定符号。概念是反映事物本质的，是反映事物内部属性的，给人以认识上的深化；形象思维的核心元素是形象（景象、物象），是描述事物外部特征的，反映事物的外部属性，加工了的形象特征，则给人以视觉美感和心灵的艺术化。

逻辑思维、形象思维是人类进化的脑的生物特有功能，是任何精神正常的人都具备的自然属性。不同的是，不同的个体对逻辑思维和形象思维的偏好和驾驭能力不同。

四

逻辑思维与形象思维是人类头脑中共存的两种思维形式、思维模式和思维方法。逻辑思维与形象思维的共体性、共生性、交织性是人类的一种脑生物特征，是人类高级进化的结果。

人们在认识世界、思考问题的过程当中，逻辑思维与形象思维总是在交织、交融、交叉地使用着。所不同的是，不同的工作群体，在认识事物、认识世界时，群体逻辑思维占据主导地位，有的群体形象思维占据主导地位。更多的时候是两种思维形式，在主次分明的思维过程中，同时交替、交融地运动、运转。纯粹的、绝对的、单向的、单一的逻辑思维或形象思维是不存在的。

五

科学家、哲学家们主要是运用逻辑思维，运用概念、符号进行推理和判断，得出理论研究的结论，但同时也运用形象思维。

数学中的勾股定理证明就是一个典型事例。所谓勾股定理，是指在直角三角形中，两条直角边的平方和等于斜边的平方。这个定理有十分悠久的历史，几乎所有文明古国（古希腊、中国、古埃及、古巴比伦、古印度等）对此定理都有所研究。勾股定理在西方被称为"毕达哥拉斯定理"，相传是古希腊数学家兼哲学家毕达哥拉斯于公元前550年首先发现的。著名的希腊数学家欧几里得在巨著《几何原本》（第Ⅰ卷，命题47）中给出一个很好的证明。这个结论的表达式是：$a^2+b^2=c^2$。

这是逻辑思维的结论，但在数学家的头脑中同时表现了形象思维的一个图景，即两个直角边围起来的面积之和正好是斜边围起来的面积。如下图。

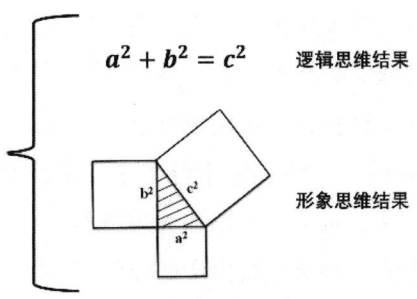

$$a^2 + b^2 = c^2$$ 逻辑思维结果

形象思维结果

勾股定理与思维的关系

科学家在运用逻辑思维进行科学发现和创造的过程中，有时形象思维却帮了大忙。有机化合物芳香烃苯子1825年由英国科学家法拉第首先发现。此后几十年间，人们一直弄不清它的结构，只知道分子式是C_6H_6。大家实在难以想象6个碳原子和6个氢原子怎么能够完全对称地排列而形成稳定的分子。德国化学家凯库勒也一直在思考这个问题，苦思不得其解。四十年过去了，1864年冬的某一天，他坐在壁炉前打了个瞌睡，忽然梦见几个原子手拉手在他眼前跳舞，突然又变成一条蛇，头部咬住了自己的尾巴，形成一个圆，在他眼前旋转。猛然惊醒之后，凯库勒恍然大悟，明白了苯分子应该是一个环，他赶紧兴奋地记下来，就是现在有机化学教科书的那个六角形的圈圈。如下图。

凯库勒发现苯分子结构纪念邮票

凯库勒用一个客观而形象的画面描绘、揭示了一个逻辑结论C_6H_6。凯库勒的理论完美地解释了苯的分子结构，在有机化学史上具有里程碑意义。为此，当时还发行了凯库勒发现苯分子结构的纪念邮票，在当时算是最高褒奖了。

物理学中所有的形象模型，像电力线、磁力线、原子结构的汤姆生模型等，都是物理学家抽象思维和形象思维结合的经典产物。

爱因斯坦是一个具有强大逻辑思维能力的大师，但他却反对把逻辑方法视为唯一的科学方法，他十分善于发挥形象思维的自由创造力。爱因斯坦的广义相对论，指出在大质量引力场的作用下时间空间会弯曲，即时空弯曲，并形象绘出弯曲曲线图，就是逻辑思维与形象思维相结合的精妙案例。

六

作家、艺术家在创作过程中多用形象思维，用形象思维认识世界、描述世界，但同样也有逻辑思维。

作家、艺术家的形象思维，又称艺术思维，主要是指在认识、描述世界的过程中，在对形象信息体系进行感受、储存的基础上，结合主观的认识和情感进行识别、理解，并用一定的形式、手段和工具（包括文学语言、绘画线条与色彩、音响旋律等）创造和描述新的形象的一种基本的思维形式。

作家、艺术家创作过程中，从观察生活、选取创作材料到塑造艺术形象，整个创作过程离不开对"形象"及形象的加工所进行的思维活动和思维方式。其特点是整个思维过程中不脱离具体的形象，并伴随着形象的整合、叠加、融合，并进一步形成提高的、典型化的新形象。通过形象的个别特征去把握艺术美的共性特征，再用一连串新的形象构造文化作品。

虽然作家、艺术家在创作过程中以形象思维为主，但逻辑思维亦始终伴随其行。

当作家写一部长篇小说时，是将长期积累的人物形象集中提炼为典型的人物形象，展现在一连串的故事情节中。但这些并不是一堆杂乱无章的形象，作者要确定主题思想：或展现历史兴衰，或展现大时代的变化，或告诉人间真善美，这是逻辑思维的结果。

舞蹈家在用一连串的肢体语言，编织一幅幅动态画卷，展现空间美，这是形象思维的结果。但他所展现的主题思想，又是逻辑思维的结果。

画家在用一连串的线条、彩色语言，绘制一幅幅画面，静态地展现一幅时空美，这是形象思维的结果。他创作的思维过程是"物象—直感印象—审美意象—艺术形象"，用画竹来概括则是"园中竹—眼中竹—胸中竹—笔下竹"的过程。在这个过程中，画家的思维始终没有离开"竹"这个形象。但他的主题在寓意竹的高洁、坚韧、淡泊、正直，"未出土时先有节，便凌云去也无心"的君子风范，又是逻辑思维的结果。

电视剧《跨过鸭绿江》，抗美援朝史诗般的巨制，全面展示了从战争决策、志愿军入朝到板门店停战协议签署的整个抗美援朝战争的历史过程。影片以一系列惊心动魄和感人的画面（形象思维表述），旨在展现无产阶级革命家的战略思维、指挥员们的战场谋略、全体志愿军战士，用生命捍卫和平正义、保家卫国的爱国主义精神（逻辑思维结论）。

所有的文化作品都是逻辑目标与形象表述高度融合的产物。

七

科学家与作家、艺术家在各自领域用侧重不同的思维方式，创造了不同的辉煌，把人脑艺术推向极致。现代科学家正在利用人脑的思维艺术创造另一种辉煌，那就是人工智能（AI）的迅速兴起。

随着网络技术的发展，数字化技术的兴起，人工智能（AI）把科学与艺术完美地结合起来，把逻辑思维与形象思维精美地结合起来，创造出惊人的奇迹。

最经典的案例就是阿尔法狗的围棋人机大战。2016年3月，谷歌开发的"阿尔法狗"，与世界围棋冠军韩国名将李世石九段棋王进行鏖战，持续了5天，棋王以1∶4投子认输，震惊了世界。

阿尔法围棋是一款围棋人工智能程序。其主要工作原理是多层的人工神经网络和运算方法。一层神经网络把大量矩阵数字（围棋的布局画面，形象载体）作为输入，通过非线性激活方法，分析天下围棋案例（逻辑分析、判断），再产生另一个数据集合（围棋布局的新位置，形象载体）作为输出，就像人们识别物体标注图片一样，完成了一步走棋，周而复始，战胜了人类。阿尔法狗利用人工设置的形象思维与逻辑思维程序，独立地完成了自己的使命，再次证明了人脑是具有逻辑思维与形象思维共体、共融、共用的客观性和创造性的生物史实。

现在众多的智能机器人（家政服务、公共场所服务等）以及自动驾驶车辆、无人机等，无不是计算机运用人脑形象思维与逻辑思维的思维模式的模拟化运用，有时比人类还要智能，还要可靠。

八

作家、艺术家在创作过程中是侧重形象思维的，诗家（指广义诗体，含乐府、诗、词、曲等）更是如此。因为古体诗特别是绝句、律诗，因其容量有限，要在规定的空间（如五绝只有20个字，最多的七律也只有56个字）去压缩更多信息，这要求诗人有更精到的形象思维能力。毛泽东在1965年7月21日写给陈毅的信提到了这一点。这封信里三次提到写诗"要用形象思维"，强调形象思维对诗写作的重要性。

形象思维最基本的特点是形象性。在诗的创作中运用形象思维，遵循一般艺术思维规律，在严格的模式、短小的篇幅之内，用生动的语言，把不可见的情感、思想通过可见的物象和图象，使它具有生动、直观，可见、可闻、可触的形象，并使人能体验出一种震撼心灵的意境或结论。

诗的形象思维方法有规律、有技巧，有多种类型。

第一，物象并列结构型。其特点是若干物象（意象）平行并列组合，营造一种特别的形象意境。

元代马致远《天净沙·秋思》："枯藤老树昏鸦，小桥流水人家，古道西风瘦马。夕阳西下，断肠人在天涯。" 枯藤—老树—昏鸦，小桥—流水—人家，古道—西风—瘦马，用九组自然图景意象（形象），并列组合成一幅秋景图，多有肃杀之意。但他倾诉的是羁旅人的落寞思乡之情。

唐代温庭筠《商山早行》："晨起动征铎，客行悲故乡。鸡声茅店月，人迹板桥霜。槲叶落山路，枳花明驿墙。因思杜陵梦，凫雁满回塘。" 鸡声—茅店—月，人迹—板桥—霜，两组六个平行并列意象，把山村黎明特有的景色，细腻而又精致地描绘出来。全诗描写了旅途中寒冷凄清的早行景色，字里行间流露出人在旅途的失意和无奈。

第二，主谓宾结构型。其特点是意象中有主语、谓语、宾语，用动词意象营造一种空间"动"的画面。

宋·叶绍翁《游园不值》："应怜屐齿印苍苔，小扣柴扉久不开。春色满园关不住，一枝红杏出墙来。" 春色—关—不住，红杏—出—墙来，主语春色、红杏，谓语关、出加宾语，用画面和动作三个意象，描绘出柴门虽然不开，满园春色却难以关住，一枝红杏探出墙头，写出了春天的勃勃生机，一片春意盎然。不仅景中含情，而且景中寓理，能引起读者许多联想，得到哲理的启示。

唐代杜甫《绝句》"两个黄鹂鸣翠柳，一行白鹭上青天。窗含西岭千秋雪，门泊东吴万里船。" 黄鹂—鸣—翠柳，白鹭—上—青天。窗—含—雪，门—泊—船。诗人通过鸣、上、含、泊四个动词和黄鹂、白鹭两个动物，描绘了一幅富有生机的自然美景，营造出一种清新轻松的氛围。这不仅是一种自由自在的舒适，还有一种向上的奋发。

第三，赋比兴——赋型。其特点是"赋"，语境平铺直叙，将诗人的思想感情与事物直接联系起来，陈述缘由。

南北朝《木兰辞》（节选）："唧唧复唧唧，木兰当户织。不闻机杼声，唯闻女叹息。问女何所思，问女何所忆。女亦无所思，女亦无所忆。昨夜见军帖，可汗大点兵，军书十二卷，卷卷有爷名。阿爷无大儿，木兰无长兄，愿为市鞍马，从此替爷征。"全诗以"木兰是女郎"来构思木兰的传奇故事，富有浪漫色彩。第一段用铺陈的笔调描写环境、事由及木兰思想过程，决意代父从军的决心。绘声绘形，所铺陈的场景又十分形象生动。

汉代民歌《古诗为焦仲卿妻作》（节选）："孔雀东南飞，五里一徘徊。十三能织素，十四学裁衣，十五弹箜篌，十六诵诗书。"诗用一连串的铺排描写了刘兰芝的成长过程，突出了刘兰芝的知书达理、聪明能干，为以后的婆母驱离做了铺垫，形象而干练。

第四，赋比兴——比型。其特点是"比者，以彼物比此物也"，即用一物象比喻另一事项。

南唐李煜《虞美人》："春花秋月何时了？往事知多少。小楼昨夜又东风，故国不堪回首月明中。雕栏玉砌应犹在，只是朱颜改。问君能有几多愁？恰似一江春水向东流。"作者将愁思写得十分形象，既写出了愁思的内涵，又展示了它的外部形态。"恰似一江春水向东流"，用一江春水比喻愁，显示出愁思的长流不断，没完没了，滔滔不绝，写出了愁的体量，又写出愁的绵长，极易引起人们某种心灵上的呼应，因而此词便能在广泛的范围内产生共鸣而得以千古传诵。

宋代李清照《醉花阴》："薄雾浓云愁永昼，瑞脑消金兽。佳节又重阳，玉枕纱厨，半夜凉初透。东篱把酒黄昏后，有暗香盈袖。莫道不销魂，帘卷西风，人比黄花瘦。"此词为作者婚后思念丈夫所作，通过描述作者重阳节把酒赏菊的情景，烘托了一种凄凉寂寥的氛围，表达了作者思念丈夫的孤独与寂寞的心情。尤其是结尾三句，用黄花比喻人的憔悴，以瘦比喻相思之深，含蓄深沉。词意言有尽而意无穷，历来广为传诵。

第五，赋比兴——兴型。其特点是"兴者，先言他物以引起所咏之词也"，由某种物象而联想到其他事物。

唐代王维《相思》："红豆生南国，春来发几枝。愿君多采撷，此物最相思。"此诗的前两句便是"兴"的发端，而牵引出以"红豆"比喻相思的后两句。南国红豆，鲜红如血，其色久，恒不退，以此象征爱情热烈久远，愿君珍藏。以红豆的热烈形象联想到爱情的深沉，以物喻情。

唐代杜甫《茅屋为秋风所破歌》："八月秋高风怒号，卷我屋上三重茅。茅飞渡江洒江郊，高者挂罥长林梢，下者飘转沉塘坳。南村群童欺我老无力，忍能对面为盗贼。公然抱茅入竹去，唇焦口燥呼不得，归来倚杖自叹息。俄顷风定云墨色，秋天漠漠向昏黑。布衾多年冷似铁，娇儿恶卧踏里裂。床头屋漏无干处，雨脚如麻未断绝。自经丧乱少睡眠，长夜沾湿何由彻！安得广厦千万间，大庇天下寒士俱欢颜，风雨不动安如山。呜呼！何时眼前突兀见此屋，吾庐独破受冻死亦足！"

自安史之乱历经磨难的杜甫，辗转来到成都。在亲友的资助下，他在浣花溪边盖起了一座茅屋，终于有了安身之地。但第二年，屋顶上的茅草被一场秋风卷走，大雨又紧跟而至。面对屋漏床湿的情景，诗人难以入眠，写下了这首名篇。诗人在困顿凄凉的现实面前，却联想到（兴）天下尚有大批寒士尚不如己，无遮风挡雨之处，因而期盼能有"广厦"千万间，以"大庇"天下寒士"安如山"。诗人表达了牺牲自我来换取天下穷苦者温暖的渴望。由己联想到天下人，诗人博大的胸怀、崇高的境界在这里一览无余。

第六，以物拟人型。其特点是将物的意象拟人化，赋予人的精神，提升境界，产生活泼意趣。

宋代宋祁《玉楼春·春景》："东城渐觉风光好，縠皱波纹迎客棹。绿杨烟外晓寒轻，红杏枝头春意闹。 浮生长恨欢娱少，肯爱千金轻一笑。为君持酒劝斜阳，且向花间留晚照。""绿杨烟外晓寒轻，红杏枝头春意闹"两句，"绿杨烟外"何如？还带着拂晓时分微微的寒意；"红杏枝头"又如何？让读者意想不到的是，竟然是像人一样嘻嘻哈哈地"闹"，一个"闹"字闹出了一个全新的境界，不仅形容红杏的众多和纷繁，而且把原本的大好春光更点染得生机勃勃、情意盎然。一个"闹"字闹出了动感，闹出了热闹。

南宋杨万里《秋山》："乌臼平生老染工，错将铁皂作猩红。小枫一夜偷天酒，却倩孤松掩醉容。"这是一首极富情趣的山水小诗。诗人用拟人的对比手法写出了秋山的绚丽色彩、盎然生机和天然妙趣。乌臼一生用自己缤纷的色彩调染大地、装点江山，年复一年。但由于过分辛劳，加之年岁高迈，"错将铁皂作猩红"了。诗人诙谐地写过年迈的乌臼之后，转写年轻而机巧的枫树。"小枫一夜偷天酒，却倩孤松掩醉容。"枫叶夜里偷吃了仙酒，醉红了脸，只好请青松遮掩自己的醉容。诗人以树拟人，一老一小，有情有动作，幽默地写出了大自然的天理妙趣。

第七，夸张浪漫型。其特点是用超强的想象，用超出现实的意象，构思诗的夸张意境。

唐代李白《望庐山瀑布》："日照香炉生紫烟，遥看瀑布挂前川。飞流直下三千尺，疑是银河落九天。"诗人形象地描绘了庐山瀑布雄奇壮丽的景色。瀑布像一条巨大的白练从悬崖直挂到前面的河流上。"飞流直下三千尺"，表现瀑布凌空而出，喷涌飞泻。"三千尺"和一千米，为一公里，高度夸张，突出山的高峻、瀑布的雄奇。"疑是银河落九天"，使人怀疑瀑布是银河从天上倾泻下来，若真若幻，增添了瀑布的神奇色彩。这首诗极其成功地运用了比喻、夸张和想象，构思奇特。

元代王和卿〔仙吕·醉中天〕《咏大蝴蝶》："弹破庄周梦，两翅驾东风，三百座名园、一采一个空。谁道风流种，唬杀寻芳的蜜蜂。轻轻飞动，把卖花人扇过桥东。"该曲是金末元初散曲家王和卿的一首小令。此曲运用几乎是荒诞的夸张手法，塑造了一只大蝴蝶的形象，赋予它比喻和象征的意义，并借用"庄周梦蝶"的典故讽刺贪色的花花公子的劣迹恶行。最后两句是一个特写的想象场景。蝴蝶恋着卖花人的担子，飘飘荡荡地随他行过桥东，这是常见的情景。作者却巧妙地将主客换了个向，说卖花人过桥，是蝴蝶"扇"过去的，而且后者不过是"轻轻飞动"而已。蝶翅如此力大无穷，那大蝴蝶身躯的伟岸自然不在话下。这首小令艺术上的最大特色是高度的夸张，甚至夸张到了怪诞不经的程度。全曲构思巧妙，想象奇特，风格恣肆朴野，赋予作品以寓言色彩，增强了其艺术魅力。

第八，以诗寓志型。其特点是以诗的形象意境展开，实质在寓意某种志向。

唐代黄巢《不第后赋菊》："待到秋来九月八，我花开后百花杀。冲天香阵透长安，满城尽带黄金甲。"写的是秋风萧杀，百花凋零，唯有傲霜挺立的菊花却精神百倍，长安城里遍地金黄璀璨，清香弥漫。实际上，诗人是以菊花盛开象征起义的最后胜利，表达了推翻唐王朝统治的决心和信心，以诗明志，意味深长。

唐代王昌龄《从军行七首·其四》："青海长云暗雪山，孤城遥望玉门关。黄沙百战穿金甲，不破楼兰终不还。"青海湖上乌云密布，遮得连绵雪山一片暗淡。边塞古城，玉门雄关，远隔千里，遥遥相望。守边将士身经百战，铠甲磨穿，壮志不灭，不打败进犯之敌，誓不返回家乡。虽然边疆环境恶劣，戍边生活艰苦和孤寂，但他们为保家卫国的责任而自豪，有誓死战胜敌人的雄心与壮志。

第九，以诗寓事型。其特点是用自然界某种形象图景，暗指某种事物，以诗寓事。

三国魏曹植《七步诗》："煮豆燃豆萁，豆在釜中泣。本是同根生，相煎何太急？"曹植兄曹丕出题为《兄弟》，但又不许犯兄弟字样。曹植此诗用同根而生的萁和豆来比喻同父共母的兄弟，用萁煎其豆来比喻同胞骨肉的哥哥残害弟弟，反映了封建统治集团内部的残酷斗争，表现了诗人自身艰难的处境，表达了他对曹丕的强烈不满和沉郁愤激的思想感情。全诗语言浅显，用喻贴切，寓意明畅，形象感人。

唐代朱庆余《近试上张水部》："洞房昨夜停红烛，待晓堂前拜舅姑。妆罢低声问夫婿，画眉深浅入时无。"这首诗字面上写一个新媳妇问丈夫画眉深浅合适不合适，时髦不时髦。但诗的题目是"近试上张水部"，是给考试官张籍写的，跟这个新媳妇毫无关系。他是请考官张籍指点一下自己的文章有何得失、有何缺陷，是问自己的文章"入时无"。朱庆余一字不提文章，而是通过一个新嫁娘的形象来传达自己的真实意愿，这才是诗作者的正意。用诗的形象来探测政治前途，实属巧妙。

第十，以诗寓理型。其特点是以诗的形象意境展开，目的是晓以哲理，给人以启迪。

宋代朱熹《观书有感》："半亩方塘一鉴开，天光云影共徘徊。问渠那得清如许？为有源头活水来。"这是一首借景喻理的名诗。全诗以方塘作比喻，形象地表达了一种读书感受。池塘并不是一泓死水，而是常有活水注入，才能像明镜一样，清澈见底，映照着天光云影。后两句，借水之清澈，是因为有源头活水不断注入，暗喻人要心灵澄明，就得时时补充新知识，才能达到新境界。为学之道，必须不断积累，不断吸收新的营养，始能精进。

宋代苏轼《题西林壁》："横看成岭侧成峰，远近高低各不同。不识庐山真面目，只缘身在此山中。"从正面看庐山连绵起伏，从侧边看庐山山岭耸立。从远处、近处、高处、低处来看庐山，庐山的景观也各不相同。我看不清庐山的真面目，那是因为我就处在庐山之中，被视野所局限。即景说理，告诉人们只有认识事物的全貌，才能看到事情的真相、本质。

第十一，以景寓情型。特点是以形象景物作为描述对象，但通篇透露出的是浓浓的深情。

唐代王维《送元二使安西》"渭城朝雨浥轻尘，客舍青青柳色新。劝君更尽一杯酒，西出阳关无故人。"前两句写渭城驿馆风景，交代送别的时间、地点、环境气氛；后两句写惜别，要深切理解这临行劝酒中蕴含的深情，就不能不涉及"西出阳关"。处于河西走廊尽西头的阳关，和它北面的玉门关相对，从汉代以来，一直是内地通往西域的通道。当时阳关以西还是穷荒绝域，需经万里长途跋涉，因此，这临行之际"劝君更尽一杯酒"是浸透了诗人全部丰富深挚情谊的一杯浓郁的感情琼浆。这里面，不仅有依依惜别的情谊，而且包含着对远行者处境、心情的深情关心，包含着前路珍重的殷勤祝愿。这种场合，"劝君更尽一杯酒"，是深刻表达诗人此刻丰富而复杂感情的一句话。后两句虽然只是一刹那的情景，却是蕴含极其丰富的一刹那。其深深的情谊跃然纸上，具有震撼人心的艺术感染力，成为流传千古的名篇。

唐代张继《枫桥夜泊》："月落乌啼霜满天，江枫渔火对愁眠。姑苏城外寒山寺，夜半钟声到客船。"《枫桥夜泊》是唐朝安史之乱后，张继途经寒山寺时写下的这首羁旅诗。诗人把月落乌啼、霜天寒夜、江枫渔火以及寒山寺的夜半钟声有机地组合起来，展现了一幅江南夜泊的画面。夜半钟声又将宁静的画面带入震撼人心的动画视面。此诗精确而细腻地描述了一个客船夜泊者对江南深秋夜景的观察和感受。全诗全是形象画面，但却将作者漂泊他乡的孤独感和寂寞愁怀以及羁旅之思、家国之忧，以及身处乱世尚无归宿的忧虑之情充分地表现出来，情意浓浓，堪称是以景寓情、情景交融的典范。该诗不仅选入中国历代各种唐诗选本，连亚洲一些国家的教科书也收录此诗。

第十二，以情寓景型。其特点是以描写思想感情为主，却给人以深深的联想空间，在联想中蕴含宏阔形象。

唐代王维《九月九日忆山东兄弟》："独在异乡为异客，每逢佳节倍思亲。遥知兄弟登高处，遍插茱萸少一人。"全诗以赋的手法描述一个人独自漂泊在他乡作异客，每逢节日加倍思念远方的亲人的情景。诗一开头便紧切题目，写异乡异土生活的孤独凄然，因而时时怀乡思人，遇到佳节良辰，思念倍加。接着诗中一跃而写远在家乡的兄弟，按照重阳节的风俗而登高时，也在思念自己。全诗诗意含蓄深沉，既朴素自然，又曲折有致，其中"每逢佳节倍思亲"更是千古名句。诗虽在写思亲的情，但人们马上能联想到，伊人在此，望月而叹；兄弟们在彼，登高亦在迎风而叹的画面图景，以情构景。

唐代陈子昂《登幽州台歌》："前不见古人，后不见来者。念天地之悠悠，独怆然而涕下！"这首诗并没有描写一个具体的失意彷徨者，也没有清晰具体的景物，而是直接抒发了自己的思想情感。诗中显示了具体地点：幽州台，自然就令人联想到战国的燕昭王，以及被燕昭王重用的人才：乐毅、郭隗等。但陈子昂却没有遇到燕昭王这样的伯乐。陈子昂曾进士及第，性情豁达，常直言谏诤，因时招陷害，冤死狱中，年仅42岁。如果联想到诗背后的故事，我们仿佛看见一个站在幽州台上的达人，迎风而立，目视远方，浮想联翩的凄壮而悲凉的景象。这首诗没有写具体形象，主要写思想感情，但透过纸面却能看到一幅壮士登台感慨图。这是一种以情述景的写法。

诗（这里指的是广义的诗，含乐府、诗、词、曲等）的本态，是形象思维诸要素的有机而巧妙的组合，没有形象思维则无以成诗。综上总结的十二种形象思维实例，是从解析的角度描述的。一首诗往往是形象思维诸要素的综合运用，既有赋比兴，也有风雅颂，要看作者抒发什么感情和作者的艺术修养水平。

诗是以形象思维为主的，但创作中逻辑思维一直存在。在诗歌创作思维过程中，形象（物象、意象）只是杂乱无章的客观实体。怎样让这些无序的形象为一首诗的主题服务，这就需要作者去进行选择、分析、综合、归纳、联想、去粗取精、布局排序，这个过程就是逻辑思维过程。一首诗的形象选择运用是否合理，形象排列是否准确，是否能深刻揭示出主题意境，主要取决于作者的逻辑思维水平。一首创作成功的诗不仅需要完美的形象作支撑，同时应有严密的逻辑思维作纽带。只有完美的形象（物象、意象）与缜密的逻辑思维围绕主题有机地结合，才能创作出理想的诗。两种思维同等重要，忽略任何一方都不会有好的结果。

古人写诗的时候还没有逻辑思维与形象思维的哲学概念，但两种思维的能力是人类进化过程中共有的、客观存在的事实，他们是自发地在思维的轨道上应用这种能力，这就是为什么每一首优秀的诗篇，都会表达出理想的意境和震撼人心的情怀。

当代诗人在认识逻辑思维与形象思维的哲学概念后，写作任务是如何自觉地在思维的轨道上从必然王国升华到自由王国。

大数据与文献计量学

在大学图书馆学科的教学课程中，有一门必不可少的课程，即"文献计量学"。文献计量学是指用数学和统计学的方法，定量地分析一切知识载体的交叉科学。它是集数学、统计学、文献学为一体的，注重量化的综合性知识体系。其计量对象主要是：文献量（各种出版物，尤以期刊论文和引文居多）、作者数（个人、集体或团体）、词汇数（各种文献标识，其中以叙词居多）。文献计量学最本质的特征在于其输出务必是"量"。

一

人们对文献的定量化的研究，可以回溯到20世纪初。

1917年，F.J.科尔和N.B.伊尔斯首先采用定量的方法，研究了1543—1860年所发表的比较解剖学文献，对有关图书和期刊文章进行统计，并按国别加以分类。

1923年，E.W.休姆提出"文献统计学"一词，并解释为："通过对书面交流的统计及其他方面的分析，以观察书面交流的过程及某个学科的性质和发展方向。"

1969年，文献学家 A.普里查德提出用"文献计量学"代替"文献统计学"，他把文献统计学的研究对象由期刊扩展到所有的书刊资料。

现全世界每年发表的文献计量学学术论文约为400~500篇。文献计量学已成为情报学和文献学的一个重要学科分支，成为情报学的一种特殊研究方法，同时也展现出重要的方法论价值。在情报学内部的逻辑结构中，文献计量学已渐居核心地位，是与科学传播、基础理论相关联的重要学术环节。

二

文献计量学是以几个经验统计规律为核心的。

描述科技文献作者分布的洛特卡定律（1926年）。

描述某一学科论文在期刊中分布的布拉德福定律（1934年）。

描述文献中词频分布的齐普夫定律（1948年）。

这就是文献计量学中人们通常称为的三大经典定律。

洛特卡定律，又称科学论文作者分布定理，是一个描述科学论文作者频率与所写论文篇数间数量关系的定律。

1926年，美国人口统计学家A.J.洛特卡，通过《化学文摘》与《物理学史一览表》的资料来研究科学家的著述数量，经过数据统计、归纳分析及运用数学工具的推算，发现了科学家与论文间的规律关系，他在美国著名的学术刊物《华盛顿科学院报》发表了一篇题为《科学生产率的频率分布》的论文，旨在通过对发表论著的统计来探明科技工作者的生产能力及对科技进步和社会发展所作的贡献。

科学生产率是洛特卡定律的基础，科学生产率是指科学家（科研人员）在科学上所表现出的能力和工作效率，通常用其生产的科学文献的数量来衡量。

洛特卡定律也称为反平方定律，数学公式为：$f(x)=\dfrac{c}{x^2}$

其中$f(x)$为发表x篇文章的作者数占作者总数的比例；C为学

科特征常数；a 为参数。洛特卡研究中 $C \approx 0.6079$，$a = 2$。

即：写有 X 篇论文的作者比率与论文 X 的平方成反比，其乘积为一常数。故又称"倒数平方定律"，定律揭示了科学论文作者频率与所写论文篇数间数量关系。

洛特卡定律主要是用以预测特定学科的论文的作者数量和文献数量，掌握文献的增长趋势和交流规律，以利于文献情报的科学管理和情报学的理论研究，亦可用以研究科学家的活动规律，研究人才的著述特征，以利于科学学的理论研究和科技史的探讨。

布拉德福定律，亦称"文献分散定律"。由英国化学家和文献学家布拉德福于 1948 年提出的定量描述文献序性结构的经验定律，也适用于教育文献的计量工作。其基本描述为："如果将科技期刊按其刊载某学科专业论文的数量多少，以递减顺序排列，那么可以把期刊分为专门面对这个学科的核心区、相关区和非相关区。各个区的文章数量相等，此时核心区、相关区、非相关区期刊数量关系成：

$$1 ： n ： n^2 ： \cdots\cdots （n>1）$$

布拉德福定律定量地揭示了科学论文在期刊中的集中与离散分布规律，成为了文献信息计量学最基本的定律和最重要的组成部分，其研究至今仍然具有重要的不可替代的理论价值和实际意义。

布拉德福定律对于核心期刊的研究、核心出版社的研究、图书馆核心读者的研究以及学科图书馆藏建设的研究、网络信息资源分布研究、信息源及其分类研究、情报服务研究、社会领域研究等方面，都有广泛的应用。

齐普夫定律，是由美国哈佛大学语言学教授 G.K.齐普夫在 1948 年提出的词频分布定律。它的表述为"如果把一篇较长文章中每个词出现的频次统计起来，按照高频词在前，低频词在后的递减顺序排列，并用自然数为这些词编上等级序号，即频次最高的词等级为 1，频次次之的等级为 2，......，以此类推，则词频与序号之乘积为一常数。"

若用 f 表示频数，r 表示序号，则有：$fr=C$（C 为常数）

这是齐普夫定律（即词频分布定律）最普通而又最典型的表达。词频分布规律是有较为丰富内涵的，学术界认为正态分布是描述自然科学的典型分布，而齐普夫分布将成为揭示社会科学规律的典型分布，所以社会科学界一直很重视这个定律。

2016年，江南大学的研究者以诺贝尔文学奖得主莫言的《红高粱》《蛙》《透明的红萝卜》为主要研究对象，采用字频统计软件和汉语词频统计软件，统计莫言作品中字频、词频，发现都能满足齐普夫定律。

齐普夫定律已经在语言学、情报学、地理学、经济学、信息科学等领域有了广泛的应用。齐普夫定律对于文学作品进行词汇分析与控制、分析作者著述特征等，都具有一定的实践意义。

齐普夫定律对于研究词频分布特性、编制词表，制定标引规则、进行词汇分析与控制、分析作者著述特征具有一定意义。经验表明，频词往往是包含大量有检索意义的关键词。而一篇文献全文输入计算机后，计算机很容易检出中频词。因此，词频分布也是文献自动分类、自动标引的重要工具。

文献计量学的这三大经典定律问世之后，很多学者进行了深入研究，还进行了扩展、补充、修订等，形成了文献计量学的系统工具。当代一些学者对网络信息环境下的文献计量研究后，发现三大经典定律仍有其光辉的实践、指导意义。

三

文献计量学的应用十分广泛。微观应用有确定核心文献、评价出版物、考察文献利用率、实现图书情报部门的科学管理等。宏观应用有设计更经济的情报系统和网络，提高情报处理效率，寻找文献服务中的弊端与缺陷，预测出版方向，发展和完善情报基础理论等。

文献计量学的发展有赖于数学工具和统计学技术的支持，移植或利用更有效的数学工具和统计学方法，将是其重要的发展方向。

影响因子就是典型一例。

影响因子（简称 **IF**）是一个相对统计量。在 1972 年，美国科技信息研究所所长尤金·加菲尔德博士在《科学家》杂志中叙述了影响因子的产生过程。说明他最初提出影响因子的目的是为《现刊目次，*Current Contents*》评估和挑选期刊。人们所说的影响因子一般是指从 1975 年开始，《期刊引证报道》（JCR）每年提供上一年度世界范围期刊的引用数据，给出该数据库收录的每种期刊的影响因子。JCR 是一个世界权威性的综合数据库。

影响因子的内容是指某一期刊的文章在报告年份（或时期）被引用的频率，是衡量学术期刊影响力的一个重要指标，其计算方法是：

$IF_b = A / B$

其中

IF_b——报告年度（或时期）影响因子

A—— 该期刊报告年度（或时期）所有文章被引用的次数

B—— 该期刊报告年度（或时期）所有文章数

影响因子是国际上通行的期刊评价指标，它不仅是一种测度期刊有用性和显示度的指标，也是测度期刊学术水平乃至论文质量的重要指标。

影响因子就是用一组"数"描述期刊价值尺度的文献计量学典型的应用实例，其后为文献计量学的发展带来了一系列重大革新。

四

文献统计学的提出已经近一百年的历史，后称文献计量学，经无数科学家的完善，文献的研究成果丰硕。文献计量学提高了信息的加工能力，不断挖掘文献信息的内涵，加深了人们对客观精神产品的认识。

随着电子计算机和网络的出现，超大量的社会信息涌现。2008年维克托·迈尔—舍恩伯格及肯尼斯·库克耶编写的《大数据时代》一书问世，人们认识到大数据及大数据时代到来。大数据及其研究手段与文献计量学结合，使文献计量学的研究领域和研究手段得到充分的扩展，展现了无限的空间。

用大数据研究《红楼梦》是又一经典案例。

大数据研究《红楼梦》便是用文献中词频分布的齐普夫定律（1948）原理，根据《红楼梦》词频（特定词汇出现的频率）前八十回和后四十回相似的差别度，判断出作品前、后非一人所作的结论；又根据后四十回词频的差别，判断出非一人一时而作。最终定论为：前八十回曹雪芹著，后四十回为无名氏续，排除了高鹗续写的结论，还原了作品形成过程的历史真实。这是大数据与文献计量学相结合的优秀典范。这个结论已被学界接受并形成共识，近年人民文学出版社出版的《红楼梦》标注则改为：曹雪芹著，无名氏续，高鹗、程伟元整理，使这一世界名著的真实面貌更加客观地展现在世人面前。

网络大数据的出现，使文献计量学的手段和观察内容更加深入，更加丰富多彩，更加令人信服。大数据与文献计量学的结合，为古典文献的传统研究方法开辟了一条全新的思路，插上了一双全新的思维翅膀。

参考文献

1. 中国戏曲研究院.中国古典戏曲论著集成［M］.北京：中国戏剧出版社，1959.

2. 隋树森.全元散曲［M］.北京：中华书局，1964.

3. 罗锦堂.中国散曲史［M］.北京：中国文化大学出版部.1983.

4. 李昌集.中国古代散曲史［M］.上海：华东师范大学出版社，1991.

5. 梁扬，杨东甫.中国散曲史［M］.桂林：广西人民出版社，1995.

6. 齐森华等.中国曲学大辞典［M］.杭州：浙江教育出版社，1997.

7. 周维培.曲谱研究［M］.南京：江苏古籍出版社，1997.

8. 徐征等.全元曲［M］.石家庄：河北教育出版社，1998.

9. 王国维.人间词话［M］.上海：上海古籍出版社，1998.

10. 王奕清.康熙曲谱［M］.长沙：岳麓书院，2000.

11. 游国恩等.中国文学史［M］.北京：人民文学出版社，2002.

12. 赵义山.元散曲通论［M］.上海：上海古籍出版社，2004.

13. 吕薇芬.北曲文字谱举要［M］.北京：社会科学文献出版社，2012.

14. 王小盾，陈文和.任中敏文集［M］.南京：凤凰出版社，

2013.

15. 韦来生.数理统计（第二版）[M].北京：科学出版社，2015.

16. 杜肇昆.大数据观察下的宋词与元曲 [M].太原：山西人民出版社，2018.

17. 林子雨.大数据导论——数据思维、数据能力和数据伦理 [M].北京：高等教育出版社，2020.

18. 刘崇德.全宋金曲 [M].北京：中华书局，2020.

19. 唐圭璋.元人小令格律 [M].北京：中华书局，2020.

后　记

　　20世纪80年代，兴起了古典文化复兴的浪潮，各地诗词曲组织如雨后春笋般相继成立，我也被推入这个浪潮之中。在曲界朋友的推荐下，我有幸参加了2008年在陕西榆林举行的中国散曲研究会"第十届中国散曲暨陕北民歌学术研讨会"。我在会上结识了不少散曲界的朋友，并聆听了会议相关论文的研讨。此后又相继参加了几次相关会议，收获颇多，逐渐对元曲产生了兴趣，开始研究有关文献，并引入大数据的研究方法，陆陆续续写了一些文章，发表在相关杂志和相关网络平台，引起网友纷纷评论、转载和收藏。后来将这些文章系统整理，出版了《大数据观察下的宋词与元曲》（山西人民出版社，2018年）一书。其中主要内容是关于散曲研究的，也涉及宋词与音韵方面的文章。

　　该书出版后，引起了学界的关注，一些大学文学院人员相继来函建立联系。相识的曲界朋友也越来越多，经常相互切磋交流。随着与散曲创作界人士的交往，我发现系统阐述散曲创作方面的论著十分缺乏，各地培训也只是参考某一方面的资料。结合我的创作体会和对元曲的深入研究以及大数据对元曲文献资料的统计结论，统编整理，便成就了这本《笑谈便是编修院——散曲创作论要》。如果说前一本书是对散曲的认识篇，这一本则是对散曲的创作篇。

　　在书稿写作过程中得到许多曲友、同事的鼓励和帮助，这里也一并表示对他们的谢意。

2023年2月18日

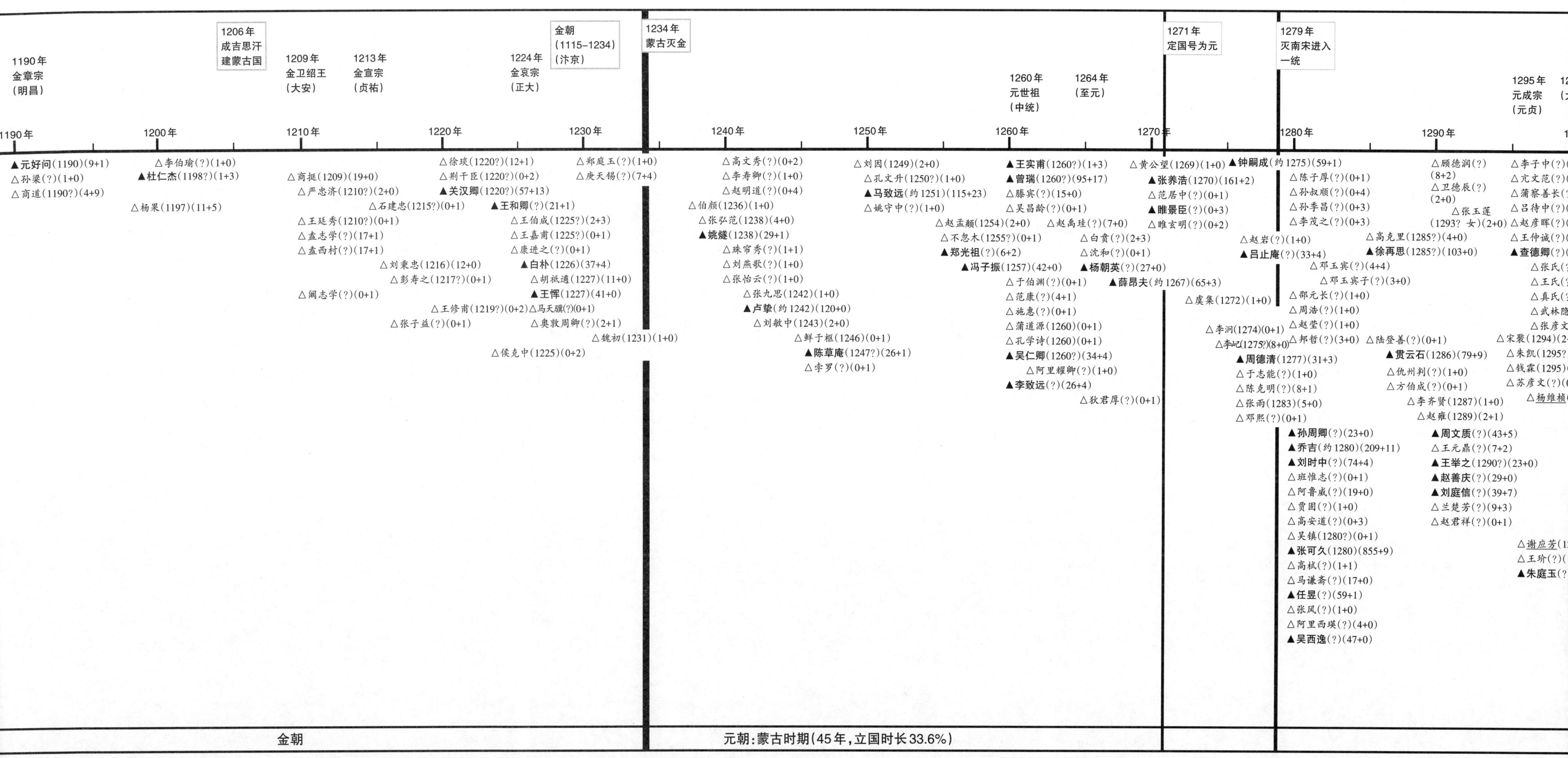

分布图

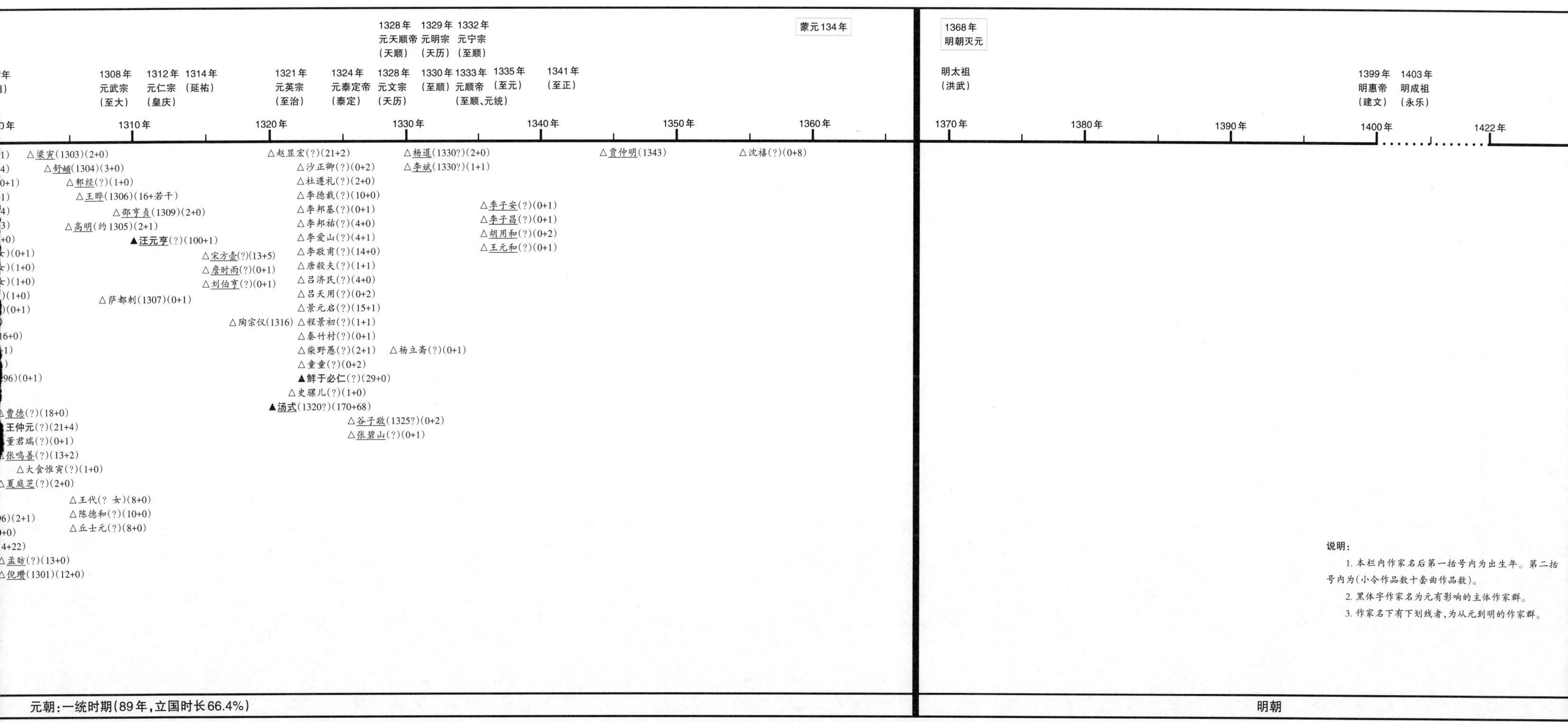

蒙元134年

1328年 1329年 1332年
元天顺帝 元明宗 元宁宗
（天顺） （天历） （至顺）

1368年
明朝灭元

明太祖
（洪武）

1308年	1312年	1314年		1321年	1324年	1328年	1330年	1333年	1335年		1341年		1399年	1403年
元武宗	元仁宗	（延祐）		元英宗	元泰定帝	元文宗		元顺帝	（至元）		（至正）		明惠帝	明成祖
（至大）	（皇庆）			（至治）	（泰定）	（天历）	（至顺）	（至顺、元统）					（建文）	（永乐）

0年 1310年 1320年 1330年 1340年 1350年 1360年 1370年 1380年 1390年 1400年 1422年

△梁寅(1303)(2+0)　　　　　　△赵显宏(?)(21+2)　　　　△杨暹(1330?)(2+0)　　　　　△贯仲明(1343)　　　　△沈禧(?)(0+8)
　△舒頔(1304)(3+0)　　　　　　△沙正卿(?)(0+2)　　　　△李斌(1330?)(1+1)
　△郝经(?)(1+0)　　　　　　　△杜遵礼(?)(2+0)
　　△王晔(1306)(16+若干)　　　△李德载(?)(10+0)
　　　△邵亨贞(1309)(2+0)　　△李邦基(?)(0+1)　　　△季子安(?)(0+1)
　△高明(约1305)(2+1)　　　　△李邦祐(?)(4+0)　　　△李子昌(?)(0+1)
　　　　　▲汪元亨(?)(100+1)　　△李爱山(?)(4+1)　　　△胡用和(?)(0+2)
　　　　　△宋方壶(?)(13+5)　　△李敬甫(?)(14+0)　　△王元和(?)(0+1)
　　　　　△詹时雨(?)(0+1)　　△唐毅夫(?)(1+1)
　　　　　△刘伯亨(?)(0+1)　　△吕济民(?)(4+0)
　　△萨都刺(1307)(0+1)　　　　△吕天用(?)(0+2)
　　　　　　　　　　　　　　△景元启(?)(15+1)
　　　△陶宗仪(1316)　△程景初(?)(1+1)
　　　　　　　　　　△秦竹村(?)(0+1)
　　　　　　　　　　△柴野愚(?)(2+1)　△杨立斋(?)(0+1)
　　　　　　　　　　△童童(?)(0+2)
　　　　　　　　　　▲鲜于必仁(?)(29+0)
　　　　　　　　△史骡儿(?)(1+0)
　　　　　　▲汤式(1320?)(170+68)
△曹德(?)(18+0)　　　　△谷子敬(1325?)(0+2)
王仲元(?)(21+4)　　　△张碧山(?)(0+1)
董君瑞(?)(0+1)
张鸣善(?)(13+2)
△大食惟寅(?)(1+0)
△夏庭芝(?)(2+0)
　　△王代(? 女)(8+0)
　　△陈德和(?)(10+0)
　　△丘士元(?)(8+0)

△孟昉(?)(13+0)
△倪瓒(1301)(12+0)

说明：
　1. 本栏内作家名后第一括号内为出生年。第二括
号内为(小令作品数十套曲作品数)。
　2. 黑体字作家名为元有影响的主体作家群。
　3. 作家名下有下划线者,为从元到明的作家群。

元朝：一统时期(89年,立国时长66.4%)　　　　　　　　　　明朝